W0412288

ANNE STERN

Drei Tage im August

atb aufbau taschenbuch

ANNE STERN

Drei Tage im August

ROMAN

aufbau taschenbuch

MIX
Papier aus verantwortungsvollen Quellen
FSC® C083411

ISBN 978-3-7466-3998-7

Aufbau Taschenbuch ist eine Marke
der Aufbau Verlage GmbH & Co. KG

1. Auflage 2022
© Aufbau Verlage GmbH & Co. KG, Berlin 2022
Satz Greiner & Reichel, Köln
Druck und Binden CPI books GmbH, Leck, Germany
Printed in Germany

www.aufbau-verlage.de

»Blamier mich nicht, mein schönes Kind,
Und grüß mich nicht Unter den Linden.«
Heinrich Heine, Briefe aus Berlin, 1824

»There is nothing better than a friend,
unless it is a friend with chocolate.«
Unbekannt

PROLOG

London, Oktober 1938

Der Postbote in der Uniformjacke der *Royal Mail* klopft an die Vordertür des alten Reihenhauses aus rotem Backstein. Niemand öffnet. Er schiebt sich die Mütze aus der Stirn, hebt das eng verschnürte Päckchen auf und geht um das Häuschen herum, das am Ende einer langen Häuserreihe steht. Der winzige Garten, eigentlich mehr ein Hof, wirkt verwildert und ist an vielen Stellen von Unkraut überwuchert. Buntes, glänzend nasses Laub quietscht unter seinen Sohlen. Trotz des herbstlichen Wetters, das hier in London jedes Jahr wieder abwechselnd aus Nieselregen und Nebel besteht, blühen ein paar letzte Hortensien.

Dieser Deutsche, der hier seit Kurzem zur Untermiete bei der alten Mrs. Smith im Souterrain wohnt, ist vielleicht kein Gärtner, denkt der Postbote, aber wenigstens räumt er ab und zu das Laub vom Weg und beschneidet die Büsche ringsum, was mehr ist, als die old Lady je getan hat. Besonders glücklich wirkt er allerdings nicht, wie er da tagein, tagaus über den Rasen stapft – wie ein Tier in einem Käfig, das vergessen hat, was Freiheit ist.

Doch jetzt ist niemand zu sehen, und so legt der Bote das Päckchen auf den Tisch aus Gusseisen neben ein aufgeschlagenes Buch, dessen Seiten im Herbstwind flattern. Verstohlen klappt er es zu. *Briefe aus Berlin,* ein deutscher Titel, steht in abgewetzten Goldlettern auf dem alten Einband.

Alle paar Wochen bekommt dieser Mr. Marcus so ein Paket aus Deutschland, aus dem immer ein zarter Duft dringt, und obwohl der Postbote nur zu gern wüsste, was genau darin ist, würde er doch niemals das Briefgeheimnis seiner Neugier opfern. Kurz betrachtet er die rote Briefmarke – sie zeigt einen jungen Mann, der mit einer lodernden Fackel und einem Lorbeerzweig in den Händen vor einem großen Säulentor steht. Ein Wagen, von vier Pferden gezogen, krönt das Tor. Der Postbote wendet sich ab und geht pfeifend durch den Garten zurück zu seinem Dienstfahrrad, das er, fällt ihm nun auf, in einer Pfütze abgestellt hat. Er ist sportbegeistert und hätte verdammt gern gesehen, wie die olympische Fackel vor zwei Jahren in Berlin entzündet wurde. Heute ärgert er sich, dass er damals nicht genug gespart hatte für einen Trip an die Spree. Die nächste Olympiade soll in zwei Jahren in Tokio stattfinden, und Japan, nun, das ist für einen kleinen Briefträger der *Royal Mail* ebenso unerreichbar wie der Mond.

Achselzuckend schwingt er sich auf sein Rad und tritt in die Pedale, damit heute noch alle Bewohner des East End ihre Briefe und Pakete bekommen, die hier jeden Tag aus aller Welt eintreffen. Sie wehen den Duft ferner Länder wie einen Gruß an ihn in seine lederne Umhängetasche. Und heute, denkt er und schnuppert an seinen Händen, riecht die weite Welt wie feinste Schokolade.

1.

Berlin, 5. August 1936,
Dienstagmorgen, acht Uhr

Elfie steht vor der Tür der Chocolaterie und sucht den Schlüssel. Es ist immer dasselbe – in die Rocktasche greifen, das Schlüsselbund fassen, jedoch nicht herausholen, noch nicht. Erst blind mit den Fingern unter den vielen Schlüsseln am Ring den einen finden, der ins Türschloss gehört. Den Schlüssel hervorziehen und nicht hinsehen, wenn sie ihn ins Schloss steckt. Furchtsam wartet sie auf die nächste Sekunde – passt er? Wenn ja, wird heute ein guter Tag. Wenn nicht … Elfies Leben ist voller Omen, voller gleichmäßiger, sich immer von Neuem wiederholender Rituale. Doch heute hakt es sofort, als sie den Schlüssel herumdrehen will, und obwohl sie es noch einen Moment lang, mit letzter Hoffnung, weiterversucht, ahnt sie schon, dass sie gescheitert ist.

Dann also alles von vorn. Elfie kennt die Widrigkeiten ihrer eigenen kleinen Welt und weiß, dass es kein anderes Mittel gegen sie gibt als weitermachen, von vorn anfangen. Den Schlüsselbund zurück in die Tasche, die Hand hineinschieben, die Schlüssel anhand des Barts abtasten, mit den Fingerspitzen sortieren. Da ist der kleine Silberschlüssel für die Kassenlade drinnen, daneben der klobige, knochenartige für die Kellertür, da, endlich, der kühle, besonders Gezackte mit dem kurzen Querschnitt, der sich so leicht mit ihrem eigenen Hausschlüssel am Ring verwechseln lässt. Elfie greift zu, zieht den Schlüssel wie ein unwilliges Tierchen aus seiner Höhle, schiebt ihn ins Schloss und atmet auf, als sie spürt, wie er diesmal hineingleitet, widerstandslos wie ein Messer in Butter, und sich ohne Mühe drehen lässt.

Zweiter Versuch, denkt Elfie und wagt weiterzuatmen, das geht gerade noch, ist nur in wenigen Fällen ein schlechtes Zeichen. Zweiter Versuch, das heißt, es kann trotzdem noch ein normaler Tag werden. Ein Tag, den man nicht lieben muss, von dem man nichts erwarten darf, aber den man auch nicht zu fürchten braucht – vorerst. Es gab andere Tage, ja, es gibt sie immer wieder, auch jetzt noch. Tage, an denen sie morgens nicht aufstehen kann, sosehr der Wecker auch zetert und schrillt, Tage, deren schwarzer Schlund sie schon vor Sonnenaufgang zu verschlingen droht. Doch sie sind selten geworden, Elfie hält sie in Schach. Sie hat im Laufe der Zeit die Fähigkeit erlernt, ihren Gedankenstrom zu unterbrechen, wann immer er sie niederzureißen droht, hält sie ihn auch jetzt einfach an und verbietet den unheilvollen Stimmen in ihr, ihre Macht zu entfalten.

Das Glöckchen bimmelt sein Willkommen, die Scheibe klirrt leise, als sie hineinschlüpft und die Tür sogleich von innen schließt und verriegelt. Elfie ist jeden Morgen die Erste im Laden. Das ist beinahe ein Wunder. Oft liegt sie nachts wach, kämpft sich durch die Minuten und Stunden, in denen die Zeit bis zum Morgengrauen zäh verrinnt, ehe sie erst mit den frühen, noch schüchternen Lichtstrahlen einschläft, die durch die Wolkendecke dieser wechselhaften Augusttage in ihr Zimmer fallen. Dennoch schafft sie es, pünktlich zu sein, sie hat ein System, das ihr gute Dienste leistet – wenn nur die Müdigkeit nicht wäre. Elfie wünscht sich oft, einschlafen zu können wie ein müdes Kind, behaglich und geborgen von der Wärme der Bettdecke und dem schummrigen Abendlicht. Doch sie war niemals dieses Kind, sie hat schon immer mit der Rastlosigkeit gekämpft, die abends an sie heranschleicht und sie packt, und eine ihrer frühesten Erinnerungen ist das verzweifelte Herumwälzen im Bett und die Furcht, von Großmama erwischt und gerügt zu werden. Immer waren sie beide allein, seit ihre Mutter auf und davon ging und Elfie zurückließ. Seitdem hat Großmama Elfie aufgezogen. Und alles, was sie tat, konnte Großmamas Zorn auf sich ziehen, der schnell kam wie ein Unwetter, fast immer zu schnell für Elfie, um ihn kommen zu sehen und in Deckung zu gehen. Manchmal versuchte sie es dennoch, kniff fest die Augen zu und schlüpfte unter das Bett, um dort für einen Moment Zuflucht zu suchen. Doch geholfen hat es meistens nichts.

Manchmal hat Elfie Angst, ihr schlechter Schlaf sei vielleicht eines der vielen Zeichen dafür, dass sie *seltsam* ist – ein böses Wort, das von ihrer Großmutter stammt und das Elfie auch nach dem Tod der alten Frau mit sich herumträgt wie einen Feldstein, der an ihre Knöchel gebunden ist. Ihre *Merkwürdigkeit*, zusammen mit ihrer *verdammten Träumerei,* waren der Hauptvorwurf unter vielen kleinen Spitzen, die ihre Großmutter ständig vorbrachte. *Seltsam,* das bedeutete eigentlich verkehrt, und *verträumt* hieß, nicht lebenstüchtig zu sein, nicht patent – ein schreckliches Urteil für ein Mädchen, besonders für eines wie Elfie, der man ihre Verdrehtheit schon drei Meilen gegen den Wind ansah, sagte Großmama.

Heute ist Elfie fast vierzig Jahre alt, sie hat ein paar kleine Falten um die Augen, die nicht mehr mit dem Lachen verschwinden, breite Hüften, die den alten schwarzen Rock spannen lassen, und sie trägt Verantwortung als Prokuristin des Pralinengeschäfts Unter den Linden. Aber die Stimme ihrer Großmutter, wenn sie schimpft, die hört sie noch immer, als würde die alte Frau direkt neben ihr stehen und nicht in einem Grab auf dem Dorotheenstädtischen Friedhof liegen. Dann ist Elfie wieder klein, trägt Zöpfe und fürchtet sich vor der Panik, die sie ihr Leben lang jäh überfällt und zu lähmen droht. Doch Elfie ist nicht mehr das Kind von damals. Sie hat heute ihre Mittel, gegen solche Heimsuchungen anzugehen, und sie lässt die Dumpfheit nie die Oberhand gewinnen.

Im Laden ist es schummrig, ein müdes, gemütliches Licht, das warm auf dem dunkel glänzenden Holztresen liegt. Durch einen Spalt in den Läden dringt ein Lichtschimmer, und Elfie sieht darin die Staubkörner tanzen. Manchmal denkt sie, dass die Wände des Ladens nur durch die Pralinenschachteln aufrecht gehalten werden, ein Mauerwerk aus Pappmaché und Schokolade. Fein säuberlich aufgereiht und gestapelt, stehen sie überall mit ihren zarten Mustern und breiten Schärpen, den Seidenschleifen und ordentlich beschrifteten Schildern aus Büttenpapier. Es ist, als habe die Schönheit der Welt, nach der sich Elfie sehnt, die sie überall sucht, hier im Laden alle Kraft zusammengenommen, nur um ihr zu gefallen. Alles glänzt hoffnungsvoll, eine tröstliche Symmetrie, von der man niemals die Augen abwenden möchte. Und diese ganze Pracht ist ihr Werk!

Elfie nimmt eine der Schachteln zur Hand, sie ist oval, die Pappe mit Seidenpapier bespannt. Zartrosa Nelken auf grünschwarzem Grund, ein feiner goldener Rand zieht sich um den Deckel. Sie klappt die Schachtel auf, betrachtet zärtlich die Trüffel, die darin auf raschelndem Papier liegen wie kleine Vogeleier in einem Nest. Das Innere des Deckels ziert Goldschrift. Elfie weiß genau, was dort steht, vor diesen bekannten Buchstaben fürchtet sie sich nicht. Und sie sieht die Worte so gern an. Der Name des Pralinengeschäfts bedeutet für viele eine Verheißung, für sie selbst aber ist er ein Zuhause.

Über allem hier drinnen liegt der Duft nach Schokolade, wie feiner Puder hängt er in der Luft. Er tränkt den Raum, schaukelt über dem Parkett, legt sich weich in Elfies Nase. Süß und herb, ein Versprechen, ein Aufruf zur Zuversicht, und ja, zum kleinen Ungehorsam, weil die Versuchung in jeder Lade lauert.

Sie schnuppert, während sie ihre Kostümjacke auszieht und den Sitz ihrer geblümten Bluse im Spiegel hinter dem Tresen prüft. Der Stoff ist ein wenig zerknittert, und ihr Haar – nun, sie kann es noch so oft hochbinden, immer hängt doch eine Strähne heraus und verrät die morgendliche Eile. Kurz ist sie in Versuchung, ihre Hand in die Kiste mit den Pralinen zweiter Wahl zu stecken, die für eben diesen Zweck unter dem Holztresen versteckt steht. Doch sie entscheidet sich dagegen. Es bringt Glück, die erste Praline des Tages so lange wie möglich hinauszuzögern. So greift sie stattdessen nach einer weißen Trägerschürze und bindet sie um. Etwas zu eng in der Taille, gerüscht an den Schultern. Mit beiden Händen streicht sie ihr Haar zurecht, dicht ist es und wellig. Die silbernen Fäden sieht man im Dunkelblond noch kaum. Elfie findet trotz allem, dass ihr Haar das Beste an ihr ist, obwohl Großmama sich schon damals, vor vielen Jahren, jeden Morgen beklagte, kein noch so grobzinkiger Kamm könne den Kampf mit Elfies Borsten aufnehmen.

Ein Blick zur Uhr sagt ihr, dass sie eine Viertelstunde Zeit hat, bis sie die Ladentür öffnen muss. Elfie genießt es jeden Morgen, hier ganz allein und für sich in der Stille zu stehen, wenn niemand etwas von ihr will. Im Rücken spürt sie die hohen Regale mit den Stapeln von Pralinenschachteln, Tütchen mit kandierten Früchten und Holzkistchen, gefüllt bis zum Rand mit *Marquis*-Konfekt. An der Wand gegenüber hängt das gerahmte Wappen für Hoflieferanten, eine ziselierte Tuschezeichnung mit dem preußischen Adler, mit Kronen und Putten und einer breiten Schärpe, worauf *Fabrik feinster Confitüren* geschrieben steht. Auf dem langen Holztisch neben Elfies Händen ruht die schwere Registrierkasse mit der goldenen Kurbel, eine Königin auf ihrem Thron.

Elfie geht nach hinten zum Tresor, findet das kleine Schlüsselchen jetzt auf Anhieb, holt Bargeld heraus, verschließt den Geldschrank sorgfältig. Sie befüllt die hölzerne Lade der Kasse vorn im Geschäft mit den Münzen und Scheinen, notiert im schwarzledernen Rechnungsbüchlein die Summe des Wechselgelds. Dann nimmt sie das Bestellbuch, in Leinen gebunden, und schlägt es auf. Seit sie gestern den Laden verließ, sind noch einige Bestellungen eingegangen. Elfie fährt mit den Fingern die Zeilen entlang, wo Trude mit ihrer runden, kindlichen Schrift notiert hat, was heute und morgen verschickt oder geliefert werden soll. Unter jede Seite hat sie außerdem diesen kleinen Kringel gezeichnet, mit dem sie alles unterschreibt – ein geschwungenes *T*, aus dem eine winzige Blüte wächst.

Elfie liest langsam, Wort für Wort, und ist froh, dass sie Trudes Handschrift so gut kennt und die knappen Sätze ihr zufliegen. *Herrn Rittmeister Wickel, Lützowufer 3. Ein Pfund gemischtes Konfekt, 1 Karton Katzenzungen, 1 halbes Pfund englisches Karamell, à 50 Pfennig Porto.* Elfie nickt. Der Herr ist Stammkunde und bestellt jede Woche dasselbe. *Frau Baronin von der Leyen, Krefeld. Ein Pfund Pralinen erste Wahl, 2 Packungen Orangenstäbchen, 1 Tafel Pfefferminzschokolade – Lieferung ins Hotel Adlon.* Die Baronin ist das Porto vom letzten Mal noch schuldig, Elfie macht einen Kringel hinter den Eintrag, damit diesmal jemand den Boten bezahlt. *Herr Issa El Hamady. 3 große Kisten Konfekt für Dienstagnachmittag, Lola holt ab. Frau von Ahnenfeld, durch Prinzessin Cecilie von Preußen. 2 Pfund Marquis, 12 Mark. Bote!*

Elfie lässt das Buch sinken. Sie spürt die Erleichterung, die sich in ihr ausbreitet, wie immer, wenn sie die Bestellungen prüft. Diese vertrauten Worte zu lesen fühlt sich an wie ein zartes Versprechen, dass doch noch alles gut werden kann. Die Firma hat das Straucheln nach der Krise 1929 gerade so überstanden. Sie ist noch wacklig auf den Beinen wie eine frisch Genesene, aber Elfie will nach vorn sehen. Alles andere, findet sie, während sie mit der Handfläche genau dreimal über den Leineneinband streicht, bevor sie das Buch zurücklegt, wäre ja sinnlos.

Noch zehn Minuten, sagt die Uhr an der Wand mahnend.

Elfies Blick fällt durchs Fenster nach draußen. Über den Lindenbäumen wehen die Hakenkreuze. Es sind mehr Fahnen als sonst, und die Straße, ja die ganze Stadt gleicht einem Hexenkessel, seit vor vier Tagen die Olympischen Spiele eröffnet wurden. Das Olympische Komitee wohnt im Adlon, nur ein paar Gehminuten vom Laden entfernt am Pariser Platz, Elfie ist dort gestern auf dem Weg zum Friseur vorbeigeschlendert und hat zusammen mit den anderen Neugierigen gegafft. Dicht an dicht standen die Schaulustigen, obwohl Schauer angekündigt waren. Ein einziges Gewimmel aus schwarzen Melonen, Schirmen und hellen Hüten, so viele Menschen, dass Elfie am liebsten wieder Reißaus genommen hätte. Doch sie hat sich gezwungen, einen Moment stehen zu bleiben und ihre Stadt zu betrachten. Auf der Straße schoben sich die lackierten Automobile und offenen Coupés, die Fahrer schwitzend und schimpfend, weil nichts voranging, wie eine schwarze Schneckenspur die Linden entlang. Zwei Doppeldeckerbusse mit der Persil-Werbung auf dem breiten Maul waren im Gewühl stecken geblieben, die Leute standen darin wie Sardinen in der Büchse und staunten. Und das große, teure Hotel war gespickt mit den kleinen roten Fahnen, schwarze Kreuze auf weißem Grund, die die gesamte Fassade zierten. Am Eingang hingen lange, schleppende Flaggen aller Herren Länder – eine Seltenheit in diesen Tagen, da Hitlers Tausendjähriges Reich anscheinend über alles andere erhaben ist.

Elfie hat weder eine Ahnung vom Sport noch von der Politik. Aber dass dieser August aus der Stadt, die in den vergangenen Jahren merkwürdig stillgehalten hat, einen Zirkus macht, das spürt sie. Und dass die Olympiade mehr Besucher nach Berlin schwemmt, nachdem in letzter Zeit die Touristen ausgeblieben sind, besonders die Amerikaner, das bemerkt sie auch. Aber ihr soll es recht sein. Je mehr Flaneure auf den Straßen, je mehr betuchte Gäste im Adlon, desto häufiger gehen Bestellungen ein, desto größer wird der Hunger auf erlesene, handgemachte Süßigkeiten. Ihre kleine Chocolaterie ist bekannt in der Allee, ja in der ganzen Stadt. Sogar aus dem Ausland bestellt man bei ihr, aus Paris, aus London, aus Odessa. All die Telegramme und Telefonate, die Gespräche im Laden und Briefe drehen sich um das eine, das Elfie nach all den Jahren immer noch mehr am Herzen liegt als alles andere. Um Pralinen, knirschenden Krokant und bittersüße Trüffel.

Noch fünf Minuten allein, denkt Elfie und beginnt die Regentropfen auf der Scheibe zu zählen.

2.

5. August 1936,
Dienstagmorgen, halb neun

Wie so oft, wenn sich das Flattern unter seinen Rippen ankündigt, ist es das Gefühl der Einbände der Bücher unter seinen Händen, das Franz Marcus beruhigt. Er streicht mit dem Daumen über den Rücken mit den darauf geprägten Goldbuchstaben, als liebkose er ein Lebewesen, klappt das Buch auf, legt seine Nase einen Moment zwischen die Seiten und atmet den trockenen, warmen Geruch ein. Papier, Leim, Bindfäden. Mürbe Pappe. Und Worte, Worte aus schwarzer Druckertinte. Sie sind es, die ihm trotz allem jeden Morgen den Mut geben, aufzustehen, den Ladenschlüssel zu nehmen und die Buchhandlung aufzusperren.

Franz hebt den Blick und lässt ihn über die Regale wandern, die an allen Wänden vom Boden bis zur Decke reichen. Dicht an dicht stehen darin die Bücher, sie lehnen ihre Rücken aneinander und finden Halt und Trost in der Gegenwart der anderen. Der ganze Raum besteht nur aus Holzbrettern und Papier, er ist vollgestopft mit Zeitungen und Magazinen, mit historischen Wälzern, medizinischen Abhandlungen, Liebesromanen, politischen Traktaten und Abenteuergeschichten. All diese Geschichten scheinen leise, ganz leise zu wispern und zu flüstern, sie weben

Franz jeden Tag aufs Neue ein in ihr silbriges Netz, spinnen ihre Worte um ihn herum, schaukeln ihn sacht und trösten ihn. Nur sie, scheint ihm, halten ihn aufrecht. Ist er es ihnen da nicht schuldig, um sie zu kämpfen, sie zu beschützen gegen das, was sich dort draußen zusammenballt? Doch manchmal fehlt ihm die Kraft. Ein Zündholz, denkt er dann, nur eines, und all das Weben und Spinnen, das Flüstern und Knistern, der Duft von Papier und die unzähligen Geschichten wären in Minuten lichterloh verbrannt. Dann könnte er gehen, sich umdrehen und gehen, und müsste endlich keine Angst mehr davor haben, alles zu verlieren.

Doch natürlich ist das Unsinn. An dem Buchladen hängt seine Existenz. Seit dem Tod seines Bruders Simon vor acht Jahren hat er darum gekämpft, das Geschäft zu erhalten, hat die Stammkunden gehätschelt und die Touristen auf den Linden versucht zu bezirzen, damit sie durch die schmale Tür treten und ihm etwas abkaufen. Er hat sich und sein Geschäft immer wieder neu erfunden, hat Postkarten ins Sortiment genommen und kleine Andenken an den Besuch in der Hauptstadt, hat die Wände des Ladens dekoriert mit bunten Plakaten. Und vor ein paar Jahren, sogar noch nach dem Schwarzen Freitag, hat er Geld in die Hand genommen, das er eigentlich nicht besaß, um das Geschäft zu renovieren, und eine Leseecke eingerichtet mit Bauhausstühlen und Wandleuchten von Wilhelm Wagenfeld, dessen klare Formen er sehr bewundert. Er hat sich sein eigenes kleines Himmelreich geschaffen – und das soll er aufgeben? Diesem braunen Pack überlassen, das ihn seit einigen Jahren terrorisiert? Ihn und *seine* Stadt.

Franz ist in Berlin geboren, sein Urgroßvater kam einst als Händler hierher, als die Juden in der Stadt endlich geduldet, ja nach dem preußischen Edikt von 1812 sogar zum Bleiben ermutigt wurden, und dieses Fleckchen hier auf der prächtigen, etwas behäbigen Allee ist ihm lieb und teuer. Es ist seine Heimat, dieses Geschäft seiner Familie. Sie halten es seit dem 19. Jahrhundert – und sie alle, die Mendelssohns, die Einsteins, die Liebermanns, leben seit Urzeiten hier an der Spree. Soll das alles etwa nichts mehr zählen, nur weil zwischendurch ein Fanatiker die Geschicke des Landes lenkt, der die Juden hasst wie kein Zweiter?

Franz glaubt nicht mehr an dieses Zwischendurch und schon gar nicht an ein Wunder. Er hat die Hoffnung aufgegeben, dass der Spuk einfach vorüberziehen wird. Er weiß, dass viele diese Hoffnung hegen wie ein wärmendes Flämmchen an einem dunklen Tag. Doch die Anzeichen, dass es noch schlimmer werden wird, sind deutlich genug. Niemand von ihnen ist mehr sicher.

Franz streicht sich müde über die Augen. Er sollte das Land verlassen, so schnell er kann. Seit Wochen überlegt er hin und her, macht Pläne, sucht Dokumente zusammen, hat sogar ein Affidavit für England ergattern können, das ihm ein Bekannter ausgestellt hat, der in London lebt – aber ohne Geld geht gar nichts. Will ein Jude das Deutsche Reich verlassen, muss er eine hohe Reichsfluchtsteuer zahlen. Die Nationalsozialisten wollen sie am liebsten aus dem Land haben, ihr Geld allerdings, das nehmen sie ihnen vorher noch ab. Sie ziehen Flüchtlinge aus bis aufs Hemd.

Eine Chance gibt es. Franz fröstelt, wenn er an morgen denkt – an das Treffen mit dem Unbekannten. Der Besucher hat sich vor zwei Wochen angekündigt, hat telegrafiert, dass er im Adlon unterkommen werde und ihn, Franz Marcus, dort im Wintergarten erwarte. Am Mittwochnachmittag, um Punkt drei Uhr. Franz spürt beim Gedanken daran schon wieder das Flattern in seinem Magen, so sehr fürchtet und erhofft er sich gleichzeitig dieses Treffen. Er muss klug vorgehen, darf seinen letzten, seinen einzigen Trumpf erst ganz zum Schluss ausspielen. Gleichzeitig schämt er sich in Grund und Boden, dass er auch nur darüber nachdenkt, auf die Forderung dieses fremden Mannes einzugehen und alles zu verraten, woran er glaubt – die Schönheit, die Freundschaft, seine Loyalität.

Die Morgensonne scheint von draußen herein und wirft einen schmalen Lichtkegel auf die abgetretenen Dielen. Unzählige Menschen sind hier ein und aus gegangen, und beinahe niemand hat den Laden verlassen ohne eine neue Geschichte im Gepäck. Wie kann er, der Geschichtenverkäufer der Linden, sie alle im Stich lassen?

Jemand klopft draußen an die Scheibe, und Franz zuckt zusammen. Es ist nur Kalle, der Lieferjunge. Kalle fährt mit seinem Fahrrad durch die Stadt und bringt bestellte Bücher zu den Kunden nach Hause, jeden Tag, weil Franz seinen Laden nicht verlassen kann.

Er öffnet, und der Junge kommt herein, wie immer in einer Wolke aus Zigarettenrauch. Immerhin hat er seine Fluppe gerade noch draußen in den Rinnstein in eine

Pfütze geworfen, bevor er den Laden betritt. Das war immer schon eisernes Gesetz bei den Gebrüdern Marcus – hier drinnen wird nicht geraucht. Den Geruch bekommt man aus den Buchseiten nicht heraus, wenn er sich erst einmal festgesetzt hat.

»Morgen, Chef«, sagt Kalle und kratzt sich unter der Mütze. »Da draußen ist der Teufel los. Alle völlig verrückt jeworden.«

Franz späht auf die Straße. Es sieht eigentlich ruhig aus, findet er, auch wenn er jedes Mal auf Neue zusammenzuckt, wenn er sieht, was sie aus der Allee gemacht haben. Die alten Bäume, die im Weg standen, wurden gefällt. Mit aller Gewalt haben sie aus der altehrwürdigen Straße eine Paradeallee für Olympia gemacht, mit riesigen Pilastern aus Aluminium und Pappe, die Hakenkreuzornamente tragen, und einem wahren Flaggenmeer. Dazwischen stehen die alten Laternen mit den geschliffenen Glaszylindern wie bestellt und nicht abgeholt.

»Ick musste durch Charlottenburg, am Stadion vorbei«, erklärt Kalle und lässt seine Zahnlücke blitzen, als er laut pfeift, »Junge, da steppt der Bär!«

Franz nickt und betrachtet Kalle. Jetzt erst bemerkt er etwas Seltsames in seinem Gesicht.

»Was hast du denn am Auge, Junge?«

Kalles Hand schießt hoch, als wolle er das Veilchen verbergen, dann lässt er sie wieder sinken. Unter den vielen Sommersprossen wird er bleich. Aber seine Stimme ist gelangweilt.

»Nix weiter, Chef«, leiert er. »Kleene Rauferei.«

»Bist du sicher?«

»Todsicher, Herr Marcus. Alles paletti.«

Franz glaubt ihm kein Wort. Die rot glühenden Ohrspitzen unter den strubbeligen Haaren sprechen Bände.

»Bist du zufällig mit Hitlerjungen aneinandergeraten?«

Kalle hebt die Schultern und lässt sie wieder sinken, sein Gesicht ist plötzlich offen wie das eines Kindes, seine Stimme trotzig.

»Kann sein. Hat aber nix zu bedeuten. Diese Kanalljen können mich gernhaben.«

»Was wollten sie denn?«

»Na, mich einschüchtern. Wie letztes Mal ooch schon.«

Franz reibt sich die Stirn, er hat plötzlich Kopfschmerzen, und das Flattern meldet sich wieder.

»Du solltest nicht mehr für mich arbeiten, Kalle«, sagt er und sieht den jungen Mann eindringlich an. Der presst die Lippen aufeinander und schüttelt den Kopf.

»Wie oft ham wa darüber schon jeredet, Chef?«, fragte er. »Mich können die nicht einschüchtern!«

Zum ersten Mal sieht Franz jedoch in seinen Augen die Zweifel. Er weiß, dass Kalle loyal ist, und auch, dass er das Geld braucht. Zwar hat er noch andere Einkünfte als Packer, als Laufbursche und als Gehilfe auf Baustellen, doch das Herumradeln in der Stadt macht ihm Spaß, und er, Franz, bezahlt ihn, so gut er kann. Aber der Ring schließt sich enger um die Juden in der Stadt und auch um jene, die ihnen nicht die Freundschaft aufkündigen, sondern zu ihnen halten. Die weiter für sie arbeiten, weiter mit ihnen sprechen. Sie weiter als Menschen behandeln.

Franz schluckt. Er nickt Kalle zu und reicht ihm die Liste mit den Bestellungen, damit er die Bücher zusammensuchen und in seine Fahrradkiste draußen stapeln kann. Aber innerlich wappnet er sich. Er spürt, dass er dem fröhlichen Jungen Lebewohl sagen muss. Wenn nicht heute, dann bald. Vielleicht, wenn morgen alles klappt, erübrigt sich das – und dieser Gedanke löst noch mehr Nervenflattern in ihm aus.

Er geht zur Ladentür und öffnet sie, tritt hinaus und sieht in die aufgebockte Kiste mit Büchern, die er zum halben Preis anbietet, weil sie Eselsohren haben oder einen Riss im Einband. Mit zwei Fingern fischt er ein paar Lindenblätter heraus, die von den kleinen Bäumen auf dem Mittelstreifen der Allee herübergeweht wurden, und hebt den Blick.

Die Regierung hat die Stadt herausgeputzt, hat allen Schmutz, alle Hässlichkeit unter ein bisschen Tünche verborgen. Hat verleumderische Plakate abhängen lassen, hat Potemkinsche Dörfer aus Kunst, Musik, Theater, Tanz und Vergnügen errichtet – und hier auf der Prachtallee der Berliner hat man anstelle der Gefällten Hunderte neue Lindenbäumchen gepflanzt, deren Blätter noch zart sind wie Seidenpapier. Und dazwischen die vielen roten Flaggen mit schwarzen Hakenkreuzen darauf.

Ein Zeitungsjunge läuft vorbei, unter seinem Arm klemmt ein Stapel der *Morgenpost*. Franz sieht die Schlagzeile, einen Bericht über Helene Mayer, die *olympische Amazone*, wie die Reporter sie nennen. Ausgerechnet eine jüdische Fechterin holt die Silbermedaille für das deutsche

Vaterland, und wäre es nicht so traurig, hätte Franz gern gelacht.

Er wirft einen letzten Blick auf die sonnengefleckte Allee mit dem feucht glänzenden Asphalt, atmet tief die frische Morgenluft ein und ertappt sich dabei, nach Fräulein Schneemann Ausschau zu halten, der Verkäuferin in der Chocolaterie drei Türen weiter. Er nennt sie in Gedanken Trude, dabei sind sie nicht per Du. Ihre braunen Affenschaukeln tanzen immer so schwungvoll, wenn sie ihm winkt, und bei der Vorstellung spürt er den düsteren Gedanken zum Trotz ein kleines Glück in der Brust. Franz kommt es auf einmal so vor, als dufteten die Linden noch stärker als zuvor, wenn er an sie denkt. Doch ihr blaues Kleid ist nicht zu entdecken, es ist zu früh.

Er tritt zurück in den dämmrigen Laden, schließt die Tür und schüttelt über sich selbst den Kopf. Immerhin ist er fast fünfzig, Witwer seit über zehn Jahren und nicht gerade der Typ, auf den die Frauen fliegen mit seinen kleinen runden Brillengläsern und den ausgebeulten Pullundern. Ein älterer, schüchterner Buchhändler mit Existenzsorgen. Mehrfach hat er schon Briefe erhalten, worin man ihn in trockenstem Beamtendeutsch auffordert, den Betrieb schleunigst in die Hände einer *geeigneten arischen Person* zu überführen. Sonst werde man ihn in Kürze aus der Reichsschrifttumskammer ausschließen und sein Geschäft liquidieren.

Franz hat jedes einzelne Schreiben ordentlich in eine Schublade seines Sekretärs abgelegt und diese mit einem kleinen silbernen Schlüssel verschlossen, als könne das

Gift, das von den schreibmaschinenbeschriebenen Seiten ausgeht, dort hinter Schloss und Riegel weniger Schaden anrichten. Doch es ist aus den Briefen längst in sein Hirn und sein Herz gekrochen und macht sich dort breit, und er liegt nächtelang wach und wägt seine Möglichkeiten ab. Wieder wandern seine Gedanken zu dem Treffen morgen, aber er kann einfach nicht an Wunder glauben. Selbst wenn er Erfolg haben sollte – die Zwangssteuer würde ihn bis aufs Blut schröpfen, und welches Land nimmt einen armen Schlucker wie ihn auf, der nichts kann als Bücher abstauben und Schiller und Heine zitieren?

Was sonst bleibt ihm übrig? Hierbleiben und kämpfen? Er hat keine Kraft mehr zum Kämpfen, und ohnehin ist es ein Streit mit Windmühlen, wobei er, anders als Don Quijote, nicht einmal ein Schwert besitzt, sondern nur bedrucktes Papier als Waffe hat und einen Berliner Lausejungen als Sancho Panza, dem er bald wird kündigen müssen.

Das alles sind nicht gerade Umstände, die sein armes Herz zu Höhenflügen verleiten könnten. Und trotzdem, denkt er – und erneut fällt ihm der schwingende blaue Rock Trude Schneemanns ein. So ein verregneter Sommermorgen in Berlin, in dessen Luft man schon den Abschied spürt und die letzte Gelegenheit für lange Zeit, der macht eben leichtsinnig.

Als er ein leises Keckern hinter sich hört, meint er erst, Kalle hätte einen Scherz gemacht, doch dann fällt es ihm wieder ein. Willis Äffchen!

»Chef?«, fragt Kalle, der auf einer Leiter steht und Bücher sortiert, und deutet mit offenem Mund auf den kleinen

Affen, der hoch oben auf einem Bücherregal sitzt und auf sie heruntergrinst. »Wissen Sie, dass Sie 'n Klabautermann haben?«

»Das ist doch Zinnober, der Affe von Spree-Willi«, sagt Franz und lächelt. »Der Alte spürte wohl, dass es mit ihm zu Ende ging, und einen Tag vor seinem Tod brachte er mir den Kleinen hierher. Sagte, ich solle eine Weile auf ihn aufpassen, er fühle sich nicht wohl und wolle nicht, dass Zinnober Hunger leiden muss, wenn er sich nicht um ihn kümmern könne.« Er seufzt. »Ein paar Tage, sagte Willi, mehr nicht. Aber nun scheint es, als müssten Zinnober und ich uns an den Gedanken einer gemeinsamen Junggesellenbude gewöhnen.«

Die kleine Glocke über der Tür bimmelt. Es ist ein Paar, ein wenig in die Jahre gekommen. Franz und Kalle tauschen einen Blick. Eindeutig keine Berliner, sondern von außerhalb. Eine dünne Frau mit schlecht sitzendem Kostüm und falschen blonden Haaren, die mit beiden Händen ihre Tasche umklammert, der Mann in einer klaffenden Anzugjacke über dem Spitzbauch. Er sieht sich betont interessiert um und dreht einen lächerlich flachen Strohhut zwischen den Händen, eine richtige *Kreissäge*. Die hellen Segelschuhe wollen so gar nicht zu seiner unathletischen Erscheinung und zum Wetter passen, und die wenigen verbliebenen Haarsträhnen hat er mit zu viel Pomade über die Glatze gekämmt. Franz fasst sich unwillkürlich in seine eigenen dichten Locken. Fast weiß sind sie, aber wenigstens muss er ihnen keine Gewalt antun, um seinen Schädel zu bedecken, denn sie sind voll und kräftig wie früher.

»Guten Tag«, begrüßt er die Neuankömmlinge und zwingt sich zu einem höflichen Lächeln, »womit kann ich dienen?«

»*Good morning*«, sagt der Mann, und Franz ist überrascht – Amerikaner also? Hier, in seiner kleinen, düsteren Buchhandlung?

Er kramt mühsam sein Englisch hervor. »*We have some books in English … Sir*«, sagt er und ist stolz, dass ihm die korrekte Anrede noch eingefallen ist.

Der Kunde schüttelt den Kopf. »*Do you have postcards?*«

»*Of course!*«

Die Herrschaften suchen also nichts zum Lesen, sie brauchen nur ein Souvenir. Franz führt sie beide zum Postkartenständer in der Ecke des Ladens. Doch die Auswahl – ein paar historische Ansichten der Linden, Tiermotive aus dem Berliner Zoo wie die zigarettenrauchende Schimpansendame Missie oder den Gorilla Bobby und das Brandenburger Tor – scheint ihnen nicht zuzusagen.

»*Olympia?*«, fragt die Frau, als könne Franz sie besser verstehen, wenn sie nicht in ganzen Sätzen mit ihm spricht. »*Sports?*« Sie macht eine Handbewegung, als hielte sie einen Degen, und Franz muss sich ein Lachen verbeißen. Er schüttelt bedauernd den Kopf.

»*Sorry, Madam*«, sagt er. »*No Olympia here.*«

Sie sieht ihn aus betrübten Hundeaugen an. Der Mann schnalzt mit der Zunge und tippt sich an die Stirn, als sei er ein grüßender Matrose. Franz deutet eine Verneigung an.

An der Tür dreht sich der Kunde noch einmal um.

»*Jew?*«, fragt er und deutet mit einem dicken Finger auf Franz, als sei er ein Außerirdischer bei seinem ersten Besuch auf diesem Planeten und nehme Kontakt mit den seltsamen Erdlingen auf.

Franz spürt, wie ihm die Röte ins Gesicht steigt, doch er bemüht sich um eine unbewegte Miene und nickt. Aus den Augenwinkeln sieht er, wie sich Kalle oben auf der Leiter anspannt und die Stirn runzelt. Er hofft, dass der Junge die Klappe hält.

»*Good!*«, sagt der Mann begeistert und strahlt. »*Jews may work here in Germany then, obviously!*« Er beugt sich vertraulich zu Franz herüber, als vertraue er ihm ein Geheimnis an. »*We were told that Hitler wouldn't allow it anymore, but that's just nonsense then.*«

»*Yes*«, sagt Franz leise. »*Just nonsense.*«

Die beiden Amerikaner treten auf die Straße, und Franz sieht ihnen nach. Sie stehen einen Moment unsicher im Sonnenlicht, dann laufen sie, mit für ein glückliches Liebespaar zu großem Abstand zueinander, in Richtung Pariser Platz. Vermutlich wollen sie das Adlon sehen, auch wenn Franz sicher ist, dass sie nicht dort übernachten, sondern für die Zeit ihres Aufenthalts in einer billigeren Unterkunft wohnen, vielleicht nebenan im Metropol.

»Komische Leute«, sagt Kalle und kommt, die Arme voll Bücher, die Leiter herab. »Wat wolln die hier?«

»Was erleben«, sagt Franz müde. »Und sich davon überzeugen, wie nett wir es hier haben in Deutschland. Dann können sie nach Hause fahren und allen erzählen, dass die Geschichten über Hitler nur Gräuelmärchen sind.«

»Och, Chef«, sagte Kalle und legt die Bücher auf dem Kassentisch ab. Er hebt die Hände und weiß dann offenbar nicht, was er noch sagen soll.

»Ist schon gut«, sagt Franz und wischt seine letzten Worte mit einer raschen Geste aus der Luft, »los, an die Arbeit.«

Er hat selbst gehört, wie bitter, ja verzweifelt er klingt, und er will Kalle nicht mit seinen Sorgen behelligen. Der Junge steckt seinetwegen schon genug ein. Außerdem sind solche Reden, wie er sie hier führt, gefährlich, auch für den, der zuhört. *Zersetzend.*

Mit dem Kinn deutet er auf den Bücherstapel.

»Wenn du die alle ausgeliefert hast, hast du frei für den Rest des Tages. Fahr ins Wannseebad, kauf dir ein Eis, genieß die letzten Sommertage – trotz Regen.«

»Jebongt«, sagte Kalle, greift sich die Bücher und verlässt den Laden. Draußen parkt das Fahrrad mit der eingebauten Kiste vorn dran. Und schon tritt der Lieferjunge kräftig in die Pedale, pfeift durchdringend zum Abschied und rollt davon.

Franz sieht ihm nach. Wie unbeschwert der junge Mann auf dem Sattel sitzt und sich in den langsam dichter werdenden Verkehr der Allee einfädelt, als sei seine Existenz auf diesem Pflaster, in dieser Stadt ebenso selbstverständlich wie die der Lindenbäume, der grau-weißen Tauben und schwankenden Omnibusse. Als sei sein Schicksal mit Berlin untrennbar verwoben und keine Macht der Welt könne ihn aufhalten.

Seltsam, denkt Franz und sucht mit einer Hand Halt an

einem Bücherregal, er kann sich nicht erinnern, je so jung gewesen zu sein, so voller Zuversicht und Selbstsicherheit. Aber vielleicht hat er nur vergessen, was es heißt, zwanzig zu sein und das Leben wie einen ausgerollten Teppich vor sich liegen zu sehen, der nur auf einen wartet.

Unter seinen Schuhen mit den abgelaufenen Sohlen liegt ein alter Perser, ein Kelim mit einem ehemals hübschen Muster, das von den vielen Absätzen im Laufe der Zeit unkenntlich geworden ist. Vor vielen Jahren hat er ihn gekauft, als er weit jünger war als Kalle. Als Simon und er voller Tatendrang waren, voller Begeisterung für das Geschäft, das sie übernehmen und zu neuem Ruhm führen wollten. Als sie von dem kargen Lohn, den sie als Buchbinder heimbrachten, beim Teppichhändler Karimi in der Charlottenstraße diesen Kelim kauften.

Nun liegt er hier, dünn wie Papier, nur noch ein Geist seiner früheren Farbenpracht. Franz beschließt, dass er diesen Tag, der ihm so voller Schwere scheint, nicht ohne eine ordentliche Portion Mokkanüsse überstehen kann, deren herbes Aroma er liebt. Und dass er in der Mittagspause, wenn er den Laden für eine halbe Stunde schließt, hinüber zum Pralinengeschäft gehen wird und sich die Zuversicht und das nötige kleine Glück eben für eine Mark fünfzig bei Fräulein Schneemann erkaufen wird, wenn es ihm schon nicht mehr zufliegen will.

3.

Wir waren immer schon hier.
Jedenfalls behaupten wir das gern, auch wenn natürlich alles irgendwann seinen Anfang hat, mag er auch noch so zufällig sein, noch so sehr im Dunkeln bleiben. Unser Anfang liegt schon so lange zurück, dass niemand, wir nicht und erst recht kein Mensch, sich daran erinnert, also können wir ebenso gut sagen: Uns gab es schon immer.

Und was wäre das alles hier denn auch, diese Allee, diese Geschichte, ohne uns? Wenn wir finden, dass jedes Ding einen Anfang haben muss, dann ist unserer wohl irgendwo in der Vergangenheit der Preußen zu suchen, als die Prachtallee der Linden nichts war als ein sandiger Feldweg. Überhaupt – der Sand, dieses bröselige, halb feuchte, halb trockene Element, auf das die Stadt gebaut ist! Die Böden hier waren stets durchzogen vom Lehm, von der sich unterirdisch ausbreitenden Nässe, und das Berliner Tal nichts weiter als ein Sumpf. Schlickig und in sich selbst versickernd, so dass nichts darin wuchs, nichts Bleibendes entstand, vielmehr alles immer wieder in die Tiefe hinabgezogen wurde – Bäume, Wurzeln und Fundamente.

Die Menschen aber, besonders die Fürsten, gieren nach

dem Bleibenden, nach dem, was Bestand hat und sie selbst überdauert, wenn ihre eigene kurze Lebensspanne sich zum Ende neigt. Und einer dieser Fürsten, erzählt man sich, hat uns pflanzen lassen, hat verfügt, noch bevor der Weg zur Straße ausgebaut war, dass wir seinen täglichen Ritt beschatten sollten mit unseren Blätterkronen. Hat aufschreiben lassen, man möge Kuhlen graben und junge Setzlinge hineinpflanzen. Mit guter Erde solle man sie füllen, befahl er, damit wir hochwachsen und gedeihen könnten zu Ehren seiner Regentschaft.

Doch auch er konnte nicht verhindern, dass man uns von seinem schönen Schloss immer mehr verdrängte, fort in Richtung Westen, weil weiter oben hinter der Hundebrücke mächtige Wallanlagen gebaut wurden. Das Berliner Volk brauchte Gräben, brauchte Bastionen gegen die Feinde, mit denen man hier in dem ersten großen und dann gleich dreißig Jahre währenden Krieg Bekanntschaft gemacht hatte. Und da war kein Platz für uns, für unsere lieblichen, sanften Stämme, für säuselndes Blattwerk und Lindenduft. Klobige Steine wurden herbeigeschleppt und aufgebaut und wieder noch mehr Sand aufgeschüttet, von dem es ja mehr als genug gab.

So standen wir dann weiter unten, da, wo später die Universität gegründet wurde. Da störten wir nicht den Krieg, da durften wir unsere Wurzeln in den Boden graben und uns festhalten, durften bleiben und die Straße bis hinunter zum Brandenburger Tor säumen, als sei der Reiterweg der Könige und später sogar der Kaiser nichts weiter als ein Laubengang in einem schönen Garten.

Am Ende haben die Gräben, die Burgwälle und die vielen Soldaten nichts gegen die Zerstörungskraft des Krieges genutzt, der später kam. Dieser Krieg, der letzte, den wir sahen, ließ sich nicht mit Wällen aufhalten. Er kam nicht übers Land, sondern von oben, was der Kurfürst nicht hatte ahnen können, aber die späteren Feldherren der Stadt, die schon. Sie haben den Hass der Feinde geschürt, haben uns den Bomben anheimgegeben. Deutsche Generäle haben die Welt mit Krieg überzogen und dafür gesorgt, dass wir, die Allee und die Menschen, die darüber gingen, ausgelöscht wurden in einem Feuersturm. Das Pflaster haben die Granaten zu Kratern aufgerissen, die prächtigen Gebäude starrten wie zerhackte Zahnreihen in den leeren Himmel, und unsere Stämme, unsere Äste, unsere jungen grünen Blätter und Triebe verbrannten zu Asche. Alles wurde Wüste.

Und doch stehen wir heute noch immer hier. Wir weichen nicht, wir krallen unsere Wurzeln wieder tief hinein in die Erde. Diktatoren kamen und gingen, Gebäude und Mauern um uns herum wurden gesprengt, verfielen, wurden neu aufgebaut, wurden vergessen. Hunde schmiegen sich an uns, Dekorateure schlingen jedes Jahr grelle Lichterketten in unsere kahlen Winterzweige. Touristen trinken, an unsere Stämme gelehnt, Kaffee aus Plastikbechern und essen billiges Gebäck dazu. Baustaub legt sich auf unsere Blätter, vergilbtes Papier bleibt, vom Wind fortgetragen, in unseren Zweigen hängen.

Doch im Frühling ist die Straße erfüllt von unserem Duft, und die Bänke auf der Promenade sind dunkel ge-

fleckt vom Schatten, den wir spenden. Manchmal hebt ein Kind eins unserer herzförmigen Blätter auf und zeichnet mit dem Finger die Adern darin nach. Wir bleiben. Wir bleiben! Wir waren immer schon da, ohne uns wäre hier nichts, wäre das nur eine Straße unter tausend anderen. Nicht die Linden, nicht wir. Wir und die Allee, das ist ein und dasselbe.

Wir waren immer schon hier.

4.

5. August 1936,
Dienstagmorgen, kurz vor neun

Elfie steht hinter der Glasscheibe der Ladentür und denkt an den Tod. Vielleicht liegt es an der Sache mit den Schlüsseln, dass die dunklen Gedanken heute trotz ihrer guten Vorsätze viel eher an sie herantreten als sonst? Als habe Elfie ihnen durch ihren kleinen Fehler am Morgen eine Schleuse geöffnet, selbst wenn es nur ein winziger Augenblick der Unachtsamkeit war. Hatte sie nicht vorhin noch gehofft, der Tag könne trotz allem gut werden?

Der alte Spree-Willi ist gestorben, seine Leierkastenlieder orgeln nicht länger über die Linden. Elfie hasst jede Art von Veränderung. Und Beerdigungen auch – zu viele Leute und zu viele Gefühle, die man sonst geflissentlich für sich behält, am Grab dann aber jäh zur Schau stellen soll. Wenn einer gestorben ist, dann heulen alle Menschen plötzlich hemmungslos, und Elfie, die nicht einmal bei der Beisetzung ihrer Großmama weinen konnte, steht daneben wie eine Holzfigur. Ihr fällt die Beerdigung von Herrn Ziemkiewicz, dem früheren Besitzer der Chocolaterie, vor drei Jahren ein. Das war 1933, im selben Jahr, in dem Hitler Reichskanzler wurde. Der neue Inhaber Georg Hanemann, ein Unternehmer aus dem Rheinland, lässt sich selten blicken, er vertraut Elfie aus irgendeinem Grund blind. Weshalb nur?, fragt sie sich und versucht vergeblich, sich die Falten aus der Schürze zu streichen. Wie ein Echo im Kopf hört sie Großmamas Stimme, die ihr scharf sagt, sie solle den Kopf hoch tragen und ihr Licht nicht unter den Scheffel stellen. Und warum auch? Aus der Nachbarschaft hört Elfie immer wieder, wie gut sie ihre Arbeit macht. Exzellent sogar, denn sie ruht nicht eher, bis alles, wirklich alles makellos ist. Niemand kann wie sie Ordnung halten, sagen die Leute, niemand auch nur annähernd Elfies Perfektion erreichen, wenn sie Pralinen drapiert – und die Wirtschaftsbücher sind eine Augenweide, seitdem sie sich darum kümmert. Warum nur glaubt Elfie den Stimmen der anderen nicht? Warum ist da immer die viel lautere Stimme in ihrem Kopf, die hämisch flüstert, Elfie sei zu nichts nutze, sei falsch und dumm, sei hässlich und für nichts gut genug?

Dennoch würde alles laufen wie am Schnürchen – wäre da nur nicht die neue Schokoladenverordnung des Reichs. Das Ernährungsministerium behält seit drei Jahren einen Gutteil der Schokoladenerzeugnisse ein, und in manchen Wochen verzweifelt Elfie beinahe, weil der Nachschub ihres Schokoladenlieferanten auf sich warten lässt – damit stockt immer wieder die Pralinenfabrikation. Doch Elfie macht weiter. Es liegt vielleicht nicht in ihrer Natur, aber sie hat gelernt weiterzumachen, immer und immer weiter, mit erhobenem Kopf, wie Großmama verlangte, und mit Händen, die niemals ruhen. Solange sie nicht innehält, kann sie die dunklen Gedanken auf Abstand halten, gerade weit genug, um zu überleben. Manchmal denkt Elfie, dass sie eher eine Maschine ist als ein Mensch, und in dieser Vorstellung findet sie seltsamerweise Trost.

Zur Beruhigung zählt sie langsam die Schokoladeneier in der Auslage auf der Theke, jedes einzelne liebevoll in Goldpapier gewickelt, das kaum Falten schlägt. Sie zählt, die Fingerspitze auf jedes Ei gerichtet und die Zahlen halblaut murmelnd, und kommt bis 87. Eine ungerade Zahl bringt kein Glück. Hastig kramt sie in einer Schachtel unter dem Tisch, in der noch mehr Eier liegen, und bestückt die Auslage, bis genau hundert Schokoladeneier miteinander um die Wette leuchten. Goldene, pralle Rundheit, so weit das Auge reicht, und wieder der Schokoladenduft, der sie tröstlich einhüllt. Die Schönheit der Dinge setzt dem Chaos, das so oft in ihr tobt, ein Gegengewicht, es bewahrt sie davor, die Stimme ihrer Großmutter allzu laut zu hören, wenn sie ihr in ihrer Erinnerung schon wieder sagt, wie nichtsnutzig sie sei, wie verdreht und seltsam. Elfie atmet ein und aus.

Sie hat den Tod des alten Herrn Ziemkiewicz bedauert, er war ein charmanter Vorgesetzter und bis zum Schluss ein hervorragender Konfektmacher. Seine Rezepte werden im Laden weiter hochgehalten, das haargenaue Verhältnis von Butter, Sahne und Schokolade bleibt unumstößliches Gesetz, dafür sorgt Elfie, solange sie nur genug Rohstoffe ergattern kann. Das Geschäft hat nicht gelitten, seit Hanemann es gekauft hat. Ein paar der Angestellten mussten gehen, Hanemann hat einen Riecher für die Faulenzer, und Elfie weint den Entlassenen, mit denen sie jahrelang ihre liebe Not hatte, keine Träne nach. Dafür wurden drei Neue eingestellt, ein talentierter Chocolatier aus Dresden, der sich wegen seiner angeblich französischen Herkunft *Monsieur Gérard* nennen lässt, und zwei Verkäuferinnen. Mit allen ist Elfie zufrieden, die Frauen, besonders Trude, sind zuverlässig und tüchtig. Die Abrechnung macht sie aber weiterhin am liebsten selbst, denn Zahlen sind ihre Komplizen und sie verleihen der Welt die schönste Ordnung. Zahlen und Schokolade, diese beiden Dinge sind es, die Elfie begeistern, die sie aufrecht halten, für die sie jeden Morgen trotz der bleiernen Müdigkeit aufsteht und die ihrem Leben einen Sinn geben.

Zahlen sind das Gerüst, und Schokolade ist die Sehnsucht. Elfie muss sich wieder zusammenreißen, um nicht an das versteckte Holzkistchen zu denken, geschweige denn daran, sich eine zart schmelzende Trüffel in den Mund zu schieben. Es bringt Unglück. Und sie braucht Glück, um den Tag zu überstehen. Bald zwanzig Jahre arbeitet sie an dieser Adresse – Unter den Linden 19. Jeder hier kennt sie. Elfie Wagner, zuerst Verkaufsassistentin, dann leitende Verkäuferin, und nun seit zwei Jahren Vorsteherin des Geschäfts, die Frau hinter Georg Hanemann. Sie müsste nicht länger hinter dem Verkaufstisch stehen, aber die Betriebsamkeit im Verkaufsraum würde ihr fehlen. Vielleicht sogar mehr als das, denn wo wäre sie denn sonst? Was sollte sie mit ihrer Zeit anfangen? Freie Zeit ist für sie kein Genuss, sie ist gefährlich. Im Nichtstun lauern die Gedanken, die Erinnerungen, dort wartet der Abgrund, vor dem sie sich so fürchtet. Und sosehr sie das Alleinsein braucht, so giftig wird die Einsamkeit für das Gemüt, wenn sie überhandnimmt. Ihr ganzes Leben versucht Elfie schon, im Umgang mit anderen Menschen die richtige Balance zu finden. Auch wenn sie Unbekannten gegenüber schüchtern ist – wenn es Kunden sind, reißt sie sich zusammen, und manchmal genießt sie sogar ihre Nähe. Im Geschäft herrschen Regeln für das Zusammensein mit anderen, die sie kennt und die sie befolgen kann, und es tut ihr oft gut. Sie kann verkaufen wie keine Zweite. Ihr Gesicht ist, wie sie weiß, in der ganzen Nachbarschaft mit dem Laden verbunden, beinahe ebenso sehr wie der Schriftzug draußen über der Tür. Deshalb muss sie ein Vorbild sein für die jüngeren Frauen, die hier arbeiten, für Trude und Emilie und die kleine, dünne Aushilfe Lisbeth – selbst wenn sie Elfie jetzt nicht sehen können, weil keine von ihnen vor zehn Uhr zu erwarten ist.

Der Laden aber, der sieht zu, der Laden hat hundert Augen. Nervös prüft sie noch einmal ihr Aussehen im Spiegel und schneidet sich eine Grimasse. Das da soll sie sein? Jedes Mal bekommt sie einen Schreck, wenn sie ihr Gesicht sieht – wie das einer Fremden ist es, nach all den Jahren noch immer etwas, was mit ihr nichts zu tun hat. Ihre Zähne sind zu groß, was ihr den Anflug einer Häsin gibt, ihr Haar struppig, die Bluse unordentlich geknöpft. Und doch muss etwas an ihr sein, denn sie bekommt manchmal Komplimente hier im Laden. Zweimal sogar Heiratsanträge. Doch was, um Himmels willen, sollte sie mit einem Mann anfangen? Und wozu ihre Freiheit hinter dem Ladentisch, ihre einsamen, aber so vertrauten Nächte gegen die zweifelhafte, ja beängstigende Nähe eines anderen Menschen eintauschen?

Nie im Leben, sagt sie leise und lauscht ihrer eigenen Stimme in der Stille. Die Marzipanenten auf einem Bord neben der Tür scheinen zu nicken, eine schnattert leise. *Schnabel zu!*, herrscht Elfie sie an, *wir empfangen gleich Kunden*. Die Ente zieht den langen Hals ein und schmollt. Ein letztes Mal sieht Elfie zur Uhr, wo in dem Moment der Minutenzeiger auf die Zwölf springt. Ihr Kommando.

Sie holt tief Luft und wappnet sich. Ein letztes Mal sagt sie sich die guten Omen vor, die sie bereits gesammelt hat für diesen Tag, der vor ihr liegt. Dann geht sie zum Eingang, schiebt die Riegel zurück und zieht die schmale Tür weit auf, befestigt sie mit einem Haken am Boden, damit der kühle Sommerwind sie nicht zuwehen kann, und tritt einen Moment hinaus auf die Allee.

Die breite Straße liegt da im Morgenlicht, als sei heute der erste Tag der Welt, sie ist noch nass von einem frühmorgendlichen Schauer. Elfie blickt einmal hinauf, einmal hinab. Einige Automobile sind schon unterwegs, fahren links und rechts der breiten Mittelpromenade entlang. Auch ein Bus kommt vorbei, das Oberdeck noch nicht gefüllt – die meisten Fahrgäste, die hier später am Tag die berühmten Gebäude von der Plattform aus bestaunen wollen, liegen noch in den Hotelbetten oder lassen sich gerade vom Pagen eine Schrippe mit Honig aufs Zimmer bringen.

Ilse, die Angestellte der Bank nebenan, huscht eben vorbei und nickt ihr schüchtern zu. Später wird Elfie ihr die

Einnahmen des Tages in einem Leinenbeutel vorbeibringen, damit Ilse sie in den Banktresor legt, doch auch dann werden sie kaum zwei Worte miteinander wechseln. Ilse ist Gott sei Dank ein Mäuschen, und Elfie spricht ohnehin meist lieber mit Dingen als mit Menschen.

Eine Familie mit zwei schweren Koffern steht vorm Hotel Metropol, ein Paar mit einem halbwüchsigen Sohn. Sie sind nicht aus der Stadt, wie man an ihren provinziellen Kleidern und verwirrten Gesichtern erkennt. Die Frau hält in den Händen eine kleine Handkamera. Elfie muss lächeln. Sicher werden sie sich im Laufe des Tages zu ihr in den Laden verirren, ungläubig über die Preise für das Konfekt staunen und schließlich für fünfzig Pfennig ein paar Drops kaufen, um das Gesicht zu wahren. Dann können sie da, wo sie herkommen, erzählen, welch exquisite Ware sie in der großen Stadt gekauft haben, für sündhaftes Geld.

Ein Haus weiter steht eine Traube Kinder vor dem Uhrmacherladen Conrad Felsing und bestaunt die runde Weltzeituhr im Schaufenster. Durch die laue Luft trudeln ein paar gelbliche Lindenblätter und werden dann in Richtung Westen über den Kies geweht, sie bleiben in einer Kiste mit Büchern vor der Buchhandlung der Gebrüder Marcus liegen. Der süße Duft der Bäume, den Elfie einatmet, mischt sich mit dem nach nassem Sand, Regen und frischen Brötchen – Sommermorgengeruch.

Nur Willi fehlt, denkt Elfie. Seit Menschengedenken war er hier in der Straße mit seinem Leierkasten und dem Affen Zinnober unterwegs. Die Melodien seiner Lieder konnten alle, ob Greise oder Kinder, im Schlaf mitsingen, und wenn er in den Höfen orgelte, regnete es Groschen in Einwickelpapier. Er hat seinen achtzigsten Geburtstag, der im September gewesen wäre, knapp verpasst – nun werden sie auf seiner Beerdigung, auf die er lange gespart hat, vielleicht ein letztes Mal eins seiner Lieder singen, vermutlich den *Jungfernkranz* oder *Lieber Leierkastenmann*.

Elfie hat nicht oft mit ihm geredet, aber seine lange Gestalt, die schwarze Melone und die Mischung aus fröhlicher und melancholischer Musik gehörten zum Leben hier Unter den Linden. Sein Tod scheint ihr wie ein Zeichen, dass bald alles anders wird. Am Freitag ist die Beisetzung auf dem Dorotheenstädtischen Friedhof – doch eine richtige Trauerfeier wird es nicht geben. Willi hatte keine Kinder oder Verwandten, die so etwas für ihn auf die Beine stellen würden. Wie traurig, denkt Elfie, ein ganzes Leben inmitten der Nachbarschaft und dann ein solch einsames Ende.

Sie tritt noch einen Schritt Richtung Straße und dreht sich um, prüft die Auslage in ihrem eigenen kleinen Schaufenster – der Laden ist nur knapp drei Meter breit. Über der Tür steht in selbstbewussten großen Lettern der Name: *Sawade – Confitüren und Chocoladen*. Es ist dasselbe Schild wie damals, als Elfie hier anfing. Dieser Name, den sie täglich so viele Male am Telefon nennt, sorgfältig auf Briefbögen malt und den sie auf den Pralinenschachteln liest. Manchmal schreiben Kunden sie sogar so an. *Sehr geehrte Frau Sawade* – ja, Elfie ist wie keine sonst Frau Sawade, ist mit den Jahren zu dieser Frau geworden, zum Laden selbst. Der Schokoladenduft hängt in ihrem Haar, sogar die Kamillenseife kann ihn abends nicht vertreiben, und ihre Hände kennen jede Maserung, jede Kerbe im glänzenden Holz des Tresens. Ihre Absätze klappern den Takt der Registrierkasse auf dem Heimweg in ihr Zimmer, das sie zur Untermiete bewohnt wie so viele alleinstehende Frauen in Berlin, und ihre Zunge kann blind jede der hundert Pralinensorten schmecken. Elfie *ist* Sawade.

Einmal hat sie Herrn Ziemkiewicz gefragt, weshalb das Schokoladengeschäft diesen Namen trägt, und er behauptete, es sei der einer entfernten Tante gewesen. Elfie aber hat gesehen, dass er log. Sie erkennt die Lüge immer sofort – dieses schnelle Flattern der Augenlider, dann ein starrer, offener Blick ins Gesicht des Gegenübers, der Unschuld demonstrieren soll und doch nur die Schuld entlarvt. Elfie kennt die Menschen und ihre Ausflüchte. Dennoch hat sie damals nichts gesagt, nur genickt und gedacht, dass ihr Vorgesetzter seine Gründe haben wird, ihr nicht die Wahrheit zu sagen, die mit ihr, Elfie, vermutlich nicht das Geringste zu tun haben. Sie sieht keinen Sinn darin, sich über das Unabänderliche zu ärgern – das Unabänderliche schert sich auch nicht darum, was Elfie denkt. Und schließlich ist sie selbst eine Meisterin der Lüge und Illusion – wer, wenn nicht sie, versteht, dass man nicht alles preisgeben kann, was im Inneren schlummert? Sogar vor sich selbst wagt sie nur selten zuzugeben, dass sie manchmal an früher denkt. Dass sie sich fragt, weshalb es niemanden gab außer Großmama. Sie erinnert sich kaum noch an ihre Mutter. Nur ein Gefühl ist da, wie ein Schatten. Und ein paar Fetzen – Schreie, Türenschlagen, zerbrechendes Glas. Dann Großmamas rotes Gesicht, das im Spalt zwischen Boden und Bettrahmen auftauchte und sie anschrie, sie solle sich nicht anstellen und sofort herauskommen! Sie müsse sich endlich zusammenreißen, sonst werde aus ihr eine ebenso liederliche Person, wie ihre Mutter eine sei. Elfie lauscht in ihre Erinnerung hinein, und ihr ist, als höre sie jemanden, sehr weit fort, leise weinen. Doch sosehr sie sich auch anstrengt und versucht, aus ihrem Versteck hervorzukriechen und dem Weinen nachzugehen, sie ist wie mit eisernen Fesseln an die Beine des Bettes geschmiedet und kann sich nicht rühren.

Elfie sieht ihr Spiegelbild in der Fensterscheibe, wie es geisterhaft zwischen den Süßigkeiten auftaucht, diesmal jedoch guckt sie entschlossen hindurch. Ihr scharfes Auge entdeckt jetzt in der Auslage ein Prinzess-Anna-Ei, das es gewagt hat, sich über Nacht ein Stückchen zu weit an die Pistazientörtchen zu schmiegen. Und an einem Butterkrokantstückchen ist die Schokoladenglasur eine Winzigkeit weißlich beschlagen. Sie geht in den Laden zurück, um diese Missstände schnellstens zu beheben, ersetzt die angegilbte Praline und weist dem Schokoladenei mit der Ganachefüllung wieder seinen angestammten Platz im Fenster zu. Da nähert sich draußen schon ein hell gestreifter Mantel mit einem *Pork Pie* aus schwarzem Samt darüber, und Elfie tritt hinter den Tresen – nicht zu hastig, sondern mit Würde, obwohl ihr Herz wild klopft – und nimmt Haltung an, um den ersten Kunden des Tages zu empfangen.

5.

5. August 1936,
Dienstagmorgen, halb zehn

Der Keller des Kronprinzenpalais ist voller Leichen. So jedenfalls fühlt es sich an, findet Erwin Pazunke, wenn er herunterkommt. Überall lehnen Bilderrahmen, Leinwände, umgedrehte, nur notdürftig verhüllte Straßenszenen, Stillleben und Porträts. Erwin hat das Gefühl, die Augen der Gemalten verfolgten ihn, während er hier unten nach dem Rechten sieht. Manchmal meint er sogar, einen gewissen Vorwurf in ihren Mienen zu lesen, weil sie nicht länger mit all den anderen vertrauten Bildern im Obergeschoss hängen dürfen. Als sei er, Erwin, schuld daran! Wenn es nach ihm gegangen wäre, hätte alles beim Alten bleiben können. Als Einziger steigt er nun regelmäßig die Treppen hinab. Bisher hat man ihn deswegen nicht behelligt, dabei wissen alle, weshalb die Bilder hierher verbannt wurden. Weil sie für deutsche Augen nicht länger bestimmt sind und noch viel weniger für die Besucher aus dem Ausland, die nur das eine, das *richtige* Bild Berlins gezeigt bekommen sollen. Die schwelgerischen Farben des Expressionismus soll keiner mehr sehen, und auch nicht die kubistischen Formen der Avantgarde, in denen strenge Geometrie und Wildheit eine betörende Verbindung eingingen. Man ist darauf bedacht, die Verschiedenheit der Blicke auf die Welt, die in den letzten Jahren überall in der Kunst aufschienen, wieder auszulöschen. Nur das eine Bild ist noch erwünscht, nur der Blick der Nationalsozialisten gültig. Und alle wissen auch, dass die Bilder keinen Aufpasser brauchen, solange sie in der Verbannung sind. Doch Erwin zieht es immer wieder zu ihnen, selbst wenn ihm beim Gang durch die vollgestellten Räume neuerdings unheimlich zumute ist. So als bewege er sich als einziger Überlebender unter Gespenstern.

Eigentlich mag er diesen Ort, besonders jetzt am Morgen vor dem Besucheransturm. Er genießt die dämmrige Wärme, das Bullern des Heizkessels und das Vibrieren der Rohre, die hinauf in die herrschaftlichen Ausstellungshallen führen. Der Heizungskeller unten im Magazin des Museums sorgt dafür, dass die Besucher im Winter nicht frieren müssen, wenn sie oben wie in Zeitlupe von Bild zu Bild gehen, vor einem der Gemälde stehen bleiben und tief in dessen Anblick versinken. Erwin kennt sie alle – die kunstsinnig nickenden Herren im Frack, die, eine Hand am Kinn, mit schmalen Augen die Gemälde betrachten und ab und zu nicken, als lauschten sie einer unhörbaren Stimme in ihrem Kopf. Die Schulmädchen, die sich kichernd in Kolonnen durch die Ausstellungsräume schieben und beim Anblick eines Aktbildes gegenseitig in die Rippen stoßen, bevor ein gestrenges Fräulein sie zur Ordnung ruft. Die älteren Damen, die jedes Wort in den Ausstellungsheften durch ihre Lorgnette hindurch entziffern, als seien es Bibeltexte, und dann so dicht, wie es gerade noch erlaubt ist, an die Bilder herantreten, um alles, was sie soeben gelesen haben, am Objekt zu überprüfen. Und die jungen Leute, die lärmend, mit begeisterten Gesten vor den Gemälden stehen und sich ins Wort fallen, sich dies und das erklären und gegenseitig mit ihrem Wissen über die Kunst zu übertrumpfen suchen. Schließlich die Touristen aus aller Herren Länder, die sich in Sprachen unterhalten, die Erwin nicht versteht – sie kommen alle hierher, um das einzigartige Kronprinzenpalais zu besuchen, die berühmte Galerie zu sehen, die überall auf der Welt Nachahmer gefunden hat. Nirgendwo sonst gibt es so etwas auf der Welt – eine »Galerie der Lebenden«, die Ludwig Justi nach dem Großen Krieg erschaffen hat, voller Licht und den Farben der Zukunft, mit Kunstwerken der Impressionisten und der Berliner Sezession. Und mit den herrlichen Figuren der Künstlervereinigung »Brücke«, deren Gesichter grün, rot und gelb sein können – und die dennoch so wirklich sind, dass Erwin manchmal denkt, eines der gestreiften Mädchen werde gleich aus seinem Rahmen klettern. Ihretwegen drängen und schieben sich die Besucher durch die zwei Geschosse des Hauses und treten sich gegenseitig auf die Zehen vor Begeisterung und Ungeduld.

Erwin aber steht unsichtbar unter ihnen. Niemand sieht ihn in seiner dunklen Uniform, er und die anderen Museumsbeamten verschmelzen mit den Wänden des Kronprinzenpalais. Nur wenn jemand allzu dicht an eines der Bilder zu geraten droht, dann macht er einen warnenden Schritt in dessen Richtung. Meistens reicht das schon –

der Besucher erschrickt, wenn diese schwarze Uniform mit dem Schnauzer darüber aus dem Schatten der Raumecke auftaucht, tritt zur Seite, entschuldigt sich leise, und schon kann Erwin wieder im Niemandsland versinken. Das alles ist nicht spektakulär, doch Erwin weiß, dass seine Aufgaben wichtig sind. Er ist der Beschützer der Bilder, der Bewacher der Kunst.

Was aber, wenn die neuen Herren des Museums diese – seine – Bilder ins Magazin schicken? Wem muss Erwin dann eigentlich die Treue halten – der Kunst oder dem Direktor? Und nicht einmal, was die Direktoren angeht, kann man sicher sein, auf welcher Seite sie stehen. Für Justi haben sie gekämpft, sogar Erwin hat den Brief unterzeichnet, den sie vor drei Jahren, im März 1933, an den Kultusminister geschickt haben. Darin protestierten sie gegen die Verleumdungen, dass Justi gegen die Nationalsozialisten arbeite. Doch es hat nichts genützt, schon im Sommer musste er seinen Hut nehmen. Danach kam Alois Schardt, der allerlei Neuerung befohlen hat – ein kläglicher Versuch, durch geschickte Umhängungen und das Verstecken der Expressionisten im obersten Stockwerk größeres Unheil vom Kronprinzenpalais abzuwenden. Doch Erwin weiß, dass es nichts genützt hat, auch Schardt wurde entlassen. Und nun, da er hier unten zwischen all den Verfemten steht und sieht, wie weit es mit ihnen gekommen ist, versteht er, dass die Moderne im Kronprinzenpalais untergegangen ist. Max Pechstein lehnt hier, Lovis Corinth und, was Erwin am meisten schmerzt, Käthe Kollwitz. Es ist aus mit der »Galerie der Lebenden«.

Er tritt an die Bronzeskulptur heran und lüftet vorsichtig das Laken, das darüber hängt – eine Mutter, die ihr Kleinkind über der Schulter trägt. Das Kind klettert an ihr hoch wie ein Äffchen, und Erwin lächelt, als er an die kleinen Steppkes denkt, die manchmal mit ihren Eltern herkommen. Doch beim Gedanken daran, was Käthe Kollwitz sagen würde, wenn sie ihre arme Skulptur hier sähe, wird er wieder ernst. Unbehaglich streicht er sich über seinen Schnauzbart und deckt vorsichtig das Tuch über die Zweiergruppe. Die Kollwitz war früher oft hier, doch man begegnet ihr immer seltener. Zum letzten Mal hat Erwin sie im Frühling gesehen, da kam sie, dünner als sonst und mit ganz und gar weißen Haaren, ins Palais.

»Na, Herr Pazunke«, hat sie gesagt, »immer noch hier?«

Die Kollwitz ist ein Berliner Original, stammt zwar nicht von hier, ist aber aus der Stadt nicht mehr wegzudenken. Fast sein Jahrgang ist sie, nur ein paar Jahre älter, und sie verstehen sich seit jeher gut. Für sie ist Erwin nicht unsichtbar.

»Stets zu Diensten«, hat er gesagt und die Hacken knallen lassen. Doch das gefiel ihr nicht, das sah er gleich.

»Wir sind ja hier nicht im Feld«, sagte sie und legte ihre kleine Hand auf seinen Uniformärmel. Dann zeigte sie auf die Gemälde ringsum, die im Frühling noch oben hingen – Lionel Feininger, Karl Hofer, Paul Klee, Paula Modersohn-Becker und Otto Dix. »Ich wollte nur sehen, was meine Lieben alle machen, ob sie hier oben ebenso schändlich wie ich diese elenden Jahre überdauern.«

»Schändlich?«, hat Erwin erschrocken gefragt. Da nickte

die Kollwitz. »Ich fürchte, ich bin mit meiner Arbeit wirklich am Ende, Herr Pazunke. Um mich ist Stille.«

Dann ging sie weiter, streifte durch die Halle, und Erwin folgte ihr mit den Augen – der kleinen Frau ganz in Schwarz, mit dem weißen Haarzopf im Nacken, die zerbrechlich und alt aussah. Doch er gab sich einen Ruck und ging ihr nach.

»Kommen Sie«, sagte er, »ich zeige Ihnen etwas, was Sie interessieren wird.«

Er führte sie, mit einem hastigen Blick über die Schulter, zur Kellertreppe und hinunter ins Magazin – in eben den Raum, in dem er nun steht. Und wie mit ihr neulich geht er auch jetzt hinüber zu der großen Figurengruppe aus Holz, die in einem dunklen Winkel des Magazins lehnt. Er knipst den Schalter an, und die Beleuchtung flackert schüchtern auf. Sechs Figuren sind es, aus schimmerndem, poliertem Eichenholz, miteinander verwachsen und verschmolzen – drei Soldaten und zu ihren Füßen drei sich windende Kreaturen mit Skeletthänden und geballten Fäusten. Er versucht, zu sehen, was die Kollwitz sehen würde.

»Barlachs *Ehrenmal*«, hat sie damals ungläubig gesagt, und für einen Moment suchte sie Halt an Erwins Arm. »Hier unten muss das also jetzt versauern? Aus dem Dom in Magdeburg verbannt in euren Heizungskeller?«

Etwas daran, wie sie *euren Keller* sagte, störte Erwin, doch er wagte nicht, es zu zeigen. Sie starrte die Skulpturen an und konnte sich nicht sattsehen, wie es schien, und auch Erwin war erneut beeindruckt von dem starken Ausdruck der Schnitzerei.

»Die *Not*, der *Tod* und die *Verzweiflung*«, flüsterte Käthe Kollwitz und deutete auf die halb kauernden Gestalten zu Füßen der Soldaten. »So, sagt Ernst selbst, sollen wir sie lesen. Und kein Wunder, dass die Nazis nicht wollen, dass wir Menschen das sehen – niemand sonst kann die Wahrheit des Krieges so zeigen wie Ernst Barlach.«

Erwin sah noch einmal genauer hin. Die Stahlhelme, die stumpfen Gesichter der Soldaten, die Zahlen – *1914, 1915, 1916*. Er selbst war 1917 in Ypern in Flandern, und noch heute träumt er von den Schreien der belgischen Soldaten, die im Senfgas umkamen. Doch er verbietet sich die Erinnerung, wenn er wach ist, denn diese dunklen Gedanken führen zu nichts und ziehen einen Mann nur hinab an einen Ort, von dem manche nicht mehr zurückkommen.

Die Kollwitz betrachtete die Skulpturen noch eine Zeit lang wie alte Freunde, mit denen sie Mitleid hatte. Dann ging sie, ließ ihn im Magazin zurück, und seitdem kam sie nicht mehr. Erwin weiß, was sie oben im ersten Stockwerk nicht mehr finden würde, wenn sie käme, und da ist er beinahe froh, dass sie sich neuerdings fernhält von diesem Ort, der ihre Kunst verfemt. Sie hat das nicht verdient, sie nicht und auch nicht ihre Bilder. Doch wer ist er schon – ein kleiner, unbedeutender Museumswärter, mehr nicht. Was weiß er denn von der Kunst und von dem Leben dort draußen auf den Linden? Es hat sich in den letzten Jahren so verändert, seit die Bücher brannten und die Wachablösung auf dem Pariser Platz jeden Tag mit Hakenkreuzfahnen und Aufmärschen begleitet wird. Erwin aber tut nur seinen Dienst, jeden Tag, seit bald vierzig Jahren, hier im

Kronprinzenpalais. Eine Zeit lang hat man gesagt, dass hier das Herz der Kunstwelt schlüge, und die internationalen Besucher gaben sich die Klinke in die Hand. Seit drei Jahren ist das vorbei, und nur, weil in diesem August wegen der Olympiade noch einmal so viele Besucher Unter den Linden angespült werden wie lange nicht mehr, wird das nicht andauern. Oben sind die Wände wie leer gefegt, die Lücken notdürftig mit Kunstwerken aus Mussolinis Italien und anderem Kram gestopft, doch das wird nicht genug Menschen interessieren. Nein, Erwin hat da keine Illusionen. Die glorreichen Tage des Kronprinzenpalais sind vorbei.

Doch schöne Zeiten sind es gewesen, denkt er, während er das Licht löscht und langsam die Stufen hinaufsteigt. Künstlervolk, erhitzte Gespräche, bunte Farben überall – oh, die *Blauen Pferde* von Franz Marc! Aufbruch und Neubeginn. Man war wirklich an einem besonderen Ort, den es so kein zweites Mal geben wird. Doch alles hat seine Zeit. Erwin nimmt den schweren Schlüssel und sperrt die Tür zum Magazin hinter sich zu, lässt die verbannten Kunstwerke im Dämmerlicht zurück und geht an seinen Platz neben der Tür, unter einem Mädchenkopf von Modigliani, wo bis vor Kurzem noch ein Liebermann gehangen hat. Das Bild mochte er besonders gern, die Linden im Schnee. Man roch unter den Farben förmlich die Kälte, die weißliche Luft und hörte die Baumstämme im Winterwind ächzen. Doch der Mann, der das Bild gemalt hat, lebt nicht mehr, und seine winterlichen Linden stehen unten neben all den anderen, die ihren Platz in den Hallen des Kronprinzenpalais verwirkt haben.

6.

5. August 1936,
Dienstag, elf Uhr

Das Telefon klingelt, und Elfie, die gerade einer Kundin eine Papiertüte mit zwei Pralinenschachteln reicht und einen schönen Tag wünscht, erstarrt. Das ist eigentlich Trudes Aufgabe. Doch die steckt gerade in einem Beratungsgespräch mit einer Dame, deren gespitzte Lippen unter dem Hütchen nicht von ihrer Geduld zeugen.

»Ja, wir haben auch *Lindt*-Schokolade«, hört Elfie die Kollegin sagen und runzelt kurz die Stirn. Sie kann es nicht leiden, wenn die Leute zu Sawade kommen und dann nur die bekannten Schokoladentafeln des Namens wegen kaufen, anstatt ihre eigenen handgefertigten Kreationen, deretwegen sie schließlich berühmt sind. Außerdem macht sie sich Sorgen, wann immer sie den Namen des Schokoladenfabrikanten hört – denn wie lange noch wird ihr Zulieferer genug Ware haben? Die Rohkakao-Importe aus Kamerun und der Südsee, wo Deutschland seine Kakaoplantagen unterhält, sind heutzutage Sache der Regierung, und Schokolade scheint plötzlich politisch.

»Das Telefon, Elfie«, ruft Trude mit hochgezogenen Augenbrauen und deutet zum Apparat, der beinahe vorwurfsvoll bimmelt.

Elfie nimmt sich zusammen und hebt ab.

»Sawade«, sagt sie heiser in das Sprechstück – und doch so würdevoll, wie es ihr möglich ist. Ebenso gut könnte sie sagen, *Hier bei Hofe* oder *Kaiserin Auguste Viktoria*, obwohl Letztere natürlich längst nicht mehr lebt und der preußische Hof vor Jahren in der Revolution untergegangen ist. Es ist leichter, wenn man den fremden Geistern am anderen Ende der Leitung mit Hochmut begegnet, dann verlieren sie ein wenig von ihrem Schrecken.

»Marie Conte«, nennt eine brüchige Stimme am anderen Ende der Leitung mit schwachem französischem Akzent ihren Namen, und Elfie hält sich das freie Ohr zu, um das Stimmengewirr ringsum zu dämpfen. In diesem Moment poltern zwei Botenjungen in den kleinen Raum herein und werden von Lisbeth abgefangen, die zwar winzig und zart ist, sich dem Ansturm aber entgegenstellt wie ein Gänseblümchen den heranfahrenden Straßenbahnen.

»Guten Tag, Madame«, sagt Elfie erleichtert in die Muschel des Telefons. Die alte Dame, die im Vorderhaus über dem Laden wohnt, bestellt seit Jahren Pralinen. Jedes Mal andere – sie kennt sich bestens im Sortiment aus und lässt sich die Süßigkeiten von den Verkäuferinnen heraufbringen. Wenn Elfie Zeit hat, übernimmt sie es selbst, obwohl sie meist nur das Dienstmädchen an der Tür antrifft.

»Womit kann ich Ihnen heute dienen?«

»Was würden Sie mir empfehlen?«

Elfie überlegt. Sie versteht, dass dies hier für die alte Dame ein Spiel ist, und sie ist gern bereit, es mitzuspielen. Nur zu gut weiß sie um die Wichtigkeit von Spielen und Ritualen, behält durch sie selbst die Ordnung ihrer Welt bei. *Du Spinnerin!*, sagt die Stimme der Großmutter, und Elfie verscheucht sie schnell mit einem unwilligen Kopfnicken.

»Haben Sie eine bestimmte Vorstellung, Madame Conte? Noisette, Krokant, Marzipan? Mit Kirschwasser, mit Weinbrand, mit Eiercreme?«

»Es gab da früher mal eine Praline«, sagt die brüchige Stimme, »mit dunkler Schokolade überzogen und obenauf eine Mandel.«

»Innen geschichtete Nougatfüllung«, sagt Elfie und nickt, obwohl die Dame am Telefonapparat sie nicht sehen kann. »Unsere klassische Nougatpraline.«

»Ein halbes Pfund, bitte.«

»Sehr gern.«

»*Bel étage*«, sagt Madame, als wüsste Elfie das nicht. Doch solche schönen Wörter muss man einfach immer wieder sagen, auch das versteht sie, und die alte Dame scheint ihr auf einmal nah. Seit vielen Jahren grüßen sie und Madame sich höflich auf der Straße, und mindestens einmal im Monat bestellt die Nachbarin telefonisch ihr Konfekt und lässt es sich bringen. Doch in der letzten Zeit hat Elfie sie nicht mehr gesehen, sie ist sicher über neunzig und verlässt die Wohnung nicht mehr oft. Elfie hat es nicht einmal bemerkt. Es ist, als sei die alte Dame ohnehin ein Teil dieses Hauses, so wie die Steine, die Marmorpilaster an der Fassade oder die Gesimse über den Fenstern. Ein Faktotum, mehr Vergangenheit als Gegenwart, mehr Geschichte als Mensch.

»Ich bringe Ihnen die Pralinen um die Mittagszeit vorbei«, verspricht sie, »brauchen Sie noch etwas?«

»*Non, merci*«, sagt die Stimme, und dann ist die Verbindung unterbrochen.

Elfie hängt den Hörer auf, fährt sich über die Oberlippe, wo sich vor Aufregung der Schweiß gesammelt hat, und vergewissert sich, dass Lisbeth mit den Boten fertig wird und ihnen das Richtige aushändigt. Wieder geht das Glöckchen, wieder wird ein Schwall Kunden von der sonnigen Straße hereingespült. In dem kleinen Raum vor dem Tresen stehen die Leute nun dicht an dicht, versuchen, die Aufmerksamkeit einer der Verkäuferinnen zu erregen, und stecken ihre Hände in die Bonbonnière mit den süßen Dragees. Elfie streicht sich die dichten Haare aus der Stirn, die im Laufe des Tages dazu neigen, ihr ins Gesicht zu fallen, und geht auf ein Pärchen zu, das ungeduldig die Auslage mit dem gemischten Konfekt anstarrt.

»Lassen Sie mich raten«, sagt sie, »meine Herrschaften, einmal von allem? Aber zuerst müssen Sie probieren.«

Im Laufe der Jahre hat sie sich ein paar Sprüche angewöhnt, die immer funktionieren. Sie sind ihr Halt, ihr Geländer, an das sie sich klammert, wenn die Furcht kommt. Und sie haben zu ihrer eigenen Überraschung fast immer Erfolg. Aber niemand weiß, wie viel Kraft es sie kostet, sie wieder und wieder zu sagen, als sei sie eine mechanische Aufziehpuppe und keine Frau aus Fleisch und Blut. Ein tapferer Zinnsoldat, der nicht wankt und nicht aufgibt, obwohl doch alle sehen müssen, wie rostig die Uniform ist und wie stumpf der Säbel. Elfie hat sich in diese metallene

Rüstung eingesponnen, und nun kann sie nicht mehr sagen, ob diese Hülle sie hält oder zerdrückt.

Sie nimmt mit einer silbernen Zange ein Stückchen Nusspastete auf und hält es der Frau hin, sieht zu, wie ihre Ungeduld dem Genuss weicht, sobald sie es sich in den Mund schiebt, und reicht dann dem Mann ein Schokoladenei mit Whiskey-Füllung.

»Die große Schachtel?«, fragt sie und wartet gar nicht mehr auf die Antwort.

7.

5. August 1936,
Dienstag, halb zwölf

Vielleicht war es keine gute Idee, ihrer Herrin das zweite Glas Portwein am Vormittag zu erlauben, denkt Mine, als sie die fiebrigen Wangen der alten Dame sieht. Doch natürlich weiß sie, dass es keine Frage der Erlaubnis ist. Madame bekommt, was immer sie will, und wenn nicht, holt sie es sich heimlich, wenn sie, Mine, ihr Nickerchen auf der Küchenbank hält, das sie sich in letzter Zeit angewöhnt hat. Sie ist fünfundzwanzig Jahre jünger als ihre Herrin, doch das heißt nicht, dass sie jung ist, denn Madame ist uralt. Und auch wenn Mine es nicht gern zugibt – das Alter greift mit seinen langen, gichtigen Fingern auch immer mehr nach ihr. Die Arbeit in der Küche strengt sie von Jahr zu Jahr mehr an. Aber mehr als das Schrubben der Töpfe und das Teppichklopfen – obwohl sie das inzwischen eigentlich kaum noch tut, weil weder Madame noch sie der Staub in den vergilbten Läufern stört – ermüden Mine die Launen der alten Dame.

»Sie sollten wirklich etwas essen«, fleht sie Madame Conte an und stellt das Tablett ab. Ein Toast, in feine Streifen geschnitten und großzügig gebuttert, und ein weich gekochtes, bereits geköpftes Ei im blau-weiß bemalten

Eierbecher, daneben der Löffel aus Perlmutt. Doch sie ahnt schon, dass, kaum dass sie Madame den Rücken zukehrt, beides an den Pekinesen Napoléon gehen wird, der sich schon erwartungsvoll die kleine Schnauze leckt. Mine kennt ihre Pappenheimer, und manchmal hat sie nicht mehr die Kraft, die störrische alte Dame zu etwas zu überreden, zumal oft weder Bitten noch Drohen hilft.

»Ich habe keinen Appetit, Minchen«, sagt Madame da schon weinerlich, doch Mine lässt sich nicht von der zärtlichen Anrede einwickeln. Nie hat Madame Conte sie *Fräulein Kalinke* genannt, sie war Mine von Anfang an. Und manchmal eben Minchen. Aber sie weiß zu gut, dass die alte Dame nur so friedfertig, so liebevoll ist, wenn sie etwas will. So wie jetzt, da sie Mine mit ihren beunruhigend hellblauen Augen flehentlich ansieht.

»Vielleicht später, *oui?*«

»Natürlich, Madame«, seufzt Mine. Sie zuckt die Achseln und geht zum Fenster, zieht die schweren Vorhänge ein Stück weiter auf, um der Sonne, wenn sie denn heute noch mal geruhen sollte, hinter den dicken Wolken hervorzuschauen, eine Chance zu geben. Doch da stöhnt Madame schon auf.

»Mine, *ma chère*, muss das sein? Meine armen alten Augen! Ich habe es gern ein wenig schummrig.«

»Aber Tageslicht tut Ihnen gut«, sagt Mine bestimmt und lässt die Vorhänge, wie sie sind. Irgendetwas wird sie in diesem Hause ja wohl auch entscheiden dürfen. Seit über einem halben Jahrhundert dient sie Madame Conte. Als sie zu ihr kam, war sie ein Kindskopf von gerade einmal vierzehn Jahren. Ihr ganzes Leben hat sie ihr geschenkt, ihr, den beiden Knaben, die sie, praktisch selbst noch ein Kind, mit aufgezogen hat, und den stetig wechselnden Pekinesen.

Madame hustet unzufrieden, fügt sich jedoch für den Moment, und Mine spürt beinahe etwas wie Genugtuung, weil sie ihr die Stirn geboten hat. Verstohlen mustert sie ihre Herrin, die zusammengesunken im Sessel sitzt, wie immer adrett gekleidet, das schlohweiße Haar sorgfältig frisiert, aber das Gesicht so verwittert und eingefallen, dass einem angst und bange werden kann. Ihre Hände umklammern die geschnitzten Löwenpranken der Sessellehnen, während der Husten sie schüttelt, als hielte ein Raubtier sie an den Schultern. Mine will zu ihr hasten, doch Madame hebt warnend die Hand und schüttelt ruckartig den Kopf, krächzt und räuspert sich, bis der Anfall vorübergeht.

»Vielleicht sollten wir Doktor Lange rufen«, sagt Mine wider besseres Wissen. Natürlich wird Madame niemals zustimmen.

»Dass ich nicht lache«, sagt diese denn auch, sobald sie wieder zu Atem gekommen ist. »Wir erwarten ihn ja morgen. Das genügt völlig, zumal der alte Doktor selbst nicht auf der Höhe ist und immer nur kalte Wickel empfiehlt, Tee und Bettruhe. Ich sage dir, Mine, wenn ich noch einmal von dir Salbeitee eingeflößt bekomme, obwohl ich dieses Kraut verabscheue, dann gnade dir Gott!«

Mine brummelt, sagt aber nichts. Sie ist diese heftigen Vorwürfe gewöhnt, sie haben im Laufe der Jahrzehnte zugenommen, und sie hat gelernt, sie sich nicht mehr zu

Herzen zu nehmen. Sie weiß, dass sie Madames einzige, unverzichtbare Stütze ist und dass sie ihr niemals kündigen wird. Aber was, wenn die alte Dame nicht mehr ist? Was wird dann aus ihr, einem ewigen Dienstmädchen, zu alt zum Arbeiten, ohne Verwandte, ohne Rente und mit nichts als einem ganzen langen, vergangenen Leben als Damenbedienung im Gepäck?

Sie schüttelt diese Gedanken ab. Kommt Zeit, kommt Rat, so sagte es ihre Mutter immer, die sie mit zwölf in Stellung schickte, damit ihre Älteste, Wilhelmine, sich etwas aufbauen könnte. Sie war so stolz auf ihre Tochter mit dem kaiserlichen Namen, weil sie schon nach kurzer Lernzeit in eine respektable, wohlhabende Familie kam – Ausländer zwar, doch Franzosen! Das galt etwas in den Augen Emma Kalinkes. Wer hätte damals ahnen können, dass es die einzige Stelle sein würde, die Mine je bekleidete?

Madame hustet schon wieder, und Napoléon streicht um den Sessel herum und beäugt abwechselnd sein Frauchen und das dampfende Frühstücksei.

»Das wär's, Mine«, sagt Madame Conte, nachdem sie unauffällig in ein Spitzentaschentuch gespuckt und Atem geschöpft hat. Sie ist kreideweiß, doch ihre Züge sind beherrscht und resolut wie immer. Jetzt wedelt sie mit der Hand, das untrügliche Zeichen dafür, dass sie im Salon allein gelassen werden will, um ihre Illustrierte zu lesen. »Ach, und wenn die kleine Verkäuferin von unten klingelt, schick sie bitte zu mir.«

»Zu Ihnen?« Jetzt ist Mine erstaunt. Madame empfängt so gut wie nie Besuch. »Ist das ratsam, in Ihrem Zustand?«

»Mein Zustand ist, wie er ist«, sagt ihre Herrin säuerlich, »ich bezweifle, dass er sich in absehbarer Zeit bessert. Und ich möchte mit Mademoiselle Wagner sprechen, ich habe ihr etwas zu erzählen.«

Höchst merkwürdig, findet Mine und knickst so unbeholfen wie immer. Seit das linke Knie nach einem Sturz auf der Kellertreppe dauernd schmerzt, ist es noch mühsamer, und sie stolpert öfter über ihre großen Füße. Worüber will denn Madame mit der Verkäuferin von Sawade sprechen, das sie nicht auch mit ihr, Mine, bereden könnte? Diese Frau ist immer ein wenig merkwürdig, zerrupft wie ein Vogel und wortkarg – was will Madame von ihr? Beinahe spürt sie etwas wie Eifersucht, als sie in die Küche zurückschlurft. Und der Arzt wird auch nicht begeistert sein, wenn er hört, dass hier die Besucher wie im Taubenschlag ein und aus gehen, denkt sie trotzig. Doktor Lange hat sie gebeten, dafür zu sorgen, dass Madame ordentlich isst und keinen Tropfen Alkohol mehr trinkt, dazu soll sie viel ruhen. Aber Herrgott, da kennt er ihre Herrin schlecht, der ihr Portwein heilig ist. Madame Conte hat außerdem ganz recht, auch der Doktor ist zu alt, um für voll genommen zu werden. Alle Menschen um sie beide herum welken, schrumpfen, sterben und verschwinden.

So ist das, wenn sich das Leben neigt, denkt Mine und wird ein wenig melancholisch, man ist umgeben von Todgeweihten. Und sie beide? Zwei alte Frauen, vergessen von der Welt, eingesponnen in diese hohen Zimmer, in denen der Staub schon anfängt, sie unter sich zu begraben, und in denen die Luft auf der Stelle steht, weil sich niemand hindurchbewegt. In denen die Möbel, einst prächtig mit all den Schnitzereien, den geschliffenen Glastürchen und Intarsien, und die Goldrahmen der Gemälde mit Laken und Tüchern abgedeckt sind, weil niemand da ist, der all die Zimmer betritt. Weil niemand mehr am Sekretär sitzt und Briefe schreibt, niemand am Flügel spielt.

Aber den Blüthner im Zimmer neben dem Salon, den wird sie nicht zudecken. Früher, als Madame noch Abendgesellschaften gab, spielten immer mal wieder Gäste darauf, und auch die beiden Jungen, was weit weniger ein Genuss war. Mine staubt das schwarz glänzende Gehäuse weiterhin jede Woche ab, als sei das Instrument die letzte Verbindung zu einer Welt, die dort draußen still und unbemerkt untergegangen ist und nur noch in ihrer Erinnerung weiterlebt.

Und doch, was ist diese Welt gewesen! Was hat Mine hier alles erlebt! So viele Menschen, so herrliche Feste – die Hochzeiten der Söhne, all die Namenstage, die Geburtstage und Soireen. Eine ordentliche Plackerei ist es gewesen, für so viele Menschen zu kochen, zu backen, einzudecken, abzuräumen. Daraus bestanden ihre Tage – Betten beziehen, Kleider waschen, sie mangeln, trocknen, stärken, bügeln, flicken. Kragen annähen, Holz heraufholen, Briketts schleppen und den Herd immer mit Graphit schwärzen, eine grausliche Arbeit, nach der sie aussah wie ein Schornsteinfeger. Mines Hände sind rau und schwielig, und ihr Kreuz schmerzt noch mehr als ihr Knie. Doch sie hat den Trubel geliebt, den Blick durchs Schlüsselloch in ein Leben, das ihr nicht gehörte, das sich aber beinahe wie ihr eigenes anfühlte. Ein Leben, das auch seine Geheimnisse hatte, denn was wäre ein Frauenleben ohne Geheimnis?

Vielleicht ist es nett für Madame, ein wenig Gesellschaft zu haben, denkt Mine, selbst wenn es nur diese Spinnerin aus dem Geschäft unten ist. Und sie spürt, wie ein Anflug von Großzügigkeit ihre kleinliche Eifersucht vertreibt. Wenn sie ein wenig mit der jüngeren Frau plaudern will, warum nicht? Vielleicht fühlt sie sich ihr sogar verbunden, denn eine Verrückte ist Madame ebenfalls, wenn auch ganz anders als dieses verhuschte Fräulein Wagner. Sie, Mine, geht es nichts an, was die Herrschaft treibt. Und jetzt ist es Zeit für ein bisschen Trost, findet sie, denn man darf sich nicht der Trübsal hingeben, darf der Melancholie keinen Raum bieten, sonst übermannt sie einen. Sie hat ja, trotz allem, gute Jahre hinter sich.

Mit einem scharfen Messer schneidet sich Mine ein dickes Stück Marmorkuchen ab, den außer ihr hier sowieso niemand isst. Sie lässt sich auf die Küchenbank plumpsen, legt die schmerzenden Beine in den dicken Strümpfen hoch, ächzt vor Wonne und versenkt genüsslich eine silberne Kuchengabel in den duftenden Kuchen.

8.

Unsere dichten Blätter, unsere Zweige spiegeln sich in den unzähligen Fenstern der Allee. Wir sind nicht eitel, aber unsere tausendfache Spiegelung, Verdopplung, Verdreifachung ist ein Glück, für uns und die Menschen, denen unser Grün eine Oase inmitten der steinernen Stadt ist. Vom Adlon bis zur Oper, vom Zeughaus bis zum Brandenburger Tor stehen wir und lassen unsere Blätter vom Wind zausen. Wir singen das Lied von Berlin. Wir säuseln, wir rascheln, wispern und rauschen. Wir klappern mit den Ästen das Auf und Ab der Jahreszeiten, Lebenswege, Zeitläufte.

Zeit, was ist Zeit? Ihr entkommt niemand. Was gibt es Faszinierenderes als die Zeit? Die Zeit, die vergeht, die Stunden, die verrinnen, der Tag, der sich neigt? Und was ist verrückter als die Gewissheit, dass sie überall vergeht, an allen Orten der Welt gleichermaßen, aber dennoch nicht zugleich? Sie ist ungleich, kann mit Uhrwerk und Rädchen gemessen werden, mit Takt und Maß, und ist dennoch dehnbar und keineswegs verlässlich. Und für den Glücklichen vergeht eine Sekunde wie ein Lidschlag, aber für den, der im Schmerz ist, dehnt sie sich aus wie ein

Jahr. Für den, der wartet, bläht sie sich auf ins Unkenntliche, Unerträgliche, und für den, der sie anhalten will, weil er liebt, rast sie vorbei wie ein Schnellzug. Wir, die Linden, sehen alldem zu und haben längst aufgehört, uns zu wundern.

Dort im Fenster beim Uhrmacher Felsing hängt die Weltzeituhr. Ihre Zifferblätter messen die Zeit in Berlin und Paris, in Leningrad und New Orleans, in Chicago und Peking. Die großen Zeiger deuten in alle Richtungen wie die Finger an einer gespreizten Hand. Aber die Sekundenzeiger, die marschieren im Gleichschritt, immer vereint im selben Klack, Klack. Gehorsame Soldaten, getrieben vom General Zeit. Darunter liegen elegante silberne Taschenuhren und kleine Ticktacks am ledernen Band für den zarten Damenarm in der Auslage, doch niemand sieht sie an, wenn er erst einmal die Weltzeituhr entdeckt hat. Sie ist hier, nach uns, die Attraktion der Allee!

Aber auch ihre Zeit wird kommen. Wir wissen es, wir haben es gesehen. Sie wird enden, so wie alles endet. Bald wird alle Zeit zusammenschrumpfen auf den Augenblick, in dem die Bombe herabsaust. Die Druckwelle verbiegt die metallenen Zeiger, und die Uhr bleibt stehen. Dann zeigt sie für immer nur noch die nullte Stunde an. Die Zeit selbst wird anhalten, obwohl das, wie wir alle wissen, ganz und gar unmöglich ist, ganz und gar monströs.

Und doch wird es passieren, passiert es jetzt gerade, ist es schon geschehen vor vielen Jahren. Wir waren immer hier, wir haben alles gesehen. Auch in diesem einen verrückten Sommer, als unsere Prachtallee für wenige Wochen noch prächtiger, noch schöner, noch freier von Makeln sein sollte als sonst. Alles für die Olympischen Spiele, alles für das Tausendjährige Reich. Doch selbst das ist am Ende untergegangen, ist in den unendlichen Abgrund vergangener Zeiten gestürzt worden, und übrig, übrig blieben nur wir.

9.

5. August 1936,
Dienstag, Viertel vor zwölf

Auf den langen Holztischen liegen die dunkel glänzenden Pralinen auf Gittern, um zu trocknen, als Elfie hereinkommt. Ein schwerer Duft nach edler Schokolade schwebt in der Luft, nach süßer Sahne und kandierten Früchten, deren zuckriges Rot im Licht glänzt. Zwei Angestellte in weißen Kitteln stehen am Arbeitstisch und bestreuen die halb flüssige dunkle Kuvertüre auf den Pralinen mit Nuss-Splittern, die sich an die cremeweißen Verzierungen schmiegen. An einem anderen Tisch schneidet Frau Lambert, die Confiseurin, mit einem großen Messer zweilagiges Konfekt aus Marzipan und Nougat in akkurate Stücke – weiß und hellbraun gestreift. Richard, ein junger Gehilfe, packt die mundgerechten Würfel vorsichtig in Pralinenschachteln, die sich links von ihm leer stapeln und auf der anderen Seite zu einem Turm aus fertig verschlossenen Paketen türmen.

Elfie könnte stundenlang zusehen. Der arbeitsame Rhythmus, die fließende Schokolade, die perfekt geformten Rosetten aus Nougat ergeben das schönste Bild und beruhigen sie auf wundersame Weise. Es ist, als würde man Betenden in einem Tempel zusehen oder Ameisen bei ihrem Auf und Ab in den unterirdischen, symmetrisch geformten Gängen ihres Baus. Hier gibt es keinen Grund, nervös zu sein, hier kennt sich Elfie aus, ist sie eine andere als sonst. Die Harmonie der Abläufe und die ruhige Schönheit der Dinge, die Fülle der Pralinen und die fließende Schokolade sind wie ein Sinnbild von Glück. Elfie muss nichts tun, was sie nicht will, sie muss niemandem gehorchen als sich selbst, und die zarten Farben und sanften Düfte um sie her beschützen sie. Der schwarze Schlund findet sie in den Räumen der Manufaktur nicht, er lauert woanders. Auf großen Plätzen wie oben am Schloss, wo die Menschen kreuz und quer laufen, als hätten sie ihr Ziel vergessen. In überfüllten Geschäften, wo die Farben und Gerüche in Elfie eindringen und sie hinabziehen wollen, bis sie ihren Korb umklammert und flieht – schließlich kann sie auch am nächsten Tag noch einkaufen gehen. In diesen modernen Fahrstühlen, in deren metallenem Gehäuse man durch die Luft saust und die Elfie niemals betreten würde, und wenn ihr Leben davon abhinge.

Hier jedoch ist ihr alles vertraut. Hanemann hat nach seinem Geschäftskauf neue Räume im Hinterhaus angemietet, wo die Konfektmacher die Pralinen und Trüffel, Schokoladeneier und Ganache, die Fondants und Konfektpasteten herstellen. Unter dem alten Ziemkiewicz gab es dafür nur eine kleine dunkle Küche im Hinterzimmer des Ladens, doch die Zeiten haben sich geändert, und heute ist Sawade eine richtige kleine Manufaktur.

Monsieur Gérard, der neue Konfektmacher, überwacht am Herd das langsame Erhitzen flüssiger Schokolade, während in einem anderen Topf Orangen eingekocht werden. Die dicke Masse wirft Blasen, und der bittere Duft hängt wie ein Nebel darüber. Die kleinen Brillengläser des Chocolatiers sind im Dunst beschlagen.

»Guten Tag«, sagt Elfie, und die Angestellten sehen kurz unter ihren weißen Hauben auf und nicken ihr zu, dann konzentrieren sie sich wieder auf ihre Arbeit. Nur Monsieur Gérard tritt einen Moment vom Herd weg und reicht ihr die Hand.

»Mademoiselle Wagner!«, sagt er und deutet einen Luftkuss über ihrem Handrücken an. »*Je suis ravi!*«

Er behauptet immer, er sei entzückt, als träfen sie bei einem lang ersehnten Diner zusammen und nicht bei ihrer täglichen Besprechung im Hinterhof des Hauses Unter den Linden. Elfie hat ihn im Verdacht, dass er seine Euphorie übertreibt und eigentlich nur mit seinem angelernten französischen Akzent und den eleganten Manieren vor ihr aufschneiden will. Sie nimmt es ihm nicht übel – er versteht sein Handwerk, und sie kann sich auf ihn verlassen, alles andere stört sie nicht. Bei ihm hat sie auch nie das Gefühl, dass sich ihr Gesicht auflöst, wenn er sie ansieht – Monsieur Gérard hat ohnehin nur Augen für seine Kreationen, für die Schönheit der Dinge. Genau wie sie.

Die Qualität der Pralinen, des Konfekts und der Trüffel ist hervorragend, war nie besser. Jetzt nur noch ein bisschen mehr Fleiß, in die Hände spucken und durchhalten. Etwas Anstrengung noch, etwas mehr Werbung um zahlungskräftige Stammkunden, ein bisschen höhere

Umsätze – dann steht ihnen nichts im Weg. Dann kann Elfie in ein paar Jahren mit Fug und Recht behaupten, dass sie den Laden ohne große Verluste durch unsichere Zeiten gebracht hat. Das Gesicht der Stadt, auch das der Linden, hat sich in den letzten Jahren gewandelt, das stimmt, doch Sawade hält sich wacker, ist weiterhin Teil der herrschaftlichen Allee und ihrer Geschichte. Sie werden nicht weichen, sie und Trude und Emilie mit der kleinen Lisbeth vorn im Laden, und auch nicht Monsieur Gérard mit seinen Zuckerbäckern hier hinten im Verborgenen. Mag sich die Weltpolitik gegen alles verschwören, sie in ihrer kleinen Welt finden immer einen Weg. Er führt über das Schöne, das weiß sie. Über das Glück, die Herrscherin über ein Imperium aus Schokoladenpralinen zu sein, und über den Willen, dieses Luftschloss nicht einstürzen zu lassen – mit vereinten Kräften festzuhalten an dem Zauber, den sie hier alle spüren.

»Darf ich?« Elfie streckt die Hand nach einer mit Puderzucker bestäubten Trüffel aus. Sie knackt die stachlige Schokoladenhülle mit den Zähnen, und weicher Nougat schmilzt in ihrem Mund. Seufzend wischt sie sich die Finger an der weiten Kittelschürze ab, die sie umgebunden hat, bevor sie den Raum betrat.

»Die sind wirklich gut«, sagt sie.

Rena, eine der angestellten Konfektmacherinnen, blickt auf und lächelt. Dann beugt sie sich schon wieder über den Tisch und rollt weiter unermüdlich Trüffel aus erkalteter Ganache, tunkt sie mit der dreizinkigen Pralinengabel in flüssige Schokolade und wälzt sie auf dem Trockengitter hin und her. Ist die Schokolade fest, reicht sie die Kugeln an ihre Kollegin weiter, die mit einem kleinen Spritzbeutel Verzierungen aus flüssigem Fondant daraufsetzt – wie winzige Eiskristalle auf dunklem Grund.

In der Ecke steht noch die alte Conchiermaschine, die früher benutzt wurde, doch schon seit vielen Jahren kaufen sie fertige Schokolade, die ihnen in Blöcken zum Einschmelzen geliefert wird. Alles andere ist zu aufwendig für eine Pralinenmanufaktur, wie sie es sind. Schokoladenherstellung gehört nicht zum Metier eines Konfektmachers, es erfordert die besten Maschinen, unendliche Geduld, das exakte Mischungsverhältnis von Zucker, Kakaobutter, Kakaomasse und Milchpulver – und das Wissen um das ein oder andere Geheimnis.

Schade um die schöne alte Maschine, denkt Elfie und nimmt sich noch ein Stück Konfekt vom Blech, als gerade niemand hinsieht – doch natürlich weiß sie, dass es nichts zu jammern gibt. Sie sind *die* Pralinenmanufaktur Berlins, nennen sich gern noch immer Hoflieferant und sind die erste Adresse Unter den Linden, niemand hat so hervorragende Pralinen wie sie. Nicht einmal Sarotti an der Ecke gegenüber vom Café Kranzler, wenn man Elfie fragt. Solange man sie nur weiterhin beliefert, solange sie nur den hohen Abgaben ans Ministerium trotzen können und die Schokolade weiterfließt! Doch an dieses Problem will Elfie nicht schon wieder denken, stattdessen wendet sie sich dem Chocolatier zu, der gerade andächtig im Orangensud rührt, als sei es Weihwasser.

»Auf ein Wort, Monsieur?«

»Wie kann ich Ihnen heute dienen?«, fragt Monsieur Gérard und lächelt höflich. Elfie diktiert ihm rasch die Mengen und nennt ein paar Besonderheiten für heute – die Katzenzungen gehen zur Neige. Außerdem sollten sie die Mengen des *Marquis*-Konfekts erhöhen, weil das von der Laufkundschaft, die in diesen Tagen von Olympia den Laden stürmt, besonders gut angenommen wird.

»Danke schön«, sagt sie schlicht, als alles besprochen ist.

»Stets zu Diensten, Mademoiselle«, sagt er und fährt sich durch seine welligen Haare, die sicher nur ein Coiffeur so hinbekommt. Er ist ein gut aussehender Mann, denkt Elfie.

»Mademoiselle?«

Sie sieht zu ihm auf und fühlt sich ertappt, obwohl sie nicht weiß, wobei.

»Ja?«

»Sie sagten doch, wir bräuchten etwas frischen Wind im Sortiment, richtig?«

Elfie nickt. Vor ein paar Wochen erst haben sie darüber gesprochen. Ihre Spezialitäten sind die Königin-Luise-Pastete und die Mokkanüsse, beides besondere Kreationen, um die andere Süßwarengeschäfte sie beneiden, die man immer wieder versucht zu kopieren und deretwegen die Kunden sogar von fern zu ihnen kommen. Doch es fehlt in ihrem Angebot noch etwas, eine exquisite neue Rezeptur für Festtage. Jedes Geschäft braucht ein Aushängeschild für besondere Anlässe, etwas, was sich die Kunden ehrfürchtig erzählen, eine Legende, die von Haushalt zu Haushalt getragen wird und einen eigenen Zauber entfaltet, je länger darüber gesprochen wird. Elfie schwebt etwas ganz Besonderes vor, eine geradezu exklusive Delikatesse, deretwegen das Telefon in der Adventszeit nicht mehr stillstehen wird. Doch noch ist ihr nichts Zündendes eingefallen.

Monsieur Gérard legt den Finger an die Wange, er denkt nach. »Ich hatte da eine Idee. Wissen Sie, in Dresden, wo ich zuvor gearbeitet habe – gerade als ich aus Frankreich gekommen war –, da erzählte man sich, es habe bei Sawade vor Jahren eine unvergessliche Köstlichkeit gegeben.«

»Wer erzählte das?«, fragt Elfie.

»Da war ein Stammkunde, ein freundlicher alter Herr. Er kaufte Pralinen in dem kleinen Geschäft in der Johannstadt, in dem ich angestellt war, und er erzählte immer von früheren Zeiten. Von seiner Jugend hier in Berlin.«

»Und er kaufte in unserem Laden etwas Besonderes?«

»*Oui!*« Monsieur Gérard hebt schwungvoll den Finger. »Eine Spezialität, ein fein gearbeitetes Trüffelei mit weißer Schokolade, dunkler Trüffelfüllung und einem Hauch Cointreau.«

»Das kenne ich nicht«, sagt Elfie überrascht, denn sie hat geglaubt, jede Sorte, die je bei Sawade verkauft wurde, im Schlaf herbeten zu können.

»Er sagte, die Praline sei in einer außergewöhnlichen Schachtel verpackt gewesen, mit einer Bauchbinde aus rosa Seide und dem kaiserlichen Wappen. Und auf dem Deckel war das Bild einer Dame.«

»Einer Dame?«

»Ja, einer dunkelhaarigen Schönheit. Der alte Monsieur war regelrecht euphorisiert bei der Erinnerung daran.« Monsieur Gérard zwirbelt sein Bärtchen. »Jedenfalls, Mademoiselle, falls Sie es erlauben, würde ich versuchen, dieses geheimnisvolle Trüffelei wiederauferstehen zu lassen.«

Elfie nickt. »Warum nicht?« Sie überlegt. »Wir könnten das gut präsentieren«, sagt sie dann, »als neue Sorte in Erinnerung an den Glanz alter Zeiten, an die Prachtjahre der Allee, von denen bis heute alle träumen. Vielleicht etwas für das Weihnachtsgeschäft?«

»*Superbe!*«, sagt Monsieur Gérard schwärmerisch. Elfie kennt das schon von ihm – der Chocolatier verliert sich völlig in seinem Metier, wenn er ein neues Rezept erfindet, und schwelgt in der Schönheit seiner Schöpfungen. »Ich werde experimentieren, Mademoiselle Wagner, und wenn es fertig ist, kommen Sie und kosten.«

Elfie gefällt die Idee immer besser. Es ist das, was der Laden braucht, etwas Neues für den Herbst und den herannahenden Winter, mit dem sie das Alte, das Vergangene, das Gute der früheren Jahre feiern können.

»Wir sollten mit Frau Wiese sprechen«, sagt sie, »sie kann sich auch etwas überlegen. Denn wir brauchen natürlich eine passende neue Schachtel.«

Anneliese Wiese führt eine kleine Papeterie und stellt seit ein paar Jahren mit ihren beiden Angestellten alle Pralinenschachteln für Sawade her. Elfie hat die Frau vor allem deswegen engagiert, weil sie den Reim ihres Namens so mag, Reime haben einen wunderbaren, geheimnisvollen Sinn in Elfies Ohren.

»Ich werde sie fragen«, sagt Monsieur Gérard. »Sie will heute ohnehin mit einer neuen Ladung Kartons vorbeikommen.«

»Danke«, sagt Elfie. Sie wendet sich zum Gehen, dreht sich dann noch einmal nach ihm um und lächelt. »Aber seien Sie nicht zu großzügig mit dem Cointreau bei Ihren Experimenten, Monsieur. Ich brauche schließlich einen Konfektmeister mit klarem Kopf.«

10.

5. August 1936,
Dienstag, zehn vor zwölf

Die Halle des Hotels kommt Heiner vor wie das Gewölbe einer Kathedrale. Er hat noch nie eine Kathedrale betreten, aber er mag den Klang des Wortes. Und er stellt es sich in einer solch riesigen Kirche genauso vor wie hier im großartigen Vestibül des Adlon mit den ungeheuren Deckengewölben, bei deren Anblick einem schwindlig wird.

»Denn kiek nich nach oben, Boy«, sagt der Portier Herbert Blank jedes Mal mürrisch, wenn Heiner ihm davon vorschwärmt, »nich, dass du dich noch mit die Koffers vonne Herrschaften langlegst.«

Er hat recht, aber Heiner kann nicht anders, als immer wieder den Blick zu heben, von der Portiersloge oder der gigantischen Freitreppe aus, und bewundernd die Deckengemälde zu betrachten, die sich aufschwingenden Pfeiler und die verzierten Kassettendecken des Treppenhauses. Er kann noch immer nicht fassen, dass er hier arbeitet, an der ersten Adresse der Stadt, möglicherweise sogar, wie sein Onkel behauptet, der Welt. Onkel Gustav, der Stallknecht in Neukölln ist, hat nicht viel von der Welt gesehen, aber Heiner noch viel weniger, also muss er ihm einfach glauben. Das ist so eine Sache, die ihn am Jungsein stört – es gibt immer irgendeinen Alten, der alles besser weiß und dem man mangels eigener Erfahrung glauben muss.

Blanks Pfiff ertönt, und Heiner reißt sich aus seiner Mittagsträumerei und nimmt die Beine in die Hand. Er trägt die hellblaue Pagenuniform, eine kurze Jacke mit breiten Aufschlägen, eine runde Mütze mit kurzem Schirm und weiße Handschuhe. Die darf er nicht schmutzig machen, was nicht immer einfach ist, denn, Himmel!, was sind die vornehmen Leute oft verstaubt und verdreckt, wenn sie vom Bahnhof eintreffen. Und selbst die, die im Automobil ankommen, haben schmutzige Mäntel, weil sie im Sommer partout mit offenem Dach fahren wollen und ihnen die Abgase die schönen Kleider vollpusten. Manchmal stellt sich Heiner vor, einer dieser Gäste stünde auf der Schwelle des Hauses, in dem er aufgewachsen ist. Er würde auf der Stelle tot umfallen, das ist sicher, allein der Geruch – eine Mischung aus Pferdemist, Hühnerscheiße und ungemachten Betten – würde diese Leute glatt umhauen.

»Die Frau Baronin von der Leyen ist eben mit ihrem Wagen angekommen. Zimmer zwohundertsiebzehn«, sagt Blank, und Heiner nickt servil, ohne dem Schlachtschiff im Fuchspelz direkt in die Augen zu sehen, denn das mögen die Herrschaften oft nicht, als seien sie Zuchtpferde, die beißen und ausschlagen, wenn man ihnen falsch vor die Augen tritt. Mit Gäulen kennt sich Heiner bestens aus, besser als mit Menschen, doch er hat sich vorgenommen, das zu ändern. Schließlich liegt seine Zukunft nicht in den Ställen und dunklen Ecken seiner Kindheit, sondern in der großen Stadt. Er ist dem Licht schon viel näher gekommen, als er es je für möglich gehalten hätte – er und die Leute, die ihn aufzogen und die keine Gelegenheit haben verstreichen lassen, ihm in der Sprache des Ochsenziemers zu zeigen, wo sein Platz ist. Niemals hätten sie geglaubt, dass aus einem wie ihm etwas werden kann.

Er greift nach dem Schlüssel und dann nach den zwei Koffern, die zu den Füßen des Chauffeurs warten. Der dreht seine Mütze am Zeigefinger wie einen Diskus und inspiziert die Halle. So etwas sieht selbst der Fahrer einer Baronin nicht alle Tage, denkt Heiner und fühlt sich ganz kurz als Herr des Hauses. Er kennt sich hier aus, weiß um jede Stufe, jede Stuckatur, jede Klingel mit Quaste und jedes Mauseloch. Letzteres kennt man natürlich offiziell nicht im Adlon, doch Heiner weiß, dass es ein Hotel ohne Mäuse nicht gibt. Es kommt nur darauf an, sie aus der Halle, dem Teepavillon und den Schlafzimmern fernzuhalten.

»Sie können im Wagen warten, bis ich Sie wieder brauche«, sagt die Baronin jetzt mit brummiger Stimme zu ihrem Chauffeur, und der zuckt zusammen und nickt, dann verschwindet er leise pfeifend hinaus auf die Allee.

»Wenn Sie mir folgen wollen, Baronin?«, bittet Heiner, das Gesicht halb auf die glänzenden Schuhspitzen der alten Dame gesenkt. Er hat schon längst gelernt, dass man vor einen Adelstitel kein *Frau* setzt, das gehört sich nicht, und weil Blank es ihm erklärt hat, glaubt er es und hält sich dran. Es ist so eine Sache mit all diesen Titeln, sehr verzwickt. Da ist zum Beispiel das Problem mit dem *Doktor*.

Denn auch das hat er in seiner Zeit hier verstanden, dass nicht jeder gleich ein Arzt sein muss, nur weil er einen solchen Titel trägt. Daheim bei Tante und Onkel im Reuterkiez kam der *Herr Doktor*, wenn jemand hohes Fieber und Flecken am Körper hatte, doch erst später, nachdem die Tante an solch einer scheinbar harmlosen Krankheit gestorben war, erfuhr Heiner, dass der alte Mann mit dem schmutzigen Kittel gar keinen Doktortitel hatte! Er war einfach nur ein Arzt, ob studiert oder nicht, wusste keiner so richtig. Ohnehin war das egal, denn ein anderer wäre nicht zu ihnen in die enge Bude gekommen, wo Heiner mit seiner ein Jahr jüngeren Cousine Jette in einem Zimmer schlief, nachdem seine Eltern mit der Eisenbahn verunglückt waren. Und das Leben der Tante konnte niemand mehr retten, Doktor oder nicht.

In der Welt des Hotels aber gehen andere Doktoren ein und aus. Blank hat ihm erklärt, dass es ganz besonders kluge, gebildete Leute sind, in allen möglichen Expertisen wie den Rechtswissenschaften oder der Literatur ausgebildet, und dass man ihnen mit Respekt begegnen müsse. Und das tut Heiner geflissentlich. Schließlich hofft er auf ein Trinkgeld und, irgendwann, auf eine Beförderung zum zweiten Portier.

»Bitte hier entlang, Baronin«, sagt er noch einmal ganz korrekt und geht der Frau ein kleines Stück voraus, die schweren Koffer in der Hand, über dicke Teppiche zu den Aufzügen. Wie über eine Wiese zu gehen fühlt es sich an, findet er, wenn sie dicht mit Gras und Klee bewachsen und von der Sonne gewärmt ist. So sehr federt das Ding unter seinen Schuhsohlen. Der Liftboy sieht sie kommen, drückt auf den Schalter, und schon gleiten die schimmernden Türen auseinander und geben den Blick frei in die verspiegelte Höhle mit den vielen Knöpfen. Eine zarte Glocke lässt ihr *Bimm* erklingen, und Heiner nickt höflich, weiterhin mit halb gesenktem Blick.

»Nach Ihnen, die Dame.«

Die Baronin tritt ein, Heiner folgt, ebenso der Liftboy, der allein die Hoheit über die runden Zahlenknöpfe hat. Es ist eines der Dinge, die Heiner im Adlon am meisten liebt – dass jeder seinen Platz hat, seine Aufgabe, seine eigene kleine Wichtigkeit. Sie alle sind wie winzige Zahnräder in einer Uhr, die im Inneren alle genau zur richtigen Zeit die richtige Bewegung machen müssen, damit die Zeiger vorn im Glasgehäuse voranrücken. Es herrscht die schönste Ordnung an diesem Ort, eine Verlässlichkeit, die ihn beglückt. Zu Hause hat er sich stets linkisch gefühlt, fehl am Platz wie ein vergessenes Gepäckstück, das die Eltern am Bahnsteigrand stehen ließen, bevor sie in den todbringenden Zug stiegen. Onkel und Tante haben ihn herumgeschoben, zurechtgerückt, mit selten freundlichen, fast immer tadelnden Worten, und wenn er sich sehr verstockt zeigte, auch mit Prügeln, dennoch fand er bei ihnen nie seinen Platz. Die Armut hat ihn bis auf die Knochen aufgefressen, welche Schande, so bitterarm zu sein und dann noch eine Waise! Er hätte nie gedacht, dass er einmal aus diesem tiefen Schlund des Hungers und des Elends hinausklettern könnte. Einer wie er, der wird Tagelöhner, oder er geht an die Küste und heuert als Werftarbeiter an, um zu arbeiten, bis er umfällt. Heiner kann arbeiten, das schon, er ist schmächtig, aber zäh. Doch wie kann man ein solches Leben ertragen?

Und dann geschah das Wunder. Durch eine glückliche Fügung, den Tipp eines Wirts im Reuterkiez, der seinem Onkel einen Gefallen schuldete, erhielt Heiner die Stelle hier im Hotel. Und nun ist er in die ruhige, präzise Maschinerie des Hotelbetriebs eingesunken und freut sich an seiner kleinen, aber unverzichtbaren Rolle. Nie wird er jedoch vergessen, woher er gekommen ist und wie schnell die Rutschbahn wieder in den Schlund hinabgeht, wenn er nicht höllisch aufpasst.

Der Boy drückt die Zwei, und der Fahrstuhl schwebt lautlos empor. In den vielen Spiegeln mustert Heiner jetzt das erste Mal verstohlen die Baronin von der Leyen. Ihre rundliche Erscheinung wird nur mit Mühe vom Fuchspelz zusammengehalten, sie hat ein Doppelkinn, und zwischen zwei Hautfalten schmiegt sich eine Perlenkette. Die kleinen Augen bewegen sich schnell hinter ihren Brillengläsern, als sei sie ein Tier auf der Pirsch. Je mehr ein Mensch besitzt, hat Heiner erkannt, desto größer ist die Furcht, es zu verlieren. Deswegen sind die Reichen so voller Angst, dass es drei Meilen weit stinkt.

»Zweite Etage«, sagt der Boy und starrt mit unbewegter Miene unter seiner steifen Schirmmütze nach vorn. Heiner nickt wieder zur Baronin hinüber, damit diese den Fahrstuhl als Erste verlässt. Dann stehen sie auf dem Gang, und Heiner, der jedes Zimmer dieses riesigen Gebäudes kennt wie auf einer auswendig gelernten Landkarte, wendet sich nach rechts, geht an drei Türen vorbei und steht vor der goldenen Zahl 217. Er nimmt den Schlüssel und lässt die Tür aufspringen.

»Ihr Zimmer, Baronin. Bitte einzutreten.«

Er hat sich die höfliche Sprache von den anderen Pagen abgeguckt und natürlich aus den Filmen, die er im Kino sieht. Dafür reicht sein Pagenlohn mit Trinkgeld gerade so, dass er einmal in der Woche in den Kintopp gehen kann. Es ist dort herrlich, findet er, wenn man in die Weichheit des Sessels hinabrutscht und sich ganz der Dunkelheit und dem Flackern der Bilder überantwortet. Als würde er für zwei Stunden den eigenen Körper verlassen und in ein anderes Leben hinüberfliegen, bevor er, zu seinem großen Bedauern, zurückkehren muss. Um siebzig Pfennig ist Heiner dann ärmer, dafür im Kopf um so viele neue Geschichten reicher, die er sich in den darauffolgenden Tagen wieder und wieder vor Augen ruft, bis es endlich die neue Lohntüte gibt und er von Neuem in die Lichtspiele laufen kann. Beinahe bedauert er die Reichen, die nie erfahren werden, wie köstlich es ist, wenn man fast nichts hat und dann, für zwei Stunden, die ganze Welt sein Eigen nennt. Sie torkeln mit ihren gefüllten Brieftaschen durch die Lindenallee und können alles kaufen – doch sie sehen die Herrlichkeiten in den Auslagen nicht einmal an. Es ist, als seien sie blind für die Schönheiten der Welt. Und er, der *nicht* blind ist, der das alles sieht und spürt und riecht, der die Sehnsucht kennt nach all den wundersamen Dingen, hat keine müde Mark, um davon zu kosten. Ist die Welt nicht eigentlich schlecht eingerichtet?

»Ich hatte Pralinen bestellt«, sagt die Baronin, während sie mit herrschaftlichem Schritt eintritt und das Zimmer sofort in Besitz nimmt. Als gehöre hier im Hotel Adlon ohnehin alles ihr – die Halle unten, der Aufzug, der Blick aus dem Fenster auf die Linden draußen. Und sogar er, Heiner.

»Sehr wohl, Baronin«, sagt er hastig und dienert. Zum Glück steht alles bereit, wie er sieht. Auf dem *Louis-XV*-Tischchen am Fenster mit den geschwungenen Beinen aus schimmerndem Eichenholz wartet eine große silberne Etagere, über und über bedeckt mit Trüffeln, schokoladeüberzogenem Konfekt und Orangenstäbchen. Heiner seufzt stumm. Vor ein paar Tagen hat ein Gast ebenfalls in der Chocolaterie Sawade etwas bestellt und nicht alles aufgegessen, ehe er abreiste. Und obwohl es streng verboten ist, hat Heiner im richtigen Moment zugegriffen und sich zwei der Stäbchen stibitzt. Bei der Erinnerung an den Geschmack, die Mischung aus saurer Orange, feurigem Obstschnaps und süßer Schokolade, läuft ihm das Wasser im Mund zusammen. Diese Süßigkeiten hier sind aber für die Baronin bestimmt, und so, wie sie aussieht, wird sie keinen Krümel übrig lassen, denkt Heiner leicht verstimmt. Doch als er das silberne Geldstück in ihrer Hand aufblitzen sieht, das sie ihm entgegenhält, strahlt er bis über beide Ohren. Man muss sich vom Leben nehmen, was es für einen bereithält, denkt er und dienert, ehe er rückwärts das Zimmer verlässt. Pralinen, Champagner, seidene Betten werden es für ihn wohl nie sein, aber das macht nichts. Er ist dem Stallgeruch Neuköllns entkommen, jedenfalls vorerst, und auch dem Gefühl, nirgendwohin zu gehören, ein Niemand zu sein, ein zusätzlicher Esser im Haus seiner Verwandtschaft. Hier im Adlon Unter den Linden ist er kein nichtsnutziger Waisenjunge mehr, sondern Page Nummer 11. Und die himmelblaue Uniform mit der kecken Mütze passt ihm wie angegossen.

11.

5. August 1936,
Dienstag, zwölf Uhr

Elfie steht vorn im Laden. Sie seufzt erleichtert auf und streckt das Kreuz durch. Das Geschäft hat sich geleert, die Flaneure haben sich ein Plätzchen auf der Rampe, der beliebten Terrasse beim Kranzler, erkämpft oder sind weitergezogen bis zur Kaiserpassage ins Wiener Café. Dort stehen die Stühle und Tische eng und warten auf Kundschaft von außerhalb, denn die Berliner lassen sich nicht gern dort bei Nepp und Schlepp blicken.

Elfie nimmt eine kleine Tüte und füllt sie sorgsam mit den Mandel-Nougat-Pralinen. Behutsam wiegt sie die Tüte auf der großen Waage und legt noch zwei Stückchen dazu, obwohl der Zeiger schon einen Hauch über das halbe Pfund hinaus ausschlägt, aber Geiz ist Elfie fern. Man muss etwas geben, wenn man etwas bekommen will, so hat sie es im Laufe ihres Lebens gelernt, und je mehr man gibt – solange man es freiwillig tut –, desto mehr kommt auch zurück. Daran glaubt sie fest. Mit Religion hat das nichts zu tun, auch nicht mit der Geschichte von Jesus und den Fischen am See Genezareth. Elfie hasst Fisch. Und der Glaube ihrer Großmutter hat ihr noch nie geholfen. Befremdet hat sie als Kind deren dauernd gemurmelte Gebete gehört, hat die verkrampften Hände mit den hervortretenden Adern angesehen, den gebeugten Nacken und gedacht, dass Gott nicht so kleinlich sein kann, derartige Glaubensbezeugungen von den Menschen zu brauchen. Bald darauf hat sie entschieden, dass es so etwas wie Gott überhaupt nicht geben kann. Manchmal, wenn sie die wohlbekannte Angst gepackt und durchgeschüttelt hat, hat sie sich gewünscht, dass es anders wäre, dass es Gott doch gäbe, den sie um Gnade anflehen könnte, aber ihr Verstand hat sich weiter geweigert, an ihn zu glauben. Stattdessen hat Elfie früh damit begonnen, Rituale zu erfinden, mit denen sie ihrer Angst zwar nicht entkommen, sie jedoch auf Abstand halten kann. Die Angst ist wie ein atmendes, dunkles Tier, das ihr nicht von der Seite weicht, das sich an sie drängt, ihr hinterherläuft, ihr im schlimmsten Fall in die Fersen beißt – mit ihren kleinen Tricks gelingt es ihr allerdings meistens, das zu verhindern. Einen winzigen, lebensrettenden Abstand zwischen sich und das Tier zu bringen, eine kleine Lücke, um unversehrt zu bleiben. Gott hat das nicht vermocht und ihre Großmutter schon gar nicht. Großmama sagte stets nur, Elfie solle sich nicht so anstellen, sich nicht wichtigmachen, das sähen Jesus Christus, alle Heiligen und der Herr Pfarrer gar nicht gern.

Sie bindet die Schürze ab und streicht sich vergeblich die Bluse zurecht. »Trude«, ruft sie der Kollegin halblaut zu, »ich bin kurz weg.«

Die Kollegin im blauen Kleid nickt und wendet sich wieder dem Mann zu, der sich Kaffeenüsse abwiegen lässt. Ihre Kleider sind nie zerknittert, und ihr Haar glänzt seidenweich – alles an Trude ist hübsch und adrett, ganz anders als bei ihr. Jetzt erst erkennt sie Herrn Marcus, den Buchhändler von nebenan, winkt kurz zum Gruß und schlüpft dann durch die Hintertür. Sie geht durch den engen Raum, in dem sich neben dem Büro eine alte Küche befindet, und öffnet das Türchen mit den vergitterten Scheiben zum Hof.

Hier herrscht Ruhe, eine Ruhe, die eben doch nicht still, sondern voller kleiner, vertrauter Geräusche ist. Kinderstimmen aus einem offenen Fenster, leises Klappern von Geschirr. Überall bereiten die Hausfrauen jetzt das Mittagessen zu, emsige Löffel kratzen Suppenschalen aus. Aus einem unsichtbaren Grammophon singt es vielstimmig zu Elfie hinunter. *Du passt so gut zu mir wie Zucker zum Kaffee!* Sie muss an Willi denken, der früher auch hier im Hof das Lied vom *Jungfernkranz* spielte, das ihnen allen so auf die Nerven ging und doch untrennbar zum Puls der Stadt gehörte. Es flocht sich in jeden ihrer Schritte, sie schnipsten den Rhythmus mit den Fingern, und seine Operettenmelodien wurden von Gassenjungen gepfiffen und von alten Damen gesummt. Doch die Geräusche der neuen Zeit haben schon vor Willis Tod mehr und mehr begonnen die Drehorgeln zu übertönen. Das Radio, die Motorengeräusche der Automobile, neuerdings sogar Lautsprecher auf dem Pariser Platz, die blechern die Sportergebnisse verkünden. Willi gehörte in eine andere Epoche, eine Ära, die langsam vergeht.

Eine weiße Katze, die mit ihrem dichten Fell aussieht wie eine der dicken Wolken oben am Himmel, hinter der sich die Sonne an diesem unsteten Augusttag wieder mal versteckt, spaziert an Elfie vorbei, drängt sich kurz an ihren Knöchel und maunzt. Sie beäugt die Tüte in Elfies Händen, als vermute sie, dass darin ein Fischkopf oder ein Zipfel Leberwurst wären, aber da hat sie Pech.

»Geh weiter, Mieze«, sagte Elfie. »Hol dir lieber eine Maus.«

Sie bückt sich und streichelt das weiche, ein wenig struppige Fell. So ungern sie Menschen berührt, so gern hat sie Tiere – echte Geschöpfe, nicht diese dunkle, wabernde Angstkreatur, die sie unsichtbar für die anderen Menschen begleitet. Tiere sind nicht falsch, sie machen keine Scherze, die Elfie oft nicht versteht, und, was am wichtigsten ist, sie erwarten nichts von ihr – außer vielleicht einen Leckerbissen. Unter Elfies Griff drückt die Katze den Rücken durch und entzieht sich, und als sie merkt, dass sie heute nichts bekommt als Zärtlichkeit, spaziert sie hoheitsvoll fort. Sorgsam lenkt sie die Schritte um die Pfützen herum.

Elfie geht durch den zweiten Hofeingang ins Treppenhaus, steigt ein paar Stufen hinauf und steht vor der Wohnungstür aus geschliffenem, poliertem Holz. Ein Türklopfer aus Messing hängt an der Wand. Dreimal ein- und ausatmen, entscheidet Elfie, dann kann sie es wagen. Doch bevor sie die Hand ausstrecken kann, öffnet sich die Tür, als habe die Person, die dahintersteht, auf sie gelauert.

Ein ältliches Gesicht mit müden Augen unter einem Häubchen erscheint. Elfie kennt die Frau, sie ist das Dienstmädchen der alten Dame, und sie geht seit einiger Zeit immer allein mit dem Pekinesen spazieren. Da kommt er schon, drängt sich röchelnd durch den Türspalt und sieht Elfie vorwurfsvoll an, als sei sie schuld an seiner Atemnot.

»Bringen Sie die Schokolade?«, fragt die Frau und streckt die Hand aus.

Elfie nickt stumm und überreicht ihr die Papiertüte. Schon oft hat sie hier gestanden und sich ausgemalt, wie diese Wohnung wohl aussieht. Sie versucht, nicht zu neugierig zu wirken, doch sie kann nicht anders, als auch diesmal kurz über die Schulter der Frau zu spähen, während der Pekinese ihre Knöchel ansabbert. Ein langer Flur, der in die Tiefen der Wohnung führt, ein goldgerahmtes Bild, der Geruch nach Kampfer und Patschuli. Dahinein mischt sich der Duft nach frisch aufgebrühtem Tee.

»Mine?«, ruft die brüchige Stimme der Madame aus einem der hinteren Zimmer. »Führe unseren Gast herein, *s'il te plaît.*«

»Ich will nicht stören!«, sagte Elfie erschrocken. Der Gedanke, hereinzukommen in eine fremde Wohnung, behagt ihr nicht. Sich etwas auszumalen und dann die Wirklichkeit zu sehen sind zwei verschiedene Dinge, und ihr liegt das Träumen mehr als das Sehen. Oft hat sie hier an der Schwelle die Pralinen übergeben, doch nie zuvor ist sie hereingebeten worden, nicht in all den Jahren. Aber da hat das Dienstmädchen sie schon beim Arm gegriffen und in die Wohnung gezogen. Die Tür fällt hinter ihr ins Schloss, und der schwere Duft umhüllt Elfie ganz.

»Madame wartet im Salon«, sagt Mine und führt sie über einen dicken Läufer, darunter knarzendes Parkett, den Flur entlang.

»Napoléon, *aus!*«

Der Hund lässt von Elfies Füßen ab und trollt sich durch eine angelehnte Zimmertür, und Mine deutet in diese Richtung und sagt mit schwerfälligem Berliner Akzent so resigniert, als sei es hier im Haus nun einmal vonnöten, Französisch zu sprechen, ein Spiel für Erwachsene: »*Entrez!*«

Elfie gehorcht, obwohl ihr die Knie weich sind. Das Zimmer ist groß und vollgestopft mit zierlichen Möbeln, Teppichen, Bildern, Tischchen, und hinter einer verglasten Schiebetür tut sich ein weiterer Raum auf. Elfie kann dort drüben einen Flügel aus schwarzem poliertem Holz schimmern sehen. Dann erst nimmt sie den Ohrensessel mit den hölzernen Armstützen wahr, in dessen Tiefe die alte Dame sitzt.

»Guten Tag«, sagte Elfie und tritt vorsichtig einen Schritt näher. Aus den Polstern hebt sich ihr eine Hand entgegen, schneeweiß, mit einem dunklen Adergeäst unter der Papierhaut.

»*Enchantée*«, sagt die Greisinnenstimme, und hier enden Elfies Französischkenntnisse. Sie kann nur höflich nicken. Als sie die Hand der alten Frau berührt, erschrickt sie, denn sie ist überraschend warm, beinahe heiß. Elfie hat kühle Schlaffheit erwartet und bekommt warme Kraft, einen leisen Druck, und dann wird ihre Hand wieder freigegeben. Die Luft im Zimmer ist stickig, durch die hohen Fenster fällt Sonnenlicht und bricht sich in den vielen Kristallgläsern in einer Vitrine und im Weiß der Porzellanteekanne auf einem runden Tischchen neben dem Sessel, wo in einer hauchdünnen chinesischen Tasse der Tee dampft. Eine fragile, gezierte Schönheit regiert diesen Raum, an der sich Elfie nicht sattsehen kann.

»Mine«, sagt die alte Frau, »leg die Pralinen in der Küche auf ein Tellerchen. Du weißt schon, das jadegrüne. *Vite, vieille fille!*«

Mine macht einen halbherzigen Knicks, als wäre sie siebzehn und nicht mindestens siebzig Jahre alt, verzieht dabei schmerzerfüllt das Gesicht und schlurft aus dem Salon. Napoléon folgt ihr auf den Fersen und röchelt hoffnungsvoll.

Die alte Dame mustert Elfie aus halb geschlossenen Augen. Ihre Beine liegen bequem auf einem Hocker, in eine weiche Decke gehüllt. Sie trägt ein tiefschwarzes Kleid mit hohem Stehkragen, die dichten weißen Haare sind zu einer Art Nest auf ihrem Kopf aufgetürmt. Um ihren Hals baumelt eine Lorgnette. Jetzt erst öffnet sie die Lider richtig. Elfie sieht ihr in die Augen und erschrickt ein zweites Mal – in dem runzligen, von unzähligen Falten zerknitterten Gesicht leuchten sie tiefblau hervor, als hätte jemand die Augen einer Puppe oder eines Kindes in das Antlitz einer Greisin gepflanzt.

»Setzen Sie sich doch«, sagt die Frau. »Gießen Sie sich eine Tasse Tee ein, *ma chère*.«

Elfie nickt verwirrt und setzt sich auf das zierliche Sofa mit den vergoldeten, verschnörkelten Beinen ihr gegenüber. Sie räuspert sich.

»Ich sollte mich zuerst vorstellen, Madame. Mein Name ist Elfie Wagner.«

»Als wüsste ich das nicht.« Die brüchige Stimme ist jetzt scharf. »Ich kenne Sie doch seit Jahren, *ma petite*.«

»Aber wir haben nie miteinander gesprochen, nur am Telefon, aber nie – persönlich, von Angesicht zu Angesicht.«

»Natürlich nicht! Für euch junge Dinger sind wir alten Krähen unsichtbar, aber wir, wir sehen euch. Sie, meine Liebe, sind ja jeden Tag im Laden, beinahe jeden Tag, und immer als Erste, immer so pünktlich!«

Elfie nickt wieder. Sie denkt, dass sie in den Augen dieser Frau wohl wirklich ein junges Ding ist, obwohl sie in der Mitte ihres Lebens steht. Doch Madame steht am Ende, sehr nahe am Ende, das sieht Elfie. Ihr Gesicht, ihr Hals, ihre Hände wirken wie von einer verwitterten Statue kurz vorm Zerbröseln. Sie muss über neunzig sein. Ihr Atem geht hastig, die flache Brust unter dem schlackernden schwarzen Stoff hebt sich zu schnell, und da ist dieses Pfeifen bei jedem Atemzug. Doch als sie zur Teetasse greift und einen Schluck trinkt, zittert ihre Hand nicht, und sie verschüttet keinen Tropfen.

Elfie sitzt stocksteif. Sie zählt stumm die Likörgläser in einer Vitrine, und zum Glück sind es genau zwölf, eine gute Zahl, die sie beruhigt. Das dunkle, wabernde Angsttier legt sich zaghaft unter Elfies Sitzplatz, es ist für den Moment besänftigt, scheint es. Sie atmet tief ein.

»Warum haben Sie mich heute hereingebeten, Madame?«

Die blauen Augen treffen Elfie wieder wie ein kleiner Schlag. Irrt sie sich, oder ist da ein boshaftes Funkeln?

»Geduld, meine Liebe. Oder wissen Sie nicht, was das ist?«

Jetzt wirkt ihre Miene lauernd, als warte sie darauf, dass Elfie ihr ins Netz geht. Doch Elfie hält dem Blick stand. Ob sie Geduld habe? Diese alte Dame wird schon noch sehen, wie viel!

»Der Tee!«

»Wie bitte?«, fragt Elfie.

»Sind Sie schwer von Begriff, mein Kind?«

»Nein«, sagte Elfie, die diese Frage nicht zum ersten Mal in ihrem Leben hört. Sie greift zur Teekanne.

»Jetzt hat sie es!«, sagt Madame Conte zu Napoléon, der gerade wieder hereinkommt, einen zarten, verräterischen Duft nach frischer Leber um sich, und sich zufrieden zu ihren Füßen zusammenrollt, wo er sich mit seiner kleinen rosa Zunge die Barthaare leckt. Plötzlich ist sie Elfie trotz ihrer Schroffheit wieder so sympathisch wie vorhin am Telefon, weil sie auf so selbstverständliche Art mit einem Tier spricht wie mit einem Menschen.

Die alte Frau betrachtet sie wieder, ein zufriedenes Lächeln spielt um ihre zerknitterten Lippen.

»Ich habe Sie *ausgesucht*. Schließlich kennen Sie den Laden unten am besten, *oui?*«

»Ausgesucht?«

»Zum Zuhören«, sagt die alte Frau und streichelt das Fell ihres Hündchens. Sie holt mühsam Atem. »Es wird schließlich Zeit.«

Bevor Elfie fragen kann, wofür es Zeit wird, betritt Mine das Zimmer. Sie stellt einen leuchtend grünen Teller auf den Wohnzimmertisch in der Mitte des Raums, bedeckt vom Konfekt mit der kleinen Mandel obenauf.

»Bekommen die Pralinen Beine?«, fragt ihre Herrin scharf, und Mine flattert einmal mit den Augenlidern, offenbar ein Zeichen jahrelang erlernter Duldsamkeit, und bringt den Teller herbei, stellt ihn auf die eingewickelten Knie Madames.

»*Merci*«, sagt Madame Conte knapp. »Jetzt kannst du dich ausruhen gehen. Mademoiselle Wagner und ich unterhalten uns.«

Elfie möchte gern fragen, woher diese Frau weiß, dass sie ledig ist, doch dann besinnt sie sich. Welche verheiratete Frau arbeitet schon jahrelang in einem Geschäft, immer zur Stelle, jeden Tag, wie Madame Conte ganz richtig bemerkte? Das ist etwas für ewige Fräulein, und jeder weiß es.

Mine geht, und Elfie gießt sich noch ein wenig mehr von dem dampfenden Tee in ihre Tasse. Sie hat nur eine kurze Mittagspause und kann noch ein paar Minuten bleiben, bis gleich der Sturm unten weitergeht. Normalerweise setzt sie sich bei gutem Wetter auf die Bank in den Hof und isst ein belegtes Brot oder ein paar Kekse, in der Geborgenheit des vertrauten Alleinseins.

Jetzt schlürft sie auf ihrem Sofaplatz einen Schluck Tee und ist nervös, aber auch neugierig. Diese alte Frau hat also eine Geschichte, die sie loswerden möchte. Vielleicht ist das ganz natürlich, da sie sonst nicht viel Besuch bekommen wird in ihrem Alter. Und immer nur das Dienstmädchen als Zuhörerin ist ihr wohl nicht genug. Warum also soll

Elfie ihr nicht Gesellschaft leisten? Und es geht um den Laden – das weckt ihr Interesse. Als Madame Conte den grünen Teller auf ein Tischchen neben ihrem Sessel stellt und auf die Pralinen deutet, nimmt Elfie gehorsam eine. Die Nougatfüllung schmilzt in ihrer vom Tee gewärmten Mundhöhle, und sie verkneift sich einen wohligen Seufzer.

»Also, was wollten Sie mir denn erzählen?«, fragt sie höflich und fürchtet dabei, gleich wieder getadelt zu werden. »Ich habe leider heute nur wenig Zeit«, fügt sie beinahe entschuldigend hinzu.

Doch Madame ist jetzt damit beschäftigt, eine Praline zu begutachten, und lässt sich nicht von Elfies Eile stören. Sie hebt sie hoch ins Licht, dreht und wendet sie, schiebt sie sich schließlich zwischen die welken Lippen, die sie heute Morgen nicht ganz akkurat mit roter Farbe bemalt hat. Elfie beobachtet gespannt die Miene der alten Frau. Sie schließt kurz die Augenlider aus Pergament, kaut, schluckt und nickt.

»Fast wie früher«, sagt sie. »*Tiens!* Sieh mal einer an. Hätte nicht gedacht, dass ich noch einmal eine von dieser Sorte essen würde.«

»Früher?«

»Anno achtzehnhundertachtzig. Da waren Sie Küken noch nicht einmal auf der Welt, richtig?«

Elfie nickt. Sie ist 1897 geboren. Diese Frau, die ihr dort im Sessel gegenübersitzt, stammt aus einer längst vergangenen Zeit, von der Elfie nur ein paar alte Fotografien kennt und fremde Erinnerungen aus den Erzählungen ihrer Großmutter, bei denen sie Wahrheit, Phantasie und Lüge nicht auseinanderhalten kann. Erinnerungen an eine Stadt, die es nicht mehr gibt, eine Stadt im Aufbruch, im Taumel des Aufschwungs, im Schatten der stählernen Bahnhöfe und des Militärs. Eine Stadt, durch die der Kaiser und seine Kaiserin in Kutschen fuhren und in der das Volk jubelte, immerfort nur jubelte und Fähnchen schwenkte. Daran erinnert sich Elfie, als Kind hat sie oft am Straßenrand gestanden und gestaunt, zitternd vor Furcht, dass die Menschenmenge ringsum sie zermalmen könnte, aber auch in beseelter, fast hysterischer Aufregung. Eine Zeit voller Pracht und Gloria war das, so erzählen es sich die Leute bis heute. Die Regierung scheint das wieder aufleben lassen zu wollen, es gibt auch jetzt dauernd Paraden und Fähnchen und Jubel, auch wenn das alles in Elfies Augen nichts mehr von dem Glanz der alten Fotografien hat, der alten Geschichten und ihrer Kindheitserinnerungen. Es ist eher eine Hülle dessen, wie die abgelegte trockene Haut einer Schlange – außen schillernd, aber innen hohl.

»Der Laden, in dem Sie arbeiten«, hört sie die kratzige Stimme Madame Contes, »wurde in jenem Jahr gegründet. Ich weiß es deswegen so genau, weil ich fast zur gleichen Zeit, nur wenige Wochen vorher, hier in meine Wohnung zog.«

Sie macht eine kleine huldvolle Geste durch den Raum. »Kurz zuvor war mein Mann gestorben.«

Schon wieder der Tod, denkt Elfie und spürt ein Ziehen im Magen. Er umgibt sie, wo immer sie hingeht, er ist *in* ihr, füllt sie aus und bestimmt ihre Gedanken. Madame bemerkt wohl ihre bestürzte Miene, denn sie winkt sofort ab.

»*Ah, ma jeune fille*, nur keine Dramatik! Damals war man ja machtlos. Das Fieber kam, ein Arzt wurde geholt, der machte ein besorgtes Gesicht, und das war's. Wir trugen Albert im November zu Grabe. Und im Frühling zog ich mit meinen Söhnen und mit Mine hier ein. Zum Glück bekam ich ein ordentliches Erbe, Albert war gewissenhaft und hatte das Geld aus seinem Geschäft und von meinen Eltern gut angelegt. Ich lebe bis heute davon. Er war ein zuverlässiger Mann, das immerhin.«

Ihr Blick verschwimmt für einen Moment. Elfie wartet, bis sie zurückkehrt, und bald schon schärft sich wieder das Blau ihrer Augen.

»Und das hier war ein guter Ort. So elegant! Nicht Paris, aber immerhin … Man hatte gerade die Linden neu gepflanzt, so wie heute auch wieder.« Ihre Stirn legt sich in tiefe Falten, der Mund verzieht sich unwillig. »Es ist eine Schande«, zischt sie, »was sie dort unten mit der Straße angestellt haben. *Mon Dieu* – all die schönen alten Bäume zu fällen, die herrlichen alten Platanen und Ahornbäume, nur damit sie mit ihrem Prunk und Protz und ihren Uniformen besser vorbeimarschieren können. Und dann die S-Bahn! Wissen Sie noch, wie diese ganzen armen Arbeiter in den Tod gerissen wurden an der Baustelle, als letztes Jahr der Tunnel einstürzte?«

Elfie nickt. Natürlich erinnert sie sich an diesen Tag, als die Sirenen der Krankenwagen auf den Linden gar nicht mehr verstummen wollten und viele behaupteten, das sei der Preis für die Hybris, immer schneller, weiter, höher hinauszuwollen. Und ganz Berlin schimpft und lästert in diesen Wochen über die *Kahlschlagallee* und die gefällten Bäume. *Unter den Laternen,* haben böse Zungen die Allee neu getauft. Doch was hilft es?

»Zu Ihrer Zeit«, führt sie Madame sanft zur Geschichte zurück, »da waren die Linden also noch sehr elegant?«

»Ach, es war wunderbar!« Madame Contes Miene entspannt sich wieder. »Der herrliche Duft der Bäume zog bis in mein Schlafzimmer, wenn ich mal wieder wach lag, und tröstete mich.«

»Ich verstehe«, sagt Elfie und fühlt sich unbehaglich. Eigentlich kann sie es nicht verstehen. Sie hat niemals jemanden verloren, den sie geliebt hat, niemanden außer Großmama. Und da weiß sie nicht, ob das Wort überhaupt passt. Die schwere Standuhr in der Ecke des Salons tickt lauter, der kupferne Schwengel im Gehäuse hinter der Glastür pendelt hin und her. *Zu spät,* sagt er, *du hast es verpasst,* wispert der Sekundenzeiger, und dann schlägt plötzlich die Glocke im Gehäuse, als kichere sie lauthals.

Ein wenig zu hastig steht Elfie auf.

»Meine Pause ist gleich vorbei«, sagt sie. »Leider kann ich nicht bleiben. Aber wenn Sie möchten, komme ich ein anderes Mal wieder.«

»Tun Sie das«, sagt Madame Conte. »Ich gehe nicht weg.«

Sie hustet, ringt nach Luft, und wieder sieht Elfie das lange, das längst verronnene Leben vor sich, sieht für einen Augenblick ein Bild, wie die alte Frau mit den Fußspitzen vor einem Abgrund steht und in die Tiefe blickt. Auf einmal ist sie seltsam begierig, die Geschichte dieser Frau, die ihr doch eigentlich fremd ist, weiterzuhören. Je länger sie ihr zugehört hat, desto weiter entfernt schien sie sich selbst, als verdrängten die Erinnerungen der anderen Frau Elfies kleine eigene Existenz. Und wenn es auch nur für ein paar Minuten ist, denkt sie, ist es doch herrlich, sich selbst kurz entkommen zu können. Vor sich und den Schatten davonzulaufen, das schlafende Tier kurz zu vergessen.

»Morgen in der Mittagspause?«, fragt sie, doch da presst Madame Conte die Lippen zusammen.

»Haben Sie etwa keinen Feierabend, Mademoiselle?«

»Aber ja«, sagt Elfie überrascht. Sie kennen sich kaum, und doch gibt ihr Madame Conte das Gefühl, sie sei der alten Dame etwas schuldig. Wenn Elfie ehrlich ist, wartet am Abend wirklich nichts auf sie als ihr möbliertes Zimmer und ein Buch, das sie selten anrührt, die kreisenden Gedanken und die schlaflosen Stunden bis zur Morgendämmerung. Was hat sie für einen Grund, Madame Conte abzuweisen, wenn diese sich freuen würde, nicht allein zu sein?

»Gut«, sagt sie zögernd, »dann komme ich heute Abend vor dem Nachhausegehen auf einen Sprung zu Ihnen. Vergessen Sie bis dahin nur Ihre Geschichte nicht.«

Die alte Dame lacht auf, pfeifend, rasselnd, so dass Napoléon im Schlaf winselt.

»*Non, ma petite*«, sagt sie halb lachend, halb hustend. »Im Leben nicht.«

12.

5. August 1936, Dienstag, vier Uhr

Das Geschäft im August läuft normalerweise mies, noch mieser, als Issa El Hamady vor drei Jahren befürchtet hat, als er gegen jeden Menschenverstand die Hamady-Bar in der Friedrichstraße eröffnete. 1933 war das, zu einer Zeit, als überall die Cafés und Kneipen ihre Pforten schlossen, weil ihre Besitzer nach den Reichstagswahlen keine Zukunft in Deutschland sahen. Und wer nicht schloss, zog um. Fort von den altmodischen Linden an den Ku'damm, das neue Eldorado der Berliner Kaffeehausbesitzer. Doch Issa war mutig genug, um sich genau in diesem unsicheren Moment neu zu erfinden. Er liebt nun einmal dieses Viertel und würde sich im neuen Westen der Stadt fühlen wie eine Sardine im Süßwasser.

Rasch schlüpft er in die Jacke seines Zweireihers und wischt ein wenig Staub von der spiegelnden Theke seines Lokals. In ein paar Stunden wird er öffnen, und er ist gespannt, wie der Andrang heute Abend sein wird. Der Sommer ist eigentlich keine Zeit für Schwof auf der Tanzfläche, im Sommer drängt es die Berliner hinaus an die Seen, in die Bierlokale und auf die Dachterrassen mit Kognakbrause. Nur wenige zieht es in solch schummrige Jazzkneipen mit Musikkapelle und Champagner wie seine.

Doch dieses Jahr ist die Stadt voller Touristen, und zu denen hat es sich wohl herumgesprochen, dass man bei Hamady in schönster Jugendstilatmosphäre so ziemlich alles bekommt, was das Herz und noch mehr der Leib begehrt. Starken, ehrlichen Alkohol, gutes Essen, interessante Gesellschaft und aufregende Musik. Und da der August bisher außerordentlich verregnet ist, sieht Issa den kommenden Tagen trotz allem halbwegs hoffnungsfroh entgegen – wenn es den Gästen auf den Biergartenbänken in ihre Berliner Weiße regnet, kommt sein Lokal ins Spiel. *Trockene Füße, feuchte Kehle* – wäre das nicht ein guter Werbespruch für die Plakate, die Issa in der Stadt an die Litfaßsäulen kleben lässt?

Er fährt sich mit beiden Händen durch die dichten schwarzen Locken, die er etwas länger wachsen lässt, als es der Mode entspricht – doch für ihn gelten die Regeln ohnehin nicht. Er, dessen Vater aus Ägypten stammt, ist in den Augen eines jeden, der ihn das erste Mal sieht, ein Fremder, egal, wie viel Mühe er sich geben mag, sich anzupassen. Manchmal ist das ein Vorteil und manchmal nicht, doch da er es ohnehin nicht ändern kann, hat er sich damit vor langer Zeit arrangiert.

Es grenzt an ein Wunder, dass die Hamady-Bar noch ihre Türen öffnen darf. Denn das, was hier allabendlich getrieben wird, passt den neuen Chefs der Stadt ganz und gar nicht – Frivolität, Zügellosigkeit, rauchende und trinkende Frauen, ausländische Musik und verschiedene Hautfarben, die sich auf der Tanzfläche und, unvorstellbar, auch noch woanders mischen, das alles ist der NSDAP ein Gräuel. Von den ungewöhnlichen Paaren, die auch gern herkommen, ganz zu schweigen. Und doch sind auch Parteimitglieder unter Issas Gästen. Er hütet sich, sie zu verärgern, ist ausgesucht höflich, ja charmant und hört beflissen weg, wenn sie ihn *den Ägypter* nennen. Er selbst sieht sich als Berliner, ist hier geboren und aufgewachsen, spricht mit hiesigem Akzent und kennt jeden Winkel in der Mitte der Stadt und jedes Gesicht. Doch die neuen Herren der Welt, wie er sie spöttisch, aber leise für sich nennt, verachten alles, was ihnen fremd scheint, und sehnen sich dennoch heimlich nach der dunklen, verbotenen Verlockung. Und Issa weiß das für seine Zwecke zu nutzen.

Für Donnerstag hat er eine neue Swing-Combo angeheuert, deren Rhythmen durch die Ohren direkt in die tiefsten Nerven des Körpers fahren. Er hofft, die Nacht wird ein Erfolg werden. Alles hängt davon ab, ob genug Amerikaner kommen, denn die wissen, wie man feiert. Und er hat dafür gesorgt, dass überall in der Stadt Flugblätter mit Werbung auf Englisch verteilt werden, und seinen Freunden in der ägyptischen Botschaft Bescheid gesagt, dass sie auch in ihren Kreisen die Trommel schlagen sollen. Mehr kann er nicht tun. Die Spiegel an den Wänden glänzen, die Art-déco-Stühle sind wie zufällig hingestreut um viele runde Tischchen aus Marmor gruppiert und die Flaschen hinter der Bar aufgereiht in allen Farben des Regenbogens. Jetzt gilt es, bis zum Donnerstagabend zu warten und zu sehen, ob sein Plan aufgeht.

Heute muss er wieder einmal eine Bestellung in der Chocolaterie um die Ecke abholen, denn die Gäste, besonders die Touristen, wissen eine üppige Auswahl an Süßigkeiten zu ihren Drinks zu schätzen. Er wollte Lola schicken, aber die hat sich nicht blicken lassen, sie scheint bis tief in den Nachmittag auszuschlafen. Da er weiß, dass sein Barfräulein sich heute Nacht wieder bis zum Morgengrauen um seine Gäste kümmern wird, gönnt er ihr die Pause. Außerdem hat er nichts gegen eine kleine Stippvisite bei Sawade, aus einem Grund, den er sich nicht gern eingesteht, der vielleicht etwas mit einer gewissen Elfie Wagner zu tun hat.

Draußen scheint es ausnahmsweise nicht zu regnen, also geht er ohne Mantel, verschließt die Tür sorgfältig und läuft unter den bunten Markisen der vielen Geschäfte die Friedrichstraße entlang Richtung Norden. Er überquert die Behrenstraße und eilt weiter. An der Ecke Unter den Linden wirft er einen Blick ins Kranzler – es wimmelt im Spätnachmittagsbetrieb vor Menschen. Drinnen und draußen sitzen sie, essen Kuchen, trinken Kaffee und Likör, reden, lesen, gaffen. Ein Mann hat sich hinter der *B. Z.* vergraben – *Holt Owens sich heute die 2. Goldene?*

Issa geht weiter, biegt links ab, drängt sich an herumstehenden Touristen vor dem Eingang zur Kaisergalerie hindurch und steht vor dem kleinen Pralinengeschäft. Drinnen sieht er zwei Frauen hinter der Theke, beide tragen Schürze – eine ist hellblond und sehr jung, die andere hat braune Zopfschaukeln und trägt ein blaues Kleid. Kurz ist er enttäuscht, dann erst sieht er *sie* – Elfie sortiert an der

Seite neue Pralinenschachteln auf die Regalbretter. Sie bückt sich, richtet sich auf, streckt sich, geht wieder in die Hocke – alles mit dieser Strenge, die Issa schon auffiel, als er sie das erste Mal gesehen hat. So als müsse sie sich jederzeit zusammenreißen, um nicht mitten in der Bewegung zu erstarren. Die Abstände zwischen den Schachteln sind wie mit dem Lineal abgemessen, und die Schleifenenden der Geschenkbänder sind exakt gleich lang. Elfies Haar jedoch hängt ihr strähnig ins Gesicht, und die Bluse ist zerknittert und schief geknöpft, als reiche diese fast soldatische Energie, mit der sie Ordnung schafft, nur für das Geschäft, nicht aber für sie selbst aus.

Flüchtig wischt er sich eine Locke aus der Stirn, streicht dann sein kurzes Bärtchen zurecht und tritt ein.

»Herr El Hamady«, sagt Elfie überrascht und hält beim Einräumen inne. »Und ich dachte, Lola würde heute kommen.«

Sie lächelt ihn an, wie immer, er weiß, dass sie das bei allen Kunden tut. Es wirkt echt – doch das ist schließlich ihr Beruf, und ihm ist klar, dass vieles im Geschäftsleben nur Fassade ist. Und gerade bei Elfie ist er nie sicher – etwas geistert dort unter ihrem Lächeln herum, das er nicht versteht, und immer ist da ein leises Zittern um ihre Mundwinkel, wenn sie ihn ansieht. Als müsse sie sich mit aller Macht zusammenhalten, um nicht vor seinen Augen in Scherben zu zerfallen.

»Guten Tag, Fräulein Wagner«, sagt er, und schon fällt ihm nichts mehr ein. Ihm, der sonst nie um einen Spruch verlegen ist.

»Ich hole Ihre Bestellung«, sagt Elfie sofort, ohne ihm die kleinste Chance zu einem Scherz zu geben, und verschwindet durch eine Tür nach hinten. Issa bleibt nichts anderes übrig, als stehen zu bleiben und zu warten. Er blickt auf seine Schuhspitzen, glänzendes Schlangenleder, und fragt sich plötzlich, warum er sich wie ein Dandy kleidet und ob er auf Elfie Wagner wie ein eben solcher wirkt? Ein windiger Barbetreiber? Was, wenn er wie ein Buchhalter aussähe, wie ein Volksschullehrer, arglos und verlässlich – würde sie dann vielleicht ein wenig mit ihm plaudern und aus ihrem Schneckenhaus kommen?

Er spürt die Blicke der beiden anderen Fräulein, die zu ihm herübersehen. Die Jüngere, eine Neue, hat rosige Wangen und starrt ihn an wie ein Weltwunder, während ihm der Schweiß ausbricht. Sie greift nach zwei großen Tüten, tritt hinter dem Tresen hervor und verlässt den Laden, wahrscheinlich liefert sie Bestellungen aus. Endlich – dabei mag es nicht einmal eine Minute gewesen sein – kommt Elfie wieder nach vorn und balanciert drei große weiße Pappschachteln auf den Armen. Er geht auf sie zu und nimmt sie ihr ab, wobei er, nur zufällig, mit seiner Hand ihren Arm streift. Sie sieht ihn einen Moment erschrocken an, mustert ihn dann, als betrachte sie etwas ganz und gar Fremdes, von dem sie nicht weiß, was es eigentlich ist.

»Verzeihung«, sagt er unwillkürlich, weil er spürt, dass er ihr zu nahegetreten ist. Unschlüssig bleibt er stehen, das Kinn auf der oberen Schachtel abgelegt und die Last wird schwerer mit jedem Augenblick, der verstreicht. Vielleicht hätte er den Wagen nehmen sollen? »Was schulde ich Ihnen?«

»Wie immer«, sagt sie etwas zu hastig, »achtzehn Mark. Können wir am Monatsende abrechnen, ja?« Es klingt, als wolle sie ihn so schnell wie möglich loswerden – und doch, der Blick aus ihren Augen hält ihn fest. Issa weiß nicht mehr, was er denken soll.

»Danke«, sagt er und stöhnt innerlich. Fällt ihm nichts Originelleres ein? Er steht immer noch auf demselben Fleck. Das Türglöckchen bimmelt, ein Kunde kommt herein.

»Ist noch etwas?«

Issa überlegt angestrengt. Worüber könnte er mit Elfie Wagner plaudern? Das Wetter? Die Nachbarschaft?

»Wahnsinn, dieser Jesse Owens, oder?«, fragt er unbeholfen über die Schachteln hinweg.

Sie nickt. Ihre Augenbrauen im bleichen Gesicht ziehen sich noch ein Stück weiter hinauf, sie scheint nicht genau zu wissen, was er von ihr erwartet. »Eine tolle Leistung«, sagt sie, abwartend, wie ihm scheint. Wieder zittert ihr Mund, ein Hauch nur ist es, keine richtige Bewegung, doch es entgeht ihm nicht.

»Borchmeyer hatte keine Chance«, sagt Issa.

»Ich habe es gehört«, sagt sie. »Fünfter Platz.«

Issa kann nicht erkennen, ob es sie wirklich interessiert. Und auch nicht, ob sie bedauert, dass der deutsche Sprinter gestern hinter dem *Wunder aus Alabama* zurückgeblieben ist. Die deutschen Gäste im Stadion waren natürlich verzweifelt, dass ein Ausländer ihnen den Rang abgelaufen hat. Alle deutschen Zeitungen klagen und jammern heute, Hitler, hört man, verweigerte Owens sogar die Glückwünsche. Aber Elfie? Issa weiß überhaupt nicht, was diese Frau denkt, über die Welt, über den Reichskanzler, die Olympiade. Über ihn.

»Sie sehen besorgt aus«, sagt sie, und er blickt erschrocken über die Pappschachteln hinweg in ihre Augen. Goldbraune, junge Augen, denkt er. Jünger als die Frau dazu. Es geschieht nicht oft, dass jemand sagt, was er denkt, und schon gar nicht Elfie Wagner. Plötzlich sieht er die echte Elfie hinter ihren flatternden, fahrigen Bewegungen, als sei da ein winziger Riss, durch den Licht scheint. Issa ist als Barbesitzer Tag und Nacht von Lügen umgeben, von falschen Wimpern, Tünche und unehrlichen Komplimenten, von Menschen, die ihn gar nicht wirklich sehen – doch Elfie erkennt ihn, das spürt er. Plötzlich hat er Angst, dass an ihm gar nichts Besonderes ist und dass sie das längst durchschaut hat.

Verlegen senkt er die Lider. »Dieser Sommer«, sagt er, »dieser August – er macht mich müde. Als müsste ich die ganze Zeit kämpfen, dabei weiß ich gar nicht, wogegen.«

Elfies Gesicht verschließt sich wieder. Dann jedoch nickt sie zaghaft und streicht sich eine Haarsträhne aus der Stirn. »Ich bin auch müde, ich schlafe schlecht«, sagt sie. »Und ich kämpfe auch gegen die Düsternis, die ganze Zeit, jeden Tag. Aber das hat nichts mit diesem Sommer zu tun, es ist schon mein ganzes Leben lang so.«

Erschrocken legt sie sich die Hand über den Mund, als habe sie ein schreckliches Geheimnis ausgeplaudert. Er sieht ihr an, dass sie es am liebsten sofort zurücknehmen würde, als sei dieses Geständnis beinahe schon unanständig. Als könne er daraus auf etwas Dunkles in ihrem Charakter schließen, etwas Unstetes, ja Ordinäres. Doch Issa spürt, wie froh er ist, dass sie ihm das anvertraut hat. Plötzlich ist es kein höfliches Gespräch zwischen einer Verkäuferin und einem Kunden, plötzlich ist es mehr, und das gefällt ihm. Verdammt, er mag diese Frau! Aber warum nur, denkt er, in seiner Bar gehen ganz andere Mädchen ein und aus. Umwerfend hübsche junge Mädchen, die keinen Ärger machen und nichts erwarten als ein paar Drinks. Und doch – in ihrer Gegenwart fühlt sich Issa unvollkommen und falsch, und ihre Schönheit stößt ihn ab. Elfie ist nicht perfekt, nicht glatt. Und auch sie besitzt eine Schönheit, eine viel größere, scheint ihm. Sie legt sie ihm nicht zu Füßen, sie zeigt sie nicht her. Tief im Verborgenen schlummert sie, versteckt unter zerzaustem Haar, unter ungebügelten Kleidern, unter ihren fahrigen, eckigen Bewegungen – trotz allem blitzt sie hervor, durch diesen Riss, den er vorhin schon bemerkt hat. Elfie ist wie eine zerbrochene Vase, denkt er, die jemand stümperhaft zusammengesetzt hat – einst kostbar, immer noch schimmernd, aber mit schartigen, stumpfen Bruchstellen, die nicht mehr weggehen werden. Sie kämpft, hat sie gesagt, wie er. Was mögen Elfies Dämonen sein?

»Ich würde wohl besser schlafen, wenn ich nicht die ganze Nacht in der Bar stünde«, sagt er schnell, damit sie nicht allein bleibt mit ihrer Schlaflosigkeit. »Heute wird es wieder ein langer Abend.«

»Wie läuft es denn bei Ihnen?«

Auch diesmal kann Issa nicht sagen, ob sie es wirklich wissen will – da ist es auf einmal wieder, das höfliche Lächeln der Verkäuferin, das sie aufsetzt, wann immer ihr danach ist. Es steht ihm im Weg, und er weiß nicht – ist es eine Maske, die nun über Elfies Gesicht hängt wie Spinnweben? Plötzlich reitet ihn der Teufel.

»Sie sollten es sich einmal selbst ansehen, Fräulein Wagner.«

Da lacht sie kurz auf, mehr spöttisch als fröhlich. Man hört, dass sie nicht oft lacht. Die brünette Kollegin hinter der Theke, sieht Issa, wendet den Kopf zu ihr herüber, ebenso ein Kunde, der in senfbrauner Uniform – die hässlichste Farbe der Welt, findet Issa – bei ihr steht und sich Trüffel abwiegen lässt.

»Ich? Zu Ihnen in die Bar?«

»Warum denn nicht?«, sagt er leise, beinahe beleidigt. »Wir sind nur ein kleines Musiklokal.« Er stellt die Schachteln einen Moment auf dem Boden ab und angelt eine Visitenkarte aus seiner Jackentasche. Sie hat eine goldene geometrische Verzierung am Rand und, leider, einen kleinen Rotweinfleck. Doch er reicht sie Elfie trotzdem.

»Überlegen Sie es sich«, sagt er. »Am Donnerstagabend gebe ich eine Party mit ganz besonderer Musik. Ich würde mich sehr freuen, wenn Sie kämen.«

Sie nickt und lächelt, lächelt immerzu weiter, doch er sieht, wie sie unter dem Lächeln die Stirn runzelt, als arbeite es in ihrem Kopf fieberhaft, um eine Ausrede zu finden.

»Das ist nett«, sagt sie tonlos. »Aber an dem Tag muss ich zu einer Beerdigung.«

»Oh«, sagt er, »wer ist gestorben?« Hoffentlich nicht ihre Mutter, denkt er, oder ihre Lieblingsschwester.

»Spree-Willi wird beigesetzt.«

»Der alte Leierkastenmann?«

Sie nickt, und ihre braunen Augen sind dunkel.

»Das ist doch nicht am Abend«, sagt er hastig, »Sie haben danach noch Zeit.«

Sie weicht seinem Blick aus, presst die Lippen zusammen und schüttelt den Kopf. Jetzt hat er das Gefühl, taktlos gewesen zu sein. Offenbar hat ihr der Alte etwas bedeutet, den Issa nur vom Sehen kennt und dessen orgelnde Melodien ihm, wenn er ehrlich ist, immer ein wenig auf den Geist gingen.

»Verzeihung«, sagt er, nun selbst auch wieder hilflos. Ihm wird heiß. Hat er sich nicht genug vor dieser Frau zum Narren gemacht? Sie ist einige Jahre älter als er, denkt er, und wird sich nicht in sein Nachtlokal verirren, wo es nur so von Schauspielerinnen, Zuhältern, Geschäftsleuten und Hedonistinnen wimmelt, die meisten davon mit zweifelhaftem Ruf. Er, Issa, flirtet mit ihnen allen, mühelos. Doch hier, im aufgeräumten Ambiente dieses Schokoladengeschäfts mit den gaffenden Verkäuferinnen, den wohlhabenden Kunden und Nazis rundherum, ist ihm die Leitung zu seinem Charme wie abgeklemmt, und er sprudelt nicht wie gewohnt. Es bleibt ihm nichts anderes übrig, als seine Pralinen zu nehmen und zu verschwinden, ehe noch die halbe Straße über ihn lacht.

»Danke für die Schokolade«, sagt er, und Elfie hebt kurz die Hand, nicht, wie er erleichtert feststellt, zum *Deutschen Gruß*, sondern nur zu einem kleinen Winken. Dann wendet sie sich wieder ihrer Räumarbeit zu, als habe sie ihn bereits vergessen – doch ihm entgeht nicht, wie ihre Lippen sich lautlos bewegen. Sie atmet tief ein und aus, ihre Brust hebt und senkt sich, ehe sie nach einer neuen Schachtel greift. Es sieht aus wie ein Gebet, denkt er, oder wie eine Beschwörung. Obwohl sie nichts mehr sagt. Dafür hört Issa beim Hinausgehen, wie der Kunde am Tresen, der Mann in Uniform, der Verkäuferin mit den Affenschaukeln etwas zuraunt: »Merkwürdige Subjekte haben Sie hier im Laden, mein Fräulein.«

Draußen auf der Allee tritt Issa mit seinen neuen Schuhen in eine matschige Pfütze, und ein paar Tropfen besudeln die hellen Anzughosen. Kopfschüttelnd und grimmig rennt er mit seinen Paketen die Straße entlang, unter den Hakenkreuzpfeilern hindurch wie ein Spießrutenlauf, wieder am Kranzler vorbei und nach Süden in Richtung Hamady-Bar. Elfie Wagner wird sich nicht in seiner Bar blicken lassen, das ist gewiss, denkt er und kickt einen Stein fort. Und diese verdammten Nazis, warum nur mussten sie unbedingt herkommen und sich seine Stadt unter den Nagel reißen? Doch er weiß, dass sie in Wahrheit nirgendwoher gekommen sind. Sie waren immer schon da, sie sind Teil Berlins, Nachbarn, gewöhnliche Leute und haben hier unter ihnen gelebt, bis zu dem Tag, da sie die Masken abnahmen und sagten: *Das alles gehört uns.*

13.

5. August 1936,
Dienstag, Viertel vor fünf

Ins Glöckchenklingeln hinein runzelt Elfie die Stirn, denn sie hat die Worte des Stammkunden, der bei Trude steht, gehört. Unhöflichkeit kann sie gar nicht leiden. Issa El Hamady ist ihr Kunde, seit drei Jahren schon, und ihm gebührt Respekt. Sie kennt seine Bar vom Vorübergehen, läuft täglich auf dem Heimweg daran vorbei. Noch nie hat sie einen Fuß hineingesetzt, aber ihr Besitzer ist ihr sympathisch, ja, manchmal ertappt sie sich sogar dabei, dass sie kurz an ihn denkt. Dann konzentriert sie sich schnell wieder auf ihre Arbeit. Natürlich sind das nur Hirngespinste einer einsamen Frau, so viel weiß sie, sie ist nicht gemacht dafür, sich die Nähe eines anderen Menschen herbeizusehnen. Schon gar nicht die Nähe eines Mannes. Die meisten Männer, denen sie in ihrem Leben begegnet ist, haben schnell gemerkt, dass mit ihr etwas nicht stimmt, und haben einen Bogen um sie gemacht, ehe jemand zu Schaden kam. Beinahe ist sie ihnen dankbar dafür. Doch Herrn El Hamady scheint ihre Verdrehtheit nicht so zu stören wie andere. Manchmal hat sie das Gefühl, er suche ihre Nähe, und sie, so seltsam es ist, fühlt sich in seiner Gegenwart manchmal fast so, als sei mit ihr alles in

Ordnung. Nur so kann sie sich erklären, weshalb sie vorhin mit der Wahrheit herausgeplatzt ist – denn eigentlich hat sie Großmamas Worte verinnerlicht, nichts über ihr Inneres preiszugeben. Sie solle den Blick senken und den Mund schließen, hat die Großmutter gesagt, ehe jemand bemerkt, was mit ihr los sei. Elfie hat immer gedacht, dass nicht einmal sie selbst wusste, was mit ihr los sei, doch sie hat keine Widerworte gegeben – auch nicht, als Großmama sie nach der Untertertia in der Volksschule abmeldete, weil *eine wie sie* ohnehin nichts mehr lernen würde.

Sie hat das unbestimmte Gefühl, Herrn El Hamady verteidigen zu müssen. Doch der Mann in der Uniform mit dem Hakenkreuz am Arm ist Major Martin Rudolph. Er ist ebenfalls wöchentlich hier, und sie kann es sich nicht leisten, ihn zu verprellen. Pralinen sind nicht politisch, sie sind universal, und sie werden von allen Menschen auf dieser Erde geliebt, so war es jedenfalls bisher. Und Elfie hat weder die Zeit noch die Nerven, sich mit Diplomatie herumzuschlagen.

»Herr Major, jeder hat doch etwas Süßes verdient, oder etwa nicht?«, sagt Trude drüben mit einem umwerfenden Lächeln zu Rudolph, und Elfie nickt in stiller Anerkennung und legt die letzte Pralinenschachtel ins Regal. Die Kollegin ist, anders als sie selbst, eine hervorragende Diplomatin, das hat sie schon oft bewiesen. Elfie beherrscht diese Kunst leider nicht annähernd so gut, doch sie hat die Verpflichtung, der Kollegin beizustehen. Darum geht sie zum Verkaufstresen hinüber, auch wenn ihr der Magen drückt vor Aufregung.

»Guten Tag, Herr Major«, sagt sie und lächelt Rudolph ebenfalls an, ihr Kundenlächeln, das sie im Schlaf beherrscht und das ihr immer gute Dienste leistet – außer bei Herrn El Hamady, bei dem es seinen Zauber nicht entfaltet. Es ist, als würde er hindurchsehen können, denkt sie verwirrt.

Der Uniformierte vor ihr verzieht das Gesicht. Auch auf ihn macht das ganze fröhliche Spiel der Verkäuferinnen mit ihrem Lächeln und ihren adretten Schürzen heute wohl keinen Eindruck.

»*Heil Hitler*«, sagt er mit leiser Schärfe in der Stimme. Elfie denkt, dass sie sich diesen Gruß dringend angewöhnen sollte, jedenfalls wenn sie mit bestimmten Kunden spricht. Sie weiß, dass ein Laden schnell in Verruf geraten kann, sobald die Leute anfangen zu reden. Und keinesfalls darf sie, die leitende Angestellte, ja Geschäftsführerin von Sawade, den Eindruck erwecken, sie sei aufrührerisch. Schnell sucht sie Halt in einem ihrer Sätze, die fast immer funktionieren.

»Haben Sie schon die neue Trüffel probiert?«, fragt sie den Major und deutet auf eine kunstvolle Pyramide aus schokoladigen Kugeln, die in Puderzucker gewälzt wurden. Genau 55 Stück hat sie dort aufgehäuft, eine Schnapszahl, die in ihrer Vollkommenheit vor Elfies Augen besteht.

»Bitterschokolade, achtundsiebzig Prozent, mit einer Mokkasahnefüllung, die im Mund schmilzt. Dazu ein Hauch Kognak.«

Sie hat die Erfahrung gemacht, dass Parteimitglieder alles, was mit Kaffee und Kognak zubereitet ist, bevorzugen.

Als hätten sie Angst, dass man ihnen die Liebe zu Süßigkeiten als weichlich auslegen würde, wenn sie sie nicht mit kernigen, strengen Geschmacksnoten verbrämten. Und wie meistens hat sie recht. Rudolphs Miene hellt sich auf. Sie reicht ihm mit der silbernen Zange eine Trüffel zum Probieren, und er lässt sie zwischen seinen schmalen Lippen unter dem gepflegten Bärtchen verschwinden, kaut und nickt.

»Ein halbes Pfund, bitte«, sagt er zu Trude, die schon mit der Tüte bereitsteht. »Und noch vier Tafeln Schokolade, feinherb.« Er hüstelt. »Obwohl man hört, Schokolade sei eigentlich undeutsch.« Er blickt ungehalten vor sich hin, während Trude alles einpackt. Dann versucht er ein Lächeln, als wolle er seine Worte gleich wieder entschärfen und seinen Appetit auf Schokolade rechtfertigen. »Aber man muss ja nicht übertreiben.«

Jetzt sieht er erst Trude, dann Elfie beifallheischend an. Elfie bemerkt aus den Augenwinkeln, dass die Kollegin ebenfalls lächelt, aber sie spürt, dass Trude sich zwingen muss. Die Grübchen, die sonst wie von selbst in ihren Wangen auftauchen, bleiben unsichtbar.

»Was sagen Sie zur deutschen Niederlage im Sprint?«, fragt Rudolph und steckt sorgfältig seine Brieftasche unter die steife Jacke. »Ist das nicht ein Jammer?«

»Ich hoffe, das deutsche Glück wendet sich bald«, sagt Elfie, ohne zu wissen, wie sie das meint, doch dem Major scheint es zu gefallen. Er nimmt mit neuem Schwung sein Paket voll Schokolade und Pralinen entgegen und nickt ihnen beinahe charmant zu.

»Bis zum nächsten Mal«, sagt er, wobei er offenbar selbst vergisst, wie man heute in Deutschland grüßt. Das Glöckchen bimmelt, und Trude und Elfie sind allein im Laden.

»Puh«, sagt Trude und füttert die Registrierkasse mit Rudolphs Geld. Sie beginnt den Verkaufstresen abzuwischen. »Ein richtiger Eiertanz ist das manchmal mit den Kunden.«

»Sie haben das gut gemeistert«, sagt Elfie. »Die Leute mögen Sie.«

»Ja, kann sein«, sagt Trude und guckt zweifelnd, »ich plaudere ja auch gern mit ihnen. Aber manchmal wünsche ich mir doch, dass es mehr Frieden gäbe oder Gerechtigkeit, verstehen Sie?« Sie streicht das goldene Stanniolpapier um ein Nougatei herum glatt und sieht Elfie vorsichtig an, als überlege sie, ob sie weitersprechen soll.

»Haben Sie Herrn Marcus vorhin gesehen?«

Elfie nickt. »Hundert Gramm Mokkanüsse, wie immer? Und kein Gramm mehr?«

Trude lacht. Doch gleich wird sie wieder ernst.

»Er hat große Schwierigkeiten mit dem Geschäft«, sagt sie und beugt sich näher zu Elfie. »Er ist, ehrlich gesagt, verzweifelt.«

»So?«, fragt Elfie. Sie sieht auf die Straße hinaus, ob Kunden hereinkommen, und im Moment nähert sich niemand. Auch Lisbeth ist noch unterwegs. Trotzdem spürt Elfie Unheil aufziehen. Sie denkt wieder an die Misere heute Morgen mit dem falschen Schlüssel, und am liebsten würde sie Trude in diesem Augenblick bitten zu schweigen. Bisher hat sie sich gut gehalten, der Tag ist bereits zur Hälfte vorbei, und wenn sie sich anstrengt, wird er ohne größere Desaster verstreichen, und sie kann in ihr Zimmerchen zurück, um Kraft für morgen zu sammeln.

»Ich würde ihm so gern helfen«, sagt Trude. Elfies Unbehagen vertieft sich. Die Uhr an der Wand schlägt schrill zur vollen Stunde – ein Alarmsignal. Die Bonbons unter der Glashaube vor ihr spreizen ihre eingedrehten, rotweiß gestreiften Enden nach beiden Seiten, sie wackeln aufgeregt und scheinen die Ohren zu spitzen, als belauschten sie Elfies und Trudes Gespräch.

»Und wie sollten Sie ihm helfen können?«, fragt sie widerstrebend.

»Wenn ich das nur wüsste!«, ruft Trude aus. »Die Behörden drohen ihm mit Zwangsschließung.« Sie stemmt empört ihre Fäuste in die Hüften. »Er soll den Buchladen in fremde Hände geben, an jemand Nichtjüdisches, oder sie liquidieren ihn. Das ist unmöglich!« Sie bläst die Luft aus den Wangen, ihre blauen Augen sehen Elfie empört an. »Wir müssten Geld sammeln«, sagt sie und nickt entschieden, »die ganze Nachbarschaft müsste zusammenlegen und diesen Laden kaufen. Aber das wäre viel Geld.«

»Seien Sie vorsichtig!«, sagt Elfie erschrocken. »Sie wissen nie, wer zuhört.«

»Jetzt gerade hören nur Sie zu, oder?«

»Trotzdem«, sagt Elfie. »Woher wissen Sie, dass ich Ihnen zustimme?«

Trude starrt sie an, ihre Wangen färben sich rot.

»Das kann nicht Ihr Ernst sein, Fräulein Wagner«, sagt sie leise. »Wir verstehen uns doch, oder?«

Elfie zuckt die Achseln. »Natürlich sind wir einer Meinung, Trude. Aber ich habe die Verantwortung hier im Laden. Da dürfen wir beide keine Revolution planen, richtig?« Innerlich bebt sie bei dem Gedanken, was passieren würde, wenn sie jemand hörte. Das Draußen macht ihr Angst, manchmal hat sie das Gefühl, dass sie hier drinnen, umgeben von Pralinen und schönen Sachen, eine zarte Schutzschicht aufgebaut hat gegen das, was sich auf den Straßen, in der Stadt, im ganzen Land zusammenbraut – doch was, wenn diese Schicht zerbricht? Oder zerbrochen wird? Was können ein paar Trüffel schon ausrichten und seien sie noch so kunstvoll zubereitet? Und nun hat Trude auch noch eine fixe Idee, die alles noch schneller zum Einsturz bringen kann. Das fehlt ihr gerade noch.

Als wolle ihr der Himmel beispringen, geht in diesem Moment die Tür auf, und zwei junge Mädchen kommen herein, beide tragen einen dunkelblauen Rock, eine weiße Bluse und ein schwarzes Halstuch mit Knoten. Die zwei haben das olympische Abzeichen mit einer Stecknadel an ihre Blusen gepinnt, grüßen mit ausgestrecktem rechtem Arm und verlangen dann eine Tüte kandierte Früchte. Trude und Elfie wechseln einen heimlichen Blick, dann bedient Trude die beiden mit ihrem gekonnten Lächeln. Die Mädchen verschwinden wieder, und draußen auf der Allee beginnt sich langsam die goldene Abendsonne auszubreiten, die sich endlich gegen das feuchtkühle Wetter durchzusetzen wagt. Keine von ihnen nimmt das Thema von vorher wieder auf, eine seltsame Fremdheit liegt nun zwischen ihnen.

»Würden Sie nach hinten gehen und die frische Ware nach vorn holen?«, fragt Elfie schließlich die Kollegin, und diese nickt knapp.

»Danke«, sagt Elfie, »ich räume auf, und wenn Sie wieder da sind, mache ich Feierabend. Ich habe eine Verabredung.«

Ihr ist die alte Dame eingefallen, der sie heute noch einen Besuch abstatten will.

In Trudes Augen blitzt der Schalk, die kleine Unstimmigkeit zwischen ihr und Elfie scheint verflogen.

»Eine Verabredung?« Sie lächelt. »Etwa in der Hamady-Bar?«

»Natürlich nicht«, sagt Elfie. Dabei traut sie sich nicht zu sagen, dass sie neugierig auf dieses Lokal ist. Vielleicht wagt sie sich wirklich einmal auf ein Glas Champagner dorthin? Doch sicher nicht gleich heute. Eine solche Unternehmung bedarf einer gewissen Vorbereitung, denn fremde Orte, fremde Menschen, fremde Gerüche und Geräusche sind für Elfie ein großes Hindernis, das sie nur – vielleicht – überwinden kann, wenn sie alle Kraft zusammennimmt. Das aber wird sie ihrer Mitarbeiterin nicht auf die Nase binden. Sie ist gespannt, was Madame Conte ihr zu erzählen hat, und sehnt sich danach, ihre schweren Beine ein wenig bei ihr auf dem Plüschsofa auszuruhen. Jetzt, da sie die Wohnung kennt, ist ihr der Gedanke daran nicht mehr unheimlich. Sosehr sie das Unbekannte erschreckt, umso mehr macht sie sich die Orte zu eigen, wenn sie Vertrauen gefasst hat. Es ist eine Gabe, die Großmama abkanzelte mit den Worten, Elfie mache sich *breit*. Doch Großmama ist tot, denkt Elfie zum wiederholten Mal heute und schreibt das Wort schnell in unsichtbaren Buchstaben mit dem Zeigefinger auf ihren Oberschenkel, ohne dass Trude etwas davon bemerkt. *T-o-t*. Da ist er wieder, der Tod, der sie umgibt und umschmeichelt, der lockend ruft und an ihr zerrt, doch sie strafft die Schultern. Heute wird er sie nicht festhalten.

»Ich besuche Madame Conte«, sagt sie entschlossen, »die alte Dame bat mich darum, nach Feierabend vorbeizukommen.«

»Wie nett von Ihnen, sich um sie zu kümmern«, sagte Trude. Dann senkt sie die Stimme. »Ich habe gehört, Madame geht es nicht gut. Sie muss aber auch schon, was, über neunzig Jahre sein, oder? Vielleicht sogar schon hundert.«

»Ich weiß nicht«, sagt Elfie und runzelt die Stirn, »was haben Sie denn über sie gehört?«

»Mein alter Hausarzt betreut sie«, sagt Trude, »Doktor Lange. Und er hat mir erzählt, dass es wohl aufs Ende zugeht.« Jetzt blickt sie erschrocken auf. »Er wollte sicher nicht indiskret sein«, sagt sie schnell, »ich glaube, er macht sich einfach nur Sorgen um sie. Er ist selbst nicht mehr der Jüngste und lässt seine alten Patienten nicht gern gehen, vermute ich.«

»Sie will mir etwas erzählen«, sagt Elfie nachdenklich. »Alte Geschichten – doch wenn es ihr guttut …«

»Gehen Sie schon«, sagt Trude freundlich, »ich komme hier allein zurecht. Die Ware hole ich später nach Ladenschluss.«

»Danke«, sagt Elfie und bindet sich die Schürze ab. »Ich weiß, ich kann mich auf Sie verlassen, Trude. Nicht wahr?«

Irgendetwas klingt in dieser Frage mit, das Elfie selbst beunruhigt. Aber sie hält sich nicht mit Grübeln auf und holt ihre Tasche aus dem Hinterzimmer. Diesmal verlässt sie den Laden durch die Vordertür und tritt auf die Allee, wo sich jetzt Wagen an Wagen drängt – der zähe Feierabendverkehr hat begonnen. Auf der geschmälerten Promenade in der Mitte zwischen den Hakenkreuzen tummeln sich Kinder um einen Kiosk, der Zeitungen und Limonade verkauft, und ein paar alte Männer spielen Schach. Sie haben Klappstühle um ein Tischchen aus Brettern aufgebaut und verscheuchen immer wieder die frechen Tauben, die auf ein paar Krümel hoffen. Eine Gouvernante führt drei niedliche Mädchen mit Lackschuhen und rutschenden Kniestrümpfen vorbei, und ein Ballonverkäufer klammert sich an seinen riesigen schwebenden Strauß roter Ballons und verliert beinahe den Boden unter den Füßen.

»Gib mir mal ein Sträußchen, Rosa«, sagt Elfie zu dem dünnen kleinen Ding, das weiße Levkojen am Straßenrand verkauft. Sie reicht dem Mädchen fünfzig Pfennig und nimmt eines der kleinen Bündel, von denen zarter Blumenduft aufsteigt. Eine der Blütendolde neigt sich zu Elfies Ohr und raunt ihr zu, dass das Mädchen bestimmt keinen Pfennig zu verschenken habe. Elfie kramt schnell in ihrer Rocktasche und steckt der kleinen Verkäuferin noch einen Sechser zu.

»Danke ooch, die Dame«, sagt das Kind höflich und lächelt aus hohlen Wangen, und Elfie drückt das armselige

Sträußlein an sich und geht zur Tür neben dem Eingang zu Sawade, wo man ins Vorderhaus hineingelangt. Oben am Fenster in der ersten Etage steht ein Schatten hinter der Spitzengardine, und diese Entdeckung versetzt Elfie einen fieberhaften Stoß. Man wartet auf sie.

14.

Wir sind die Straße der Flaneure.

Sie liebten die Allee immer, die Müßiggänger und Spazierer, schon in unseren ersten Jahren, als es hier noch kein einziges Geschäft gab und nur wenige Wirtshäuser, dazu einen einfachen Stand an der Ecke Friedrichstraße, der Erfrischungen anbot – Schinkenbrote und Bier, Waldmeistersaft und Kaffee auf sandigem Boden. Aber dieses Bummeln durch die Linden, das Schlendern, Innehalten, das Schauen und Seufzen, der begehrliche Blick in die tiefen herrlichen Gärten hinter palastartigen Wohnhäusern, das ist unsere ureigenste Bestimmung. Das ewige Sichtreibenlassen über die Straße, das Verweilen im Schatten und Spazieren Arm in Arm ohne Ziel, nur das Vergnügen im Kopf. Spitzenbesetzte Rocksäume raschelten über den Kies, befrackte Herren zogen knirschend die Klappstühle über die Allee und boten ihren Damen einen Platz darauf an. Die Sonne spielte mit unseren Blättern, und wir warfen Lichtküsse nach allen Seiten ins frisierte Haar, kichernd, flirrend, ein Kaleidoskop unter tiefblauem Himmel mit Schäfchenwolken. Und über all das klangen die vielen leiernden Drehorgeln hinweg, die Glöckchen der

Botenjungen, das Rufen der Guckkastenmänner, die hier zu ihren Vorstellungen einluden, und die Schreie der Affen aus der Menagerie am Opernplatz.

Nachmittags ging es in Kolonne in den Tiergarten, den Lustgarten der Berliner. Ein lauschiges Wäldchen aus gestutzten Buchen, Hecken, labyrinthischen Gärten und Salonplätzen, wo in Zelten Schokolade, Limonade und Likör ausgeschenkt wurden. Die Flaneure strömten die Allee entlang über den Pariser Platz und hinaus ins Grüne. Und manch ein Liebespaar fand hier in den verwinkelten Heckenwegen ein einsames Gebüsch und verschwand für eine kleine Ewigkeit im Hain, ehe die beiden, die Bänder und Schuhschnallen wieder hastig gerichtet, unter uns Linden zurück in die Stadt taumelten.

Wenn die Wagen vorüberfuhren, stiegen mannshohe Staubwolken auf und legten sich auf die hustenden Kaffeehaussitzer, und kein Sprengen und Wässern half, bis man unsere Allee endlich befestigte, pflasterte und ihr das herrschaftliche Aussehen gab, das die Erinnerung an schlammige Pfützen und Sand ein für alle Mal auslöschte. Da erst kamen noch mehr Cafés mit ihren markisenbeschatteten, staubfreien Terrassen, stolze Gasthäuser mit weltberühmtem Klang – Hotel de Russie, Hotel de Rome, Zum goldenen Hirschen, später unser liebes Adlon. Und die ganze Welt kehrte Unter den Linden ein.

Am Abend standen die Räder der Kutschen, die bei Tag durch die Allee rollten, still. Und doch waren die Linden nie so belebt wie in den Dämmerstunden, wenn halb Berlin an den Maiabenden auf der Promenade herum-

stand und Danziger Goldwasser trank – kleine Grüppchen, junge Mädchen, Offiziere, Gewimmel und Gelächter bis in die Puppen.

Aber so mancher, der vorüberflanierte, ahnte schon damals die Dunkelheit hinter den Fassaden. Wer den Kopf wandte, sah die Enge und Armut in den krautigen Küchengärten jenseits der Allee. In den Nebengassen mit ihrer niedergedrückten, elenden Welt der Verlierer – nur wenige Schritte entfernt von unserer Pracht. Ja, die Lindenallee war eben noch niemals nur die eine! Sie war nie nur schön, nur prächtig, nur generös und glitzernd, es gab auch immer die Kehrseite. Sie war, auch wenn wir das als ihre Namensgeberinnen gern behaupten würden, niemals für alle da.

15.

5. August 1936,
Dienstagabend, halb sechs

Schon zum zweiten Mal heute steht Elfie vor dem Dienstmädchen, das im Flur auf sie wartet und bei ihrem Anblick die Wohnungstür weit öffnet. Napoléon steckt seinen Kopf heraus und beschnüffelt schwanzwedelnd Elfies Knöchel, als seien sie uralte Freunde.

»Er mag Sie«, sagt Mine, ohne eine Regung im Gesicht zu zeigen. Sie scheint selbst noch nicht sicher zu sein, wie sie zu Elfie steht. »Geben Sie mir Ihre Tasche. Möchten Sie einen Happen essen?«

»Gern«, sagt Elfie höflich, obwohl sie kaum Appetit hat. Sie hofft, dass Mine ihr keine Milchnudeln serviert, keinen Grießbrei oder ähnliche Süßspeisen, die ältere Leute gern zu Abend essen, denn Elfie verabscheut alles Süße zu den Hauptmahlzeiten. Wenn man das ganze Leben damit verbringt, Pralinen abzuwiegen, ist das nicht weiter verwunderlich. Und so ist sie sehr erleichtert, als ihr von Mine Kartoffelsuppe angekündigt wird.

»Madame Conte?«, sagt sie leise, als sie vor dem Salon steht. Sie blickt zum Sessel hinüber, doch der ist leer. Stattdessen steht die Schiebetür offen, und sie sieht, dass Madame im angrenzenden Raum an einem zierlichen Esstisch in der Nähe des Flügels sitzt, vor sich einen dampfenden Teller und ein Glas Wein. Sie blickt kurz auf und nickt Elfie zu.

»Verzeihung, dass ich Sie beim Essen aufscheuche«, sagt Elfie, doch die alte Dame winkt ab.

»Setzen Sie sich«, befiehlt sie, »Mine wird noch ein Gedeck holen. Sie können ja nicht ahnen, dass bei uns um halb sechs gegessen wird. Das Alter, wissen Sie, das macht uns nach und nach wieder zu Kleinkindern. Spätestens um acht muss ich ins Bett, und wenn ich direkt davor erst esse, bekomme ich Magendrücken.« Sie schnaubt. »Außerdem habe ich Sie ja regelrecht herkomplimentiert in meinem Egoismus vorhin, und nun fürchte ich, dass Sie Besseres zu tun hätten an Ihrem freien Abend.«

Elfie schüttelt schwach den Kopf und weiß nicht, wohin mit den Blumen, die sie noch immer in den Händen hält. Als Madame Conte die weißen Blüten sieht, wird ihr scharfer Vogelblick kurz weich.

»Wie hübsch, *ma petite*«, sagt sie. »Weiße Levkojen … warten Sie mal«. Sie hebt den Kopf. »Mine!«, ruft sie mit erstaunlich kräftiger Stimme und stampft mit dem Gehstock, der mit seinem geschnitzten Knauf neben ihr am Tisch lehnt, auf den Boden.

Das Dienstmädchen kommt herein, auf einem Tablett ein tiefer Teller mit blauem Zwiebelmuster, ein Silberlöffel, ein Kristallglas, eine Stoffserviette mit dem Monogramm *M. S.* und eine kleine Vase aus zart bemaltem Porzellan.

»*Tiens!* Du denkst ja mit, Minchen«, sagt Madame Conte, und das ältliche Mädchen läuft rot an vor Freude unter ihrem weißen Häubchen. Oft bekommt sie ein solches Lob wohl nicht, denkt Elfie und greift nach der Vase. Sie stellt die Blumen hinein, während Mine das Gedeck für sie auflegt und ihr mit einer Schöpfkelle dampfende Suppe in den Teller füllt. Dann gießt sie Weißwein aus einer Karaffe in Elfies Glas. Randvoll.

»*Merci*«, sagt Madame Conte und verscheucht Mine mit einer wedelnden Hand. Das Dienstmädchen zieht sich schlurfend zurück. Napoléon hat es sich zu Madames Füßen gemütlich gemacht, und Elfie setzt sich ihr gegenüber.

»*Bon appétit*«, wünscht Madame und verzieht die Lippen. »Sie müssen entschuldigen, aber in diesen Zeiten serviert Mine nur noch einen Gang, ich esse sehr einfach. Früher ...«, sie unterbricht sich und lässt Elfie im Unklaren darüber, welch üppigen Diners es in diesem Esszimmer früher gegeben haben mag.

Elfie taucht den Löffel in die Suppe und atmet den würzigen Duft ein – Sommerkartoffeln, Petersilie, Muskatnuss, frische Sahne. Ganz zaghaft regt sich nun doch ihr Appetit, und sie ist dankbar. Nichts ist schlimmer, als zum Essen eingeladen zu werden, und dann stockt alles im Hals. Das kennt Elfie von früher, wenn Großmama sie zwang, den Teller aufzuessen. Weinend und würgend wurde sie am Tisch zurückgelassen, und nicht selten versteckte sie schließlich das Essen heimlich in ihrer Schürzentasche und schmuggelte es hinaus in den Hof. Und jedes Mal, wenn ihre Großmutter sie dabei erwischte, gab es Prügel.

Irgendetwas – vielleicht Willis Tod – hat in Elfie die Erinnerungen an ihre Kindheit aufgescheucht wie ein Fisch, der am Meeresboden den Sand aufwirbelt. Dauernd kommen sie ihr nun in die Quere. Und doch – in der sanften Kuhle des Löffels sieht sie ihr eigenes Gesicht schimmern und ist einen Moment erschrocken, wie immer, wenn sie bemerkt, dass sie eine erwachsene Frau ist – keine *junge* Frau mehr. Dann blickt sie in das verwitterte Gesicht ihres Gegenübers und atmet erleichtert auf. Nein, im Vergleich zu Madame Conte ist sie nicht alt. Die Suppe schmeckt trotz allem gut, und sie versucht, jeden Löffel zu genießen.

»Trinken Sie!«, sagt Madame, und Elfie nippt gehorsam am Wein. Sie weiß, dass er ihr schnell zu Kopf steigen wird, und nimmt sich vor, vorsichtig zu sein. Sie mag es nicht, wenn sie vom Alkohol dösig und langsam wird, wenn ihre Gedanken sich wie zäher Schleim anfühlen – es erinnert sie zu sehr an früher, wenn sie als Schülerin in der Volksschule vorn an der Tafel stand und etwas anschreiben sollte, ein Diktat, eine Rechenaufgabe. Dann war es immer so, als sei ihr Kopf plötzlich leer, watteleicht und dumpf. Als sei die Verbindung zwischen Gehirn und Hand durchgeschnitten. Oft musste sie schließlich einer leeren Tafel den Rücken kehren, sich wieder in die Bank setzen und zuhören, wie die Lehrerin vor der gesamten Klasse von Elfies *Schwierigkeiten* sprach. Auch später wurde ihr immer wieder Langsamkeit nachgesagt, und ein Arzt bemerkte sogar einmal gegenüber der Großmutter, man müsse sich überlegen, ob Elfie nicht in einer *Anstalt* besser aufgehoben wäre. Doch vor diesem Schicksal bewahrte sie Großmama, wofür ihr Elfie immer dankbar sein wird – wenn es auch nicht nur aus Liebe zu Elfie geschah, sondern vor allem weil die Großmutter Angst hatte vor dem Gerede der Leute.

»Sie träumen ja«, sagt Madame Conte, und Elfie sieht schuldbewusst auf. Die alte Dame hat ihre Suppe kaum angerührt, während Elfie schon beinahe die ganze Portion aufgegessen hat, in ihre Gedanken versunken.

»Verzeihen Sie«, antwortet sie, »was sagten Sie gerade?«

Madame Conte trinkt einen großen Schluck Wein, eine Spur Lippenstift bleibt am Rand des Glases zurück. Sie beäugt mit ihren hellblauen Augen die Blumen in der Mitte des Tisches.

»Levkojen«, sagte sie langsam, »das waren meine Brautblumen. Ich hatte sie im Brautstrauß, wissen Sie? Wir nannten sie zu Hause in Paris *giroflées*, meine Mutter liebte sie sehr.«

»Sie haben in Paris geheiratet?«

»Natürlich! Die Stadt der Liebe, so sagt man, nicht wahr? Nun, aber eine Ehe hatte mit der Liebe nichts zu tun, nicht damals jedenfalls. Und schon gar nicht meine. Es ging um Zugehörigkeit, Sicherheit, Anstand. Und wenn ich mir die Menschen heute ansehe, denke ich manchmal, dass wir damit besser dran waren. Die armen Tölpel, die glauben, die Liebe wäre eine Garantie fürs Glück, tun mir leid.«

Sie unterbricht sich und mustert Elfie.

»Sie sind nicht verheiratet?«

»Nein.«

»Das imponiert mir«, sagt die alte Dame, »eine Frau, die auf eigenen Beinen steht. Nun, für unsereins damals war das keine Möglichkeit. Ich hatte gar keine Ausbildung außer ein wenig Klavierspiel, etwas Gesang und zwei, drei Brocken Literaturgeschichte. Wir Mädchen wurden damals zum Heiraten erzogen, das war unsere Bestimmung.«

Elfie sieht sie an, sie nickt und verschweigt, dass auch ihre Schulbildung nicht der Rede wert ist – sicherlich noch weniger der Rede wert als diejenige dieser großen Dame vor ihr. Madames Suppenlöffel hängt auf halbem Weg zwischen Teller und Mund in der Schwebe. Ihr Blick wirkt nach innen gerichtet, sie mag dort Dinge sehen, die Elfie verborgen bleiben. Eine Weile hört man nur das Ticken der Uhr und von fern leises Klappern aus der Küche, wo Mine die Töpfe abwäscht.

Elfie sind die Pausen unbehaglich. Wieder fragt sie sich, weshalb sie hier ist? Wenn die alte Dame unbedingt Gesellschaft möchte, warum lässt sie sich dann jetzt alles aus der Nase ziehen? Der Wechsel zwischen Erzählfluss und Zögern verwirrt sie – als sei die alte Dame selbst nicht sicher, wie viel sie preisgeben will. Ob es stimmt, was Trude erzählt hat, dass es schlimm um Madames Gesundheit steht? Und woher nimmt diese Frau dann nur die Kraft, Besuch zu empfangen und mit ihr ganz selbstverständlich zu dinieren? Elfie weiß, dass sie selbst niemals diese Kraft aufbringen würde. Allein die Vorstellung, dass jemand zu ihr in das kleine Zimmer käme, über die Schwelle träte und das Chaos sähe, in dem Elfie lebt – undenkbar! Oft schafft sie es nicht einmal, ihr Bett zu machen. Alle Kraft, die sie besitzt, bringt sie nur für das Geschäft auf und für nichts und niemanden sonst. Sie weiß, dass ihr Überleben von Sawade abhängt und dass sie nur dort, zwischen den hübschen Köstlichkeiten, bestehen kann. Dass einzig die Pralinenschachteln und die Ordnung, die sie dort aufrechterhalten muss, sie daran hindert, zu Staub zu zerfallen.

»Und so heirateten Sie?«, fragt sie Madame Conte schnell, um die Gedanken an ihr eigenes armseliges Leben zu verscheuchen.

»*Oui*«, nickt Madame Conte und legt den Löffel beiseite. »Mir wurden, als ich einundzwanzig war, zwei, drei passable Kandidaten vorgeführt, und Albert schien mir von ihnen der beste. Er hatte eine Anstellung in einem Daguerreotypie-Atelier, sehr modern war das damals, der Beginn der Fotografie. Und er kleidete sich gepflegt und hatte freundliche Augen – was konnte ein Mädchen mehr erwarten? Also sagte ich Ja zu ihm.« Sie zuckt mit den knochigen Schultern, sie kann es wohl selbst kaum glauben, wie schnell sie sich verlobte. »Wir zogen in eine Wohnung ins Élysée-Viertel unweit des herrlichen Parc Monceau, hatten eine Haushälterin und einen Koch, später dann ein Kindermädchen für Émile, unseren Erstgeborenen. Meine Eltern hatten mir eine stattliche Mitgift gegeben, und wir kannten keine finanziellen Sorgen.«

»Wenn das so ist, weshalb verließen Sie dann Paris?«

Madame Conte sieht Elfie vorwurfsvoll an, als sei die schuld daran, dass sie damals aus ihrer Heimatstadt weggehen musste.

»Für einen Fotografen waren die Zeiten schwer, es gab ungeheuer viel Konkurrenz in diesem jungen, aufstrebenden Metier. Da hörte Albert auf einer Reise von einem Geschäftsfreund aus Berlin, dass der sein Atelier verkaufen wolle, mit der gesamten Ausstattung. Albert war Feuer und Flamme, ich aber war verzweifelt! Berlin, fragte ich, wo liegt das? Was sollen wir dort? Es war mir fremd, ganz und gar fremd, und meine Familie lebte schon immer in Paris. Paris, das war doch unsere Heimat, die schönste Stadt der Welt! Wie konnten wir sie verlassen?«

Die hellblauen Augen der alten Dame schimmern jetzt feucht, aber sie spricht weiter – die Erinnerung an Paris scheint sie zu beleben.

»*Ma chère*, meine Heimatstadt, sie war eine Schönheit, mit den vielen geschwungenen Brücken über die Seine, mit Notre-Dame und den Champs Élysées, den wunderbaren Parks … so wie der Jardin du Luxembourg, wo die Kinder ihre Holzboote auf dem großen Bassin schwimmen ließen und der Flieder duftete. Doch Albert war unbeirrbar und ich letztlich nur seine Frau, die ihm folgen musste. Und so gingen wir fort und kamen hierher. Meine Mutter war eine Deutsche, daher sprach ich Deutsch, und Albert war ein heller Kopf und lernte es schnell.«

Madame Conte holt rasselnd Luft. Elfie bemerkt wieder die Fiebrigkeit im Gesicht der alten Dame und überlegt, ob sie nach Mine rufen und um Wasser bitten sollte. Dann sagt sie sich, dass Madame Conte sicher weiß, was sie sich selbst zumuten kann, und dass sie, Elfie, keine Pflegerin ist, die hier Kommandos gibt. Sie ist Gast und Zuhörerin. So nippt sie nur weiter am Wein und lässt sich ein wenig tiefer in den hochlehnigen Stuhl sinken. Obwohl sie es nicht beabsichtigt hat, spürt sie, wie die gefürchtete Langsamkeit von ihren Gedanken Besitz ergreift, aber anders als erwartet ist es ihr heute nicht unangenehm. In ihrem Kopf ist ein warmes Summen, und sie schlägt die schmerzenden Beine übereinander. Das dunkle Tier, ihr ständiger Begleiter, ist kaum zu sehen, nur ein schwacher Schemen in der Zimmerecke, als habe es heute keine Macht über sie und wolle sie doch nicht vergessen lassen, dass es da ist.

»Wir sind in Berlin viel umgezogen«, sagt Madame Conte. »Erst lebten wir in einer Wohnung in der Kronenstraße in der Friedrichstadt, dann zogen wir in die Oberwasserstraße am Spreekanal mit Blick auf die kleinen graublauen Wellen. Dort fühlte ich mich fast wie in Paris an meiner lieben alten Seine, selbst wenn es schrecklich kalt war – die Feuchtigkeit zog von der Spree bis ins Mauerwerk, und unser zweiter Sohn, Lucas, bekam einen schlimmen Husten. So zogen wir wieder um – als Albert sein Magazin für Fotografie gründete, ging es noch weiter aufwärts, und wir konnten uns eine größere Wohnung am Andreasplatz leisten, mit Blick auf den herrlichen Springbrunnen. Wenn unten Wochenmarkt war, nahm ich meine beiden Jungen und ging hinunter, wir ließen uns treiben, und ich fühlte mich beinahe wieder wie als junges Mädchen auf dem Montmartre.«

Sie kichert und gießt sich noch mehr Wein ein. Elfie ist beeindruckt, wie trinkfest die zarte alte Frau ist. Sie selbst hat ihr Glas von sich geschoben, sie spürt, wie ihr Gesicht bereits glüht, doch Madame schenkt ihr jetzt ungefragt nach, und Elfie wagt nicht zu protestieren.

»Es waren unsere besten Jahre«, fährt sie fort. »Albert war viel unterwegs, in der Redaktion, auf Messen, bei Aufträgen. Ich schaltete und waltete in der großen Wohnung, wie ich wollte, ich verbrachte Zeit mit meinen Söhnen und musste keine schweren Arbeiten machen, dafür hatten wir Personal. In dieser Zeit kam Mine zu uns, ein langes, dünnes Ding – noch ein Kind. Sie ist mir bis heute treu, auch wenn ich weiß Gott oft streng mit ihr bin.« Sie seufzt. »Es ist nicht leicht, mit Angestellten umzugehen. Aber davon wissen Sie sicher auch einiges.«

Elfie denkt an Trude und ihr kurzes Unbehagen vorhin im Laden wegen ihres Gesprächs über Herrn Marcus. Eigentlich hat die Kollegin recht, dass sie dem Nachbarn helfen will. Elfie hat ein schlechtes Gewissen, weil sie Trude so schroff in ihre Schranken gewiesen hat, und sie nimmt sich vor, das wieder einzurenken. Doch genug Geld, um eine Buchhandlung zu einem fairen Preis zu kaufen, werden sie niemals auftreiben können, in dem Punkt ist Trude naiv. Und gefährlich wäre es obendrein, sich derart einzumischen.

»Dann brach das Unglück über uns herein«, sagt Madame Conte in Elfies Gedanken hinein, »Alberts Tod – obwohl ich heute gar nicht mehr weiß, ob ich wirklich so unglücklich darüber war.« Sie sieht Elfie an, als hoffe sie auf eine Reaktion, doch Elfie wartet einfach.

»Wissen Sie, Albert und ich, wir waren uns immer fremd«, fährt Madame Conte fort. »Wir lebten miteinander, schliefen in einem gemeinsamen Schlafzimmer, aßen zusammen, sprachen über die Geschäfte, das Personal, die Kinder – aber wir teilten nichts von unseren inneren Gedanken. Ich wusste nichts über ihn, seine Träume, seine

Hoffnungen – und er schon gar nichts über meine. Ja, er ahnte wahrscheinlich nicht einmal, dass ich überhaupt welche hatte. Eine Frau besaß nicht das Recht auf Träume, sie lebte im Hier und Jetzt, sie hielt alles zusammen und fragte nicht nach dem Warum, nach einem Mehr. Und daher war Alberts Tod für mich wohl nicht zum Verzweifeln. Ich hatte ihn geschätzt, aber die Art und Weise, wie er über mich verfügte, über meine Zeit, meine Kraft und«, sie räuspert sich, »über meinen Körper … nein, das war nicht immer schön für mich.«

Madame Contes Blick richtet sich wieder auf sie, und Elfie fühlt sich bei diesem Thema plötzlich unbehaglich. Die alte Dame bemerkt es und lacht heiser.

»Darüber spricht man nicht, noch immer nicht, *n'est-ce pas?* Aber ich bin so alt, meine Liebe, so steinalt, ein Fossil, dass ich mich für nichts mehr schäme. Ich kann über all das sprechen. Sie nehmen es mir doch nicht übel? Wissen Sie, wenn man wie ich schon fast tot ist, dann wollen alle diese Gedanken einmal heraus. Aber wem soll ich es erzählen? Mine? *Bah non!* Sie hört nie richtig zu, sie findet sofort etwas zu meckern, will mir die Kissen aufschütteln, mir irgendeine Medizin einflößen, doch zuhören will sie nicht. Aber Sie«, Madame Conte deutet mit dem Finger auf Elfie, »Sie können gut zuhören. Das ahnte ich schon, Sie wirken immer so ernsthaft, trotzdem sind Sie eigentlich eine freundliche Person, *oui?*«

Elfie hebt verlegen die Schultern, und die alte Dame kichert. »Sehen Sie, das meine ich«, sagt sie, »bescheiden und still. Ihnen kann ich das alles hier sagen, all diese

Gedanken, die mir hier in der Einsamkeit kommen – auch wenn ich natürlich nicht ganz allein bin.« Lächelnd nickt sie zu ihrem Pekinesen hinab, der noch immer geduldig unter dem Tisch liegt.

»Ich denke viel darüber nach, über die Ehe, meine ich. Glauben Sie mir! Darüber, was mit uns Frauen gemacht wurde. Dass da einfach ein Fremder kam, mir einen Ring an den Finger steckte und sich fortan jede Nacht nahm, was ihm zustand. Und ich hatte keine Freude daran, in all den Jahren nicht. Das durfte ich niemals sagen, nicht ihm, nicht meiner Mutter, nicht einmal einer Freundin. Ich hatte ohnehin keine richtigen Freundinnen, nur ein paar Bekannte, mit denen wir höflich verkehrten, doch über das Körperliche zwischen Eheleuten sprach man mit niemandem. Und am allerwenigsten mit dem Mann selbst, das hätte ihn nur gekränkt, in seiner Ehre angefochten. Ich ertrug es eben, so wie es alle Frauen meiner Generation ertrugen, manche vielleicht mit mehr Freude als ich, manche aber auch mit mehr Abscheu. Ist das heute anders?«

Elfie schweigt, sie weiß nicht, ob eine Antwort von ihr erwartet wird. Dann bemerkt sie, dass die Frage nur so im Raum schaukelt wie eine Seifenblase, ohne Ziel, und sie ist erleichtert. Sie hat nicht allzu viel zu diesem Thema beizutragen. Schon immer hält sie sich fern von derlei Ablenkungen und konzentriert sich auf ihre Pralinen und das Geschäft. Sie bergen keine Gefahren, weder für Körper noch Seele, und beides scheint Elfie in der Welt draußen dauernd gefährdet, jedenfalls wenn man eine Frau ist. Oder ist es eher so, dass sie es nicht wagen würde, einem anderen Menschen so nah zu kommen? Allein der Gedanke macht ihr zu schaffen. Es wäre gelogen zu behaupten, sie hätte niemals die Sehnsucht danach gehabt. Doch wie sollte sie sich überhaupt einem Mann nähern? Wie könnte sie jemandem zeigen, dass sie sich nach ihm sehnt, ohne dass alles gleich in Scherben gehen würde? Und die Vorstellung, was diese Nähe, die ihr unheimlich und lockend zugleich erscheint, für eine Frau wie sie, eine unverheiratete Frau, für Folgen haben könnte, lässt sie frösteln.

»Dann wurde ich schwanger«, sagt Madame, als wisse sie, was Elfie gerade gedacht hat, »und nein, die Schmerzen der Geburten vergesse ich nicht, auch wenn man das landläufig behauptet. Gegen sie war der Akt, der dazu geführt hatte, nichts! Doch ich bekam meine Söhne und zog sie groß, und damit hatte ich zufrieden zu sein. Und glauben Sie mir, ich *war* zufrieden, ich arrangierte mich. Bis zu dem Tag, als Albert starb. Plötzlich war ich Witwe, und diese Bürde der Nächte, diese ständige Verfügbarkeit, endete. Mein Körper gehörte endlich mir, zum ersten Mal. Der Körper eines jungen Mädchens war zu meiner Zeit noch der Besitz ihrer Eltern, er repräsentierte die Ehre der Familie und musste bestmöglich vermittelt werden. Danach gehörte er dem Mann und den Kindern, die darin heranwuchsen.« Ihr Blick wird weich. »Ja, meine Söhne, die waren mein Glück. Doch sie waren schon groß, sie verlangten nicht mehr nach mir. Émile war neunzehn, als sein Vater starb, und Lucas sechzehn. Ich war bei seinem Tod knapp vierzig, trotzdem fühlte ich mich plötzlich jung und unbeschwert, als sei ich in mich selbst zurückgekehrt nach langer Abwesenheit. Denken Sie jetzt schlecht von mir, Mademoiselle Wagner?«

»Aber nein«, Elfie schüttelt den Kopf. »Freiheit ist etwas Gutes«, sagt sie lauter, als sie es beabsichtigt hat.

»Sie sagen es!«, sagt Madame Conte mit Nachdruck. »Und ich *war* frei. Ich ordnete Alberts Sachen, verkaufte das Atelier und einige seiner besten Arbeiten, und mit dem Erlös und meiner Witwenrente konnte ich gut weiterleben. Doch die Wohnung am Andreasplatz war zu groß geworden, Émile würde bald aus dem Haus gehen, und wir brauchten keine zehn Zimmer mehr. So mietete ich diese Wohnung mit dem Blick auf die Linden. Ich hatte schon immer ein Faible für herrschaftliche Adressen, für eine präsentable Umgebung. Und wo konnte es präsentabler sein als hier, in direkter Nachbarschaft zum Schloss, zum Kaiser? Nein, die Allee ist nicht wie die Champs Élysées, aber sie kann sich doch damit messen. Das galt damals noch mehr als heute. Es ist eine aufregende Straße, eine, die einem Rätsel aufgibt. Wissen Sie, meine Liebe«, Madame Conte sieht Elfie mit hochgezogenen Brauen an, »ich habe mich oft gefragt, wem diese Allee eigentlich gehört?«

»Wie meinen Sie das?«

»Stellen Sie sich nicht dumm!«, fährt Madame sie an, und Elfie zuckt zusammen. »Da waren das Schloss, der Kaiser, der Hofstaat auf der einen Seite, all dieser preußische Prunk, worauf sich die Deutschen so viel einbildeten, diese Soldaten in ihren schlecht gemachten Uniformen und der Kaiser, der jeden Tag mitten hindurchritt wie ein Mahnmal für seinen eigenen Hofstaat. Und dann, auf der anderen Seite, die Bürger, die kleinen Leute hier unten bei uns. Die Künstler, die Kundinnen in den Läden, die Flaneure, Bettler, die Gaffer auf den Terrassen. Gehörten sie uns, die lieben alten Linden, oder gehörten sie denen da oben?«

Eine Zornesfalte erscheint auf dem ohnehin runzligen Gesicht der alten Dame.

»Heute verschandeln diese Idioten die ganze Straße mit ihrem Popanz.« Sie nickt zum Fenster, draußen sieht man eine Hakenkreuzfahne wehen. »Ständig diese Paraden und ohrenbetäubenden Militärkapellen. Und die geschmacklosen Laternen und Pfeiler, kitschig und viel zu groß, sie erdrücken ja die armen mickrigen Bäumchen.«

Madame Conte hustet. Dann gießt sie, ohne zu fragen, beide Weingläser voll. Elfie nippt hin und wieder an ihrem Glas, und diese warme, ungewohnte Schummrigkeit ergreift immer mehr von ihr Besitz, lullt sie ein.

»Achtzehnhundertachtzig war das hier wirklich die schönste Straße Berlins«, sagt Madame Conte leise, als verrate sie Elfie ein Geheimnis. »All die prächtigen Gebäude, die feinen Restaurants, die schön gekleideten Damen in Krinolinen und mit Hüten, so groß wie Räder, von denen dann noch riesige Federn herabhingen. Es gab immer etwas zu sehen, jemanden zu bestaunen, und meine Mittel erlaubten es mir, zum Schneider am Hausvogteiplatz zu gehen und mich nach neuester Mode einzukleiden.« Madame Conte kichert heiser. »Man sieht es mir heute nicht mehr an, aber ich war eine schöne Frau. Sie verzeihen mir meine Albernheit, diese kleine Aufschneiderei, meine Liebe, *oui?* Sie ist schon so lange verdorrt, diese Schönheit, dass das gar nicht mehr ich bin, von der ich da rede. Nur noch ein Bild aus vergangenen Zeiten, das ich manchmal an langen Tagen hervorkrame und heimlich ansehe.«

Elfie betrachtet die alte Dame über den Tisch hinweg. Ja, sie kann sie noch erkennen, die Zeichen der Schönheit. Aber die Zeit hat sie verwittern lassen wie altes Holz. Unwillkürlich streicht sie sich mit den Händen über ihre eigenen Wangen – die Haut ist weich und glatt, und ihre paar Fältchen um die Augen kommen ihr auf einmal lächerlich vor beim Blick in das zerklüftete Gesicht der alten Dame. Sie selbst hat noch Zeit, denkt sie schon zum zweiten Mal heute, auch wenn sie nicht recht weiß, wofür eigentlich. Madame Contes Leben indes vergeht. Es war ein interessantes Leben, das ahnt Elfie nur nach den Geschichten heute, ein prall gefülltes Leben. Doch egal, wie viel jemand erlebt hat, am Ende fällt all das in sich zusammen und wird zum Nichts.

Ihr Blick geht zur Uhr drüben im Salon, es ist fast sieben Uhr.

»Sie sagten, Sie gingen früh zu Bett«, sagt sie zu Madame Conte, »soll ich Sie für heute in Ruhe lassen?«

»*Mais non!*«, ruft die alte Dame aus und knallt ihr Weinglas auf den Tisch. Das Klirren schreckt Napoléon auf, der unter der Tischplatte auf einem Perser zu ihren Füßen ein Nickerchen gehalten hat und winselnd hochfährt. »Wann habe ich denn schon mal Gesellschaft? Haben Sie nicht gehört, dass ich Ihre Gegenwart schätze? Mine soll kommen und abräumen, und wir beide können im Salon noch einen Portwein trinken. Was meinen Sie?«

Elfie zögert. Sie möchte gern hören, wie die Geschichte weitergeht. Aber sie sieht, dass Madame müde ist, ihre Lider flattern immer wieder, und unter den fiebrigen roten Wangen ist ihr Gesicht blass.

»Ich kann an einem anderen Tag wiederkommen«, sagt sie, die alte Dame schneidet ihr das Wort jedoch mit einer schnellen Handbewegung ab.

»*Ein* Gläschen«, sagt sie beinahe bittend. Und genau in diesem Moment kommt das Dienstmädchen herein und beginnt die Teller auf ein Tablett zu stellen. Leicht schlingernd geht sie damit aus dem Salon.

»Würden Sie mir helfen?«, bittet Madame Conte sie nun und hält ihr den Arm hin. Elfie erhebt sich rasch und ist sofort an ihrer Seite, sie stützt sie beim Aufstehen und ist erschrocken, als sie durch den schwarzen Kleiderstoff hindurch den knochigen Arm spürt. Wie ein Vögelchen fühlt sich Madame Conte an, das aus dem Nest gefallen ist. Die Haut ihrer Hände ist rau, trocken und so heiß wie heute Morgen. Wieder denkt Elfie, dass sie krank sein muss, doch offenbar ist ihre Willenskraft ungebrochen, und so führt sie die alte Dame in den Salon, hilft ihr dabei, sich in den Sessel sinken zu lassen, und greift nach der Wolldecke. Sie breitet sie etwas unbeholfen über die Beine der alten Dame und geht zum Tischchen, wo eine Karaffe mit Portwein und zwei Gläser warten.

»Nur ein winziger Schlummertrunk«, sagt sie strenger, als es sonst ihre Art ist, »und dann gehe ich nach Hause, und Sie müssen schlafen.«

»Sie sind schlimmer als Mine«, ächzt Madame Conte, aber um ihre welken Lippen, von denen die aufgemalte Farbe bis auf einen Rest in den Mundwinkeln verschwunden ist, spielt ein Lächeln. Sie nimmt das Glas aus Elfies Händen entgegen und deutet auf das Sofa. Elfie macht es sich bequem und nippt an dem süßen Getränk. Sie spürt, wie sich etwas in ihrem Kopf sacht zu drehen beginnt. Dies ist ihr letzter Schluck für heute, beschließt sie. Das Glas klingelt leise, als sie es zurückstellt, und mit kristallener Stimme flüstert es ihr etwas zu. *Das werden wir ja sehen!* Elfie erschrickt.

»Wollten Sie etwas sagen?«, fragt Madame Conte, und Elfie presst die Lippen zusammen und schüttelt den Kopf. Sie sieht das kleine Glas feindselig an und nimmt sich vor, sich zusammenzureißen. Sie will sich nicht vor Madame zur Närrin machen. Tief ein- und ausatmen, sagt sie sich, langsam ein und aus. Und niemals aufhören.

»Sie waren an dem Tag stehen geblieben, als Sie hier ins Haus einzogen«, sagt sie, um von sich abzulenken. »Dass es Ihnen hier gefiel, dass Sie Geld ausgaben für schöne Kleider …«

»So war es«, sagt Madame Conte und nippt an dem süßen, schweren Wein. »Oh, was wir damals trugen – Sie können es sich nicht vorstellen! Aufwendige Stoffe, lange, ausladende Röcke und Verzierungen, so weit das Auge reichte. Heute ist die Mode ja viel praktischer, *non?*«

Irrt sich Elfie oder sieht Madame sie ein wenig geringschätzig an? Sie streicht sich den schwarzen Rock glatt, der ihr knapp übers Knie fällt, und zieht den Bauch unter der geblümten Bluse ein. Nein, an ihr ist nichts Besonderes, denkt sie, und an ihren Kleidern erst recht nicht. Vielleicht sollte sie sich mal wieder etwas Neues kaufen, das ihre rundliche Figur besser kaschiert und ihre Vorzüge mehr zur Geltung bringt? Aber weshalb eigentlich? Wer sieht sie denn schon? Immer, wenn sie in der Öffentlichkeit ist, trägt sie ihre gestreifte Schürze und steht inmitten von duftenden Schokoladenpralinen – wer hat da Augen für die Frau? Sie fühlt sich am wohlsten, wenn sie von sich selbst als Teil des Inventars denkt, als Verkäuferin. Doch das Gespräch über Schönheit und Mode, über Ehemänner und den weiblichen Körper hat sie plötzlich daran erinnert, dass sie eben auch eine Frau ist. Der Gedanke macht ihr Angst, und sie fährt sich wieder heimlich mit der Hand über die Wange, als könne sie den Abgrund zwischen sich selbst und ihrem Körper auf diese Weise überwinden. Doch es bleiben trotz der Berührung das Gesicht und der Körper einer Fremden.

»Als Witwe hätte ich eigentlich keine auffälligen Farben tragen sollen«, fährt Madame Conte fort, und Elfie ist dankbar, dass sie ihre Aufmerksamkeit wieder auf die alte Dame richten kann. »Und einige Monate hielt ich mich daran. Ich bedauerte Alberts Tod, trotz allem, und in den ersten Wochen in der fremden Wohnung war ich verzagt und zog mich zurück, ich leckte meine Wunden. Doch dann kam der Sommer nach Berlin, der Sommer achtzehnacht-

zig. Und mit ihm all diese frischen Farben, die herrlichen Seidenstoffe – Himmelblau, Zitronengelb, Altrosa … Da konnte ich einfach nicht mehr in Schwarz gehen. Ich wurde mutiger, ich nahm mir vor, etwas zu wagen. Und wir lebten ja in einer neuen Nachbarschaft, niemand hier hatte Albert gekannt, und man wusste zwar, dass ich Witwe war, aber nicht, wie frisch. Doch die Leute redeten trotzdem, wenn ich in meiner neuen lindgrünen Krinoline, den zarten, durchsichtigen Spitzenhandschuhen und meinem Hündchen an der Leine über die Linden kam – eine bürgerliche Dame allein unterwegs, *incroyable!* Es war eine andere Zeit, wissen Sie, eine ganz und gar andere Zeit. Ich erinnere mich an einen Vorfall – eine Dame, die Ehefrau eines angesehenen Mannes, eines Bankiers, wagte sich einmal in einem Rock ins Theater, der ihre Fußknöchel blitzen ließ – nur ganz kurz, wenn sie einen etwas zu großen Schritt machte. Es war ein Skandal! Es kam zu einem Menschenauflauf, die Kinder scharten sich um sie, andere Damen, die vorbeikamen, fielen in Ohnmacht, mitten auf der Promenade! Die Herren wussten gar nicht, wohin mit ihrer Empörung, und man brachte die Frau mitsamt ihrer frivolen Garderobe in ein Hotel, wo sie ausharren musste, bis ihr Ehemann sie abholen kam. Der Arme verlor viele Gläubiger an diesem Tag, denn einem, der seine Frau nicht im Griff hatte, dem konnte man kein Geld anvertrauen.«
Madame schnalzt mit der Zunge, fährt mit der durchsichtigen Hand durch die Luft. »Ja, so waren die Zeiten damals. Eine Frau war eine unerhörte Gefährdung der öffentlichen Ordnung, wenn sie nicht ganz und gar gezähmt war, nicht

von Kopf bis Scheitel aufgezäumt und versteckt vor den Blicken Fremder. Und daher gafften auch mir die Passanten hinterher, obwohl meine Knöchel immer verdeckt blieben, dafür sorgte ich. Und dennoch – eine alleinstehende Frau mit zwei halbwüchsigen Söhnen, die offenbar nicht sehr um ihren toten Mann trauerte, sondern ihr Leben lebte, das ging vielen gegen den Strich. Das war Zunder, ein Funke, der jederzeit alles in Brand stecken konnte. Doch ich scherte mich nicht darum, nicht mehr. Als Tochter in Paris und als Ehefrau in Berlin war ich immer zurückhaltend gewesen, ich hatte mein Schicksal angenommen und nicht hinterfragt. Und auf einmal war ich frei, so frei, *mon Dieu*, die Freiheit stieg mir zu Kopf! Es war herrlich! Jeden Morgen erwachte ich und fühlte es am ganzen Körper: Ein neuer Tag begann, und ich hatte niemandem Rechenschaft abzulegen. Ich hatte genug Geld, ich hatte meine Söhne, die bald ihrer Wege gehen würden und gut geraten waren, ich konnte stolz auf sie sein. Ich hatte Mine und einen Koch und meinen Pekinesen, Napoléon den Ersten.« Sie hält inne, ihre Stimme, eben noch aufgeregt, lebendig, erstirbt. »Aber nachdem ich einige Monate so gelebt hatte, als freie Frau gelebt, jedenfalls beinahe, da fiel mir auf, dass es da eine Leere gab. Ein großes, kaltes, gähnendes Nichts. Und dann erkannte ich – diese Leere war nicht um mich herum, sondern *in mir*, tief in mir drin.« Madame Conte hebt die schmale Hand und drückt ihre Finger auf ihre Brust in dem hochgeschlossenen Kleid. »Hier!«

Dann verschwimmt ihr Blick wieder, und Elfie hat das Gefühl, als entferne sich die alte Dame langsam von ihr, als dringe sie in Erinnerungen vor, zu denen sie sogar Elfie, die gute Zuhörerin, nicht mitnehmen kann. Dabei kennt Elfie diese Leere, von der Madame Conte da spricht, nur allzu gut. Sie ist immer in ihr, seit sie denken kann. Niemals hätte sie gedacht, dass diese reiche Dame dort drüben etwas Ähnliches empfinden könne. Sie hatte doch alles? War sie nicht bis zum Rand gefüllt mit Leben? Und heute lebt sie in ihren farbenfrohen, leicht exzentrischen Erinnerungen.

Elfie greift wieder nach ihrem Glas. Zur Hölle mit ihrem Vorsatz, denkt sie, auch sie ist schließlich frei. Wem schadet es, wenn sie sich heute ein wenig betrinkt, wenn sie ein bisschen beschwipst ist? Die alte Frau stört es sicher nicht. Warum nur soll sie sich immer alles versagen, was Spaß macht?

Vermutlich, weil sie so erzogen wurde. Weil Großmama es empörend gefunden hätte, wenn sie Elfie mit einem Glas Portwein sähe. Und die Politik heute würde ihr recht geben. *Eine deutsche Frau trinkt nicht, raucht nicht und schminkt sich nicht,* so verkünden es Plakate auf den Straßen, so wird es in der *Wochenschau* gesagt. Doch hier sieht sie niemand. Und auf das hämische Kichern ihres Glases hört sie nicht mehr, das klirrend behauptet, sie habe die Wette gegen sich selbst längst verloren.

Plötzlich bemerkt sie, dass es noch stiller als zuvor im Raum ist. Die Uhr tickt leise. Sie sieht hinüber zu Madame Conte. Ihr Kopf ist ans Polster des Ohrensessels gelehnt, die knittrigen Lider sind geschlossen, und ihr Brustkorb hebt und senkt sich sacht, aber regelmäßig.

Elfie muss lächeln. Die Erschöpfung hat den zähen Geist dieser Frau übertölpelt. Sie steht leise auf. Vorsichtig, auf Zehenspitzen schleicht sie sich aus dem Raum in den Flur. Aus der Küche hört sie das Klappern von Geschirr, und sie klopft leise an den Türrahmen. Mine kommt heraus.

»Madame ist eingeschlafen«, sagt Elfie gedämpft. Ihre Zunge ist schwer, merkt sie. »Ich gehe jetzt.«

»Ihre Tasche«, sagt Mine und nimmt sie von einem Stuhl.

Sie hält sie Elfie hin.

»Kommen Sie bald wieder?«

Elfie nickt. Sie zögert und nimmt ihren Mut zusammen.

»Darf ich fragen, was mit Madame Conte nicht stimmt? Ist sie krank?«

Mines schlaffes, mürrisches Gesicht wird noch länger.

»Das sollten Sie Madame selbst fragen«, sagt sie mürrisch.

»Das werde ich«, sagt Elfie, »danke, Fräulein Mine.«

Sie hofft, dass ihre Worte nur in ihren eigenen Ohren stolpernd und undeutlich klingen, als kollerten sie wie Steine aus ihrem Mund.

»Aber warten Sie nicht zu lange«, sagt Mine und zieht bedeutungsvoll die Augenbrauen hoch. »Ich weiß nicht, wie viel Zeit sie noch hat.« Ihre Stimme klingt auf einmal zaghaft, das Mürrische ist daraus verschwunden.

»Ich verstehe«, sagt Elfie und ist etwas erschrocken. Es steht also wirklich schlimm um die alte Dame, wie Trude und ihr alter Hausarzt behauptet haben. Eigentlich hat sie das vom ersten Moment an geahnt.

»Dann schaue ich morgen wieder vorbei«, sagt sie und nickt Mine zu.

»Wir sind hier«, sagt das Dienstmädchen und schließt die Tür hinter Elfie.

Sie steht einen Moment lang etwas verloren im Hausflur. Es ist noch früh am Abend, von der Straße dringen die vertrauten Geräusche herein – der Lärm von fahrenden Wagen, Omnibusrädern auf dem Asphalt, lachenden Menschen. Ganz von fern hört Elfie eine Sirene. Es kommt ihr vor, als sei sie aus einer anderen Zeit wieder in die Gegenwart getreten.

Und doch, denkt sie, während sie mit tastenden Füßen und weichen Knien die Stufen hinabsteigt, ist ihr auch die Gegenwart manchmal fremd. So als bestehe die Zeit aus vielen Pralinenschachteln in verschiedenen Größen, die ineinandergestapelt sind – und je mehr man von ihnen auspackt, desto mehr immer kleinere Schachteln kommen zum Vorschein, und es gibt kein Ende. Die Zeit ist unendlich, und man weiß nie, in welcher der vielen Schachteln man selbst gerade steckt, am Anfang oder am Ende oder mittendrin.

Das letzte Glas Portwein, denkt Elfie und tritt in die kühle Augustluft der Allee hinaus, hätte sie sich verkneifen sollen.

16.

Sie schlangen im olympischen Jahr Kabel durch unsere Zweige und versteckten Trichter im lichten Grün. Lautsprecher wuchsen wie eiserne Pilzgewächse neben uns empor. Seitdem konnten wir sprechen. Wir flüsterten, wir sangen, wir spielten die Melodie von Olympia und riefen den Passanten die Neuigkeiten zu. Nein, nicht wir waren es, doch es musste ja für die Vorübergehenden so klingen, als sprächen die Stimmen direkt aus unserem Blätterkleid, und manch einer zuckte zusammen, wenn er unerwartet die Fanfaren in unseren Baumkronen schmettern hörte.

Zahlen und Siege, Medaillen und Triumphe rief man blechern in die Ohren der Berliner und der Besucher, ein nimmermüdes Rauschen von Ruhm und Ehre, ein Schnarren und Knattern, Trompeten und Säuseln, Flüstern und Applaudieren Tag und Nacht, unter dem unser Blätterrascheln verstummte.

Und die Zöpfe der Fechterin, der blonden Hee, schimmerten wie weißes Gold auf den Titelseiten deutscher Zeitungen, die, nach schnellem Lesen fortgeworfen, um unsere Stämme flatterten. Wir wisperten hier in Berlin ihre großen Taten durch die Allee, begleiteten die Nachrichten *ihres Ruhms mit dem Rascheln unserer Herzblätter und erinnerten uns an die Eröffnungsfeier der Spiele im Lustgarten.*

Es gab einen Fackellauf bis vor die Stufen des Alten Museums, bis vor das Schloss, wo die Feueraltäre entzündet wurden unter den Augen der Welt. Und auch wir, die wir hier oben auf der Allee nur kümmerliche Setzlinge waren und die wir noch nichts gesehen hatten in unserem kurzen Leben, hörten es. Die Gesänge, das An- und Abschwellen der Parolen, das Peitschen der Fahnen im Nieselregen und das Jauchzen der Menge.

Und wir reckten unsere Baumspitzen, streckten die Blättchen mit den winzigen Äderchen darin neugierig den Fackeln entgegen, die durch die Allee getragen wurden. Aus runden Feuerschalen schlugen die Flammen empor in den bewölkten Augusthimmel. Doch da kräuselten wir unsere Blätter, zogen die dürren Zweige ein, als wir die drohende Hitze spürten, und hofften, dass wir verschont blieben – dass kein Funkenflug unserem jungen Leben den Garaus machen würde.

17.

5. August 1936,
Dienstagabend, neun Uhr

Fräulein Wagner?«, fragt eine überraschte Stimme, und Elfie sieht erschrocken auf. Sie ist einen Moment stehen geblieben, weil sich der Asphalt unter ihren Füßen in der Dämmerung zu heben und zu senken scheint, und versucht, Halt an einem Straßenschild zu finden.

Vor ihr steht Herr El Hamady. Überrascht spürt sie seine Hand auf ihrer Schulter. Elfie wird selten berührt, schon gar nicht von einem Kunden. Doch anders als sonst ist es ihr diesmal nicht unangenehm. Dieser Abend, denkt sie und hört ihre eigenen Gedanken wie von fern durch ihren Kopf hallen, hält so einiges für sie bereit, was sie nicht erwartet hatte.

»Ist Ihnen nicht gut?«, fragt Issa, und im Schein der Laterne glaubt sie zu erkennen, dass er besorgt wirkt. »Ich sah Sie durchs Fenster und dachte, Sie brauchen vielleicht Hilfe?«

Jetzt erst bemerkt sie, dass sie direkt vor der Hamady-Bar stehen. Schummriges Licht dringt durch die Fensterscheiben nach draußen, und durch die halb geöffnete Tür hört sie die lang gezogenen sehnsüchtigen Töne einer Klarinette. Oder ist es eine Oboe? Wenn Elfie einmal eine

Melodie gehört hat, singt sie sie mühelos nach, als hätten sich ihr die Töne für ewig im Gedächtnis festgesetzt. Doch sie kann keine Noten lesen, hat keinerlei musikalische Bildung. Für so etwas gab es im Leben ihrer Großmutter keinen Platz. Nur in der Kirche, da hörte Elfie Musik. Und sie erinnert sich daran, wie die gewaltigen Klänge der Orgel über sie hinwegbrausten, wie die Musik sie einhüllte, sie durchfuhr und umspülte, als sei es Wasser – die Wellen eines Ozeans. Großmama machte dann immer ein Gesicht, als sei Gefahr im Verzug, und zog Elfie schleunigst auf die Straße, hinaus aus der verführerischen Musik, in der Elfie sich am liebsten ganz verloren hätte.

Sie sieht Issa ins Gesicht, spürt noch immer seine warme Hand an ihrer Schulter und schüttelt sie ab – vorsichtig, um ihn nicht zu kränken. »Alles in Ordnung«, sagt sie. »Eine Bekannte hat mich zu einem Schlummertrunk eingeladen, und ich vertrage leider nichts.«

Sie lächelt, und auch in Issas Gesicht flackert es. Wirkt er sonst ein wenig schwermütig, so verwandelt dieses Lächeln ihn, macht ihn jung und lässt ihn strahlen. Wie alt er wohl ist, überlegt sie, sicher kaum dreißig. Doch mit dem schwarzen Bärtchen und dieser Dandy-Kleidung ist sein Alter schwer zu schätzen.

»Kommen Sie einen Moment herein?«, fragt er und deutet mit dem Daumen auf die Bar.

»Nein, danke!« Elfie runzelt die Stirn. »Ich sollte auf keinen Fall noch mehr trinken.«

»Ich mache den stärksten Kaffee der Stadt für Sie. Versprochen, keinen Tropfen Alkohol.«

Elfie zögert. Sie ist neugierig, und Issa ist freundlich. Sie weiß, dass manche Leute in der Gegend über ihn reden. Dass sie ihm misstrauen und über seine vielen wechselnden Geliebten spotten. Aber sie hält das für Klatsch. Sie spürt, dass der Mann harmlos ist. Von ihm geht keine Gefahr aus und wenn doch, dann eine, die nicht leicht zu benennen ist. Sie sitzt, wenn überhaupt, in ihr selbst, in ihrer Sehnsucht, die sie sich nicht eingesteht. Was, wenn sie jetzt nach Hause ginge? Wenn sie gleich auf ihrem Bett säße wie auf einem schwankenden Schiff, allein, sich und ihren Gedanken ausgeliefert, die sich ihrer im Dunkeln bemächtigen? Wie sehr wünscht sie sich, es noch hinauszuzögern.

»Fein«, sagt sie zögernd. »Ich komme mit. Aber ich mag keinen Kaffee.«

Issa lacht leise. Es ist ein angenehmes, freundliches Geräusch, findet Elfie, die sich jetzt traut, das Straßenschild loszulassen.

»Wir finden schon etwas«, sagt er, »um Sie wieder auf die Beine zu kriegen. Wohnen Sie in der Nähe?«

»Ein paar Querstraßen weiter südlich, in der Kronenstraße«, sagt Elfie. »Ich gehe immer zu Fuß, es ist nicht weit.«

»Ich päppele Sie auf, und dann rufe ich Ihnen später ein Taxi«, sagt Issa. »Keine Widerrede!«

Elfie klappt den Mund wieder zu, den sie schon geöffnet hat, um zu protestieren. Wieder muss sie lächeln, es kommt einfach so – eine unbekannte Fröhlichkeit, der sie sich gern einen Moment überlässt.

»Also gut. Danke, Herr El Hamady.«

»Nennen Sie mich Issa, bitte.« Er sieht sie treuherzig an. »Das tun die meisten.«

Elfie nickt, sie gehen zum Eingang der Bar, und Issa hält ihr die Tür auf. Warme Luft schwappt ihnen entgegen, das Klingeln von Gläsern, Stimmengewirr und lauter werdende Musik. Sie kommt von einem großen Grammophon mit einem gigantischen goldenen Trichter, das neben einer kleinen Bühne steht. Der Raum ist nicht groß, er wirkt einladend, mit gelben Wandleuchten auf einer schillernden Tapete, deren Muster an Pfauenfedern erinnert. Entlang der Bar, die von einer Holzverkleidung aus symmetrischen Rauten umhüllt ist, stehen hohe Stühle aus Leder und Chrom. In der polierten Oberfläche bricht sich das Licht. Einzelne Strahlen beleuchten die Wand aus Flaschen dahinter, Flaschen aller Formen, Farben und Größen. Runde Tische und kleine Polstersessel stehen in halbdunklen Ecken und laden, von Palmenbäumchen beschirmt, zu einem privaten Plausch ein.

Doch viele Tische sind leer, und Elfie denkt, dass es ohne die Olympia-Touristen wahrscheinlich an einem Dienstagabend noch schlechter besucht wäre. Immerhin die Hälfte der Sessel sind besetzt, und an der Bar stehen ein paar Leute. Zwei Herren, im Smoking und mit Fliege um den Hals, und eine leicht bekleidete Dame mit einer Federboa. Und auch drei Uniformierte lehnen dort und trinken mehrere Gläser Schnaps hintereinander, als hätten sie es eilig, das zu erledigen.

Jetzt entdeckt sie Lola, Issas Mitarbeiterin, hinter dem spiegelnden Tresen, und winkt ihr zu. Die stark geschminkte

Blondine, die immer Pralinen im Laden abholen kommt, grüßt zurück und wirkt überrascht, Elfie hier zu sehen. Sie selbst wundert sich ja auch, wie sie hier hereingekommen ist.

»Möchten Sie sich ein bisschen an die Bar setzen?«, fragt Issa. »Dann können wir uns unterhalten, solange es ruhig ist.«

Mit düsterer Miene betrachtet er die spärlich herumstehenden und sitzenden Gäste.

»Wollen wir hoffen, dass wenigstens am Donnerstag mehr Leute kommen, wenn ich die Party veranstalte.«

Elfie nickt und geht an seiner Seite zu einem freien Stuhl. Er reicht ihr die Hand, und sie lässt sich auf die Sitzfläche gleiten. Dabei rutscht ihr Rock ein Stück hoch, und sie zieht ihn schnell glatt. Auf einmal wird ihr bewusst, dass sie in ihrer Alltagskleidung in einem Nachtlokal sitzt, nicht einmal die Bluse hat sie gewechselt. Die spiegelnde Scheibe hinter der Bar wirft ihr Bild zurück, doch Elfie sieht nicht hin. Sie weiß auch so, wie sie aussieht und dass jeder sehen kann, dass sie nicht hierhergehört. Aus den Augenwinkeln mustert sie das Kleid der Dame mit Federboa, es besteht aus Tausenden, Abertausenden schwarzen Pailletten, die im Licht schimmern und glitzern.

»Ich hoffe, ich mache Ihnen keine Schande«, sagt sie zu Issa, der sich ebenfalls einen Barhocker herangezogen hat, und zupft an ihrem Rock. »Ich gehe sonst nicht aus, wissen Sie?«

Er schüttelt so ungläubig den Kopf, dass Elfie ihm sofort glaubt.

»Sie sind wohl verrückt, Fräulein Wagner. Wie kommen Sie denn auf so was?«

Die Musik ist verstummt, die Platte auf dem Grammophon zu Ende, doch Issa macht keine Anstalten, aufzustehen und eine neue aufzulegen. Stattdessen sieht er sie an, bis es Elfie immer seltsamer zumute wird.

»Wenn ich Sie Issa nennen soll« sagt sie, um das Schweigen zu brechen, »dann müssen Sie bitte Elfie zu mir sagen.«

Issa wirkt verlegen, aber erfreut. Er streicht sich wieder und wieder sein schwarzes Bärtchen glatt.

»Also kein Alkohol, kein Kaffee«, sagt er und räuspert sich. »Vielleicht Saft?«

»Ja, gern.«

»Lola?« Issa wendet sich an die Blondine. »Einen Bananensaft für Elfie.«

Lola zieht die Augenbrauen hoch, sagt jedoch nichts und schenkt Saft in ein Glas mit schwerem Fuß, das wohl eigentlich für Whiskey bestimmt ist. Elfie trinkt, die schwere, weiche Süße legt sich auf Zunge und Gaumen wie ein Trost. Sie summt eine Melodie und lächelt.

»Was ist so lustig?«

»Sie kennen doch den Bananen-Shimmy? *Ausgerechnet Bananen*«, singt Elfie, und Lola, die hinter der Theke ein Glas poliert, lächelt und ergänzt: »*Bananen verlangt sie von mir! Nicht Erbsen, nicht Bohnen, auch keine Melonen*«, und die beiden Frauen sehen sich an und singen gemeinsam den Rest des Liedes: »*Das ist ein Schikan' von ihr!*«

Ein paar herumstehende Gäste blicken zu ihnen und lachen, ein Mann klatscht langsam.

Issa guckt zwischen ihnen hin und her.

»Da brauche ich wohl mein Grammophon gar nicht mehr zu bemühen mit euch beiden«, sagt er. »Und das, wo ich heute eine brandneue Platte bekommen habe.«

»Was denn?«, fragt Elfie.

»Neue Lieder vom *Meistersextett*«, sagt Issa und geht um den Tresen herum. Er kramt dahinter. Kurz darauf hält er eine flache Hülle mit einer Schallplatte in den Händen. Die schwarze Schellackplatte von Electrola gleitet heraus, und Elfie liest den Titel auf dem roten Grund. *Tausendmal war ich im Traum bei dir.*

Lola schnaubt und knallt ein Glas auf den Tresen.

»Dieser Mist! Issa, wir sollten das nicht hier in der Bar spielen.«

»Wieso?« Issa guckt sie entgeistert an. »Sie war sündhaft teuer. Und die Plakate hängen in der ganzen Stadt, die Gruppe tritt sogar in der Scala auf.«

Er geht zum Grammophon und legt die Platte auf. Kurz darauf knackt es, dann singen mehrere Männerstimmen. Die Dame mit der Federboa blickt auf, lächelt mit rot bemalten Lippen und schnipst ein paar Takte mit.

Elfie sieht Lola an. »Sind das die früheren *Comedian Harmonists?*«

Die blonde Frau nickt. »Seit drei von ihnen Berufsverbot haben, können sie nicht mehr unter diesem Namen auftreten oder Platten einspielen. Frommermann und die anderen beiden haben Deutschland verlassen, sie sind jetzt in Wien. Schlau von ihnen! Wir sollten es ihnen gleichtun.«

»Pst!«, zischt Issa, der wieder zu den Frauen getreten ist, und sieht sich aus den Augenwinkeln zu den Nazis am anderen Ende des Tresens um. »Halt den Schnabel, Lola! Willst du, dass die Polizei uns die Bar räumt? Dann kann ich dichtmachen.«

»'tschuldigung, Chef«, sagt Lola leise, doch ihr Gesicht ist nicht zerknirscht, sondern finster.

Sie murmelt noch ein paar unverständliche Worte vor sich hin, sagt aber nichts mehr. Elfie denkt erneut an Trude und ihr Gespräch mit ihr über Herrn Marcus kurz vor Feierabend. Und dass sie und Issa möglicherweise aus demselben Holz geschnitzt sind, wenn es darum geht, drohende Gefahren von ihrem Geschäft abzuwenden. Einen Augenblick lauscht sie nur auf die Musik, sie schließt die Augen und spürt einer Saite nach, die in ihr klingt. Die sanfte Melodie erinnert sie an etwas.

»Ein ähnliches Lied spielte Willi immer«, sagt sie leise, wie zu sich selbst.

Doch Issa hat sie gehört.

»Sie mögen Musik?«, fragt er.

Elfie überlegt. »Sehr«, sagt sie leise. »Aber ich habe wenig Gelegenheit, mir etwas anzuhören. Einmal war ich in der Oper, denken Sie sich das nur! In dem großen Opernhaus neben dem Schloss. Sie gaben *Die Zauberflöte*. Eine Klassenkameradin lud mich ein, und meine Großmutter wagte nicht, die Einladung auszuschlagen.«

»Warum hätte sie das tun sollen?«

»Sie hielt nicht viel von Zerstreuung«, sagte Elfie. »Sie fand, dass Musik und eigentlich alle Art von Vergnügung nur unnötiger Firlefanz seien, der die Menschen von der Arbeit und der Pflicht ablenkt.«

Issas Mundwinkel zucken. »Da war ihre Frau Großmutter aber auf dem Holzweg«, sagt er. »Was sind wir Menschen denn ohne die Schönheit?«

»Wie meinen Sie das?«

»Nun, es ist doch unsere Rettung vor dem Alltag, diesem grauen Gespenst, das uns Tag für Tag einhüllt. Ich jedenfalls könnte nicht leben ohne die Musik, ohne Feste und …«

»… Cognac«, beendet Lola trocken den Satz, und Issa funkelt seine Angestellte über die Bar hinweg an, sagt aber nichts.

Elfie überlegt. Das Grau des Alltäglichen kennt sie nur allzu gut. Oft genug mischt es sich bei ihr mit einem Tiefschwarz, das heraufzieht wie eine Gewitterwand und dann alles beherrscht, ihre Gedanken, ihre Gefühle, ihr ganzes Sein erfüllt und jede noch so kleine Bewegung unmöglich macht. Für sie gibt es dann keine Rettung, nicht einmal die der Musik. Und doch spürt sie, dass Issa etwas Wahres gesagt hat.

»Es muss etwas geben, was größer ist als wir«, sagt sie. »Meinen Sie das?«

»Vielleicht«, sagt Issa. »Ich habe versucht, diese Bar zu einem Ort zu machen, an dem die Schönheit regiert. Keine Ahnung, ob es mir gelungen ist.« Beifallheischend sieht er die beiden Frauen an, doch weder Lola noch Elfie verziehen eine Miene. Eindringlich fährt Issa fort. »Ich biete den Menschen Vergnügen und etwas Zerstreuung, ehe sie wieder in die kalte Welt hinausmüssen«, sagt er. »Ist das etwa nichts? Man kann sich einen Moment hier verlieren, wenn man möchte, manchmal eine ganze Nacht.« Er räuspert sich. »Ihre arme Großmutter wäre wohl entsetzt?«

Elfie lächelt. »Allerdings«, sagt sie. Und plötzlich geht es ihr viel besser. Sie sieht sich erneut in der Bar um, sieht das warme Schimmern der Lampen, das polierte Holz, die kristallenen Gläser. Ja, Issa sagt die Wahrheit. Das hier ist ein Ort der Schönheit, jede der bunten, schimmernden Glasflaschen, jedes Lämpchen erzählt die Geschichte von seinem Bemühen, seinem Ringen, seiner Liebe zum Detail. Wieder fühlt sie sich ihm verbunden. Und sie meint erneut, die vertraute Melodie zu hören, die sie an Willi erinnert.

»Ich kannte den Alten kaum«, sagt Issa, als hätte er ihre Gedanken gelesen, »standen Sie ihm nahe?«

Sie schüttelt langsam den Kopf.

»Eigentlich nicht. Ich ging jeden Tag an ihm vorbei. Ab und zu hab ich ihm einen Sechser gegeben. Aber nahe? Nein, ich kannte ihn nur so, wie man eben seine Nachbarn kennt. So, wie ich Sie kenne.«

Issa sieht sie treuherzig an.

»Aber wir lernen uns gerade besser kennen.«

Elfie nickt, trinkt den letzten Rest mit einem großen Schluck aus und steht auf.

»Es ist Zeit für mich«, sagt sie. »Danke, dass Sie mich

aufgegabelt haben und dass ich Ihre Bar sehen durfte. Sie ist wirklich sehr schön.«

»Sie müssen wiederkommen«, sagt Issa, »am Donnerstag. Bitte!«

Elfie schüttelt den Kopf.

»Sie wissen doch, die Beerdigung«, sagt sie schulterzuckend.

»Und danach? Die Party hier geht erst spät los.«

»Mal sehen«, sagt sie, »vielleicht setzen sich ein paar Leute danach zusammen, oder wir gehen ein Glas trinken, wenn die Beisetzung zu Ende ist.«

Issa reißt die Augen auf. »Das können Sie doch auch hier!«, ruft er. »Wir trommeln die ganze Nachbarschaft zusammen und stoßen in meiner Bar auf Spree-Willi an.«

Elfie lacht.

»Ein Schlitzohr sind Sie, Issa El Hamady«, sagt sie und droht ihm spielerisch, »Sie sind nur auf Umsatz aus. Eben noch haben Sie zugegeben, dass Ihnen Willi egal war.«

Er schüttelt empört den Kopf, und Elfie hofft, dass sie ihm nicht zu nahe getreten ist.

»Gute Nacht«, sagt sie und nickt Lola noch einmal zu.

»Was ist mit dem Taxi?«, fragt er, aber sie winkt ab.

»Ich finde den Weg allein«, sagt sie.

Damit tritt sie aus der Bar auf die Friedrichstraße hinaus. Es riecht nach Regen und Benzin. Die dunklen Kronen der Straßenbäume rascheln. Elfie wendet sich nach rechts und geht durch die nächtliche Straße nach Süden. Die meisten Fenster sind dunkel, nur hie und da ist noch eine schummrige Kneipe geöffnet.

An einer Ecke stehen zwei leicht bekleidete Mädchen und warten auf Kundschaft, Elfie kennt ihre Gesichter vom Sehen und grüßt. Die Mädchen nicken ihr zu und schauen dann wieder gelangweilt die Straße hinauf und hinab, beide mit Netzstrümpfen an den Beinen, die langen Zigaretten in der Hand. Ein Automobil brummt heran, hält kurz, ein Kopf mit Hut streckt sich einen Moment heraus. Elfie sieht, wie eine der beiden Frauen in den Wagen steigt, die andere bleibt an der Bordsteinkante zurück. Das Auto fährt weiter, und die Zurückgebliebene wirft ihren Zigarettenstummel in eine Pfütze und zieht die Schultern hoch.

Elfie lässt sich nach Hause treiben, ihre Füße finden den Weg von allein, während ihre Gedanken hin und her irren. Sie springen hierhin und dorthin, von Spree-Willi zu Issa, von Herrn Marcus zu Trude, von Großmama zur alten Madame Conte. Alle sind miteinander verbunden, an unsichtbaren Fäden zusammengeknüpft in einem feinen, schwingenden Netz. Wird es halten, wird es sie durch die kommenden Jahre bringen? Die Gedanken in ihrem Kopf jagen sich, doch Elfies Füße tragen sie zuverlässig, mit stetigem Schritt, durch die Straßen Berlins nach Hause. Und eine kleine Melodie steigt in ihr auf, die sie leise summt, während sie in ihrer Rocktasche nach dem Wohnungsschlüssel sucht. *Irgendwo auf der Welt,* singt sie vor sich hin und angelt nach dem Schlüsselbund. Obwohl es sich in ihrem Kopf neblig anfühlt, ertasten ihre Finger diesmal auf Anhieb den richtigen. Sie schließt unten die Haustür zur Pension auf, in der sie lebt. *Gibt's ein kleines bisschen Glück.*

Das elektrische Licht flammt auf, Elfie tritt ein und schleicht sich die Treppe hinauf, um niemanden zu wecken. Sie betritt die große Wohnung, die vor sich hin schlummert. Hinter einer der Zimmertüren schnarcht ihre Wirtin, durch eine andere hört sie die klappernde Schreibmaschine von Fräulein Diefenbach, die am Tag als Lehrerin und bei Nacht als Schriftstellerin arbeitet. Bisher hat sie keinen Roman veröffentlicht, soweit Elfie weiß, aber sie schreibt unermüdlich. Das Klappern der Maschine treibt ihre Wirtin in den Wahnsinn, erst wenn sie endlich schnarcht, traut sich das Fräulein, weiter an ihrem Manuskript zu schreiben, das niemals fertig zu werden scheint. Ob sie jemals schläft? Elfie, die selbst die halbe Nacht wach ist, weiß, dass das Klappern oft erst in den frühen Morgenstunden erstirbt. Doch das metallische Hämmern stört sie nicht, es beruhigt sie vielmehr, lullt sie angenehm ein. Das Schöne, hat Issa gesagt, sei die Rettung – so denkt vielleicht auch das Fräulein, wenn es Nacht für Nacht schöne Worte ersinnt?

Während sich Elfie in ihrem Zimmerchen die Kleider auszieht und in ihr Nachthemd steigt, während sie versucht, ihre zerzausten Haare mit einem Kamm zu striegeln, und das dunkle Tier betrachtet, das wie selbstverständlich am Fußende ihres Bettes liegt und auf sie wartet, tanzen weiter die leisen Musiktöne durch ihren Kopf. *Und ich träum davon in jedem Augenblick.*

18.

6. August 1936,
Mittwochmorgen, sieben Uhr

Bitte einzutreten, Professor!«
Doktor Doberan, der eben mit dem Nachtzug aus Stuttgart angekommen ist, geht mit seinen breiten Schultern Heiner voraus ins Hotelzimmer Nummer dreihundertsechs, und Heiner folgt ihm, trägt den Koffer zu einem Stuhl, hebt ihn darauf und klopft sich verstohlen die Handschuhe an den Hosenbeinen ab. Er geht zum Fenster, zieht die Vorhänge eine Winzigkeit weiter auf, um die an diesem bedeckten Tag spärliche Augustsonne hereinzulassen, und sieht zu dem Gast hinüber. Der scheint das Zimmer zu inspizieren, tritt zum Bett und streicht mit der behaarten Hand über die wattierte Überdecke, fährt dann wie nebenbei mit einem Finger über den Waschtisch aus Marmor. Heiner weiß, dass er kein Stäubchen finden wird, denn die Zimmermädchen im Adlon sind sich darüber im Klaren, dass ihr Job heiß begehrt ist und sie keine bessere Stellung finden können, daher nehmen sie es beim Reinemachen sehr genau. Nachlässigkeit wird in diesem Haus nicht geduldet.

»Ist alles zur Zufriedenheit?«, fragt Heiner scheinheilig. Er spekuliert auf ein sattes Trinkgeld.

Der Herr im Kamelhaarmantel nickt. »Ja, sehr schön.« Er tritt ans Fenster und linst drei Stockwerke tief auf den Pariser Platz hinunter. Heiner kennt den Blick, kennt jeden Pflasterstein dort unten. Auch das mächtige Tor mit der Quadriga, dem Viergespann als Wahrzeichen obendrauf, durch das ein stetiger Strom aus Automobilen und Omnibussen fährt, und die beiden Springbrunnen mit ihren hoch spritzenden Wasserfontänen. Vom Tor hängen in diesen Augusttagen lange Flaggen mit den olympischen Ringen. Der weite Pariser Platz sieht aus wie ein großes Wäschefeld, weil überall noch mehr Fahnen hängen wie zum Trocknen aufgespannte Handtücher, die Flaggen aller Herren Länder. Sie sind an langen, extra für diesen Zweck aufgestellten Masten befestigt, die, mit Lorbeerkränzen umwunden, dastehen und den jagenden Schauern trotzen, die immer wieder auf die Stadt niedergehen, bis sich die Sonne hervorwagt. Wenn es nicht regnet, spritzt das Wasser der Fontänen im Wind und benetzt die Schultern der Vorübergehenden.

»Man sieht ja sogar die Siegessäule«, sagt der Gast und dreht sich zu Heiner um. »Ein hervorragendes Zimmer, das muss ich sagen.«

»Für unsere Gäste nur das Beste«, spult Heiner das Sprüchlein herunter, das ihm Blank gleich an seinem ersten Tag eingebläut hat. Doch dann hat er genug von diesem aalglatten Palaver, und er fragt stattdessen:

»Waren Sie schon einmal hier in Berlin?«

»O ja«, sagt Doktor Doberan, »ich komme so oft, wie ich kann, in unsere Hauptstadt. Aber in diesem Hotel habe ich nie gewohnt. Glücklicherweise habe ich das Zimmer reservieren können.«

Heiner denkt, dass das normalerweise nicht nötig wäre, weil das Adlon, seit er hier ist, immer wieder unter Leerstand leidet. Die Ausländer meiden die Stadt, in der neuerdings nur noch marschiert wird und immer weniger gefeiert. Aber in diesen Wochen, zur Zeit der Olympiade, ist es endlich wieder anders, beinahe alle Zimmer sind belegt. Da hat dieser reiche Pinkel Glück gehabt, dass er nicht in einer der Absteigen die Linden runter gelandet ist.

Der Gast sieht weiter aus dem Fenster. »Da drüben ist die Akademie der Künste«, sagt er, »wissen Sie, dass der frühere Präsident im vergangenen Jahr verstorben ist?«

Heiner schüttelt den Kopf. Was weiß er denn schon von Kunst, Akademien und ihren Präsidenten? Als hätte er je eine solche Institution betreten, er, an dessen Stiefeln noch Pferdescheiße klebt, als sei er gerade erst dem armseligen Leben in den Hütten von Neukölln entkommen.

»Liebermann«, sagt Doktor Doberan, »ein großer Mann unserer Zeit. Obwohl er Jude war.«

»Ein Jude, der Präsident der Akademie?« Heiner ist verblüfft.

»Dieses Volk, mein Junge, hat einige der größten Künstler unserer Tage hervorgebracht«, sagt Doktor Doberan mit wichtiger Miene unter seinen dichten Augenbrauen. »Ich als Sammler bedeutender Kunstschätze kann das beurteilen. Und dennoch sind sie so verachtet in der Welt. Ein seltsamer Widerspruch, nicht?«

Heiner nickt zögernd, er versucht zu folgen. Seine Cousine ist dem Bund Deutscher Mädel beigetreten und erzählt begeistert von den Aufmärschen der Hitlerjugend, sie singt ihm mit Inbrunst die Lieder vor, in denen es vor allem dauernd um den Stolz des deutschen Blutes geht. Und er weiß natürlich aus der *Wochenschau,* dass manche Leute das Unglück der Nation sind. Aber weshalb, sind sie denn etwa alle Verbrecher? Die Silbersteins, denen das Papiergeschäft am Görlitzer Bahnhof gehört und mit deren Tochter Heiner in die gleiche Klasse ging? Das kann ihm keiner erzählen! Oder Herr Peiser, der kürzlich die Wrangel-Apotheke aufgeben musste, weil er Jude ist? Er hat Heiner, als die Tante krank war, die Medizin billiger gegeben, weil er wusste, dass Heiners Familie sie sich nicht leisten konnte, und Bonbons gab es obendrein. Der neue Pächter in der Apotheke dagegen ist ein griesgrämiger alter Mann, der sicher nichts umsonst herausrückt.

Die Stimme von Doktor Doberan reißt Heiner aus seinen Gedanken. »Nun ist der Mann tot, und seine Witwe ist, wie man hört, aus dem herrlichen Palais dort drüben ausgezogen.«

Der Gast spricht immer noch von diesem Liebermann. Jetzt winkt er Heiner zu sich heran. Heiner tritt neben ihn, und Doktor Doberan deutet durchs Fenster auf das herrschaftliche Haus mit der Glaskuppel, das nördlich ans Brandenburger Tor angrenzt. Es sieht aus wie der Zwilling des Hauses auf der anderen Seite, das Palais Sommer am Pariser Platz 1.

»Leider hat er sich unbeliebt gemacht, der Max Liebermann«, fährt Doberan fort, »hat auf die Nationalsozialisten geschimpft und eine Menge Geschirr zerschlagen, ehe er starb. Die Ehrenpräsidentschaft hat er zuvor niedergelegt, aus Trotz. Immer hochmütig, selbst als die Welt gegen ihn stand.«

Er wendet sich vom Fenster ab und schüttelt betrübt den Kopf, als bedaure er, dass dieser Liebermann nicht ein wenig bescheidener war.

»Wenn ich nur wüsste, wo seine Bilder abgeblieben sind«, sagt er und geht zu einem Tischchen, auf dem eine dampfende Kaffeekanne und eine Tasse bereitstehen. Er gießt sich etwas ein und schlürft den heißen Kaffee schwarz, ohne Milch, dabei schmatzt er zufrieden. Er hat volle Lippen und ein kleines Bärtchen in der Mitte darüber. »Er habe sie, sagt man, außer Landes geschafft, womöglich in die Schweiz. Was für ein Jammer! Das war eine außergewöhnliche Sammlung, von seinen eigenen Werken ganz zu schweigen. Alles zerronnen! Oder jedenfalls fast alles.«

Heiner tritt von einem Bein aufs andere. Die Unterhaltung zieht sich in die Länge. Der Mann ist ihm nicht sympathisch, aber leider gehört es zu seinen Aufgaben, den Gästen höflich zuzuhören, wenn sie Lust zum Reden bekommen. Gerade die Reichen, denkt er, die vornehmen Leute, die im Adlon residieren, scheinen oft einsam zu sein und nicht zu wissen, wohin mit ihrer Zeit und ihrem Drang, die Welt mit ihren Reden zu erhellen. Doktor Doberan ist auch so einer, der glaubt, Heiner habe nichts Besseres zu tun, als sich sein Geschwafel anzuhören, doch es langweilt ihn. Womit kann er ihn ablenken und, wenn möglich, beeindrucken?

»Hier im Haus sind zurzeit viele Berühmtheiten zu Gast«, sagt er ins Blaue hinein, und er sieht, dass er einen Nerv getroffen hat, als ihn der prüfende Blick des Herrn trifft.

»Ich hoffe sehr, einige von ihnen zu sehen«, sagt er und zieht unter Verrenkungen seinen Mantel aus. Das Jackett darunter spannt um die breiten Schultern, und er knöpft es auf. Heiner springt hinzu, nimmt ihm den Mantel ab und hängt ihn sorgsam auf einen Kleiderbügel. Doktor Doberan lässt die Hosenträger schnalzen, wirft sich mit der Kaffeetasse in der Hand in einen Sessel und schlägt die dicken Beine übereinander. »Was für eine fabelhafte Adresse, mein Junge.«

Heiner lächelt und nickt höflich. Er denkt, dass in den letzten Tagen ein paar beeindruckende Karossen unten vor dem Eingang hielten, sogar einige Besucher aus Amerika sind im Haus. Und natürlich die Mitglieder des Olympischen Komitees, allen voran Monsieur de Baillet-Latour, dessen belgischer Präsident. Er wohnt in einer der großen Suiten und hat zwei Pagen, die nur für ihn da sind und ihn rund um die Uhr bedienen wie einen König. Immerhin ist er ein echter Graf, auch wenn man das seinem alten Wollmantel und dem etwas groben Gesicht nicht ansieht.

»Allerdings bleiben einige fern, nicht wahr?« Doktor Doberan trinkt mit halb geschlossenen Augen, die Tasse mit seinen behaarten Fingern umklammert. »Die Manns haben sich seit Jahren nicht mehr hier blicken lassen, schätze ich. Sind ja auch über alle Berge. Ich traf Thomas Mann einmal bei einer Soirée, ein kluger Kopf, das muss man sagen. Und seine reizende Frau Katia – um die haben sich damals die Männer bis aufs Blut gestritten. Schade drum!«

Heiner weiß erneut nicht, von wem dieser Mann spricht. Schnell, um seine Unwissenheit zu überspielen, sagt er: »Sogar die Dietrich war früher zu Gast, wussten Sie das? Man sagt, sie wurde geradewegs hier entdeckt, von einem berühmten Regisseur.«

»Kennen Sie die Kollwitz?«

»Wie bitte?«

»Käthe Kollwitz«, sagt der Gast und kräuselt missbilligend die Lippen, weil Heiner sich schwer von Kapee zeigt.

»Leider nicht«, sagt Heiner leise, »eine Schauspielerin?«

»Eine Künstlerin, mein Junge. Eine Freundin vom Liebermann und damit auch nicht mehr wohlgelitten, fürchte ich.« Doktor Doberan wiegt den Kopf, um seine kräftigen Züge spielt Bedauern. »Früher war das hier der Nabel der Welt, aber das ist alles vorbei«, sagt er. »Ich fürchte, Sie, mein junger Freund, haben die besten Tage des Hotels verpasst. Aber seien Sie nicht verzagt. Auch das neue Deutsche Reich wird Größen hervorbringen, und denen dürfen Sie dann das Gepäck tragen.«

Er greift nach seiner Brieftasche und nimmt ein Zweimarkstück heraus. Das ist viel Geld für Heiner, und er bemüht sich, nicht zu gierig darauf zu starren, sondern so zu tun, als bemerke er nichts. Junge, Junge, damit könnte er fast dreimal ins Kino gehen. Oder Kitty, das Zimmermädchen mit den vielen dunkelbraunen Locken, einladen und ihr noch eine Schokoladenbrause kaufen. Dann wird er ihr endlich einmal genug imponieren, dass sie ihn küsst.

»Hier«, sagt der Gast, lässt die Münze ein-, zweimal in die Luft sausen und fängt sie wieder auf. Dann schnippt er sie in Heiners Richtung, und der erwischt sie mit einem beherzten Satz.

»Verbindlichsten!«, sagt er atemlos und dienert, während er die Münze in seiner Hosentasche verschwinden lässt.

»Eins noch«, sagt der Gast, »drehen Sie bitte im Badezimmer das Wasser auf, und lassen Sie mir ein Bad ein, bei diesem Wetter wird einem ja ganz herbstlich zumute. Und der Liegewagen war ein Graus, mir tut alles weh.«

Er nestelt eine Zigarette aus einem silbernen Etui, und Heiner springt hinzu und gibt ihm Feuer. Für diesen Zweck trägt er stets ein Feuerzeug in seiner blauen Jacke.

Doktor Doberan pafft. »Und dann reservieren Sie bitte einen Tisch für zwei Personen im Wintergarten. Heute um drei Uhr.«

»Im Wintergarten? Nicht doch lieber im *Tea-Room*, dort ist die Atmosphäre etwas ungezwungener, und man spielt Jazz-Musik.«

Ein strenger Blick trifft ihn.

»Mit so etwas habe ich nichts am Hut«, sagt Doktor Doberan und zieht zu heftig an seiner Zigarette, so dass er einmal trocken husten muss.

»Dann also der Wintergarten«, beeilt sich Heiner zu sagen, »sehr wohl, Professor.«

Er tippt sich an die Mütze wie nach einem militärischen Befehl und steht stramm. Einen Moment lang hat er sich von der scheinbar freundlichen Plauderei dieses Mannes täuschen lassen, von seinem großzügigen Trinkgeld. Doch er hat schon oft die Erfahrung gemacht, dass Pferde, die zunächst ruhig und zutraulich wirken, ganz plötzlich die Ohren anlegen und ausschlagen. Dieser Mann hier ist so ein unberechenbarer Gaul, einer, auf dessen Laune man nicht wetten sollte. Und er ist eben nur der Page, auf den man einprügeln darf, wenn man will. Er wird Doktor Doberan keinen Anlass dazu bieten.

»Darf ich auch für den Abend etwas reservieren?«

»Heute Abend bin ich im Stadion. Danach esse ich auswärts. Mensch, Zweihundertmeterlauf, das Finale. Junge, wird das spannend!«

Heiner nickt, das ist ein Thema, das ihn interessiert! Es geht um die dritte Goldene für Jesse Owens. Wahnsinn, denkt er, wie das wäre, einmal selbst im Stadion zu stehen, diesen Mann über die Aschenbahn laufen zu sehen, das Aufbrüllen der Menge zu hören. Er kennt das alles aus den Pilzlautsprechern auf den Plätzen, doch heute Abend um sechs, wenn der Lauf stattfindet, wird er sich nicht freimachen können. Und dieser Mann hier wird es sogar mit eigenen Augen sehen!

Heiner zieht sich zurück, Schritt für Schritt rückwärts in Richtung Badezimmer, wo er den goldenen Wasserhahn weit aufdreht und kurz die Temperatur mit dem Finger prüft. Er gibt etwas Seife dazu. Ein paar Sekunden beobachtet er, wie das heiße Wasser in die große Wanne strömt, sich mit der Seife vermischt, und er atmet den Duft nach Lavendel ein.

Wen einer wie Doktor Doberan heute Nachmittag wohl trifft?, denkt er. Etwa eine Dame? Nein, auf ihn wirkt der Mann nicht wie jemand, der eine Frau mit Tee beeindrucken möchte, ihm geht es sicher um irgendwelche Geschäfte. Immer geht es den Herren in der Stadt ums Geschäft, das hat Heiner längst verstanden. Geld regiert die Welt, die ganze Welt dreht sich um die Pinke. Auch seine Welt, denkt er und befühlt das Zweimarkstück in der Tasche. Solange der Gast dadrinnen im Zimmer nur zufrieden ist, solange er, Heiner, ihn bei Laune halten kann, wird das Trinkgeld hoffentlich weiterfließen. Heiner grinst und pfeift zum Geräusch des laufenden Wassers gut gelaunt ein Liedchen, das er kennt wie jeder Junge in Berlin – *Mein Gorilla hat ne Villa im Zoo … Frau Gorilla, die hält still, wenn er sie mal küssen will.* Wieder denkt er an Kitty und ihm wird ganz anders. Er nimmt sich vor, ab jetzt immer als Erster ins Zimmer 217 zu flitzen, sobald der Gast unten in der Loge anruft. Unsympathisch oder nicht – wenn er ihm noch ein paar dieser glänzenden Geldstücke aus der Tasche leiern kann, kommt er seinem Traum, alle Filme der Welt im Kino zu sehen und alle Lieder dort wieder und wieder anhören und mitsingen zu können, immer näher.

19.

6. August 1936,
Mittwochmorgen, Viertel nach sieben

Madame Conte sitzt im Ohrensessel und wirkt, als habe sie dort die Nacht verbracht. Doch sie trägt heute kein schwarzes, sondern ein violettes Kleid. Sie scheint wenig überrascht von Elfies frühmorgendlichem Besuch, sieht nur kurz auf, nickt ihr zu und streichelt weiter Napoléons Fell, der zusammengerollt und schnurrend auf ihrem Schoß liegt, als habe er vergessen, dass er eigentlich ein Hund ist und keine Katze.

»Guten Morgen«, sagt Elfie, »sind Sie eine Frühaufsteherin, Madame?«

»Früh?«, Madame Conte lacht. »Ich wache meistens vor Sonnenaufgang auf. Die letzten Stunden der Nacht liege ich wach und sehe zu, wie das Licht langsam herankommt. Und ich lese, aber nur solange meine alten Augen mitmachen! Man braucht sehr gutes Licht dazu, das kann ich Ihnen sagen. Romanelesen und Portweintrinken, das sind die letzten Vergnügungen einer alten Frau.«

Sie deutet auf eine Teekanne und ein Tablett mit einer sauberen Tasse.

»Bedienen Sie sich«, sagt sie und krault Napoléons Ohren, dass er sich vor Wonne windet. »Ich habe schon zwei

Tassen hinuntergequält, Mine wird zufrieden sein. Sie behauptet immer, ich trinke nicht genug und deswegen sei ich so schwach. Das ist natürlich Unsinn.«

Mine kommt, stellt wortlos einen Zinnteller mit den Schokoladenplätzchen hin, die Elfie ihr vorhin an der Wohnungstür in die Hand gedrückt hat, und geht wieder. Um den Mund hat sie verräterische Krümel.

Elfie gießt sich Tee ein, dunkle Teeblätter sind es heute, mit herber, säuerlicher Bergamotte. Sie kippt noch einen Schuss Milch hinein und setzt sich aufs Sofa. Dabei hat sie das Gefühl, es sei bereits ihr Stammplatz, den sie seit vielen Jahren innehat.

Die Tasse in beiden Händen, trinkt sie vorsichtig einen Schluck und sieht zum Fenster. Ein feiner Nieselregen prasselt an die Scheibe, und mal wieder jagen dicke graue Wolken über den morgendlichen Himmel. Heute früh aufzustehen hat sie alle Kraft gekostet, die sie aufbringen konnte. Der Alkohol von gestern Abend hat ihre Glieder schwer gemacht, doch sie lag lange wach, und als sie endlich nach vielen Stunden Schlaf fand, wachte Madame Conte wahrscheinlich gerade wieder auf. Etwas an dem Gedanken, dass sie und die alte Frau sich beim Schlafen und Wachen abgewechselt haben müssen, ist tröstlich.

»Der Herbst kommt«, sagt Madame, als könne sie Elfies Gedanken lesen. »Sonst haben wir in Berlin ja oft einen goldenen August, aber dieses Jahr verwöhnt uns das Wetter nicht damit. Schade!«

Ihre Hände ruhen jetzt auf dem Hundefell, und wieder

fallen Elfie die geröteten, fiebrigen Wangen in dem alten Gesicht auf.

»Ein letztes Mal hätte ich gern dieses warme Licht gesehen. Ein Altweibersommer, so sagt man doch hier? *L'été indien* – aber das deutsche Wort ist viel besser. Wir alten Weiber sind auf diese letzten sommerlichen Tage angewiesen, um unsere alten Knochen zu wärmen. Nur noch einmal, das wäre schön gewesen. Es ist mir nicht vergönnt.«

»Sie glauben, es sei Ihr letzter Sommer?«, fragt Elfie. Sie hätte Madames Worte schweigend übergehen können, aber dieser Frau kann niemand etwas vormachen. Es wäre unverschämt, findet Elfie, sie nicht nach dem Offensichtlichen zu fragen.

»Sehen Sie, das gefällt mir an Ihnen«, sagt die alte Frau und sieht Elfie scharf aus ihren blauen Augen an, »Sie spielen kein Theater.«

»Mehr, als Sie vielleicht denken«, sagt Elfie leise.

Madame Conte beobachtet sie aufmerksam. »Aber Sie trauen sich dennoch, das Offensichtliche zu sagen. Warum redet niemand über den Tod? Irgendwann geht ja alles zu Ende, für jede von uns.« Sie nickt langsam vor sich hin. »Ja«, sagt sie dann, »der Doktor fürchtet das Schlimmste. Und in Mines Augen sehe ich die Wahrheit, wie es um mich steht, auch wenn sie immer so tut, als sei nichts.« Langsam hebt sie die knochigen Schultern unter der violetten Seide. »Ich hatte so viele herrliche Sommer. Man darf nicht unersättlich sein, man muss sich irgendwann zufriedengeben. Wenn man es nicht tut, wenn man immer weiter aufbegehrt, hilft das ja doch nichts, *n'est-ce pas?* Es macht einen nur bitter.«

Sie stützt den Kopf an die Lehne des Sessels und schließt kurz erschöpft die Augen.

»Tut es Ihnen nicht leid, dass Sie gehen müssen?«, fragt Elfie, doch sofort trifft sie der verächtliche Blick aus Madames Augen, und sie senkt beschämt die Lider. Wie tückisch die Sprache ist – kaum fasst man Vertrauen und ist eine Spur vorlaut, wird man wieder in die Schranken gewiesen. Sie trinkt hastig einen Schluck Tee und verbrennt sich die Zunge. Beide Frauen schweigen, und die Uhr tickt. Elfie hört lieber nicht hin, sie will nicht wissen, was die Zeiger ihr zuflüstern.

»Der schönste Sommer«, sagt die alte Dame nach einer Pause, »der schönste von allen und doch der schlimmste, das war der, von dem ich gestern sprach. Der Sommer, der mich und meine Kinder hierhertrieb mit seinem warmen, sanften Wind. Achtzehnachtzig, mein Einzug Unter den Linden. Der Sommer, in dem ich Ladislaus traf.«

»Wen?«, fragt Elfie überrascht.

Madame Conte kichert, es lässt sie plötzlich jung wirken.

»Ladislaus Maximilian Ziemkiewicz«, sagt sie genüsslich. Es klingt charmant mit ihrem Hauch von französischem Akzent, als sie den Namen des früheren Besitzers von Sawade ausspricht, der vor ein paar Jahren verstorben ist.

»Dieser verrückte Name«, Madame schüttelt den Kopf, »an dem brachen sich alle die Zunge ab, auch ich. Man stelle sich vor, er hätte seine Pralinenmanufaktur am Ende so genannt? Nein, das wäre keine Erfolgsgeschichte geworden. Das passt doch auf keine Visitenkarte! Und denken Sie sich nur, wie das geschrieben ausgesehen hätte, auf jeder Pralinenschachtel: *Ziemkiewicz Konfitüren.* Die armen Berliner!«

Wieder kichert sie, und Elfie muss ebenfalls schmunzeln. Sie nippt an ihrem Tee. Und doch hört sie unter der vermeintlichen Leichtigkeit der Worte von Madame Conte eine Bitterkeit heraus. Nein, es wird keine fröhliche Geschichte sein, die sie gleich hören wird. Der schönste und der schlimmste Sommer – was hat das zu bedeuten?

»Herr Ziemkiewicz kam also auch damals hier an, in diesem Sommer?«

»Erzählen Sie die Geschichte oder ich?«, fährt Madame Conte scharf auf. Als wolle sie Elfie für ihre vorlaute Art bestrafen, schweigt sie darauf eine Zeit lang. Doch Elfie kann warten. Sie lauscht auf das Trommeln des Regenschauers und die vertrauten Geräusche, die von der erwachenden Straße zu ihnen heraufdringen. Auf dem Fensterbrett sitzt eine Amsel. An den struppigen grauweißen Federn um den Hals sieht Elfie, dass der Vogel in der Mauser ist.

»Der Laden unten hatte leer gestanden, als ich einzog«, beginnt die alte Dame von Neuem. »Ein Herrenschneider war vorher drin, der beschlossen hatte, sein Glück in Übersee zu suchen. Er hatte das Schild nicht abgeschraubt, es hing noch immer schief neben der Tür, ein Nagel war längst abgefallen. Ich hatte im Vorbeilaufen oft den hölzernen stummen Diener gesehen, der dort im Laden hinter der staubigen Scheibe vergessen herumstand, mit einem vergilbten Herrenhemd darauf. Dann, eines Tages im August, war er fort. Die Glasscheibe glänzte sauber. Ein paar junge Kerle schleppten Möbel hinein, einen großen Tisch, Regale, allerhand Kisten, und schließlich trugen sie einen riesigen Herd durch die Hofeinfahrt – ein Ungeheuer aus Gusseisen. Ich stand mit meinem Sonnenschirm auf der Allee und sah ihnen zu, überlegte, was sie dort vorhätten. Ein Nachbar kam vorbei, und ich fragte ihn, ob er etwas darüber wüsste.

Schokolade, sagte er, *hier eröffnet eine Pralinenmanufaktur.*

Pralinen?, fragte ich ungläubig. *Wer kann denn davon leben?* Ich weiß noch, wie der Herr lachte. *Meine Dame,* sagte er, *Sie sind wohl nicht auf dem Laufenden. Mit Schokolade kann man heutzutage ein Vermögen verdienen, alle in der Stadt sind ganz wild auf das Zeug.*

Madame Conte sah Elfie an. »Sie müssen wissen, dass das, jedenfalls in Berlin, eine ziemliche Neuheit war«, sagt sie. »Schokolade? Das gab es in Paris als Trinkpulver in der Apotheke, als ich jung war. Es war bröseliges, bitteres Zeug, nichts, wonach man sich die Finger leckte.« Sie lächelt. »Auch später war selbst in Frankreich Schokolade als Delikatesse nur etwas für die obere Gesellschaftsklasse, hergestellt von *Chocolat Menier* – ich sehe noch das Reklamebild vor mir, es hing bei uns in der Nachbarschaft an einer Mauer, wo ich immer mit der Gouvernante vorbeikam. Und Deutschland war noch später dran. Doch das änderte sich. Der industrielle Aufschwung, der schon alle anderen Länder beherrschte, hatte endlich auch das deutsche

Kaiserreich mitgerissen, und sie bekamen, was ihnen ihrer Meinung nach schon lange zustand. Einen Platz in der großen weiten Welt.«

Die alte Dame kräuselt abfällig die Lippen und deutet durchs Fenster.

»Heute versuchen die Deutschen es ja wieder, *ma chère*. Sie sind so hoffnungslos geltungssüchtig, so voller Furcht, den Anschluss zu verpassen, nicht genug zu bekommen vom Kuchen, dass ihnen jedes Mittel recht ist.«

Die Deutschen? Meint die alte Frau auch sie, Elfie? Wieder, wie schon gestern mit Trude, beschleicht sie Unruhe. Am liebsten würde sie das Thema wechseln, die alte Dame durch eine geschickte Frage in eine andere Richtung lenken, zurück zu Ziemkiewicz und den Anfängen Sawades. Doch eben erst wurde sie zurechtgewiesen, weil sie zu forsch war. Sie zögert und wärmt sich die Hände an ihrer Teetasse. Glücklicherweise scheint Madame Conte ebenfalls nach dem Ende des Erzählfadens zu suchen, der ihr kurz von der Nadel geschlüpft ist.

»Ich war damals verrückt nach Süßem«, sagt sie und kichert wieder auf ihre heisere, schwer durchschaubare Art. »Ich hatte immer Hunger. So ist das, wenn man jung ist und voller Kraft.«

Sie sieht zum Plätzchenteller hinüber, doch als Elfie aufspringen will, schüttelt sie den Kopf und verzieht den Mund, als vergehe ihr just in diesem Augenblick der Appetit.

»Dann war da plötzlich diese Auslage, an der ich jeden Tag vorbeiging auf meinen Ausflügen durch die Straßen.

Krokant, hauchzarte Schokoladenblätter, Törtchen, übergossen mit Zuckerguss, und große Gläser, gefüllt mit gestreiften Bonbons in Gelb, Grün, Rot. Man sah, dass jemand sein Handwerk verstand. Aber dieser Jemand ließ sich nicht blicken, nur die Verkäuferinnen in ihren Spitzenschürzen standen im Laden, und ich ging ab und an mit Napoléon hinein und kaufte ein paar Leckereien. Man bekam die Pralinen in Seidenpapier gehüllt ausgehändigt, und natürlich konnte eine Dame sie nicht auf offener Straße essen, obwohl ich am liebsten alles sofort dort unter den Lindenbäumen verschlungen hätte. Doch ich trug die Kostbarkeiten hier hinauf und aß sie, am Fenster sitzend, während das Sonnenlicht auf das Parkett fiel. Der Hund bekam auch sein Teil ab.«

Napoléon auf ihrem Schoß zuckt mit den Ohren, doch weiter rührt er sich nicht. Vielleicht hat er das Wort *Hund* im Traum gehört.

»Dann geschah die Sache mit Lucas, meinem Jüngsten«, fährt Madame Conte fort. »Der Junge hatte einen Streit mit einem Klassenkameraden in der Schule. Er besuchte das Sophien-Gymnasium in der Weinmeisterstraße, und auf dem Schulweg setzte ihm irgendein Tunichtgut nach und verprügelte ihn, so dass die Haut über seiner Augenbraue aufplatzte. Den Grund habe ich nie aus ihm herausbekommen, über so etwas sprach ein Knabe nicht mit seiner Mutter. Jedenfalls lief er fürchterlich blutend und mit zugeschwollenem Auge nach Hause, und unten im Treppenhaus muss ihn ein junger Mann angesprochen haben. Er brachte meinen Sohn hoch. Als die beiden zur Tür hereinkamen, erschrak ich furchtbar. Mein Kleiner – das war er für mich geblieben, obwohl er längst halbwüchsig war –, so zugerichtet! Und mit ihm obendrein noch ein Fremder in meiner Wohnung, *oh!*«

Elfie sieht in den blauen Augen dort drüben im Sessel, die abwesend in die Vergangenheit starren, mit der gleichen Erschütterung wie damals, wobei nicht klar ist, ob sie der Verletzung des Sohnes oder der Begegnung mit dem fremden jungen Mann geschuldet ist.

»Der Mann trug einen Uniformrock, die Kleidung eines Leutnants. Ich konnte mir keinen Reim darauf machen, wer er war. Lucas jammerte laut und hielt sich die Stirn, zwischen seinen Fingern sickerte Blut hindurch. Ich rief nach Mine, sie holte Verbandszeug. Der Fremde ließ es sich nicht nehmen, Lucas zum Sofa zu bringen und ihm zu helfen, sich hinzulegen, so dass wir die Blutung stillen konnten. Eben dort, wo Sie jetzt sitzen, *ma chère,* ging er in die Knie und kümmerte sich um meinen Sohn. Das Sofa ist natürlich nicht mehr dasselbe, es bekam eine Menge Blutflecken ab und musste ersetzt werden.«

Madame Conte nickt zu ihren Worten, ihr Blick ist nach innen gekehrt, als betrachte sie ein altes Fotoalbum, das in ihrem Kopf aufgeschlagen ist.

»Ich bemerkte, wie außerordentlich geschickt er war. Ja, seine Hände fielen mir auf, bevor ich mir sein Gesicht ansah. Er hatte lange, schlanke Finger mit kurzen Nägeln, ohne Ringe daran. Es waren die Hände eines Künstlers, eines feinen, gebildeten Menschen.« Sie holt rasselnd Luft. »Doch als er aufblickte, achtete ich nicht mehr auf seine Hände. Dieser junge Mann hatte Augen … ich werde sie niemals vergessen! Dunkelbraun, mit goldenen Sprenkeln darin, wie zwei Pralinen mit hellen Nüssen bestreut.«

Sie lacht heiser, halb verlegen, und sieht Elfie an. »Sie fragen sich jetzt wahrscheinlich, ob ich meinen Verstand verloren habe, oder?«

Elfie schüttelt den Kopf. »Kein bisschen«, sagt sie ernst.

Madame Conte hebt die Augenbrauen, als sei sie nicht sicher, ob Elfie freundlich ist oder eine schlechte Lügnerin.

»Sie sind manchmal ein bisschen seltsam, mein liebes Kind, hat Ihnen das schon einmal jemand gesagt.«

»Ja, allerdings«, sagt Elfie.

Madame Conte starrt sie an und beginnt dann zu lachen.

»Vergessen Sie es, *ma chère!* Ich mag seltsame Menschen, ich habe gewissermaßen ein Faible für sie. Auch dieser Fremde dort in meiner Wohnung war so ein komischer Vogel, man sah es in seinem Gesicht. Er schien die Dinge besonders deutlich zu erfassen mit seinen schönen Augen, als seien sie durchlässiger für die Bilder der Welt als die Augen anderer Leute.« Sie räuspert sich. »Als Lucas versorgt war und aus ihm, verstockt wie er blieb, nichts herauszubekommen war, stand der Fremde auf, und ich war erstaunt, dass er kaum größer war als ich selbst. Er verbeugte sich knapp und stellte sich vor. Er sei Ladislaus Ziemkiewicz, der Inhaber des Pralinengeschäfts unten.« Sie kräuselt die Lippen. »Ich weiß noch, wie ich dachte, dass einer, der kaum älter war als mein erstgeborener Sohn Émile, wohl schwerlich der Alleinherrscher über dieses Paradies aus Schokolade und Bonbons sein könne – doch so war es. Nein, nicht allein, da gab es noch seinen Bruder ...«

Madame Conte hält wieder einen Moment inne, ihre knotigen, verhärmten Hände wandern unruhig durchs Hundefell.

»Der Fremde fragte, ob er einen Arzt rufen solle, was ich verneinte. Die Wunde war nicht tief, das hatte ich gesehen, und Lucas würde sich ein paar Tage ausruhen, dann wäre er sicher wieder der Alte. So verabschiedete sich der junge Herr, sehr höflich, sehr formell. Doch ich sah ihm an, dass er gern länger geblieben wäre.«

Elfie beobachtet die alte Dame. Ihr Gesicht ist einen Hauch rosig angelaufen, ihre blauen Augen sind weit aufgerissen, als könne sie so noch besser die Schatten der Vergangenheit erspähen, die in ihrer Erinnerung aufsteigen.

»Am nächsten Tag klingelte es, und ein Bote stand vor der Tür. Mine öffnete und brachte mir dann eine kleine Schachtel. Warten Sie!«

Madame Conte erhebt sich mühsam, und Napoléon, jäh aus dem Schlaf gerissen, springt auf den Boden und kläfft empört. Elfie steht ebenfalls auf, doch die alte Dame winkt ab. Sie geht einen Schritt zu einem kleinen Sekretär aus glänzendem Mahagoni, dreht den Schlüssel im Schloss und öffnet die Klappe. Aus dem obersten Fach nimmt sie eine dunkelgrüne Pappschachtel, sie ist kreisrund, an den Kanten schon verschlissen und mit einer hellgrünen Seidenschleife zugebunden.

Madames Finger zittern kaum merklich. Mit ihrer sehnigen Hand streicht sie über die Schleife. Dann kommt sie zu Elfie herüber, hält ihr die Schachtel hin, und Elfie nimmt sie, öffnet vorsichtig das Band und hebt den Deckel. Die Schachtel ist leer, aber man sieht noch die kleinen runden Vertiefungen im raschelnden Seidenpapier, wo einmal die Pralinen gelegen haben. Stattdessen ist nur eine gepresste Blüte darin, eine hellrosa Akelei aus längst vergangenen Tagen.

Elfie sieht Madame Conte fragend an. Die blauen Augen schwimmen wieder, doch um den verwitterten Mund spielt ein Lächeln.

»Ein echter Kavalier«, sagt sie leise und räuspert das Krächzen weg, »sehr feine Nougatpralinen schickte er mir. Ähnliche wie die, die Sie mir gestern brachten. Und ein Briefchen war dabei.«

Sie tritt erneut zum Sekretär, greift ins Fach und holt einen Umschlag hervor, dem man ansieht, dass er oft geöffnet und wieder verschlossen wurde. Die Ränder des cremefarbenen Papiers sind mürbe und brüchig. Madame Conte holt ein Kärtchen heraus und liest vor.

»Verehrte Madame, ein Zeichen meiner Hochachtung und unendlichen Bewunderung. Mit besten Genesungswünschen an Ihren Sohn und mit der heimlichen Hoffnung, Ihnen bald wieder zu begegnen, Ihr ergebener Ladislaus Ziemkiewicz, Konfektmacher. Unter den Linden neunzehn.«

Sie lächelt.

»Frech war er, der junge Mann, unverschämt geradezu, so etwas einer Witwe zu schreiben, einer Frau, die fünfzehn Jahre älter war als er, vielleicht sogar mehr, mit zwei erwachsenen Söhnen. Und dann noch eine Akelei! Jeder wusste, was diese Blume symbolisiert – sie kündet von Verführung, von der sinnlichen Macht der Liebe. Es war skandalös! Aber so war er, er nahm kein Blatt vor den Mund. Er war ausgesucht höflich, doch dahinter war er ein Hitzkopf, eigentlich ein schrecklicher Kerl …«

Madame Conte sieht Elfie hilflos an.

Ihr Gesicht, denkt Elfie, sagt das Gegenteil ihrer Worte. Doch sie nickt nur und wartet, ob Madame weitererzählen wird. In Gedanken vergleicht sie die Beschreibung des jungen Herrn Ziemkiewicz mit dem Eindruck, den sie von dem Besitzer hatte. Es stimmt, er sah selbst im Alter noch gut aus, schlank und gepflegt, mit beinahe aristokratischen Zügen. Aber Augen wie Pralinen? Nun, die Erinnerung verklärt eben so einiges, und die von Madame Conte an ihren früheren Nachbarn ist wohl in einen besonders liebevollen Schimmer gehüllt.

»Er war einer dieser Menschen, denen alles gelingt«, sagt Madame Conte, »einer, der mit einer Glückshaube durchs Leben geht. Nur so konnte er das ungeheure Wagnis eingehen, in dieser großen Stadt ein kleines Pralinengeschäft zu eröffnen, mit nichts in den Händen als einer guten Ausbildung. Er hatte drei Jahre in Paris gelebt, gemeinsam mit seinem Bruder. Sie hatten dort das Konfekthandwerk erlernt und waren dann in die Heimat zurückgekehrt.«

»Stammte er aus Berlin?«

»Seine Familie nicht«, sagt Madame Conte, die schon wieder ungehalten wirkt, weil Elfie sie unterbrochen hat.

»Sie kamen aus Krakau hierher. Aber er sprach fließend Deutsch und Französisch – ein kluger Kopf. Und natürlich unterhielten wir uns, als er das nächste Mal zu mir kam, über Paris. Wir sprachen von unserer Sehnsucht nach dem Blick von den Brücken hinab auf die Wasser der fließenden Seine, wenn der Mond darauf scheint. Von dem Duft aus den Boulangerien, in denen mit wundervoller Butter gebacken wurde und nicht, wie hier in Berlin, mit Margarine. Er erzählte mir, wie es nachts im Park Monceau nach Hortensien duftete und wie er und sein Bruder François spätabends nach der harten Arbeit in der Backstube des Zuckerbäckers, bei dem sie in die Lehre gingen, auf den Stufen zum Fluss vor Notre-Dame saßen. Sie rauchten und plauderten, während es leise aus dem Fluss zu ihnen heraufplätscherte, wenn ein Fisch nach Luft schnappte.« Sie räuspert sich. »Ach, er hatte es viel zu leicht mit mir! Diese Erinnerungen an meine geliebte Stadt, dazu die französische Sprache aus seinem Mund und seine Hände, die jedes Wort mit Gesten untermalten – das war genug.«

Sie stockt, und Elfie wagt nicht, sie zu fragen, wofür es genug war. Sie sollte jetzt gehen, denn der Laden muss gleich geöffnet werden und Trude kommt erst in einer Stunde. Aber sie bleibt, so begierig ist sie, mehr zu erfahren, so ungewohnt ist es für sie, mit jemandem über all das zu sprechen, über Gefühle, über die Liebe. Es erscheint ihr auf einmal beinahe gefährlich, als bedrohe diese Geschichte ihre sorgfältig gezimmerte Routine, die Ruhe ihres Geistes, auf die sie angewiesen ist. Sie spürt, wie die

Worte der alten Dame an ihr zupfen und zerren wie nimmermüde kleine Finger, die sie von ihrem gewohnten Weg abbringen wollen. Und dabei ist die Gewohnheit, das strenge Auf und Ab ihrer Tage, das Einzige, was sie von dem dunklen Schlund trennt, und sie kann es sich nicht leisten, unvorsichtig zu sein. Wieder spürt sie diese gefährliche Sehnsucht, die in ihr aufflackert, als zöge sie etwas hinein in die Geschichte von Liebe und Schönheit, die diese alte Frau erlebt hat. Und von der Elfie weiß, dass sie selbst niemals die Kraft, geschweige denn den Mut dafür hätte. Nur in ihren geheimsten Gedanken, das vielleicht, doch niemals in der Wirklichkeit.

Rasch steht sie auf und reicht Madame Conte, die sich mit einer Hand am Sekretär festklammert, die Schachtel zurück.

»Sie wollen schon fort?«, fragt Madame empört.

»Die Arbeit …«, beginnt Elfie, worauf die alte Dame ihr mit einer raschen Geste das Wort abschneidet.

»Still!«, sagt sie, »mir müssen Sie nichts erklären. Wer will schon bei einer alten Frau wie mir hocken und alte Kamellen anhören?«

Sie verstaut mit energischen Bewegungen das Schächtelchen und den Brief und klappt den Sekretär zu. Dann dreht sie sich zu ihrem Gast um. In ihren Greisinnenaugen liegt jetzt etwas Bittendes, als bedaure sie ihren scharfen Ton.

»Sie kommen doch wieder?«

»Natürlich«, sagt Elfie. Sie überlegt. In der Mittagspause wird sie es heute nicht schaffen, weil Lisbeth ihren freien

Tag hat und sie den Laden nicht schließen können. Aber am Nachmittag kommt Emilie, die zweite Angestellte, dann kann sie sich kurz freimachen. Merkwürdig, denkt sie, wie sehr sie weiterhören will, was ihr Madame Conte zu erzählen hat, obwohl sie gerade gedacht hat, dass sie sich nicht hineinziehen lassen darf. Ein Sog geht von der Geschichte dieser alten Frau aus, und kurz ist Elfie in Versuchung, ihm sofort nachzugeben. Bis sie an den Laden denkt, an Trude und die Kunden, und sich doch noch zusammenreißt.

»Ich klopfe gegen vier Uhr«, sagt sie. Dann fällt ihr etwas ein. Warum ist sie darauf nicht eher gekommen?

»Vielleicht können Sie mir helfen«, sagt sie, »ich bin auf der Suche nach einem alten Rezept.«

Madame Conte sieht sie wachsam an.

»Und da fragen Sie mich?«

»Natürlich! Sie sind doch schon so lange hier, und Sie kannten sogar Herrn Ziemkiewicz. Hat er Ihnen möglicherweise einmal von einem besonderen Trüffelei erzählt, aus weißer Schokolade?«, fragt Elfie. »Oder haben Sie es sogar gekostet?«

Madame Conte ist jetzt noch blasser als sonst, wieder sind ihre blauen Augen ganz groß. »Eine Contreau-Füllung, vermute ich?«

»Ja!«, sagt Elfie begierig. »Auf der Schachtel soll das Bild einer Frau mit schwarzen Haaren gewesen sein.«

Da bezieht sich die Miene der alten Dame, als gehe eine Wolke darüber. Elfie ist jedes Mal überrascht von dem raschen Wechsel in ihrem Gesicht, ähnlich dem Berliner

Himmel in diesen Tagen. Wie kann man so alt sein und dennoch andauernd ein solches Wechselbad der Launen erleben? Sie, Elfie, wäre heillos erschöpft von so viel Emotion, die auf sie einpeitscht wie Hagel und Schnee. Sie vermeidet es, so gut es geht, sich ihren Gefühlen auszusetzen, hält sie mit vielen erprobten Mitteln auf Abstand, wenn sie ihre bedrohliche Gegenwart wahrnimmt. *Kalt wie ein Fisch*, sagte Großmama. Sie ahnte nicht, welch ungeheure Willenskraft Elfie schon als Kind aufbringen musste, um sich vor den überwältigenden Empfindungen der Welt zu verbergen, um sich zu beruhigen und diese Mauer um sich herum wachsen zu lassen, die sie schützte und vor dem Wahnsinn bewahrte. Lieber kalt wie ein Fisch, denkt sie, als von einem inneren Feuersturm verbrannt. Lieber allein in der Welt als einsam und verlassen dort unten in dem schwarzen, klaffenden Schlund.

Doch Madame Conte, so uralt, wie sie ist, scheint sich nicht vor den Gefühlen zu fürchten, sie kostet sie richtiggehend aus. Jetzt wirkt sie erneut wütend, jedenfalls zieht sie die Augenbrauen so hoch hinauf in ihre verwitterte Stirn, dass sie fast an ihren weißen Haaransatz stoßen.

»Ich habe keine Ahnung, wovon Sie sprechen«, sagt sie hochmütig, obwohl sie eben noch genau zu wissen schien, woraus das Ei bestand, und wendet den Blick ab.

»Verzeihen Sie«, sagt Elfie schnell, »es ist nur so, dass man mir davon erzählt hat, da dachte ich, wenn jemand heute noch etwas darüber weiß, dann Sie.«

Madame Conte wedelt mit ihrer Greisinnenhand, als verscheuche sie eine Fliege.

»Gehen Sie«, sagt sie barsch, »und kommen Sie später wieder, wenn ich etwas im Magen habe und Sie und Ihre Fragerei besser verdauen kann.«

Ihr Pekinese steht neben ihr wie eine wachsame Statue und scheint kurz davor, Elfie zu verbellen, als wolle er sie schelten, weil sie sein Frauchen verärgert hat. Elfie fühlt sich ungerecht behandelt, wie die alte Dame und ihr Hündchen da so empört vor ihr stehen, und alles nur wegen einer längst verjährten Schokoladenspezialität. Doch dann denkt sie, dass Wut oft die Kehrseite von Trauer ist, das kennt sie von sich selbst nur allzu gut. Wenn etwas an dieser alten Geschichte Madame Conte traurig stimmt, tut es ihr leid, dass sie davon angefangen hat.

»Ich wünsche Ihnen trotzdem einen schönen Tag«, sagt sie bemüht, die passenden Worte zu finden. Fast vierzig Jahre hat sie das richtige Sprechen geübt. Fast vierzig Jahre lang hantiert sie schon mit Worten wie mit zu großen Schachfiguren, die sie mal hier, mal dort auf dem schwarzweißen Brett platziert, ohne je zu wissen, wie die Regeln dieses Spiels lauten – und ob sie gewinnt oder verliert. Als kleines Kind sprach sie gar nicht, galt daher als verstockt und feindselig. Bis sie, kurz nach ihrer Einschulung, plötzlich zu sprechen begann – in langen, komplizierten Sätzen, was alle, vor allem Großmama, überraschte. Aber es war dann auch wieder nicht recht. Elfie sei eine Prahlerin, eine Heuchlerin, sagte sie ihr, eine, die sich für etwas Besseres hielte als die anderen. Wie gern sie ihrer Großmutter heute einmal sagen würde, dass sie sich geirrt hat. Nichts an Elfie ist prahlerisch, im Gegenteil, sie kann oft selbst kaum glauben, dass sie es überhaupt bis hierher, bis zum heutigen Tag geschafft hat. An ihr ist nichts Besonderes, nichts ist originell oder einzigartig, und es gab einige Momente, in denen sie das alles, diesen ganzen Fehler ihrer Existenz, am liebsten beendet hätte. Ein kleiner Schritt nur, wenn die Straßenbahn herankam … Sie wäre sich selbst endlich los, hätte die Welt von ihrer Anwesenheit befreit – ein tröstlicher Gedanke. Doch das war vor Jahren, als die Dunkelheit sie ganz und gar ausfüllte und ihr kaum Platz zum Atmen ließ. Heute wieder ist sie froh, dass sie noch hier ist, dass sie nicht nachgegeben hat, jetzt, da sie sich wieder besser im Griff hat. Kann man stolz darauf sein, am Leben geblieben zu sein? Wenn man so ist wie sie, denkt Elfie, dann ja.

»Ich sehe Sie später wieder, Madame.«

Sie verlässt den Salon. Mine ist nirgendwo zu sehen, vielleicht ahnt sie die dicke Luft und ist klug genug, sie vorüberziehen zu lassen, ehe sie aus ihrem Versteck kommt. Damenbedienungen, diese Dienerinnen einer Lady, denkt Elfie, während sie leise die Wohnungstür hinter sich zuzieht, haben es noch schwerer als andere Frauen. Sie leben nur für fremde Leben, sie sind den Launen ihrer Herrin ausgesetzt ohne Fluchtmöglichkeit, und sie können niemals diesen Kokon aus Schutz und Abhängigkeit verlassen, in den sie eingesponnen sind. Es ist eine aussterbende Art, seit es kaum noch Damen gibt wie Madame Conte, die diese Bezeichnung verdienen. Ebenso vom Aussterben bedroht wie der Leierkastenmann oder die schönen Kaltblüter vor den Kutschen, die nur noch selten über die

Allee rumpeln, und der Laternenanzünder. Er zog in Elfies Kindheit jeden Abend mit seinem langen Stecken durch die Dämmerung und sorgte dafür, dass die Gaslichter in der Stadt aufflammten, die sie durch die vergilbte Spitzengardine von Großmamas Küchenfenster aus flackern sah. Schade, denkt Elfie, dass es damit vorbei ist.

Sie geht die Treppe hinunter, tritt auf die Straße und blinzelt in die Sonne, die unverhofft hinter einer unförmigen Wolke hervorlugt und den Tag endgültig einläutet. Vor der Ladentür beginnt sie wieder mit ihrem Schlüsselritual, sucht und zieht gleich beim ersten Versuch den richtigen hervor. Etwas in ihr jubiliert, als sie ihn ins Schloss schiebt, die Tür wie von Geisterhand aufschwingt und den Blick in den aufgeräumten Laden freigibt.

Dieser Mittwoch wird also ein guter Tag, denkt sie, auf einmal hoffnungsfroh. Und sie gibt den Schokoladenenten auf dem Wandbord einen liebevollen Stups, so dass sie durcheinanderkullern und eine fast heruntergefallen wäre. Elfie bleibt stehen und stellt die Enten wieder sorgsam ins Regal. Die eine aber, die gestrauchelt ist, hat eine winzige Delle im Flügel.

»Tut mir leid, Schnatterliese«, sagt Elfie achselzuckend, wickelt das raschelnde Papier ab und verschlingt sie.

20.

6. August 1936,
Mittwoch, zwei Uhr

Franz liebt die Litfaßsäule. Sie steht in der Mitte des breiten Fußwegs, wo die Flaneure entlanglaufen – und neuerdings Uniformierte mit strammen Schritten marschieren –, wo die grauweißen Tauben herumwackeln wie abgehalfterte Hofdamen, deren Gleichgewicht durch groteske Reifröcke in Gefahr gerät, und wo Frauen mit viel nacktem Bein unter den Rocksäumen vorbeihüpfen. Sie drehen sich nicht nach ihm um, aber er genießt den Hauch von Parfüm, der ihnen nachflattert wie ein aufgeregter Bewunderer und dann zu ihm, Franz, herüberfliegt, während er die angeschlagenen Plakate liest.

Und schon muss er sich in Gedanken korrigieren. Er *liebte* die Litfaßsäule von einst, die stolz ihre Schlagzeilen zeigte, sich spreizte wie ein Pfau vor lauter guten Vorschlägen für den Abend – hier könne man ins Theater, dort ins Varieté, und ob der Herr schon das neue Bartwachs aus Amerika probiert habe? Ein neuer Film mit Lil Dagover, und die Dietrich singt wieder in der Scala. Herbei, herbei, hereinspaziert, wer hat noch nicht, wer will noch mal? Das Leben ist schön, und du, du sollst es genießen – wenn das Kleingeld stimmt!

Doch diese Versprechen, selbst wenn sie nur kleine freundliche Lügen waren, sind Vergangenheit. Heute ist die Litfaßsäule bierernst wie ein gestrenger Schulpedell, der nach der Pause griesgrämig mit der Glocke schlägt und misstrauisch die Passanten beäugt, ob sie denn alle das Gesetz befolgen. *Deutsche Frauen*, herrscht die Säule die vorübertänzelnden Damen an, *haltet euer Blut rein!* Und darunter warnt ein Plakat in schwarzen Lettern vor *entarteter Kunst*. Nur ganz unten klebt, wie allem anderen zum Trotz, über einer Ankündigung für eine Waffenausstellung eine kleine Anzeige für die Hamady-Bar, wo am Donnerstag die Musikgruppe *Harry's Swing Tigers* erwartet werde. Franz bückt sich und studiert das kleine Bild von einer Sängerin mit tiefem Dekolleté, als sei es ein kleines tröstliches Winken aus einer besseren Zeit, einer schöneren, freieren Stadt.

»Werden Sie kommen?«, fragt jemand in seinem Rücken, und er richtet sich hastig auf. Da steht Issa El Hamady, der Betreiber der Bar. Sie kennen sich aus der Nachbarschaft vom Sehen, doch nicht gut genug, um sich die Hand zu geben. Franz schüttelt sich die weißen Locken aus der Stirn und lacht unfroh.

»Sind Sie sicher, dass Sie einen wie mich in Ihrem Laden haben wollen?«

Issa macht eine Geste, die Zustimmung oder Ablehnung ausdrücken kann. Sein dunkles Haar schimmert in der Sonne.

»Wenn es danach ginge, was ich will …«

El Hamady spricht nicht weiter. Er lächelt schief, zuckt

die Schultern und zündet sich eine Zigarette an. »Fräulein Wagner und ich haben gestern gedacht, dass wir Nachbarn unser Glas auf den alten Spree-Willi erheben könnten, bei der Gelegenheit, was meinen Sie?«

Franz, der schon lange nicht mehr raucht, bekommt plötzlich Sehnsucht nach dem Geschmack einer Zigarette. Und nach einer Beschäftigung für die Hände.

»Darf ich?«

Er deutet auf das silberne Etui mit Monogramm in El Hamadys Hand, und der reicht es ihm und gibt ihm Feuer. Gemeinsam stehen sie einen Moment rauchend auf dem Mittelstreifen herum, lassen die alten Damen mit ihren Pinschern vorbei und eine Gruppe Kinder, die kreischend und einander jagend vorbeirennen. Es fühlt sich fast so an, als habe man einen Verbündeten, denkt Franz, obwohl er nicht einmal genau weiß, weshalb. El Hamady hat wahrscheinlich andere Sorgen als der jüdische Buchhändler Marcus. Und doch, für eine Zigarettenlänge und ein paar geizig bemessene Sonnenstrahlen sind sie durch ihre düsteren Gedanken vereint.

»Ich muss weiter«, sagt Franz schließlich, dabei hat er noch Zeit. Aber er ist unruhig, so schrecklich nervös, und die Zigarette hat es nicht besser gemacht. Er sollte ein wenig spazieren gehen, sich die Worte im Kopf zurechtlegen und sich konzentrieren. Zu viel hängt davon ab, was in den nächsten Stunden geschieht. Zu lange hat er darauf hingearbeitet, hat nach dem richtigen Kontaktmann gesucht, hat sich in Heimlichtuerei geübt, was ihm gar nicht liegt, und ist Gefahren eingegangen, um endlich den richtigen

Gesprächspartner an der Strippe zu haben. Und jetzt ist dieser Doktor Doberan, der sich selbst Professor nennt, in Berlin und will ihn sehen. Franz lauscht dem Galoppieren seines Pulses und versucht, ruhig zu atmen.

»Zurück ins Geschäft?«, fragt El Hamady und tritt die Zigarette aus.

Franz schüttelt den Kopf.

»Mein … Assistent hilft heute aus.« Er schmunzelt bei der Vorstellung, was Kalle zu dieser unverhofften Beförderung sagen würde. »Ich habe eine Verabredung.«

»Oho«, sagt El Hamady und mustert ihn, aufmerksamer als zuvor, scheint zu bemerken, dass Franz seinen guten Anzug trägt anstatt der ausgebeulten Strickjacke.

»Dann wünsche ich viel Vergnügen.«

»Nein, *Glück* brauche ich«, sagt Franz und hebt die Hand, »unverschämtes Glück.«

In dem Moment, als er das Wort ein zweites Mal sagt, sieht er sie. Trudes blauer Rock, himmelblau wie ihre Augen, schimmert ihm über den Kiesweg entgegen, und die braunen Affenschaukeln tanzen bei jeder Bewegung, während sie auf einer Bank ein paar Meter entfernt sitzt und die Tauben füttert. Sein Herz macht einen Satz, und er holt tief Luft. Sie hat ihn auch gesehen und winkt. Unsicher blickt er sich um – vielleicht winkt sie jemand anders, womöglich El Hamady? Doch der ist schon weitergegangen, und außer einem uralten Obdachlosen, der mit seinem Stock zwischen den verrottenden Zeitungen am Boden nach etwas Essbarem stochert, und der kleinen Blumenverkäuferin, die sich hier immer herumdrückt, ist niemand zu sehen. Franz beginnt zu glauben, dass Trude Schneemann tatsächlich ihm zuwinkt, jetzt sogar neben sich auf die Bank klopft, und sein Herz stolpert ein zweites Mal, bevor es endlich wieder gleichmäßig seinen Dienst versieht.

Wie von einem unsichtbaren Faden gezogen, geht er auf sie zu und hat das Gefühl, als träume er, während er verzweifelt versucht, sich etwas Geistreiches zurechtzulegen.

»Fräulein Schneemann«, sagt er etwas atemlos, was albern ist, da er so gemächlich gelaufen ist wie eine Schnecke, »wie schön, Sie hier draußen zu sehen.«

»Tag, Herr Marcus«, sagt sie strahlend, »Sie müssen mir Gesellschaft leisten!«

Er sieht sich um – im Tiergarten gibt es, wie er weiß, mittlerweile Bänke, auf denen er nicht mehr erwünscht ist, wenn man den Verboten glauben will, die mit weißer Farbe darauf gepinselt sind. So weit ist es schon gekommen, denkt er, dass er Angst haben muss, von einer Sitzbank im Park vertrieben zu werden – nur wegen seines Namens? Doch die Bänke Unter den Linden sind nicht so mitteilsam, sie scheinen ihn stillschweigend zu dulden, und er lässt sich rasch neben Trude nieder.

»Verbringen Sie heute Ihre Mittagspause hier draußen, Fräulein Schneemann?«

»Ja«, sagt sie und deutet auf das belegte Brot in ihren Händen, das zur Hälfte aufgegessen ist. »Ich habe eigentlich keinen großen Appetit – zu viel im Laden genascht.« Sie lacht leise, und es klingt wie Musik. »Darum verfüttere ich fast alles an die Tauben. Dabei sind die wirklich schon fett genug, oder?«

Franz blickt nach unten, wo zu ihren Füßen ein ganzer Schwarm hockt. Die Vögel gucken ihn vorwurfsvoll an, so als sei er schuld daran, dass die herrliche Fütterung unterbrochen wird.

»Ach, ich gönne es den Viechern«, sagt er, »sollen doch wenigstens sie zufrieden sein.«

Sie lacht wieder und wirft weiter kleine Bröckchen auf den Weg, um die sich die Tauben mit ruckelnden Köpfen und scharfen Schnäbeln streiten. Doch er spürt, dass sie ihn beobachtet, und ahnt etwas Sorgenvolles in ihrem Blick.

Aus den Augenwinkeln betrachtet er sie. Ihr Gesicht ist herzförmig, mit einer lustigen kleinen Nase, die eine Spur zu weit in die Luft steht, als habe ihr jemand einen ordentlichen Stüber gegeben. Ihre blauen Augen leuchten hier draußen in der Sonne stärker als drinnen im Schokoladengeschäft zwischen all den dunklen Pralinen und dem vielen Holz der Regale. Eine Frau wie sie, denkt er, sollte nicht ihre ganze Zeit in einem engen, kleinen, düsteren Raum verbringen. Sie gehört nach draußen ins Licht.

»Wie geht es Ihnen heute?«, fragt sie freundlich. »Immer noch die gleichen Sorgen wie gestern?«

Er nickt. Aber hier in der Helligkeit, mit der schönsten Frau an seiner Seite und einem frischen Lüftchen um die Nase, das nach Schrippe mit Butter und Maiglöckchenparfüm duftet, kommen ihm diese Sorgen auf einmal kleiner vor als noch vor wenigen Minuten.

»Ich würde Ihnen so gern helfen, aber ich kann leider nichts ausrichten«, sagt sie und schlägt die Lider mit den hellen Wimpern nieder, als bedaure sie es wirklich. »Ich habe sogar versucht, mit Elfie Wagner zu sprechen. Aber sie hat mit mir geschimpft, weil ich den Laden in Verruf bringen könnte, wenn herauskäme, dass wir mit Ihnen … konspirieren.« Sie beißt sich auf die Lippen. »Verzeihung, was für ein schreckliches Wort! Ich meinte es nicht böse, und Elfie gewiss auch nicht.«

Franz sieht sie erschrocken an. »Sie sollten nicht meinetwegen mit Ihrer Vorgesetzten aneinandergeraten«, sagt er. »Ich kenne Elfie schon lange. Sie ist ein wenig … seltsam, aber sie hat ein gutes Herz. Sie sieht die Dinge oft nicht so wie andere.«

»Wie meinen Sie das?«

»Für Elfie zählt nur das Geschäft«, sagt er und senkt die Stimme, als verrate er ihr ein Geheimnis. »Sie hat keine Familie und niemanden, der ihr nahesteht. Manchmal habe ich Angst um sie, sie hat nicht gerade die kräftigste Konstitution.«

»Ich weiß«, sagte Trude. »Etwas ist an ihr, das ich nicht verstehe. Etwas Trauriges.«

»Dabei ist sie das Herz des Ladens«, sagt Franz ernst. »Ich verstehe schon – sie muss auf sich schauen und das Erbe, das ihr der alte Ziemkiewicz übertrug.«

»Der Laden gehört doch nicht ihr?«

»Nein, aber sie hat das Gefühl, als sei alles allein ihre Verantwortung. Für den Laden würde sie kämpfen wie eine Löwin, er bedeutet ihr mehr als alles andere. Wahrscheinlich mehr als sie selbst?« Er denkt nach. »Ist Elfie Wagner nicht gewissermaßen die Königin dort? Und die

Pralinen sind ihre Untertanen. Doch das weiß selbst sie nicht.«

Trude sieht ihn an und lächelt.

»Sie kennen sich gut aus mit den Menschen.«

Ihr Lächeln vertieft sich, und auf ihrer Wange zeigt sich ein Grübchen. Franz hat große Sehnsucht danach, mit seinen Fingern darüberzustreicheln, er hält sich jedoch im Zaum.

»Und was wissen Sie so über mich?«, fragt sie jetzt, und in ihren Augen blitzt ein Schalk auf.

Er schluckt. Wahrhaftig – Trude Schneemann, die bezauberndste Pralinenverkäuferin Unter den Linden, denkt er ungläubig, flirtet mit ihm! Mit einem alten Buchhändler, der ihr rein gar nichts zu bieten hat, weder Geld noch wortreiche Schmeicheleien. Liegt es womöglich an dem Anzug, der ihn heute ein wenig repräsentabler wirken lässt als sonst? Anders kann er es sich nicht erklären, doch er genießt den Moment wie einen warmen Regen.

Er nimmt allen Mut zusammen.

»Ich weiß nur eins. Sie sind wunderschön.«

Trudes Lächeln wird breiter, und eine zauberhafte Röte breitet sich von ihrem Wangenknochen zu ihrem Ohrläppchen aus.

»Sie ziehen mich nur auf.« Die letzten Krümel landen auf dem Boden bei den Tauben.

»Kein bisschen. Es ist mein Ernst!«

Auf ihren bloßen Armen, die aus ihrem kurzärmeligen Kleid ragen, hat sich der helle Flaum ein wenig aufgerichtet, als friere sie. Auf einmal denkt Franz, dass dieser

Augenblick womöglich seine letzte Chance ist. Er weiß nicht, wie es mit ihm weitergeht, alles, was er hoffen muss, ist, bald von hier fortzukommen. Dass er dieser Stadt, dieser Frau, diesem alten Leben den Rücken zukehren wird und niemals wiederkommt. Schon so lange, seit ihrem Arbeitsbeginn bei Sawade vor zwei Jahren, schaut er ihr hinterher, spielt er dieses Spiel und hofft, dass sie ihm nichts anmerkt. Doch heute ist plötzlich alles anders – wann, wenn nicht jetzt? Mit unbekanntem Schneid greift er nach Trudes Hand, die sich sofort in seine Finger schmiegt. Die Erleichterung ist grenzenlos, denn er hat befürchtet, dass sie ihm eine Ohrfeige geben und aufspringen würde.

»Herr Marcus …«, sagt sie leise, doch er unterbricht sie.

»Ich heiße Franz«, sagt er und ärgert sich über die Heiserkeit in seiner Stimme. »Trude, liebe Trude«, er hofft, dass er auch sie so nennen darf, und sie protestiert nicht, »ich muss jetzt gehen, jemand wartet auf mich. Ein – Geschäftsessen sozusagen. Aber wenn ich darf, würde ich Sie heute Abend gern zu einem Glas Wein einladen und Ihnen noch viel mehr sagen.« Er wundert sich, woher all diese Worte plötzlich kommen, als habe er sie, ohne es zu wissen, für diese unverhoffte Gelegenheit an einem versteckten Ort tief in sich aufgespart.

Trude beißt sich mit ihren makellosen Zähnen auf die Unterlippe. Ihre Augen strahlen ihn an.

»Ja!« Sie scheint kurz zu überlegen. »Ich habe um acht Uhr Feierabend. Eigentlich schließen wir zwar früher, aber ich habe Elfie versprochen, danach ausnahmsweise die

Abrechnung zu machen, damit sie auf einen Sprung zu Madame Conte kommt. Neuerdings hat sie einen Narren an der alten Dame gefressen.«

Franz hat nichts gehört außer dem ersten Wort – ja! Am liebsten würde er ihr jetzt die Hand küssen, doch hier auf der Allee sind zu viele Augen, und er traut sich nicht. Stattdessen lässt er sie schweren Herzens los und steht auf. Dabei fühlt er sich ein wenig steif, sein Rücken ist nicht mehr der beste, und solch harte Holzbänke sind Gift für ihn.

»Ich hole Sie ab«, sagt er, »um Punkt acht Uhr.«

»Ach, wissen Sie, ich komme lieber zu Ihnen in den Laden«, sagt sie schnell, und da fällt ihm wieder ein, was er für ein paar glückstaumelnde Minuten vergessen hat – dass er jemand ist, den man nicht gern draußen vor der eigenen Tür herumstehen hat.

»Auch gut«, sagt er betont munter, damit sie nicht merkt, wie sehr ihn das, trotz allem, kränkt. »Dann bis später, Fräulein Schneemann.«

»Trude«, ruft sie ihm hinterher, und er dreht sich noch einmal um und lächelt. Sie sitzt da und winkt fröhlich, der hellblaue Rock wie eine Blumenblüte. Die weichen, dunklen Zopfschaukeln schimmernd im letzten Aufleuchten der Sonne, die sich gerade wieder hinter eine graue Wolke schiebt, als habe sie ihr Bestmögliches getan, um Franz und Trude das nötige Rampenlicht für ihr kleines Rendezvous auf der Bank zu geben, nun sei es jedoch genug. Mit vorsichtigen Schritten, um das wohlmeinende Schicksal nicht zu verjagen, geht er über den Kiesweg Richtung Westen, zum Adlon. Und zum ersten Mal, seit er diesem Termin entgegenfiebert, ertappt er sich bei dem Wunsch, es möge alles schieflaufen und er dürfe hier in Berlin bleiben und fortan in jeder Mittagspause mit Trude Schneemann auf einer Bank Tauben füttern. Mit den säuselnden Lindenkronen über sich und ihrer weichen Hand in seiner.

21.

Das Adlon, diese Legende, gebaut auf den Trümmern eines anderen großen Hotels, das gibt es immer noch – oder wieder. Stolz erhebt es sich heute über uns, und wir sehen wie Spielzeugbäumchen neben ihm aus. Und doch wurde es einst in die Knie gezwungen. Wer hätte das ahnen können, als der alte Lorenz es in der Dorotheenstadt erbauen ließ wie einen neuen Palast, einen Palast für die Bürger diesmal und nicht für die Kaiser.

Bis nach Amerika strahlten die Märchen vom Adlon aus mit seinen Warmwasserbädern, den Luxussuiten und pikanten Geschichten von den erlauchten und exzentrischen Gästen. Erst kam der Kaiser, dann der Zar, ja selbst ein Maharadscha. Rockefeller, Rathenau, Stresemann und Edison, später dann Chaplin, dem man auf dem Weg ins Hotel seine Hosenknöpfe abriss vor lauter Liebe, und sogar die Dietrich. Ach! Wir haben sie gesehen, wie sie in schwarzem Frack und mit Zylinder über die Allee stolzierte, im Windschatten ihre zahlreichen Bewunderer, und wie sie zum Presseball kam, damals im Unglücksjahr 1929. In Hosen!

Sie war eine von uns – eine Großstadtgöre und hier, im

Herzstück der Stadt, auf dem Spielplatz der Großen und Berühmten, war sie zu Hause bei Louis Adlon, dem neuen Hotelier. Der war auch ein Kind seiner Zeit, immer in Anzug und Melone, so weltmännisch und elegant.

Und das stolze Hotel selbst? Das herrliche Haus ging in Flammen auf. Das Feuer loderte hoch in den Himmel, es zerfraß die Samtvorhänge, die dicken Teppiche, die goldenen Badarmaturen. Es vertilgte mit seinem brüllenden orangeroten Maul den prächtigen Wintergarten mit den Topfpalmen, das chinesische Teeservice, die Kristallgläser und Grammophone. Es wühlte sich tief in die weichen Federbetten hinein, auf denen kaiserliche Köpfe geruht hatten und Diven, Diplomaten und Könige der Nacht schliefen. Und schließlich, in einer sich aufbäumenden Säule aus schwarzem Qualm, holte es sich all die Geschichten, die Legenden, die Träume und Phantastereien, aus denen das alte Berlin gemacht war, und verschlang sie innerhalb weniger Minuten für immer.

Nur uns holte das Feuer nicht. Oder? Nein, sieh uns doch an, sieh doch, wie wir in grüner Pracht stehen, frisch und lebendig. Niemand kann glauben, dass auch wir einst verbrannten, dass auch unsere Stämme und Blätter sich in Kohle verwandelten. Denn wir sind doch unsterblich. Wir sind mehr als nur Bäume, wir sind die Linden! Wir sind – jedenfalls hören wir das gern von uns sagen – die letzte Legende Berlins.

22.

6. August 1936,
Mittwoch, halb drei

Das Glöckchen klingelt leise, und ein Bote kommt ins Geschäft, ein junger, schlaksiger Mann, dessen Fahrrad draußen lehnt. Elfie betrachtet ihre Hände, die rissig und rau sind. Sie hat eben eine der silbernen Etageren auf dem Verkaufstisch neu bestückt und eine Praline nach der anderen behutsam mit der Zange daraufgelegt – eine stolze Pyramide aus Köstlichkeiten. Weiße Champagnertrüffel, dunkle Zarenhappen mit eingelegten Rumsultaninen, Blätterkrokantpralinen in hellbrauner Vollmilchschokolade, Florenzer Rosen aus feinstem Mandelnougat, Zartbitterspitzen und die Meisterpastete Königin Luise, Elfies Liebling. Die Konfektmacher formen diese Spezialität unter den strengen Augen von Monsieur Gérard mit äußerster Präzision per Hand, türmen die Lagen aus Mandelnougat, weichem Krokant, Sahne, Nussnougat und Marzipan übereinander wie ein Kunstwerk. Anschließend übergießen sie die Schichten mit flüssiger Schokolade, und wenn diese fest geworden ist, kann man die Pastete in Stücke schneiden, die Elfie im Laden zu einer Pyramide drapiert.

Sie besieht sich ihr Werk. Es ist fast perfekt, und sie hat die ganze Mittagspause lang daran gearbeitet. Ein letztes

Mal nimmt sie die Zange und legt in die Mitte der obersten Etage, als krönenden Abschluss, eine schwarz-weiß geringelte Bourbon-Vanille-Trüffel, bevor sie sich dem Boten zuwendet.

»Was kann ich für dich tun?«

»Wejen die Lieferung«, sagt er, »für Prinzessin Cecilie.«

»Fährst du mit dem Drahtesel den ganzen Weg von hier bis nach Potsdam?«, fragt sie erstaunt und deutet auf das Fahrrad draußen. Die Prinzessin lebt zurückgezogen auf Schloss Cecilienhof an der Havel. Ihr Mann, der letzte preußische Prinz Wilhelm, hält sich, so gut es geht, von ihr fern und steigt lieber hübschen Schauspielerinnen nach. Aber Cecilie ist, soweit Elfie das beurteilen kann, keine Asketin, sondern liebt die Pralinen von Sawade und bestellt wöchentlich Nachschub.

»Heute schon«, sagt der Junge und streicht sich die Haare aus der erhitzten Stirn. »Der Wagen is inna Reparatur, und Vadda sacht, ick muss die Schokolade heute holen. Die Prinzessin hat wieda ihr Musikkränzchen.«

Elfie starrt ihn an. Ist das ein Scherz? Der junge Mann nennt die Hauskonzerte der Prinzessin, bei denen Karajan und Furtwängler mitwirken, *Musikkränzchen?*

»Dann brauchst du eine kleine Stärkung«, sagt sie und geht hinter die Theke. Sie füllt mit einer kleinen Schaufel ein ansehnliches Tütchen voll Konfekt zweiter Wahl aus der verborgenen Kiste und reicht es dem Jungen.

»Danke ooch schön!«, sagt er und isst gleich zwei Stück im Stehen. Dabei betrachtet er Elfies Pyramide. »Sieht dufte aus«, sagt er und nickt anerkennend.

Elfie verschwindet kurz im Hinterzimmer, wo die Bestellungen liegen, und findet schließlich das in raschelndes Papier verpackte Kistchen mit dem *Marquis*-Konfekt, das Prinzessin Cecilie bevorzugt. Zwei Pfund, damit kann sie ihre Gäste bewirten – doch was ist mit der Prinzessin selbst? Elfie überlegt und geht dann mit dem Päckchen nach vorn. Sie nimmt eine ovale Pralinenschachtel aus fliederfarbenem Seidenpapier und legt vier runde, perfekt geformte Champagnertrüffel hinein. Sie haben herrliche lange Zacken, die entstehen, wenn die Konfektmacher hinten in der Manufaktur sie mit den Pralinengabeln über das Trockengitter hin und her rollen – *die Trüffeln igeln*, so nennen sie es, denn sie sehen genauso aus wie die stachligen, rundlichen Tiere! Elfie legt den Deckel darüber und bindet eine weiße Satinschleife um die Schachtel. Die Enden zieht sie auf den Millimeter genau gleich lang. Sie reicht dem Botenjungen beides, die ovale Schachtel und das Päckchen. Er knüllt schon die leere Konfekttüte zusammen und greift mit einem kleinen Kratzfuß nach der Ware.

»Mit besten Grüßen von Sawade«, sagt Elfie, »und meine persönliche Hochachtung.«

»Werd ick ausrichten«, sagt der Junge und kaut zufrieden am letzten Stück Konfekt. »Wat schulde ick Ihnen?«

»Zwölf Mark«, sagt Elfie, »die Trüffel berechne ich natürlich nicht.« Sie ist sich bewusst, dass sie zu großzügig ist, aber sie will, dass die Leute wissen, dass Sawade immer für sie da ist, selbst wenn es mit der Welt bergab geht.

Der Junge stellt die Pakete noch einmal auf dem Tresen ab und kramt in seiner Hosentasche nach dem Geld. Elfie legt es in die Registrierkasse, und er hebt die rechte Hand und ruft den *Deutschen Gruß*.

Dann ist er zur Tür hinaus und verstaut die Pakete mit einem Seil auf dem Gepäckträger, ehe er flott davonfährt.

»Guten Tag«, sagt Elfie leise, denn sie ist allein im Laden, und niemand kann sie hören außer den Enten und der Uhr. Sie weiß gar nicht, weshalb ihr dieser Gruß, den alle benutzen, in den letzten Tagen so gegen den Strich geht. Nein, sie hat ihn nicht gewählt, diesen Reichskanzler, aber nur, weil Großmama immer *Zentrum* wählte und sie, Elfie, gar nicht auf die Idee gekommen wäre, es anders zu machen. Nun stellt seine Partei seit drei Jahren die Regierung, und ob es wirklich, wie einige sagen, sein Verdienst ist, dass sich die Zustände im Land verbessern, kann sie nicht beurteilen. Doch dass alle jetzt dauernd seinen Namen ausrufen müssen wie den eines Heilands, missfällt ihr. Wahrscheinlich ist das wieder ihre Dickköpfigkeit, die ihr da in die Parade fährt und die ihr als Kind stets vorgehalten wurde. Aber in ihrem Laden bestimmt sie, wie gegrüßt wird. Beim nächsten Mal, nimmt sie sich vor, wird sie nicht leise sein, sondern laut und deutlich einen schönen Tag wünschen, egal, wer da vor ihr steht.

Zum Trost über ihren fehlenden Mut schnappt sie sich eine Schokoladenwalnuss und sieht dann zur Uhr. Trudes Mittagspause ist seit fünf Minuten vorbei, wo bleibt sie denn? Plötzlich sehnt sie sich nach der ruhigen, warmen Anwesenheit ihrer Mitarbeiterin, die stets weiß, unerwünschte Schatten zu vertreiben. Es gibt nicht viele Menschen in Elfies Leben, die sie gern um sich hat, Trude allerdings ist schon nach kurzer Zeit eine Verbündete geworden. Deswegen schmerzt die Erinnerung an ihre kleine Uneinigkeit auch so, und Elfie wünscht, sie könnten es vergessen und weitermachen, als sei nichts geschehen.

Sie geht im Laden auf und ab und denkt über das weiße Trüffelei nach, das Monsieur Gérard aus der Vergangenheit schöpfen will. Sie hätte schwören können, dass die alte Dame, Madame Conte, nur zu genau wusste, wovon sie sprach, als sie heute früh damit anfing. Weshalb hat sie sich nur so geärgert, in welches Wespennest hat Elfie da gestochen? Sie wischt behutsam mit dem Zeigefinger ein unsichtbares Stäubchen von einer Ablage, auf der in Papier verpackte süße Pasteten liegen. Madame Conte war sicher eine schöne Frau damals, eine wohlhabende, lebenshungrige Französin im besten Alter mit genug Geld für die neueste Mode, für feinste Hautpuder und Friseurbesuche in teuren Salons. Und mit diesen Augen, denkt Elfie, hat sie sicher Eindruck gemacht. Gerade läuft sie an einem der ovalen Spiegel vorbei, von denen mehrere im Laden hängen, um über die klitzekleine Verkaufsfläche hinwegzutäuschen, und sieht nicht schnell genug weg. Ihr eigenes Gesicht spukt darin. Braune Augen, nicht blau wie die von Madame Conte. Etwas zu bleiche Wangen und ein eckiges Kinn. Ihr fällt Issa El Hamady ein, der Barbesitzer, seine Worte gestern Nacht. Was meinte er? Dass sie, Elfie, verrückt sei, wenn sie glaube, ihm oder seiner Bar Schande zu machen? Dabei war so etwas in seinem Ton, was sie nicht deuten konnte. Es klang beinahe so, als fände er sie schön. Doch wenn sie in den Spiegel sieht, weiß sie nicht, weshalb. Und sie versucht, sich einzureden, dass es gleichgültig ist, wie sie aussieht. Alle sagen, sie sei eine gute Verkäuferin, alle finden sie tüchtig, jedenfalls seitdem niemand mehr Großmama nach ihrer Meinung fragen kann. Doch heute kommen ihr all diese Vorzüge trübe und belanglos vor. Es erscheint ihr auf einmal ungeheuer wichtig, zu wissen, was Herr El Hamady über sie denkt. Über sie als Frau.

Sie wendet sich vom schimmernden Glas ab, ehe jemand sie noch beobachtet, wie sie mit sich selbst spricht. Das geschieht ihr in diesen Tagen öfter als bisher, als sei die Welt der Dinge, die in ihrer Kindheit stets belebt gewesen ist, durch ein Zauberwort von Neuem erwacht. Elfie nimmt sich vor, vorsichtig zu sein, sich nicht allzu leicht von dieser Geisterwelt verführen zu lassen. Schon früher ist sie immer wieder in ihr versunken, und sie darf nicht zulassen, dass es heute erneut geschieht. Wenn sie nachgibt, wenn sie sich fortziehen lässt in dieses Reich der Phantasie, gibt es keinen Schutz mehr, kein Entkommen, keinen Unterschied mehr zwischen Tag und Nacht. Dann wird sie es nicht mehr schaffen, morgens aufzustehen und zum Laden zu gehen, wird nicht länger das Spiel der tüchtigen Prokuristin spielen können. Wenn Elfie nicht aufpasst, höllisch achtsam ist, dann fällt sie tief hinab, und kein Weg führt mehr zurück in die Normalität der anderen Menschen.

Da hört sie von draußen einen lauten Schrei. Erschrocken fährt sie zusammen und ist mit zwei Schritten bei der Tür. Sie späht durch die Scheibe und sieht einen kleinen Menschenauflauf drüben bei der Litfaßsäule. Dort haben zwei Schupos eine kleinere Gestalt in die Mitte genommen, die sich gegen den festen Griff wehrt und mit den Füßen tritt, aber die beiden Männer heben sie mühelos hoch und schleifen sie über den Kies. Ein paar Passanten stehen herum und gucken zu, niemand greift ein. Neben der Litfaßsäule hockt ein kleiner Junge am Boden, bohrt in der Nase und starrt mit offenem Mund, ein Hund kläfft.

Elfie reißt die Ladentür auf und läuft auf die Straße. Sie denkt gar nicht nach, sieht nur das schmale, angstvolle Gesicht des Mädchens zwischen den Polizisten und hat längst erkannt, dass es die kleine Blumenverkäuferin ist, die eben fortgeschleppt wird.

»Was machen Sie da?«, ruft Elfie und überquert die Fahrbahn zum Mittelstreifen, ohne sich umzusehen. Ein Fahrradkurier muss in letzter Sekunde ausweichen, klingelt wie blöd und ruft: »Tomaten uffn Augen, oda wat?« Hinter ihm hupt ein Opel Laubfrosch mit offenem Verdeck, der Fahrer tippt sich an die Stirn und braust dann Richtung Schloss weiter.

Elfie beachtet die beiden nicht und ist bei der Szene in der Mitte der Allee angelangt. Ihr wird heiß, wie immer, wenn sie ohne Vorwarnung mit Fremden sprechen muss, doch sie reißt sich zusammen, atmet ein, aus, ein, aus und stellt sich den Schupos in den Weg.

»Was wollen Sie von Rosa?«, fragt sie, so laut sie kann, obwohl sie spürt, wie sie zittert.

Der größere der Schupos, ein Hüne mit gewaltigem ergrautem Schnauzer, starrt sie an.

»Sie kennen dieses Subjekt?«

»Das Mädel verkauft hier Blumen. Schon immer!«

Der kleinere der beiden Männer lacht auf. Er ist noch jung, hat kaum Bartwuchs und helle, hektische Augen.

»Diese Vagabundin bestiehlt die Bürger. Wussten Sie das?«

Elfie sieht das Mädchen an. Ihr Kopftuch ist verrutscht, auf der nicht ganz sauberen Wange sieht man Tränenspuren. Der Eimer mit den armseligen Blumensträußchen ist umgekippt, das Wasser versickert im Kies, und eine blassrosa Nelke ist ein Stück weit gerollt, mit geknicktem Stiel und halb abgetrenntem Blütenköpfchen liegt sie mitten auf der Allee.

»Ick hab nichts getan, ick schwör's«, sagt Rosa heiser und sieht Elfie an, als könne sie allein die Männer zur Vernunft bringen. »Nur verkooft, imma nur Blumen verkooft, wissense doch! Kennen mir doch alle hier!«

Jetzt sieht sie sich hilfesuchend nach den anderen Passanten um, aber alle meiden ihren Blick, die meisten gehen langsam weiter, als wollten sie zeigen, dass sie nichts mit der unschönen Szene zu tun haben.

»Genug, du kommst jetzt mit«, sagt der ältere Schupo und verstärkt seinen Griff um Rosas dünnen Arm. »Die anderen von deiner Sippschaft sind längst in Marzahn, und dich haben wir wohl übersehen. Jetzt sorgen wir für eine Familienvereinigung. Sind ja Menschenfreunde, nich?«

Der Jüngere lacht wieder. Er hat regelmäßige weiße Zähne, doch Elfie muss trotzdem an ein Raubtier denken. Sie hat die Hände in der Rocktasche vergraben und ballt sie darin zu Fäusten. Fieberhaft überlegt sie, was sie sagen soll, doch ihr Hirn ist leer.

»Gehen Sie aus dem Weg«, sagt der Kleine barsch zu Elfie, als sie keine Anstalten macht, sich zu bewegen. »Was Sie hier tun, ist Behinderung der Polizei.«

»Wenn Sie nicht sofort verschwinden, nehmen wir Ihre Personalien auf. Sie arbeiten hier?« Der ältere Polizist mustert ihre Schürze. »Wir werden Ihren Vorgesetzten verständigen.«

Von Elfie fällt der letzte Rest Mut ab wie Staub. Sie spürt ihr Herz klopfen, so stark, dass es im Hals schmerzt, und vor ihren Augen beginnen Lichtpünktchen zu tanzen. Noch einmal holt sie tief Luft.

»Warum nach Marzahn? Was passiert mit Rosa?«

»Man hat da einen hübschen Ort gebaut«, sagt der kleine Schupo grinsend, »für ihresgleichen. Abwehr sittlicher Gefahren, verstehen Sie? Wir können nicht zulassen, dass solche asozialen Elemente die Jugend verderben und anständigen Leuten das Geld aus der Tasche leiern.«

Und mit diesen Worten packen die beiden Rosa noch fester unter den Achseln und schleifen sie einfach fort, wie eine schlaffe Gliederpuppe hängt das Mädchen zwischen den Männern. Elfie sieht ihnen nach, sie fühlt sich, als seien ihre Schuhe auf dem Kies festgeschraubt. Ihre Hände sind immer noch zu Fäusten geballt, die niemanden treffen. Am Straßenrand parkt ein Polizeiwagen, und die

Polizisten schubsen Rosa hinein, steigen ein – der Große vorn, der Jüngere hinten –, und dann knattert die Grüne Minna über die Allee davon. Im Rückfenster sieht Elfie noch das Kopftuch des Mädchens, dann ist sie fort.

Wem gehören die Linden?, fragt eine Stimme in ihrem Kopf wie ein fernes Echo. *Uns? Oder ihnen?*

Elfie wagt nicht, den Blick zu heben. Sie will sie nicht sehen, die Gesichter der anderen Leute. Verlegenheit wird es sein, Trauer, Angst. Aber auch Gleichgültigkeit, bei einigen Genugtuung. Sie will nicht wissen, was die anderen beim Anblick des Mädchens empfinden, das ohne Grund von der Polizei verschleppt wird. Sie will nur dem heißen Gefühl in ihrem Inneren entkommen, das sich dort wie Lava seinen Weg heraufbahnt. Scham ist es, die Scham, Rosa im Stich gelassen zu haben, weil der Schupo ihr mit ihrem Vorgesetzten drohte. Hastig, mit klopfendem Herzen, überquert sie die Straße, diesmal sieht sie vorher nach rechts, doch die Fahrbahn ist frei. Schon ist sie wieder in der Chocolaterie, die einen Moment unbewacht offen stand. Diese Ungeheuerlichkeit wird Elfie jetzt erst bewusst. Die Hitze aus ihrer Brust hat ihr Gesicht erreicht, und sie stellt sich hinter den Ladentisch, stützt die Hände auf das dunkle Holz, zieht den Kopf zwischen die Schultern und versucht, ruhiger zu atmen. Wo steckt nur Trude, weshalb ist sie noch nicht zurück? In Gedanken beginnt Elfie, eine Liste zu machen von Dingen, die sie mag. Es ist ein alter Trick aus ihrer Kindheit, und er hilft fast immer. Schokolade, denkt sie und atmet aus, dunkle Schokolade. Haselnüsse. Das Gefühl von frischer Bettwäsche am Abend, wenn sie mit bloßen Füßen ins Bett steigt. Elfie atmet ein. Der Geruch einer Zitrone, wenn sie frisch aufgeschnitten ist und Monsieur Gérard damit hinten in der Manufaktur süßen Zuckerguss anrührt. Das Muster ihres Teppichs in ihrem Pensionszimmer – kleine, regelmäßige Rauten, weiß auf blauem Grund. Ausatmen. Zahlen, besonders die Schnapszahlen. Dreiunddreißig. Einatmen. Fünfundfünfzig. Ausatmen. Musik. Bananensaft. Issas Hand auf ihrer Schulter …

Elfie blickt auf, weil das Glöckchen bimmelt. Ein Kundenpaar tritt ein, gut gekleidet, ein bisschen älter, mit genug Geld für einen Einkauf bei Sawade.

»Guten Tag«, sagt Elfie. Ihre Stimme zittert. Die beiden erwidern den altgewohnten Gruß selbstverständlich und beginnen, sich unter all den Herrlichkeiten umzusehen. Da kommt endlich Trude verspätet zur Tür herein, die Wangen leicht gerötet. Sie eilt zu Elfie und stellt sich neben sie hinter den Tisch, bindet sich flink ihre Schürze um und flüstert: »Haben Sie es schon gehört? Rosa wurde verhaftet.«

Elfie nickt, sie schiebt mit den Händen die Schokoladentafeln auf dem Tisch zusammen, streicht wieder und wieder an den Kanten des Stapels entlang, damit keine auch nur einen Hauch übersteht.

»Ich hab die Kleine eben noch gesehen mit ihren Blumen«, fährt Trude atemlos fort. »Dann war ich nur auf einen Sprung in der Bank, ein kurzer Plausch mit Ilse, und als ich rauskomme, erzählt mir Herr Felsing draußen, dass sie mit ihr im Auto abgefahren sind. Wohin bringen sie sie, ins Gefängnis? Was soll das Mädchen denn schon groß angestellt haben?«

Ehe Elfie antworten kann, tritt der Kunde an sie heran. Seine Frau streift weiter durch den Laden und betrachtet die aufeinandergestapelten Pralinenschachteln im Regal.

»Haben Sie eine Spezialität?«

Elfie knipst ihr Lächeln an. Es ist beinahe eine Erleichterung, funktionieren zu müssen. »Natürlich«, sagt sie, »die Königin Luise. Sie werden begeistert sein!« Sie gibt Trude ein Handzeichen, und die Kollegin hebt die Glashaube, die die Schichtpralinen schützt, greift mit der silbernen Zange ein Stück und hält es dem Mann hin.

»Ich gehe einen Augenblick an die frische Luft«, sagt Elfie halblaut zu ihr, »bin in fünf Minuten wieder da.«

Sie will nicht über Rosa sprechen. Als sie durch die Hintertür den Laden verlässt, hört sie Trude sagen: »Ein Pfund, der Herr? Gern! Und wie wäre es mit ein paar Ingwerstäbchen, frisch aus der Manufaktur?«

Die Antwort des Kunden hört Elfie nicht mehr, doch sie ist sicher, dass er noch so einiges einkaufen wird, bis ihn seine Frau endlich zur Räson bringt und aus dem Laden schleift. Sie aber geht in den Hof hinaus, lehnt ihr Gesicht an die raue Steinfassade des Hauses und atmet tief ein und aus, immer wieder, bis die Lichtpünktchen vor ihren Augen langsamer tanzen, sich niederlegen und schließlich verschwinden.

23.

6. August 1936,
Mittwoch, kurz nach drei

Gurkensandwich und Scones mit geschlagener Sahne, außerdem eine Pralinenauswahl vom Hoflieferanten«, sagt der Kellner und stellt alles vor den Mann hin, der Franz gegenübersitzt. Doberan, denkt Franz, Doktor Benedikt Doberan. Dieser vierschrötige Mann mit dem Pelzkragen wird also entscheiden, wie sein Leben weitergeht.

»Darf ich Tee nachschenken?«

»Aber bitte sehr«, sagt Doberan. »Und bringen Sie meinem Freund hier noch einen Likör, nur Tee ist ja nichts!«

»Sehr wohl«, sagt der Kellner, füllt dampfenden Earl Grey in die Tassen nach und empfiehlt sich mit einer halben Verbeugung. Franz ist einen Moment in Versuchung zu protestieren, doch dann hält er sich zurück. Wozu an der falschen Stelle kämpfen? Er braucht seine Kräfte für Wichtigeres.

»Dieses Hotel ist wirklich Extraklasse«, sagt Doberan und nimmt sich eine Praline. »Greifen Sie zu, Mann!«

Wieder betrachtet Franz sein Gegenüber mit leichtem Widerwillen. Der zu eng sitzende Anzug zeugt davon, dass Doberan den fleischlichen Freuden gern zuspricht. Jetzt trinkt er einen großen Schluck von seinem Whiskey. Dann beißt er mit Appetit in das Gebäck und wischt sich etwas Schlagsahne vom Mund.

Warum nicht?, denkt Franz, ihm soll es recht sein. Wenn Doberan zufrieden ist, kann ihm das nur helfen. Endlich greift auch er zu einem der hauchdünnen Sandwiches auf der Platte und beißt vorsichtig hinein, er hat wenig Appetit. Innerlich wappnet er sich für eine Enttäuschung, ermahnt sich, keine überschießenden Hoffnungen in dieses Treffen zu setzen.

Doberan zündet sich eine Zigarre an. Er pafft ein paarmal genüsslich. »Sie auch?«

Franz zögert, nimmt dann einen der dicken braunen Glimmstängel aus der Kiste, die Doberan ihm hinhält. Er gibt ihm Feuer, und einen Moment lang rauchen sie fast einträchtig. Der Kellner bringt das Likörglas, und Franz stürzt es eine Spur zu hastig hinunter. Das Brennen in seiner Kehle ist wohltuend, doch er nimmt sich vor, langsamer zu trinken, er will einen klaren Kopf behalten.

»Das nächste Mal treffen wir uns lieber bei Ihnen im Geschäft, etwas privater als hier«, sagt Doberan und deutet mit einer Geste durch den Raum. Überall an den kleinen, weiß gedeckten Tischen im Wintergarten sitzen Gäste, schlürfen Tee, unterhalten sich und lauschen der gedämpften Klaviermusik. Am Tisch nebenan turtelt ein frisch verliebtes Pärchen, auf der anderen Seite tauschen sich zwei dicke Herren lautstark über einen Kinofilm aus.

»Diese Marika Rökk hat Paprika im Blut, sage ich dir!«

»Das muss nichts Schlechtes sein, Egon.«

»Das nächste Mal?«, nimmt Franz vorsichtig Doberans

Bemerkung auf. »Ich hatte gehofft, wir würden uns heute einig.« Jetzt geht er zu schnell aufs Ganze, ermahnt er sich selbst, aber dieses Herumreden macht ihn nervös.

»Ehe ich dieses Bild, das Sie angeblich besitzen, gesehen habe, passiert hier gar nichts«, sagt Doberan säuerlich. »Beschreiben Sie es mir noch einmal. Aber bitte detailliert.«

»Es ist eine Straßenansicht«, sagt Franz leise und so ruhig, wie er kann, »am Abend oder bei Nacht. Von den Linden trieft der Regen, und auf dem Bürgersteig gehen ein paar Menschen mit schwarzen Schirmen spazieren. Und ein Auto – eine schwarze Limousine – fährt vorüber, mit erleuchteten Scheinwerfern.«

»Und die Signatur ist echt, sagen Sie?«

»Ich kenne mich nicht aus mit Signaturen, aber ich weiß, dass Martha persönlich es mir gegeben hat. Sie und mein Vater kannten sich von früher.«

»Martha Liebermann …«, sagt Doberan und wirkt versonnen. »Sie wissen ja gar nicht, was für ein unverschämtes Glück Sie haben!«

»Glück«, sagt Franz bitter, »ja, wenn Sie meinen.«

»Himmel«, sagt Doberan verärgert und nimmt noch einen großen Schluck aus seinem Glas, »seien Sie nicht so zögerlich.« Er beugt sich über den Tisch und dämpft seine Stimme. »Sie müssen Ihr Licht nicht unter den Scheffel stellen. Nicht ohne Grund sind so viele gute Maler jüdisch, nicht wahr? Ein Volk der Poesie, der Musik und der Kunst …« Er kommt mit seinem Gesicht näher, so dass Franz zurückweicht, Doberan scheint es jedoch nicht zu bemerken. Er flüstert: »Wenn Sie mich fragen – es ist verdammt kurzsichtig, was die Kulturkammer da anrichtet, indem sie alle Künstler von Format in die Flucht schlägt. Im Kronprinzenpalais haben sie, so hört man, die gesamte Etage der Moderne geräumt und alle Expressionisten in den Keller verbannt. Das ist fahrlässig! Aber was soll man tun? Ich halte mich mit einer solchen Meinung lieber zurück. Man muss leben.«

Franz öffnet den Mund, doch er weiß nicht, was er darauf erwidern soll. Und Doberan scheint keine Antwort von ihm zu erwarten.

»Nichts für ungut«, sagt er leutselig, lehnt sich wieder zurück und spricht jetzt in normaler Lautstärke. »Sie scheinen ein intelligenter, anständiger Kerl zu sein. Wir können ja nichts für den Stall, aus dem wir kommen, richtig?« Doberan lacht und zwinkert Franz über seine Zigarre hinweg zu. »Ich zum Beispiel, ich stamme von Ziegenbauern aus der Schwäbischen Alb ab. Nicht sehr glamourös, nicht wahr? Und als mein Vater hörte, ich wolle das Abitur machen, wolle Kunstgeschichte studieren, da schlug er mich mit dem Stecken grün und blau. Er verstand es nicht, es machte ihm Angst. Und doch sitze ich nun hier und trinke Whiskey im Adlon. Sogar Hochdeutsch spreche ich heute! Das Leben ist doch wunderbar, finden Sie nicht?«

Franz fragt sich, wann er zur Sache kommen wird. Doberan hört sich gern reden, doch Franz hat keine Geduld für die Lebensgeschichte dieses Mannes, der ihm wenig sympathisch ist, und nippt an seinem Likörglas.

»Sie sind also bereit, das Bild zu verkaufen?«

Franz nickt. »Wenn der Preis stimmt. Und damit meine ich nicht nur das Geld.«

Doberan lacht dröhnend, aber als er bemerkt, dass am Nebentisch aufgehorcht wird, dämpft er wieder seine Stimme.

»Sie sind mir ein ganz Ausgekochter, Herr Marcus. Warum glauben Sie, Sie könnten mit mir handeln?«

»Ich weiß, dass Sie dieses Bild wollen«, antwortet Franz und bemüht sich um ein ungerührtes Gesicht. »Sonst wären Sie nicht hergekommen. Mein Bekannter sagte mir, Sie wären verrückt nach Liebermanns Bildern und suchten schon lange nach einer Möglichkeit, eins zu erwerben.«

Doberan pafft und betrachtet ihn schweigend. Er scheint zu überlegen.

»*Verrückt* würde ich nicht sagen, mein Freund«, sagt er dann, »aber Sie haben recht, ich habe ein Faible für Liebermanns Werk. Die Vorstellung, dass sich ein Bild von ihm in meiner Sammlung befindet, gefällt mir. Außerordentlich sogar.«

Franz beobachtet Doberan durch den bläulichen Qualm. Ein gieriger Zug ist in seine Augen getreten, und die Hand, die die Zigarre hält, zittert kaum merklich. Er scheint wirklich interessiert an dem Bild zu sein, was ihm, Franz, nur helfen kann. Er weiß, dass der Mann in gewissen Kreisen einen Namen hat und, was noch wichtiger ist, die besten Kontakte. Und wahrscheinlich hat ihm jemand zugeflüstert, dass er bei ihm, Franz, seinen nächsten großen Coup landen kann. Doch er wird dafür sorgen, dass es Doberan teuer zu stehen kommt.

Der Kellner erscheint neben ihnen.

»Noch einen Wunsch, die Herren?«, fragt er und sieht nur Doberan an. Für Franz hat er keinen Blick, und der denkt plötzlich, dass es ein Fehler war, sich hier in dem renommierten Hotel blicken zu lassen und Aufmerksamkeit auf sich zu ziehen.

»Nein, danke«, sagt Doberan, »wir sind gleich fertig. Wir wollen schließlich nicht bleiben, bis hier der Tanztee losgeht, so weit reicht die Liebe nicht.« Er lacht dröhnend über seinen Witz und haut sich auf die Knie. »Die Rechnung dann bitte auf Zimmer dreihundertsechs.«

Der Kellner nickt und gleitet über den spiegelglatten Boden des Wintergartens davon.

Franz sieht Doberan über den Tisch hinweg an. Er hat genug von dem Spiel.

»Wollen Sie das Bild oder nicht?«

»Nur die Ruhe«, sagt Doberan, »erst einmal werde ich es mir ansehen. Sie können es wohl kaum erwarten, es loszuwerden, oder?«

Franz spürt, wie ihm das Blut in die Wangen steigt. Mit gespieltem Tadel wiegt Doberan den Kopf hin und her.

»Martha Liebermann vertraute es Ihnen an, weil sie dachte, es sei bei Ihnen in sicherer Obhut, nicht wahr? Und kaum ist sie fort, verkaufen Sie es hinter ihrem Rücken? Ein feiner Freund sind Sie.« Er sagt es ohne Schärfe, mit einem leichten, ironischen Ton. Dennoch fühlt Franz sich gedemütigt.

»Sie haben ja keine Ahnung«, sagt er, »was bleibt mir anderes übrig? Martha würde es sicher verstehen …«, er unterbricht sich und saugt heftig an der Zigarre, bekommt Rauch in die Lunge und hustet zum Steinerweichen, so dass die Leute an den Nebentischen irritiert zu ihnen herüberblicken. »Vielleicht ist es doch keine gute Idee«, sagt er dann, wie zu sich selbst. »Vielleicht ist der Preis zu hoch.« Er sieht Doberan an. »Nicht der Preis, den Sie zahlen, sondern ich.«

Doberan scheint zu spüren, dass er hier nicht weiterkommt, wirkt auf einmal ein wenig nervös, als bekomme er Angst, dass Franz ihn auflaufen lässt. Er steht auf.

»Ich besuche Sie heute Abend in Ihrem Laden, und dann reden wir Tacheles«, sagt er bestimmt. »Von mir aus kann es ganz schnell gehen, ich habe alles, was Sie brauchen. Glauben Sie mir. Morgen sind Sie frei. Lassen Sie sich doch diese Chance nicht durch die Lappen gehen!«

»Heute Abend?«, fragt Franz. Ihm fällt die Verabredung mit Trude ein, und er ist ärgerlich auf sich selbst, dass sie ihm auf einmal weniger wichtiger erscheint als ein erneutes Treffen mit diesem Mann, der sein Schicksal in den behaarten Händen hält. Er holt Luft. »Sagen wir, nach neun?«

»Meinetwegen«, sagt Doberan, »vorher will ich mir ohnehin noch den Zweihundertmeterlauf ansehen und in der Stadt etwas essen.«

»Sie kennen ja die Adresse.«

Sie schütteln sich nicht die Hände, messen sich nur kurz mit den Augen. Franz dreht sich als Erster weg, bahnt sich einen Weg durch die Tische des Wintergartens und hastet vorbei an den livrierten Pagen, die überall in der Halle herumstehen wie hellblau gekleidete Zinnsoldaten. Er bekommt erst wieder Luft, als er den hellen Augusthimmel auf dem Pariser Platz über sich spürt und im vertrauten Gesumm und Gesäusel der Linden langsam zum Laden zurückgeht.

24.

6. August 1936,
Mittwoch, vier Uhr

Das Zittern ist immer noch da, als Elfie die Treppe zu Madame Conte emporsteigt. Jeder weiß, dass die Regierung Leute, die ihnen nicht passen, einsperrt. Doch was können sie gegen Rosa haben, so ein armes Mädchen, das niemandem etwas getan hat? Früher gab es viele in der Stadt, die wie Rosa vom sogenannten *fahrenden Volk* abstammen – was auch immer das bedeuten soll. Sie leben in Berlin, seit Elfie denken kann, keiner von ihnen fährt noch herum. Und längst nicht alle stehlen, die meisten gehen einem kleinen Gewerbe nach und versuchen, sich über Wasser zu halten. Und wenn irgendjemand doch einmal etwas klaut – wer will es demjenigen schon verdenken? Es ist doch allenfalls Mundraub, wenn die Alternative wäre, zu verhungern.

Sie selbst hat auch einmal etwas gestohlen, erinnert sie sich plötzlich – obwohl sie keine Not litt. Eine Haarspange, die sie als Kind in einem der neuen Kaufhäuser sah. Sie gefiel ihr so gut, aber Großmama, die Elfie zwar nicht hungern ließ, hätte niemals Geld für Schmuck ausgegeben. Da nahm Elfie die Haarspange einfach, steckte sie in ihre Rocktasche, und niemand bemerkte es. Natürlich konnte Elfie sie nicht tragen, das wäre aufgefallen, und so hütete sie das Diebesgut zwischen Matratze und Bettrahmen, zog die Spange ab und zu heraus und betrachtete sie. Schon immer liebte sie schöne Dinge. Dinge von Symmetrie und Grazie, die wie ein Versprechen waren, dass das Glück eines Tages auch zu Elfie kommen würde. Der Anblick der kleinen blinkenden Steinchen auf der Spange ließ ihr Herz höherschlagen, ein Talisman gegen das Dunkel, das von allen Seiten auf sie zukam. Sie machte sich keine Gedanken, ob es ein Unrecht war, erst später verstand sie, dass man nicht einfach Dinge nehmen durfte, die einem nicht gehörten. Doch als es dann im Krieg so wenig zu essen gab, tauschte sie die Spange gegen markenfreies Brot ein, und auch da, obwohl sie inzwischen fast erwachsen war, hatte sie keine Gewissensbisse. Wer Hunger hat, der kennt kein Gebot, und wenn die vielen armen, abgerissenen Straßenkinder in der Stadt aus Not stehlen, ist sie, Elfie, die Letzte, die sie verurteilt.

Was ist das für ein Ort, wo Rosa jetzt hinkommt? Elfie klopft an die Wohnungstür von Madame. Was tun sie mit den Menschen, die dorthin gebracht werden? Und was hätte Elfie vorhin auf der Straße anders machen sollen?

»Guten Tag«, sagt Mine, als sie öffnet. Auf einmal wird Elfie bewusst, dass sie mit leeren Händen gekommen ist, sie denkt an die Levkojen und dass sie nun nie mehr welche bei Rosa kaufen kann. Ihr wird kalt. Das Dienstmädchen scheint nichts zu bemerken, sie zieht Elfie herein wie ein widerspenstiges Kind und schließt die Wohnungstür hinter ihr.

»Salon!«, sagt sie nur und lässt Elfie wieder stehen, als sei ihre Anwesenheit in dieser Wohnung inzwischen so selbstverständlich, dass es keines weiteren Aufhebens um ihre Person bedarf.

Madame Conte sitzt nicht, wie üblich, in ihrem Sessel, sondern liegt auf einem Tagesbett in der Nähe der Balkontür, halb aufrecht auf drei dicke Kissen gestützt. Sie sieht winzig aus, denkt Elfie bestürzt, kaum dass sich ihre feinen Glieder unter der Wolldecke abzeichnen. Wie ein Vogelgerippe, das sich in einen Sandstein gedrückt hat und einem Fossil gleich die Jahrtausende überdauert.

»*Bonjour, Madame*«, sagt Elfie mit Akzent, der plump in ihren eigenen Ohren widerhallt. »Soll ich lieber später wiederkommen?«

»*Mais non!*«, sagt die alte Dame mit schwacher Stimme. »Mine hat Kaffee aufgebrüht, ganz frisch.«

»Ich trinke keinen Kaffee«, sagt Elfie. Irrt sie sich, oder sieht Madame Conte verärgert aus? »Verzeihung«, fügt sie hinzu, »es ist nur so, wenn ich Kaffee trinke, flattern mir die Hände immer so komisch.«

»Schwache Nerven«, konstatiert die alte Dame und rappelt sich ein Stück weit auf. Napoléon kommt angelaufen, springt mit einem Satz auf ihren Schoß und rollt sich dort ein.

Elfie zuckt zusammen. Es ist nicht das erste Mal, dass sie diesen Vorwurf hört. Hat die alte Dame recht? Aber weshalb eigentlich darf Madame einfach so über sie urteilen?

»Meine Nerven sind in Ordnung«, sagt sie laut und setzt sich auf ihren Stammplatz, das Sofa, mit dem Gesicht dem

Tagesbett zugewandt. Ärgerlicherweise zittert ihr Kinn, und sie presst die Kiefer zusammen, um sich wieder in die Gewalt zu bekommen.

Madame mustert sie. Etwas Boshaftes flackert in ihrem Blick.

»Das waren ja Sie vorhin da unten«, sagt sie und deutet zum Fenster. »Haben Sie sich in die Flucht schlagen lassen?«

»Die Polizei war doch da«, sagt Elfie und hört selbst, wie kläglich es klingt, »was kann ich gegen die schon ausrichten?«

Madame Conte schnalzt und wiegt den Kopf hin und her.

»Ja, die Regierung macht mit uns, was sie will«, sagt sie. »Das war schon immer so, aber diesmal wird es wohl besonders schlimm enden mit diesem Land. Zum Glück werde ich das nicht mehr erleben.«

Sie sinkt zurück und atmet rasselnd ein und aus. Ihre Lider flattern. Der Kaffeeduft liegt schwer über den dicken Teppichen, und Elfie spürt, dass sie Kopfschmerzen bekommt. Sie erinnert sich an ihr Ritual heute früh mit dem Türschloss, an das Glücksgefühl und die Vorfreude auf diesen Tag. Doch das Versprechen hat sich nicht eingelöst. Rosa wurde verhaftet, sie, Elfie, stand daneben wie ein Ölgötze. Und jetzt ist sie hier, Madame Conte hat schlechte Laune, und es gibt keinen Tee. Kein guter Tag, ein ganz und gar schlechter Tag. Die Wolken in ihrem Kopf ballen sich zusammen, und das dunkle Tier kommt angeschlichen. Mehr ein Schatten als eine Gestalt, aber mit geblähten Nüstern.

»Kindchen«, sagt da Madame Conte, »Sie sehen aus, als wäre Ihnen eine Laus über die Leber gekrochen, wie die Berliner so sagen.«

Elfie muss gegen ihren Willen lächeln. Wenn das Tier nur eine Laus wäre, damit würde sie schon fertig!

»Das meinte Großmama auch immer.«

»Ihre Großmutter?«

»Ja, die Mutter meiner Mutter. Als Kind lebte ich bei ihr.«

Madame Conte hebt erstaunt die Augenbrauen. »Wieso denn das? Wo waren Ihre Eltern?«

»Mama ließ mich zurück«, sagt Elfie. Sie spricht sonst nicht über ihre Kindheit, mit wem auch? Erstaunt hört sie selbst zu, wie sie weiterspricht. »Sie behielt mich, bis ich drei Jahre alt war, aber dann fand sie, ich passte nicht zu ihr. Sie ging fort, um in einer anderen Stadt als Dienstmädchen zu arbeiten, und ließ mich bei Großmama.«

»Was soll das heißen?«, fragt Madame Conte, »Sie *passten* nicht zu ihr?«

»So erzählte es mir Großmama«, sagt Elfie. »Aber vielleicht war es auch so, dass Mama fortmusste und mich nicht mitnehmen konnte. Sie war eine liederliche Frau, sagte Großmama. Eine, die keine Seele hatte.« Elfie schweigt kurz, die Worte ihrer Großmutter klingen hier im Salon von Madame auf einmal einfältig, ja falsch. Warum nur plappert sie sie heute noch nach? Obwohl sie spürt, schon lange spürt, dass vieles von dem, was Großmama ihr einbläute, Lügen waren, hat sie auch heute noch keine eigenen, besseren Worte für das, was geschah. Und das Schlimmste ist, dass sie noch immer an ihre eigene Schuld glaubt. Sie muss schuld daran gewesen sein, dass ihre Mutter sie nicht mitnehmen konnte, wohin auch immer sie ging – oder floh. Denn was hätte eine junge Frau, die einen Neuanfang suchte, mit einem Kind wie ihr anstellen sollen?

»Ich war *merkwürdig*, meinte Großmama«, sagt sie. »Meine Mutter hatte angeblich sogar Angst vor mir.« Elfie macht eine Pause, diesen Teil der Geschichte wollte sie nie preisgeben, aber plötzlich scheinen alle Dämme gebrochen. »Doch das kann gar nicht wahr sein«, fährt sie fort, redet jetzt hastig, um dem Strom nachzugeben. »Denn es fing ja alles erst an, als Mama schon fort war. Ich konnte danach lange Zeit nicht sprechen. Am liebsten saß ich allein auf dem Fußboden und spielte vor mich hin. Ich wollte nie hinausgehen, in den Hof zu den anderen Kindern.« Sie flüstert jetzt. »Ich fürchtete mich vor ihnen.«

»Was spielten Sie denn?«

»Eigentlich war es kein richtiges Spiel, wissen Sie, ich liebte es einfach, Ordnung zu schaffen. Ich sortierte Mamas Knöpfe aus dem Nähkasten, den sie zurückgelassen hatte, Großmamas Fingerhüte, Streichhölzer, sogar Staubflocken. Es tut mir noch heute gut, es gefällt mir, wenn sich die Dinge um mich herum ordnen, wenn sie schön aussehen und gleichmäßig, wenn sich alles ineinanderfügt … verstehen Sie?«

»Ja«, sagt Madame Conte und sieht sie mit einem Gesichtsausdruck an, den Elfie nicht deuten kann. Mitfühlend?, denkt sie und studiert die Augenbrauen und die Haltung des Mundes. Oder gar traurig?

»Sie müssen kein Mitleid mit mir haben«, sagt sie unbehaglich. Nichts ist ihr mehr zuwider, als wenn man sie betrachtet wie ein armes Ding. »Ich hatte es ja gut bei Großmama.«

Was für eine Lüge, denkt sie, und sie presst die Lippen zusammen, um nicht noch mehr preiszugeben. Aber vergeblich, etwas in ihrem Gesicht muss sie verraten haben.

»Ich glaube Ihnen nicht, *ma petite*«, sagt die alte Dame und sieht sie jetzt nicht mehr betrübt, sondern streng an. »Aber wenn Sie es nicht möchten, werde ich kein Wort mehr darüber verlieren.«

Eine Weile schweigen sie beide, und Elfie zählt stumm die gemalten Veilchen auf der Porzellankanne.

»Und Ihr Vater?«, fragt Madame und bricht ihr Versprechen, Elfie in Ruhe zu lassen.

Elfie hebt die Schultern. »Ich habe ihn nie kennengelernt. Großmama sagte, er sei ein Schuft gewesen, der sich rechtzeitig aus dem Staub gemacht hat. Und er habe meiner Mama das Herz gebrochen.«

Madame Conte schnaubt. Ihre Lebensgeister scheinen durch Elfies Erzählung wieder geweckt, ihr ausgemergeltes, faltiges Gesicht wirkt empört.

»*Mon Dieu!*«, sagte sie heftig und stützt sich auf den Ellenbogen, »ein gebrochenes Herz als Ausrede zu benutzen, um sein Kind im Stich lassen zu können … was für eine Vorstellung! Aber natürlich, ein Mann kann kommen und gehen, wie es ihm beliebt. Diese Freiheit hat eine Frau nicht.« Sie betrachtet Elfie. »Und Ihre Mutter nahm sie sich einfach. Was sagt man dazu?«

Elfie weiß es nicht. Sie vermeidet sonst den Gedanken an ihre Eltern, ganz besonders an ihre Mutter. Ja, sie weiß nicht einmal, ob die Frau, die sie geboren hat, noch lebt. Wenn sie ihr heute gegenüberträte, wüsste sie nicht, was sie sagen sollte, sie würde ihre Mutter vielleicht nicht einmal erkennen. Eine einzige Fotografie besitzt sie von ihr, auf der eine junge Frau im dunklen Kleid und mit dichtem, aufgetürmtem Haar steif vor einem Vertiko steht und in die Kamera starrt. Der Kragen um ihren Hals ist stechend weiß, zusammen mit ihrem blonden Haar das einzig Helle auf dem Bild. Manchmal sieht Elfie dort im unbewegten Gesicht eine Ähnlichkeit mit sich selbst. Dieser Ausdruck in den Augen, als halte diese Frau in ihrem Inneren alles fest zusammen, um nicht auseinanderzubrechen, den kennt sie auch von sich. Dann wieder scheint ihr die Frau eine Fremde zu sein. Doch wieder fällt ihr das Geräusch ein, das immer wieder aus der Erinnerung aufsteigt und an ihr zerrt und sie martert. Dieses Weinen einer Unbekannten, das von weit her zu kommen scheint und doch so trostlos ist. Es zeugt von der Verzweiflung ihrer Mutter, deren Ursache sie nicht kennt, obwohl sie manchmal das Gefühl hat, dass sie ihren eigenen Dämonen gleicht. Manchmal wünscht sie sich, diese unbekannte, traurige Frau hätte sich ihrer Tochter nicht einfach so entledigt wie eines Gegenstands, der ihr in der Reisetasche zu schwer geworden wäre. Ob Elfies Leben dann anders verlaufen wäre?

Aber das alles ist Vergangenheit. Elfie denkt, wenn möglich, nur an das Heute, manchmal auch an das Morgen, aber selten an das, was vergangen ist. Oder nein, das ist auch nicht die Wahrheit, sie denkt wie unter Zwang unaufhörlich an früher, malt sich immer wieder aus, wie es gewesen ist, doch es tut ihr nicht gut. Es zieht sie herunter, bringt sie dazu, sich ausgeliefert und klein zu fühlen, etwas, was sie verabscheut. Und so bemüht sie sich, ja wirklich, sie bemüht sich ganz furchtbar, das alles zu vergessen – Großmamas tadelndes Gesicht dicht vor ihr, die Lippen fest aufeinandergekniffen, als betrachte sie etwas Ungehöriges. Die aufgerissenen Münder der anderen Kinder im Hinterhof, die auf Elfie zeigten und kreischend über sie lachten. Der Arzt, der ihr ein melancholisches Gemüt bescheinigte und ihrer Großmutter Wechselbäder für Elfie empfahl, das bringe alles *in Ordnung*. Die Stunden, die sie unter dem Bett, später dann in einem Wandschrank in der Dunkelheit verbrachte, vor dem sie sich zwar fürchtete – nicht jedoch so sehr wie vor dem Schulausflug, bei dem die ganze Klasse mit einem Dampfer fahren sollte. Allein die Vorstellung, einen halben Tag lang auf dem Wasser zu sein, eingepfercht auf einem engen Schiffsdeck mit vielen anderen Kindern, war unerträglich. Und so verpasste Elfie immer alles. Sie ließ es vorbeigehen, sie schloss sich selbst aus, nahm nicht teil – weil alles andere noch schlimmer gewesen wäre.

Mit Mühe reißt sie sich los. Madame Conte hat sich wieder etwas beruhigt, trotzdem sieht Elfie, dass auch die alte Dame innerlich aufgewühlt ist. Vielleicht sind es gar nicht nur ihre eigenen Nerven, die empfindlich sind?

»Sie wollten mir doch mehr von sich erzählen«, sagt sie behutsam, »von Ihrer Begegnung mit dem freundlichen jungen Mann.«

»Mit Ladislaus«, sagt Madame Conte leise, und ein wehmütiges Lächeln flackert um ihren Mund. »Natürlich nannte ich ihn nicht beim Vornamen, nicht in den ersten Tagen. Wir sprachen uns mit *Madame* und *Monsieur* an und unterhielten uns auf Französisch über Paris, das sagte ich schon, und er erkundigte sich nach Lucas' Gesundheit. Der hatte die kleine Rauferei längst vergessen. Ich aber nicht, ich dachte ständig daran. Nicht an diesen Flegel aus Émiles Schule, nicht an das blaue Auge meines Sohnes, allerdings sehr oft an den Tag, als plötzlich Ladislaus Ziemkiewicz in meinem Salon stand.« Sie unterbricht sich, hustet trocken, ringt nach Luft. Elfie will aufspringen, sieht dann, dass Madame Conte lacht. »Was für ein Schlamassel«, keucht sie und schüttelt den Kopf, als könne sie es selbst nicht glauben, was damals geschah. Eine kleine Lachträne rinnt über die tiefen Falten unter ihrem Auge. »Eine Mesalliance, so kann man das beinahe nennen – auch wenn uns nicht so sehr Standesunterschiede trennten als vielmehr das Alter.« Sie schnaubt leise und wischt die Träne fort. »Wissen Sie, wie es ist, wenn man von einem Moment auf den anderen hellsichtig ist?«, fragt sie dann unvermittelt. »Wenn man sich fühlt, als habe einem jemand die dunkle Augenbinde abgenommen und man könne, endlich, alles deutlich sehen? In die Zukunft sehen, das meine ich. Ich sah mir selbst und diesem jungen Konfektmacher dabei zu, wie wir wie zwei Züge, unaufhaltsam, aufeinanderzufuhren. Ich ahnte den Aufprall voraus. Ja, ich provozierte ihn wohl sogar.«

Elfie versteht, dass Madame jetzt ganz von ihren Erinnerungen gefangen ist, sie wagt nicht, sie zu unterbrechen.

»Ich erzählte Ihnen ja bereits, dass ich mit meinem Mann nicht glücklich gewesen war – jedenfalls nicht als Frau, als fühlendes Wesen. Niemals hatte ich in seiner Gegenwart etwas gespürt, was nur annähernd den Gedanken glich, die ich mir wegen dieses jungen Chocolatiers machte.« Sie kichert leise. »Ich stellte mir Dinge vor … ungehörige Dinge, um genau zu sein. Und eines Nachts, als ich wieder einmal schlaflos im Bett lag und den Vorhängen zusah, wie sie im Nachtwind im Fensterrahmen tanzten, hörte ich ein Geräusch aus dem Hof. Ich sprang auf und schaute aus dem Fenster. Die Hintertür zu der kleinen Küche im Erdgeschoss, wo die Brüder ihre Pralinen herstellten, klappte zu, drinnen flammte ein kleines Licht auf. Da ging ich, so wie ich war, in Nachthemd und Morgenrock, barfuß – es war eine warme Sommernacht – hinunter. Ich machte die Gasleuchte im Flur nicht an, schlich mich durch die Dunkelheit wie eine Diebin. Natürlich wusste ich, dass mein Ruf endgültig ruiniert gewesen wäre, wenn man mich gesehen hätte. Bis heute kann ich kaum glauben, dass ich diesen Mut – oder war es Leichtsinn? – aufbrachte. Ich kann es mir nur so erklären, dass ich spürte, wie meine Zeit begann abzulaufen. Bis zu diesem Tag hatte ich niemals darüber nachdenken müssen, wer ich war, was ich wollte. Ich war immer jemandes Tochter gewesen, jemandes Frau, die Mutter zweier Söhne. Doch niemals ich selbst, nein, niemals nur eine Frau.« Sie streicht sich durch die aufgesteckten schneeweißen Haare. »Das ganze Haus schlief«, fährt sie flüsternd fort, »niemand bemerkte, wie ich über den Hof huschte. Durchs Fenster sah ich drinnen Ladislaus umhergehen, ich sah, dass er allein war. Warum er mitten in der Nacht hergekommen war, wusste ich nicht – erst später verstand ich es. Er war sehr fleißig, sehr ehrgeizig, er stand den ganzen Tag im Laden, und nachts kochte er in der Küche dahinter seine Bonbons und machte dieses herrliche Konfekt.«

Elfie lauscht wie gebannt. Auch sie sieht jetzt, wie Madame Conte es eben beschrieben hat, die beiden Menschen in der Geschichte aufeinanderzutreiben, unaufhaltsam. Doch sie ahnt, was ein Skandal zu dieser Zeit bedeutete. Selbst heute wird eine Frau schief angesehen, wenn ihr Leben zu bunt ist, sie sich nicht tadellos aufführt, vielleicht sogar einen Liebhaber hat. In den Varietés der Nachtwelt mag die stadtbekannte Anita Berber nackt auf den Tischen tanzen, trotzdem hat man als Frau weiterhin angepasst zu sein, zurückhaltend, weiblich abwartend. Wie wird das erst damals gewesen sein? Elfie betrachtet Madame Conte, stellt sie sich vor im Spitzenhemd und mit bloßen Füßen, das Haar, lang über den Rücken herabfallend, und mit ihrem leuchtenden Blick. Sie muss wunderschön gewesen sein, auch in den Augen des jungen Herrn Ziemkiewicz.

»Ich klopfte«, fährt Madame Conte fort, »und er öffnete mir nach einem Moment, in dem ich glaubte, mein Herz müsse zerspringen aus Angst, was jetzt geschehen würde. *Ma petite,* ich werde diesen Augenblick nie vergessen. Wie er mich ansah! Er musterte mich von Kopf bis Fuß. Ich fühlte mich von ihm durchschaut, in einem guten Sinne, wenn Sie verstehen, was ich meine. Es war, als sei es nicht nötig, etwas vor ihm zu verbergen, da er schon alles über mich wusste. Und dann nahm er meine Hand und zog mich in die Küche, hinein in den Schokoladenduft.«

Madame Conte schließt einen Moment lang die Augen. Ihre Lider flattern, dann beginnt sie wieder zu husten, und diesmal, sieht Elfie, ist es kein unterdrücktes Lachen, sondern ein richtiger Hustenkrampf. Sie springt auf und ist an Madame Contes Seite, die erfolglos nach Luft ringt. Als sie nach der Hand der alten Dame greift, spürt sie wieder deren Wärme, eine ungesunde Hitze, die der trockenen, papiernen Haut entströmt.

Mine kommt hereingestolpert.

»Madame«, ruft sie besorgt und schiebt Elfie zur Seite. Mit einem Arm stützt sie ihre Herrin, damit sich diese aufrichten kann, und nach ein paar krampfartigen Hustenversuchen bekommt Madame Conte endlich wieder Luft.

»Danke, Minchen«, sagt sie schwach und lässt sich, von Mine gehalten, langsam wieder zurücksinken. »Bringst du mir einen Schluck Wasser?«

Mine hält sie weiter fest und sieht Elfie auffordernd an. Diese tritt zum Tischchen vor dem Sessel, auf dem neben der Kaffeekanne eine Karaffe mit Wasser steht. Sie gießt ein Glas halb voll und reicht es Mine, die ihre Herrin damit versorgt wie ein Kind. Madame Conte trinkt ein paar Schlückchen, ihr Atem geht immer noch schnell, aber wieder regelmäßig.

»Du wirst es nie lernen«, haucht sie, als Mine das Glas fortnimmt, und wischt sich ein paar Tropfen vom Kinn, die Mine verschüttet hat. »Immer der gleiche alte Trampel.« Doch um ihren Mund spielt ein müdes Lächeln, sieht Elfie, und Mine wirkt nicht im Mindesten gekränkt.

»Bleiben Sie nicht zu lange«, sagt das Dienstmädchen streng zu Elfie, ehe sie wieder aus dem Salon geht. »Madame hat Fieber«, fügt sie halblaut hinzu, als sei das ein Geheimnis. Dabei weiß Elfie es längst, sie erkennt es an den erhitzten Wangen in dem alten Gesicht und den blanken Augen. Und Madame weiß es sicher auch. Doch Elfie nickt und sieht zur alten Dame hinüber, die erschöpft mit dem Kopf auf dem Kissen ruht und zur Decke blickt. Vielleicht, denkt Elfie, sieht sie dort den jungen Ladislaus Ziemkiewicz und die köchelnde Schokolade auf dem alten Herd in der Hinterhofküche vor so vielen Jahren? Vielleicht riecht sie in der Erinnerung die gebrannten Mandeln, die zuckrige Krokantmasse, die kochenden Orangen? Elfie scheint es auf einmal, als sei die alte Dame weit fort, unerreichbar für sie oder Mine, in einer fernen, längst vergangenen Welt, die aber dennoch Bestand hat, als lebten ihre Bewohner neben der wirklichen Welt weiter. Unsichtbar, doch für sie stets zum Greifen nah.

»Madame«, sagt Elfie vorsichtig, um die alte Dame nicht zu erschrecken, »ich werde jetzt gehen. Sie müssen sich ausruhen.«

Madame Conte kehrt langsam in die Gegenwart zurück.

»Sie fragten mich nach dem Ei«, sagt sie plötzlich und

sieht Elfie herausfordernd an. »Ein Ei mit Trüffelfüllung, Cointreau und mit weißer Schokolade überzogen, richtig?«

Elfie setzt sich auf die Kante des Sofas.

»Das waren Sie auf der Schachtel damals, oder?«

»*Oui*«, sagt Madame Conte, und ihre Augen leuchten in ihrem verwitterten Gesicht wieder auf diese unheimliche, intensive Weise auf, die Elfie jedes Mal verstört. Der Ärger von gestern scheint verflogen.

»Ich erzähle es Ihnen, warten Sie.« Sie lächelt. »Ladislaus Ziemkiewicz war verrückt nach mir. All diese Nächte, in denen wir uns im Hinterzimmer trafen, sind in meiner Erinnerung zu einer einzigen Nacht geworden, zu einer großen, warmen, schützenden Dunkelheit. Ich fühlte mich dort wie auf einem Schiff inmitten des Ozeans, um uns die raue See, doch im Inneren des Schiffbauchs umfing uns Geborgenheit. Wer wir waren, wer wir sein würden, wenn wir die Küche wieder verließen, zählte nicht mehr. Nichts zählte mehr! Außer uns.«

Ihre knotigen Finger wandern über ihren Schoß, sie schließt die Augen.

»Bis dieses Außen, vor dem wir uns ein paar Wochen lang verborgen halten konnten, doch zu uns hineindrang.«

Elfie ist plötzlich nervös, beinahe hat sie das Gefühl, sie selbst sei dort im Hinterzimmer, das sie so gut kennt, versteckt und schwebe in der Gefahr, jederzeit entdeckt zu werden.

»Eines Nachts klopfte es. Hastig richteten wir unsere Kleider.« Madames Augen flackern verschreckt zu Elfie, als werde ihr jetzt erst bewusst, was sie da erzählt. »Es war

François, der Bruder. Er ließ sich nicht so oft im Laden blicken, war mehr für die Lieferungen und die Schreibarbeiten zuständig, schien mir. In der Küche arbeitete meistens nur Ladislaus mit seinen Zauberhänden.« Sie runzelt die feinen Brauen. »François war ein großer Mann, die düstere, schwerere Ausgabe von Ladislaus. Er wusste natürlich sofort, was zwischen uns vorgefallen war, und man konnte sehen, dass er es nicht billigte. *Was fällt dir ein,* sagte er zu seinem Bruder, *wir haben gerade die Ernennung zum Hoflieferanten bekommen. Willst du unseren Ruf gleich zunichtemachen?* Ladislaus versuchte, ihn zu beruhigen, er beschwor ihn, dass niemand etwas von uns beiden wisse. Schließlich ging François, halbwegs besänftigt. Doch ich wusste, dass ab jetzt nichts mehr so sein würde wie vor dieser unseligen Begegnung. Dass das Wissen des Bruders uns zum Verhängnis werden würde. Das Schlimmste an diesem Moment war – erst durch seine Worte wurde mir bewusst, was wir dort taten. Was wir aufs Spiel setzten, dumm und blind, wie wir waren. Denn wenn aufgeflogen wäre, dass wir uns trafen, eine verwitwete Dame mittleren Alters und ein junger Mann, ein Ausländer, der sich gerade einen Namen machen wollte in dieser hochmütigen Stadt – das hätte alles zerstören können.« Sie hebt müde die Hände und lässt sie wieder fallen. »Hoflieferanten des Kaiserhofs! Zwei solche Niemande, das grenzte ja an ein Wunder. Aber selbst das hätte ihnen bei einem derartigen Skandal nicht geholfen.« Sie wiegt den Kopf mit den weißen Haaren hin und her. »Ich musste François also recht geben. Es war leichtsinnig von Ladislaus und mir, uns dem

Gespött der Leute auszusetzen. Ich hätte auch an meine Söhne denken sollen, an ihre Reputation, da sie gerade begannen, sich in die Erwachsenenwelt aufzumachen. Doch ich hatte nichts anderes im Sinne als diesen jungen Mann, seine Hände und unsere geheimen Stunden in der Konfektküche, die ich mit niemandem teilen musste, die nur uns beiden gehörten. Ich war wie besessen, es war ein *coup de foudre*, ein Blitzschlag mit Platzregen nach all den Jahren der Dürre mit meinem Ehemann.« Sie räuspert sich. »Und ihm ging es genauso, glaube ich. Deswegen kreierte er dieses weiße Ei, mir zu Ehren, und ließ mein Bild auf die Schachtel drucken. Vielleicht sehnte er sich trotz allem danach, dass alle Welt erfuhr, was zwischen uns geschehen war.«

»Aber das war doch nicht sehr klug«, wendet Elfie ein.

Madame Conte kichert wieder.

»Er war ein Hitzkopf, das sagte ich ja bereits. Wollte seinem Bruder beweisen, dass er nicht unter dessen Fuchtel stand, dass er machen konnte, was ihm beliebte. Ein wenig führte er die Leute immerhin in die Irre – die Dame auf dem Bild trug zwar mein Gesicht, aber ihre Haarfarbe ließ er verändern, er machte sie dunkelhaarig, so dass mich niemand auf den ersten Blick erkannte. Erstaunlich, dass keiner etwas bemerkte. Und auch wieder nicht. Die Menschen wollen nichts sehen, selbst wenn man sie mit der Nase auf die Wahrheit stößt. Sie sind blind und taub.«

Jetzt muss Madame Conte wieder husten, nicht so stark wie zuvor, doch rasselnd und mit mühsamen Atemzügen dazwischen.

Elfie erhebt sich. »Ich sollte Sie jetzt wirklich allein lassen«, sagt sie. »Sie müssen sich ausruhen, es strengt Sie zu sehr an, länger mit mir zu sprechen.«

»Papperlapapp«, sagt Madame Conte krächzend, »nicht Ihr Besuch zehrt an meinen Kräften, sondern diese alten Geschichten. Aber es tut gut, sie zu erzählen, *ma chère*, es erleichtert mich, dass ich sie endlich einmal loswerden kann. Sie sind eine gute Zuhörerin, das sagte ich ja schon, *n'est-ce pas?* Sie pfuschen mir nicht in meine Geschichte hinein und stören mich nicht, nicht allzu sehr. Es ist eine Gabe, zuhören zu können, denken Sie nicht?«

»Ich weiß nicht«, sagt Elfie langsam. »Wäre es nicht besser, selbst etwas zu erzählen zu haben?«

»Oh«, sagt Madame Conte, und ihre blauen Augen blitzen, »das werden Sie schon noch. Sie sind doch jung, so jung, und alles liegt vor Ihnen! Aber gewiss«, jetzt mustert sie Elfie wieder streng, »von nichts kommt nichts, so sagt man, ja? Man muss sich schon etwas trauen. Die ausgetretenen Pfade verlassen und einmal etwas wagen.«

Elfie nickt unbehaglich, es kommt ihr so vor, als halte ihr die alte Dame eine Gardinenpredigt. Sie hat keine Ahnung, wie man das angeht – etwas wagen? Für Elfie ist jeder neue Tag ein Wagnis, eine Mutprobe, der sie sich mühsam stellt. Und wenn er vergangen ist und Elfie heil zu Hause ankommt, ist sie müde – so unendlich erschöpft, als sei sie durch einen reißenden Fluss voller Stromschnellen gewatet, dessen rettendes Ufer sie dann am Abend erreicht. Jedes Mal ist sie überrascht davon. Und dann kommt der nächste Morgen, und sie weiß wieder nicht, wie sie die Kraft aufbringen soll, von Neuem zu beginnen.

»Sie kommen doch wieder?«, fragt Madame.

Elfie nickt. »Morgen«, verspricht sie, »Sie haben mein Wort. Ich weiß noch nicht, wann ich mich freimachen kann, aber ich vergesse es nicht.«

Der nächste Hustenanfall schüttelt Madame Conte, als Elfie den Salon verlässt. Mine eilt schon an ihr vorbei, um ihrer Herrin zu helfen, und niemand verabschiedet sich von Elfie, als sie allein in den ruhigen, kühlen Hausflur tritt.

25.

6. August 1936,
Mittwoch, fünf Uhr

Wenn es etwas gibt, das Monsieur Gérard begeistert, dann ist es die Schönheit. Nicht die der Menschen, denn die ist unberechenbar und unstet, sie vergeht, während man sie betrachtet. Aber die Schönheit der Dinge, die er erschafft, ist zeitlos, sie schmeichelt seinem Auge und gibt ihm die Sicherheit, dass wenigstens etwas im Leben verlässlich ist. Deshalb ist er dem Beruf des Confiseurs nahezu verfallen. Er liebt die zarten Rosen aus Marzipan, die hingegossenen Rillen in der Schokoladenkuvertüre auf den Pralinen, die samtene Oberfläche der Nougatstücke und die Symmetrie der Blätter- und Blütenornamente, die er mit einem feinen Stab in die flüssigen Fondants zeichnet. Er gerät beinahe in Verzückung beim Anblick der aufgereihten, unzähligen, sich aneinanderschmiegenden Konfektwürfel mit den glitzernden Haselnussstückchen obendrauf, einer gleicht dem anderen, und doch ist jeder ein Unikat. Oder die zarte Wölbung, die verführerische Rundung der mit Zucker bestäubten Trüffel, die in Reih und Glied in den hübschen Schachteln liegen und nur darauf warten, genüsslich verschlungen zu werden.

Gérard steht am Tisch mit einer großen Ladung frischer

Pasteten vor sich und spürt das Glück aufsteigen. Das alles ist sein Werk! Er hat es erschaffen und sorgt dafür, dass die Pralinenmanufaktur Sawade weiterbesteht. Dass sie höchste Qualität garantiert, ein Ort, an dem man solche handgefertigten Kunstwerke bekommt. Wenn das Leben schon bitter ist, muss man es sich doch wenigstens ab und zu versüßen, denkt er und stellt sich die Kunden vorn im Laden vor, die zwischen seinen Schönheiten umhergehen und die Sorten auswählen, für die ihr Herz schlägt. Der kleine Pralinenladen ist eine Zuflucht in der großen Allee, und jeder, der ihn betritt, geht als neuer Mensch wieder hinaus, davon ist Gérard überzeugt. Die Kunden tragen ihre Beute nach Hause und drapieren seine Pralinen auf hübsche Zierteller, setzen mit einer kleinen Zange jede einzelne sorgsam auf eine Etagere und bieten sie ihren Gästen an. Plaudernd, anerkennend, zufrieden halten sie in ihrem Tun inne und verzehren die Köstlichkeiten, spüren dabei kaum, dass etwas mit ihnen vorgeht – doch so ist es. Denn die Schönheit hält Einzug in ihren Alltag. Und er ist der Virtuose, der diese Veränderung möglich macht, der gute Geist hinter der Erneuerung, die dem Genuss folgt. Der Meister ihres Glücks.

Dabei ist er selbst ein Kunstwerk. Er, der eigentlich Gerald heißt, hat sich mit den Jahren neu erschaffen. Hat seine Herkunft als Enkelsohn eines Bomätschers, eines Schiffsziehers, an der sächsischen Elbe hinter sich gelassen wie ein Gepäckstück am Wegesrand. Bis die Dampfschiffe nach Dresden kamen, treidelten die Männer in seiner Heimat die schweren Elbkähne an Gurten flussaufwärts. Noch im hohen Alter, als die Treidelstege schon in der Erinnerung der Greise versunken waren und die Elbschiffe längst nicht mehr mit Manneskraft, sondern mit Dampf und Feuer über den Fluss glitten, sang der Großvater das Bomätscherlied mit seinem *Heia hebei*. Er erzählte den Kindern mit dunkler Stimme von den grausigen Tagen, wenn wieder einige der Männer von den abtreibenden Schiffen an ihren Gurten in die Elbe gezogen wurden und dort ersoffen wie junge Katzen.

Sein Sohn, Geralds Vater, der die inzwischen nutzlosen Gurte des Alten geerbt hatte, arbeitete als Totengräber. Die Geschichten von Tod und Verderben, von Trauer und Verlust, vom Verwehen und Vergehen begleiteten den heranwachsenden Gerald genauso wie die Angst der Mutter. Nicht so sehr die Angst vor dem Tod, denn der holte damals jedes zweite Kind, und man war daran gewöhnt. Eher davor, ihre vier Kinder, wenn sie die Kindheit überlebten, könnten anders sein, könnten fehlgehen oder in der engen, allwissenden Gemeinde am Fluss durch schlechtes Verhalten auffallen. Schlecht war nach ihrer Meinung alles, was mit Hochmut zu tun hatte, mit Träumerei und Einbildung. Sie beobachtete mit Argusaugen jeden Schritt ihrer Söhne und Töchter, vergewisserte sich stets, dass sie folgsam waren, artig, aufrecht und vor allem genauso wie die anderen Dorfkinder. Normal.

Gerald aber war anders. Er war es vom ersten Tag seiner Erinnerung, als er sich, anstatt als damals Fünfjähriger dem Vater auf dem Kirchhof mit der Schaufel zur Hand zu gehen, auf eins der frischen Gräber legte und die Blüten einer Margerite studierte. Die Sonne schien warm auf ihn herunter, es roch nach dunkler Erde und Sauerampfer. Er tastete mit den Augen jedes Blütenblatt ab, liebkoste die weichen leuchtend gelben Röhrenblüten in der Mitte mit dem Finger und konnte sich nicht sattsehen an der Schönheit der Blume. Und er wunderte sich – wenn das Leben so bitter, so hart und voll Tod und Leid war, wie ihm die Eltern und Großeltern täglich herbeteten, weshalb gab es dann solch vollkommene Schönheit auf der Welt? War sie wirklich nur dazu da, um die Menschen zu quälen, um ihnen den Schmerz der eigenen Existenz deutlich zu machen? Oder war die Schönheit der Dinge vielleicht deswegen in der Welt, um die Menschen zu trösten?

Als sein Vater ihn summend und murmelnd, mit der Margeritenblüte in der Hand, auf dem Grab liegen fand, schlug er ihn mit dem Schaufelstiel so gründlich, dass Gerald eine Weile nichts mehr sehen konnte, nicht einmal mehr die Schönheit dieses Sommertags. Dennoch vergaß er nicht die kleine Hoffnung, die seitdem in ihm wohnte. Es gab noch ein anderes Leben als das in der engen, niedrigen Hütte seiner Eltern, wo er mit seinen Schwestern in einem schmalen Bett schlief, wo tagein, tagaus nur Graupen da waren und hartes Brot, Kartoffeln und sonntags manchmal Grießbrei. Ein anderes Leben als das daheim, wo jedes Wort geflüstert werden musste, weil man sich sonst dem Verdacht aussetzte, man wolle prahlen und die Aufmerksamkeit auf sich ziehen. Wo im Gottesdienst gepredigt wurde, dass Eitelkeit eine Sünde sei und jeder, der sich ihr anheimgab, mit dem Teufel im Bunde. Und wo ein Junge wie er, der die Reinlichkeit liebte, gute Gerüche, weiche Stoffe und alles, was das Leben strahlender und bunter machte, schnell in Verruf geriet. Gerald, der sich morgens die Locken mit Wasser kämmte und stets darauf achtete, die Friedhofserde unter seinen Fingernägeln am Abend mit einem Stöckchen zu entfernen, wurde so oft verprügelt, dass er es nicht mehr zählen konnte. Von seinem Vater, seinem Großvater, seinem älteren Bruder, den Jungen aus dem Dorf, vom Pfarrer. Seine Mutter verteilte nur Ohrfeigen, das war nicht ganz so schlimm, doch mehr als ihre Schläge schmerzte ihn ihr Blick, worin die anfängliche Besorgnis dem Hass wich. Ihre größte Angst, dass eines ihrer Kinder anders war, hatte sich bewahrheitet, und dafür bestrafte sie Gerald, indem sie aufhörte, ihn zu lieben.

Sobald er alt genug war, um sich als Lehrling zu verdingen, verließ er das Dorf. Er begann als Bäckergehilfe in der Johannstadt, arbeitete sich hoch, machte eine Lehre als Zuckerbäcker und bekam dann eine gute Stelle bei einem Konfektmacher. Er lernte alles, was es über die Konfiserie zu lernen gab, und als sein Meister für drei Jahre nach Paris ging, schloss er sich ihm an. Als er zurückkehrte, war er ein anderer geworden. Er nannte sich jetzt Gérard, sprach mit französischem Akzent, ließ sich gern mit dem halb spöttischen, halb anerkennenden *Monsieur* anreden und behielt den Spitznamen, weil er ihm Sicherheit gab wie ein Tarnmantel. Er war das letzte Steinchen im Mosaik seiner Wandlung. Monsieur Gérard war ein weit gereister Mann von Welt, einer, der die Schönheit liebte und nur für sie lebte. Einer, der mit den feuchten Elbwiesen, über denen der kalte Nebel hängt, den weit übers Land dröhnenden Kirchenglocken und den geduckten Menschen seiner Vergangenheit nichts mehr zu tun hatte.

Beim Anblick der Königin-Luise-Pastete vor ihm, die er mit einem scharfen Messer in akkurate Würfel schneiden will, besinnt sich Gérard darauf, wo er ist und was er hier tut. Schnell blickt er sich nach seinen Angestellten um. Offenbar haben sie seine Tagträumerei nicht bemerkt, alle arbeiten konzentriert. Er atmet einmal tief ein und fährt dann fort. Das Gefühl, wenn die Klinge durch die fünf Schichten wie durch Butter schneidet, ist wie immer ein erhebendes, und seine Nerven, die beim Gedanken an seine Kindheit in Aufruhr geraten sind, beruhigen sich langsam wieder.

Die Tür wird geöffnet, und Fräulein Wagner kommt herein. Gérard schätzt die Prokuristin, sie ist freundlich, ein wenig schüchtern und manchmal auf unerwartete Weise düster und verschlossen. Es gibt Momente, da fährt sie einem mit einem solchen Ernst in die Parade, dass man erschrickt. Doch es stört ihn ganz und gar nicht. Im Gegenteil – sie ist eben ein bisschen anders und ihm damit viel näher als die meisten Menschen. Neben Elfie Wagner ist Monsieur Gérard fast unscheinbar, ja normal.

»*Bonjour, Mademoiselle*«, begrüßt er sie wie jeden Tag, und sie tritt zu ihm und nickt. »Kommen Sie mit, ich möchte Ihnen etwas zeigen.«

Er führt sie zu einem anderen Tisch. Dort liegt auf einer Platte ein großes Trüffelei, in zwei Hälften geschnitten, so dass man hineinsehen kann. Weiße Schokolade umhüllt es von außen, sie schmiegt sich sanft wie ein weicher Mantel um das dunkle Innere, und ein verführerischer Duft nach schwerer, cointreaugetränkter Trüffelfüllung hängt in der Luft.

»*Voilà*«, sagt er stolz und deutet auf das Ei, »ich habe gestern bis spät in die Nacht herumexperimentiert, und das ist das Ergebnis. Möchten Sie es kosten?«

Sie nickt. »Es sieht hübsch aus«, sagt sie. Doch trotz ihrer Worte hat er das Gefühl, sie sei nicht bei der Sache. Ihr Gesicht wirkt abwesend, verschlossen, und einen Moment ist er beleidigt. Da schlägt er sich die halbe Nacht um die Ohren, um diese Köstlichkeit zu rekonstruieren, dieses Kunstwerk zu vollbringen, und Fräulein Wagner interessiert es gar nicht? Doch wer weiß schon, was für Sorgen die anderen Menschen wälzen, denkt er dann und beschließt, es nicht persönlich zu nehmen. Elfie Wagner trägt etwas mit sich herum, das weiß er, seit er sie zum ersten Mal gesehen hat. Es ist nichts wie das Elbdorf seiner Kindheit, sondern etwas anderes – ihr eigenes Päckchen, das man ihr wahrscheinlich schon früh geschnürt und auf den Rücken gesetzt hat. Ein Verlust, eine Verletzung, eine alte Angst? Genau weiß er es nicht, doch eins ist sicher – abschütteln wird sie dieses Päckchen ebenso wenig wie er seine Last aus früheren Zeiten, die nie mehr weichen wird.

»Ich schneide Ihnen ein Stück ab«, sagt er und nimmt ein Messer. Sorgfältig trennt er eine Scheibe vom Ei und achtet darauf, dass die einzelnen Teile an Ort und Stelle bleiben und die Harmonie ihrer Anordnung nicht zerstört wird. Er reicht ihr ein Tellerchen, und sie nimmt mit zwei Fingern die Scheibe und schiebt sie sich in Mund. Jetzt, sieht er zufrieden, kommt doch Leben in ihr Gesicht.

»Das schmeckt sehr gut«, sagt sie, und ihm wird warm. Elfie Wagner ist keine Frau der großen Worte, wie er weiß, und er hat längst gelernt, bei ihr das Wichtige herauszuhören. Wenn sie behauptet, etwas sei sehr gut, dann ist das die Wahrheit, und er kann stolz auf sich sein. Wenn er allerdings darauf wartet, dass sie ihn zum Ritter schlägt, wird er darüber steinalt werden.

»*Bon*«, sagt er, »nein, *merveilleux!* Die Ganache ist sehr reichhaltig, man muss sie lange rühren, nach und nach flüssige Schokolade hinzugießen und genau den richtigen Moment abwarten.« Jetzt gerät er ins Schwärmen. »Und die weiße Schokolade ist süßer als die dunkle, sie lässt sich aber schwerer streichen, dazu bedarf es schon Zauberhände …« Er bemerkt, dass Fräulein Wagner nicht richtig zuhört, und bricht ab. Dann eben zum Praktischen!

»*Mademoiselle,* dann stellen wir von diesen Trüffeleiern also eine kleine Serie her, und Sie machen sich Gedanken über die Präsentation vorn im Laden? Mit Frau Wiese sprach ich bereits, sie will morgen erste Vorschläge für passende Schachteln mitbringen.«

»Ja«, sagt das Fräulein und kehrt aus ihren Gedanken in die Gegenwart zurück, »ich habe überlegt, dass es sich gut machen würde, wenn auf dem Deckel eine Frau abgebildet wäre, so wie Ihr Bekannter es erzählt hat. Vielleicht in einer Krinoline? Aber keine schwarzen, nein, helle Haare, blaue Augen. So etwas gefällt den Leuten doch.«

Dann schielt sie so sehnsüchtig zum Ei hinüber, dass er ihr leise lächelnd noch ein Stück abschneidet und reicht. Ihre Miene sagt mehr als ihre Worte, und das macht ihn froh. Schokolade ist ohnehin nichts, was man mit Worten beschreiben sollte, und dennoch das Zentrum ihrer beider Welt, in diesem Punkt sind sie sich einig. Für den Genuss und die Schönheit lohnt es sich, weiterzukämpfen, es sind die kleinen Lichtpunkte in diesem unsteten Dasein der Menschen.

Da fällt ihm etwas ein, und seine Fröhlichkeit trübt sich ein wenig.

»Ich muss mit Ihnen wegen des Nachschubs sprechen«, sagt er, und an ihrem ernsten Blick erkennt er, dass sie sofort weiß, worum es geht. »Diese hohen Kakaoabgaben – es wird immer schlimmer, und unser Zulieferer für Schokolade hat mir wenig Hoffnung gemacht, dass wir nächsten Monat, nach der Olympiade, noch so viel bekommen werden wie bei der letzten Lieferung. Für Olympia hat die Regierung noch einmal eine Ausnahme gemacht, damit die Berlinbesucher nicht darben, im September allerdings wird es Probleme geben.«

»Aber was ist mit dem Weihnachtsgeschäft?«, fragt Elfie Wagner und leckt sich ein bisschen weiße Schokolade vom Finger.

»Das sieht zurzeit düster aus«, sagt er, »*pardon, Mademoiselle,* dass ich das so sagen muss. Wir sollten uns bald zusammensetzen und überlegen, wo man an Schokolade sparen könnte und dafür andere Dinge im Sortiment stärken. Kandierte Früchte können wir auf jeden Fall mehr herstellen als jetzt, ebenso Sahnebonbons und Marzipan.«

»Marzipan ohne Schokolade? An Weihnachten?« Elfie ist eine Spur blasser geworden.

Monsieur Gérard hebt die Schultern und lässt sie wieder fallen. »Ich kann nur wiedergeben, was der Lieferant gesagt hat. Er meinte, dass die Regierung große Mengen Rohkakao an *Hildebrand und Sprengel* liefert, damit sie daraus *Scho-Ka-Kola* herstellen. Kriegswichtig sei dieses Zeug, sagt der Lieferant. Sie kennen doch die Plakate, die überall hängen?«

»Kriegswichtig? Wer behauptet denn, dass es Krieg geben wird?«

Monsieur Gérard zuckt wieder mit den Schultern. »Es ist kein Geheimnis, dass die Gefahr da ist, oder?«, sagt er leise, damit ihn die Mitarbeiter ringsum nicht hören. Doch die Luft ist erfüllt von Rührgeräuschen, vom Klappern der Töpfe und dem hackenden Messer einer Gehilfin, die Nüsse zerkleinert, und niemand beachtet Gérard und Fräulein Wagner.

Elfie sieht ihn an. »Meinen Sie wirklich?«, sagt sie. »Ich erinnere mich noch an den letzten Krieg, Sie nicht? Ich hatte gehofft, dass wir so etwas nicht so bald wieder erleben.«

»Das darf man heute nicht zu laut sagen«, warnt Gérard sie rasch.

»Nein«, sagt sie nachdenklich, »Sie haben wohl recht. Aber sind wir nicht Freunde?«

Er zieht die Augenbrauen hoch, doch dann reißt er sich zusammen und unterdrückt den Spott in seiner Stimme. »Ich schätze schon, Mademoiselle Wagner.«

»Dann ist es ja gut«, sagt sie. »Sie und Trude Schneemann sind meine wichtigsten Stützen hier im Geschäft, und wir müssen zusammenhalten.«

Er sieht ihr an, dass es ihr schwerfällt, über solche Dinge zu sprechen. Wie es wohl ist, Elfie Wagner zu sein?, fragt er sich nicht zum ersten Mal. Eine Insel auf offenem Meer ist sie, umplätschert von kleinen Wellen, an deren Ufer nie ein Boot anlandet. Ob sie einsam ist? Und er? Ja, er kennt die Einsamkeit auch, sie ist seine Gefährtin, seit er denken kann, eigentlich seit diesem Moment als Kind auf dem frischen Grabhügel mit der Margerite in der Hand. Eine Einsamkeit, die von innen kommt, aber wie ein Geruch nach außen dringt und andere Menschen zögern lässt, sich ihm zu nähern. Er und die Prokuristin ähneln sich vielleicht sogar mehr, als er ahnt.

»Ich sollte wieder an die Arbeit, bevor es zu spät wird«, sagt er, »und Sie müssen nach vorn in den Laden, oder? Es ist erst fünf Uhr.«

»Ja«, sagt sie und wischt sich die Hände an ihrer Schürze ab, »schönen Feierabend dann später, Monsieur.«

Sie geht, und er blickt ihr nach. Etwas verhuscht sieht sie aus, wie immer. Der dunkelblonde Zopf ist im Nacken aufgelöst, einzelne Strähnen hängen heraus, und ihre Bewegungen in dem schwarzen Rock sind kantig, als wisse sie, dass man sie beobachtet. Aber sie hat hübsche Beine und, vor allem, ein freundliches Wesen. Warum ist Elfie

Wagner immer allein? Er, Gérard, ja, bei ihm ist es kein Wunder – alles andere würde ihm schnell zum Verhängnis werden. Besonders jetzt, da man schlimme Dinge hört von Männern, die in Lager gebracht werden, weil sie ihr Anderssein nicht so geschickt verbergen wie er. Selbst vor 1933 hat er alles vermieden, was in einen Skandal hätte münden können, er war ungeheuer vorsichtig, und heute muss er noch mehr auf der Hut sein. Bisher ist er den einschlägigen Stellen nicht bekannt und kann, unsichtbar wie ein Geist, weiterleben, ohne Angst haben zu müssen. Aber wie es die Art der Gespenster ist, denkt er bedauernd, ist man auf diese Weise eben nur zur Hälfte lebendig.

26.

6. August 1936,
Mittwochabend, Viertel vor acht

Auf der Zunge hat Franz noch das Aroma des Likörs, den ihm Doktor Doberan vor Stunden im Adlon kredenzt hat. Klebrig, bittersüß, teuer. Und mit dem untrüglichen Beigeschmack von Bestechung und Schuld.

Er sitzt im Hinterzimmer und hält das Bild in den Händen. Nur ein gelblicher Lampenschirm leuchtet und hüllt den kleinen Raum in zartes, schüchternes Licht. Vorsichtig streicht Franz über den hölzernen Rahmen, auf den die Leinwand gespannt ist, und spürt unter den Fingern die grobe Struktur des Stoffes, die mit starken Pinselstrichen aufgetragenen Farben. Tröstlich und aufwühlend zugleich ist dieses Gefühl. Es ist schön, sich mithilfe des Bildes daran zu erinnern, dass die Linden einst auch ihnen gehörten, auch den Juden eine Heimat waren. Max Liebermann, mit dem Franz nicht eng befreundet war, aber den er oft bei Familienfeiern, auf Beerdigungen, bei Bar-Mizwas sah, hat sie gemalt – ihre Straße! Und als Franz jetzt das Bild ansieht, riecht er förmlich den Regen, der die Gehsteige aufweicht, und den süßen Lindenduft. Er hört das Rauschen der nassen Bäume im Nachtwind und das Aufspritzen des Wassers unter den Rädern der Automobile. Doch beim Gedanken an Martha Liebermanns Gesicht kurz vor ihrem Weggang vom Pariser Platz, als sie ihm das Bild in die Hand drückte und ihn bat, darauf aufzupassen – es sei eines ihrer liebsten –, wird ihm schwer ums Herz. Verrät er nicht sie, ihren verstorbenen Mann, ja alle jüdischen Familien Berlins, um seine Haut zu retten? Doktor Doberan bietet ihm einen Ausweg, der sich ihm nicht so rasch wieder eröffnen wird, wenn er ablehnt. Geld, Schwarzgeld, das er nicht versteuern muss, und, was er sich vor allem erhofft, eine sichere Passage nach London, wohin man, auf sich allein gestellt, kaum noch gelangt. Doberan hat, wie Franz weiß, als Kunstsammler Kontakte in alle möglichen Länder, er kennt die richtigen Leute und die verschlungenen Pfade, auf denen man heute aus Deutschland entkommen kann, wenn man muss. Doch wer weiß, ob er wirklich muss? Wer weiß, ob man sich nicht doch an diese neue Situation gewöhnen kann, an die unangenehmen, aber gerade noch erträglichen Zustände im Land? Ob man sich nicht einfach arrangiert, den Kopf einzieht und abwartet? Aber er sieht ja, was geschieht. Er hat von den Lagern gehört, von dem einen in Oranienburg – ganz in der Nähe Berlins. Kommunisten werden dort eingesperrt, munkelt man, aber auch Rabbiner, Künstler, Schriftsteller – alle, die den neuen Mächtigen nicht passen. Wie kann er auch nur überlegen hierzubleiben, wenn sich ihm ein Ausweg bietet?

Der schwache gelbe Lichtschein, der auf die bemalte Leinwand fällt, lässt die Farben auf dem Bild lebendig wirken. Max Liebermann haben sie in den letzten Jahren vor seinem Tod drangsaliert, vom Kunstbetrieb ausgeschlossen, verachtet – um seine Kunst reißen sie sich dennoch alle. Die Preise für seine Bilder sind seit seinem Tod in die Höhe geschossen, die für unbekannte, versteckte Werke noch mehr. Es ist, als mache gerade die Gefahr, die in diesen Tagen von jüdischer Kunst auszugehen scheint, die Bilder wertvoller für Sammler wie Doktor Doberan. Nein, ein Freund der Juden ist dieser seltsame Mann wohl nicht, aber ihre Kunstfertigkeit schätzt er eben doch. So ähnlich, denkt Franz, wie die Nazis, die beim Teppichhändler Amir Karimi um die Ecke ihre persischen Kelims kaufen, aber gleichzeitig gegen *ausländische Zersetzung* geifern.

Als es vorn im Laden an die Scheibe klopft, wickelt er hastig ein altes Tuch um das Bild, schiebt es wieder unter einen Schrank und steht auf. Er klopft sich den Staub von den Hosenbeinen und sieht auf seine Armbanduhr. Acht Uhr. Trude ist pünktlich und er, Franz, plötzlich nervös. Er knipst das Licht aus und geht durch die kleine Tür nach vorn in den schummrigen Laden, in dem sich die Dämmerung ausbreitet. Die Sonne ist noch nicht ganz untergegangen, doch die Tage werden schon kürzer. Bald wird auf der Allee das Laternenlicht aufglimmen. Der Laden liegt still da. Wie immer hat Franz das Gefühl, unter all den Büchern nicht allein zu sein, er meint, sie ruhig im Halbdunkel atmen zu hören wie Tiere, die ringsum an den Wänden hängen und schlafen.

Schnell fährt er sich einmal durch die Locken und zupft an seiner Strickjacke, die er wieder gegen das dunkle Jackett getauscht hat, dann dreht er den Riegel an der Tür und öffnet sie. Draußen steht Trude, im letzten Abendsonnenschein.

»Kommen Sie herein«, sagt er so leise, dass es fast nur ein Flüstern ist. Sie lächelt.

»Müssen wir leise sein? Schläft jemand bei Ihnen?«

Franz muss auch lächeln. Kann Trude Gedanken lesen, weiß sie von seiner heimlichen Vorstellung der schlummernden Bücher?

»Nein«, sagt er in normaler Lautstärke. »Aber wenn man wie ich so oft allein in einem Geschäft ist, verliert man manchmal die Verbindung zur echten Welt. Dann ist es, als arbeitete ich in einer Kapelle.« Oder in einer Gruft, denkt er, spricht es jedoch nicht aus, denn was würde Trude davon halten?

Sie tritt ein, sieht sich um. Franz betrachtet sie verstohlen, bemerkt, dass sie immer noch das glockenblumenblaue Kleid trägt und auf dem Kopf ein Hütchen, das er nicht an ihr kennt. Es gibt ihr einen weltstädtischen Chic, der ihn einschüchtert. Hätte er doch den Anzug anbehalten!

»Bei Ihnen im Pralinengeschäft ist sicher mehr Trubel, oder?«

Trude lacht. »Allerdings«, sagt sie. »Die Kunden geben sich die Klinke in die Hand, besonders in diesen Tagen. Haben Sie auch bemerkt, dass die Stadt viel quirliger und lebendiger ist als sonst?«

»Gefällt Ihnen das?«

Sie scheint zu überlegen. »Ja, es ist schön, etwas mehr Leben zu sehen. Unsere liebe Allee ist in den vergangenen Jahren ein wenig eingerostet, finden Sie nicht?«

»Alle Welt drängt jetzt eben zum Ku'damm«, sagt er und zuckt die Achseln. »Die Linden, das ist die alte Welt und Charlottenburg die neue.«

»Kein Wunder«, sagt sie, »so viele Läden wurden hier dichtgemacht. Auf dem Kurfürstendamm machen sich die neuen Geschäfte und Cafés breit wie dicke Onkel, aber mir ist es hier trotzdem lieber, ich hänge am Alten. Eigentlich bin ich schrecklich altmodisch.« Sie lächelt ihn entschuldigend an, und er würde sie am liebsten in seine Arme ziehen, doch er wagt es nicht. Stattdessen führt er sie in die Leseecke, wo er eine Flasche Rotwein und zwei Gläser bereitgestellt hat. Er schaltet die Leselampe ein, rückt ihr den Stuhl zurecht und setzt sich ihr gegenüber.

»Darf ich?«

Sie nickt, und er gießt ihr Wein ein, danach sich selbst. Trude nimmt das Hütchen ab, legt es auf den Tisch und ist sofort wieder die junge Frau, die er kennt.

Beide trinken einen Schluck, und für einen Moment ist es still. Die kleine Lampe wirft einen kreisrunden Schein, in dem sie sitzen wie auf einer warmen Insel. Wie seltsam, denkt Franz, dass sich Stille mit Trude nicht wie unangenehmes Schweigen, sondern wie Einverständnis anfühlt. Als kennten sie sich bereits ein ganzes Leben und hätten schon alle zur Verfügung stehenden Worte gesprochen, so dass die Stille keine Leere ist, sondern angefüllt mit den unzähligen gemeinsamen Augenblicken. Doch im nächsten Moment schilt er sich einen Träumer – er weiß nichts über diese Frau, und noch weniger, so steht es zu befürchten, weiß sie über ihn. Er denkt an das Plakat auf seiner Litfaßsäule, das deutsche Frauen vor *Rassenschande* warnt, und der dunkle Wein in seinem Mund schmeckt plötzlich schal. Was hat er sich nur dabei gedacht, Trude Schneemann hierher in seine Buchhandlung zu lotsen? Was, wenn jemand sie hereinkommen sah? Die Zungen einiger Nachbarn sind unerbittlich, wenn sie einen Skandal wittern, und die Gestapo schleicht durch Berlin und hält Ausschau nach Regelbrechern.

»Warum gucken Sie denn so düster?«, fragt Trude, und Franz wird bewusst, dass seine Gedanken in seinem Gesicht allzu lesbar sind. Er schüttelt leicht den Kopf und starrt verlegen auf den Tisch.

»Verzeihen Sie! Ich bin eine schöne Gesellschaft, Sie wollen sicher nicht die ganze Zeit meine Sorgen anhören.«

»Seien Sie nicht dämlich«, sagt Trude, und er sieht überrascht auf. »Sie können mir alles erzählen, Franz.« Trotzig setzt sie das Glas an und trinkt einen großen Schluck. Auf ihrer Unterlippe bleibt ein rötlicher Schimmer zurück, und er kann plötzlich nirgendwo anders mehr hinsehen.

»Sind Sie sicher?«, fragt er.

»Aber natürlich! Ich weiß, dass Sie sich mit Sorgen herumquälen, das würde jeder in Ihrer Situation. Ich will Ihnen nur sagen, Sie sind nicht allein. Ich bin da, wenn Sie jemanden zum Zuhören brauchen.«

Jetzt nimmt Franz zwei tiefe Züge aus seinem Glas, um seine Rührung zu verbergen. Bevor er etwas erwidern kann, hört er ein leises Keckern hinter sich. Trude sieht sich um, springt auf, und ihr Glas fällt ihr aus der Hand und zerschellt am Boden.

»Was war das?«

Franz ist ebenfalls aufgestanden, er hebt beruhigend beide Hände, in der einen noch sein Glas. »Verzeihung, bitte, liebe Trude … das ist nur das Äffchen.«

»Ein Affe?«, fragt sie und sieht ungläubig umher. Da sitzt Zinnober auf dem Kelim, wo er es sich bis jetzt im Halbschlaf gemütlich gemacht hat. Er läuft flink zu ihnen, und als Trude ihn erkennt, atmet sie überrascht ein.

»Das ist doch der Affe von Willi«, sagt sie und lacht, »was macht der denn hier?«

»Ich habe ihn sozusagen von Willi geerbt«, sagt Franz und holt Kehrblech und Handfeger aus einem kleinen Schrank. Trude setzt sich wieder und streckt die Arme aus, und der kleine Affe beäugt sie einen Moment und springt ihr dann auf den Schoß wie ein Stubentiger. Während Franz die Scherben aufkehrt, sieht er, wie Trude das weiche Fell des Tierchens liebkost, und verspürt einen Moment lang etwas wie Neid.

»Du bist aber ein braves Affentier«, sagt Trude, und Zinnober rollt sich in ihrem Arm zusammen und schaut zu ihr auf wie ein Kind. Er greift nach einem ihrer Zöpfe und spielt damit, vorsichtig, als wolle er ihr nicht wehtun. Franz bringt die Scherben ins Hinterzimmer, holt ein heiles Glas, kehrt zurück zum Tisch und gießt Trude neuen Wein ein.

»Willi glaubte, er sei bei mir gut aufgehoben«, sagt er. »Aber ich bin mir da nicht so sicher. Was ist, wenn ich fortmuss?«

Das hat er gar nicht sagen wollen, nun ist es ihm herausgerutscht. Trude sieht ihn erschrocken an.

»Wohin wollen Sie denn gehen?«

»Ach, ich habe das nur so gesagt«, lügt Franz mit schlechtem Gewissen. »Man weiß ja nie, oder?«

»Denken Sie an eine Ausreise?«, fragt sie weiter. Über ihren lebhaften Augen steht eine kleine Falte.

»Ich weiß es nicht«, sagt er und sieht sie gequält an. »Sie wissen doch, was hier los ist. Vielleicht bleibt mir nichts anderes übrig – eines Tages.«

Dass dieser Tag nicht so fern, sondern möglicherweise furchtbar nah ist, sagt er nicht. So wie er es einschätzt, wird es immer schwieriger, hinauszugelangen. Muss er da nicht jede Chance ergreifen? Doch da ist Trude, in ihrem blauen Kleid, die ihm seit zwei Jahren nicht aus dem Kopf geht – sitzt da auf seinem Stuhl, hält seinen Affen im Arm und sieht ihn an. Wie kann er nur eine Sekunde daran denken, ausgerechnet jetzt zu verschwinden?

»Würden Sie mit mir tanzen?«, fragt er. Er steht auf und hält ihr die Hand hin, als seien sie beide auf einem Ball und er ein Primaner, der sich endlich traut, ein Mädchen aus der Realschule zum Tanz aufzufordern.

Sie sieht ihn fragend an, setzt dann aber das Äffchen vorsichtig auf den Boden und lässt sich hochziehen. Ihre Hand ist warm und klein in der seinen.

»Wir brauchen Musik«, sagt Franz, »Augenblick.« Und er geht rasch zu einem Koffergrammophon in der Ecke und legt eine Platte auf. Die Nadel kratzt kurz, dann dringen die ersten Töne aus dem kleinen Trichter, blechern, aber besser als nichts. Zarah Leander singt mit ihrer tiefen, weichen Stimme. *Alles, was ich hab auf Erden, das bist du.*

»Darf ich bitten?«, sagt Franz und legt den Arm um Trudes Taille. Draußen auf der Allee, sieht er durchs Fenster, schwanken die kleinen Lindenbäumchen im Abendwind, ein sachter Regen hat eingesetzt und prasselt gegen das Glas, und die ersten Laternen schimmern genau wie auf Liebermanns Bild durch die beginnende Dunkelheit. Doch hier drinnen in der kleinen Buchhandlung leuchtet das sanfte Licht der Leselampe, und Franz zieht Trude ein Stück näher und dreht sich langsam mit ihr durch den Raum. Er spürt, wie sie ihren Kopf an seine Schulter lehnt, und ist selbst erstaunt bei dem Gefühl, das ihn durchfährt. Wie ein kleines goldenes Licht ist es, das sich seinen Weg vom Bauch in seine Kehle bahnt und das er lange nicht mehr gefühlt hat. Nicht einmal bei seiner verstorbenen Frau Nelly, denkt er, für die er zwar immer Achtung, doch niemals etwas wie Verliebtheit empfunden hat.

Mit Trude im Halbdunkel zu tanzen ist etwas ganz anderes, etwas, was er noch nie erlebt hat und gewiss nicht mehr gehofft hat zu erleben. Und nun ist ihm dieser Moment, dieser Abend mit ihr einfach so zugefallen. Welcher Gott – oder Teufel – hatte da seine Finger im Spiel?, fragt er sich ungläubig, während sie sich weiter miteinander drehen und die Leander weitersingt, von Schlaf und Traum, von Morgenrot und Erwachen, von Sonnenschein und Glück. Ach, wenn es nur so einfach wäre, denkt er und schließt die Augen, Trudes weiches Haar an seiner Wange, ihre Hand fest in seiner. Wenn er doch auch ein Haus für sie gebaut hätte, wie Zarah Leander es im Lied besingt, das ihnen beiden allein gehört und in dem er sie bewachen und beschützen könnte. Oder sie ihn?

Irgendwann, viel zu schnell, bricht das Lied ab, und die Nadel hebt sich aus den Rillen. Die Musik verstummt, und der Zauber des Augenblicks verfliegt wie Staub und setzt sich irgendwo an den Wänden auf den Buchrücken ab. Franz spürt, dass er und Trude auf einem Scheideweg stehen, dass alles davon abhängt, was in der nächsten Sekunde passiert. Ihr Gesicht ist zu ihm emporgehoben, sie scheint auf etwas zu warten. Und Franz nimmt allen Mut zusammen – als es draußen kräftig an die Scheibe klopft.

Himmeldonnerwetter!, denkt Franz, und sein Herz setzt für einen Moment aus, wenn das dieser Doktor Doberan ist, der da zu früh gekommen ist, dann gnade ihm Gott! Ein wenig mehr Zeit mit Trude, nur ein kleines bisschen, hätte er ihm doch gönnen können.

Und natürlich ist er es. Sein Veloursuht presst sich von draußen ans Fenster, er erspäht Franz und winkt. Ungeduldig, scheint es Franz, als könne er es nicht erwarten, eingelassen zu werden und dieses winzige Quäntchen Glück, dass der Himmel Franz gewährt hat, zu zerstören.

»Wer ist das?«, fragt Trude, der ebenfalls der Schreck – oder der Ärger – über die Störung ins Gesicht geschrieben steht. »Können Sie ihn nicht wegschicken?«

»Trude«, sagt Franz, und seine Kehle schmerzt von den Worten, die er sagen muss, »ich muss Sie bitten, jetzt zu gehen.«

Ihre Miene verschließt sich, als lege sich ein Vorhang darüber.

»Wenn das so ist«, sagt sie eine Spur spitz, »dann bin ich schon weg.«

Er hält ihre Hand fest, während Doktor Doberan erneut anklopft, dass die Scheibe im Fensterrahmen zittert.

»Bitte«, sagt er beschwörend, »Sie dürfen mir nicht böse sein! Dieser Herr dort draußen will mit mir ein wichtiges Geschäft abschließen, und ich muss mir sein Angebot anhören. Aber ich sehe Sie morgen wieder, ja?« Ihre Stirn glättet sich ein wenig, und sie nickt.

»Morgen«, sagt sie, »gewiss.« Sie macht sich los, tritt zum kleinen Tisch und nimmt ihr Hütchen. »Sie kommen bestimmt auch zur Beerdigung?«, fragt sie, als sie an ihm vorbei zur Tür geht.

»Natürlich«, sagt er schnell, »und danach gibt es, wie man hört, eine Party bei Hamady.«

Sie zieht die Augenbrauen hoch. Doktor Doberan hämmert draußen an die Scheibe, als seien Höllenhunde hinter ihm her, dabei liegt die Allee still da, soweit Franz es sieht.

»Eine Party? In der Hamady-Bar?«

»Er selbst hat es mir gesagt. Zu Ehren Willis. Und dann tanzen wir weiter, versprochen!«, sagt Franz und drückt seine Lippen kurz auf ihren Handrücken. Ein feiner Duft nach Zitronenseife steigt von ihrer Haut auf, und er verflucht mit allen Worten, die ihm einfallen, stumm den Mann draußen auf seiner Schwelle.

»Abgemacht«, sagt sie. Dann stellt sie sich auf die Zehenspitzen und küsst ihn auf die Wange. Ein schüchternes

Lächeln – und im nächsten Moment schiebt sie den Riegel zurück, das Glöckchen klingelt, und sie ist auf die Straße gehuscht. Zinnober keckert traurig und verschwindet im Dunkel des Ladens. Und für einen Moment spürt Franz diese Grenze, die Schwelle, auf der er steht, überdeutlich und das Flirren in der Luft, als hinge von den nächsten Minuten alles, einfach alles ab. Als sei er, Franz, mit einer Armbrust bewaffnet wie Wilhelm Tell und ziele auf den Apfel, die Sehne am Bogen aufs Äußerste gespannt, der Pfeil bereit zum Abflug mit einem unbekannten Ziel. Als sei jede Bewegung, jeder Atemzug von ihm entscheidend und als dürfe er nicht einen Lidschlag lang zittern, weil dann der Pfeil fehlgehen und seine Zukunft, sein Leben, die letzte Hoffnung für immer zerschmettert würden.

»Darf ich?«, hört er die Stimme des Mannes an der Tür und macht Platz, um ihn einzulassen. Draußen auf der schwarzen Allee flammen die letzten Laternen auf.

27.

Die Nacht lieben wir sehr. Bei Tag präsentiert sich alles hier auf der Allee, zeigt sich stolz vor, hofiert, flirtet, tändelt, kauft und feilscht, gafft und lästert, redet sich den Mund fusslig und gibt doch nichts preis. Bei Nacht aber fällt alles in einen sanften Schlummer, einen so leichten Schlaf, dass man jederzeit daraus erwachen kann. Dann vermischen sich Wirklichkeit und Traum, beides verflicht sich zu einem luziden Gewebe, in dem man schaukelt wie in einer Wiege und über den weiten Himmel davonsegelt.

Auch wir träumen. Wir kommen zur Ruhe, nur sacht bewegen sich unsere Zweige und Blätter im Nachtwind, und wir verlassen die Allee, in der wenige Bars geöffnet haben und wo die Menschen unsicheren Schrittes herumtorkeln. Im Traum dürfen wir unsere Wurzeln einmal vergessen, sie hinter uns lassen. Wir fliegen durch die Stadt, hinaus über Land, übers Wasser, in fremde Länder und Kontinente. Wir träumen von unseren Verwandten, den Eichen und Buchen, den Eiben und Kastanien. Dann schweben wir weiter fort und sehen die Palmen, die Zypressen, die Pinien und Olivenbäume am Mittelmeer.

Und hinunter geht es, nach Süden, nach Westen, über das Meer, über den Ozean. Zedern wachsen dort, Brotnussbaum und Jasmin. Auch unsere fernen Schwestern, die Kakaobäume – Malvengewächse wie wir. Leuchtende Sterne sind ihre Blüten, und in fünf Reihen liegen im Inneren der Früchte die Samen, die Kakaobohnen, wie in einem Nest. Theobroma, *so nannte man sie in einem längst untergegangenen Reich, Speise der Götter – bestimmt für die Reichen, die Herrscher, nicht für alle. Wir wissen ja, wie es zugeht auf der Welt. Und wenn wir uns aus unseren Träumen schälen, wenn wir von der Sonne, die über dem Schloss aufgeht, aus dem Nachtschlummer geweckt werden und der Morgenwind durch unsere Zweige fährt, dann sehen wir drüben bei der Chocolaterie die Tür aufgehen. Wir hören das Glöckchen klingeln – und der Duft von Schokolade weht heraus wie ein Morgengruß von der weit entfernten Küste Afrikas. Ach, wie schade, denken wir dann und lassen unsere Blättchen im frühen Sonnenlicht blitzen und funkeln, dass aller Süße eine Bitterkeit innewohnt und aller Liebe auch immer eine Lüge, über die man nicht spricht.*

28.

7. August 1936,
Donnerstagmorgen, halb neun

Was verschafft mir denn die Ehre zu dieser frühen Stunde?«, fragt Madame Conte. Ihre Stimme ist betont munter, doch die Schwäche darin kann sie nicht verbergen. Mine hat Elfie heute nicht in den Salon geschickt, sondern sie über den dämmrigen Korridor ins Schlafzimmer geführt, wo Madame in einem viel zu großen Bett auf viel zu weißen Kissen liegt. Ihre Gesichtsfarbe wirkt darin gelblich wie altes Pergament.

Elfie setzt sich auf einen Stuhl, der an der Seite des Bettes steht. Das Licht ist milchig und trübe, doch sie wagt nicht vorzuschlagen, die Gardinen weiter zurückzuziehen, denn Madame hält ihre durchscheinende Hand schon jetzt über die Augen, als blende sie selbst diese sanfte Helligkeit. Ein Geruch nach Krankheit liegt in der Luft, den Elfie bisher im Salon nicht wahrgenommen hat, süßlich und unheilvoll.

»Meine Kollegin Trude war heute früh im Laden, als ich ankam«, sagt sie, »da dachte ich, ich komme lieber gleich zu Ihnen, bevor der Trubel unten losgeht.«

»Ach, wie ich mich danach sehne, in den Geschäften einzukaufen«, sagt Madame Conte schwach und kräuselt unwillig die blutleeren Lippen. Sie dreht den Kopf aus den Kissen zu Elfie. »Ich habe es so geliebt, die Auslagen zu betrachten, dem Geschwätz der anderen Kundinnen zu lauschen, all die Herrlichkeiten zu betasten, auszuwählen und mit meinem eigenen Geld zu bezahlen. Was für ein Vergnügen! Aber jetzt kann ich nicht einmal mehr in mein Wohnzimmer hinübergehen, so matt fühle ich mich.«

»Brauchen Sie etwas?«, fragt Elfie. »Ich kann Mine rufen. Und wenn Sie zu müde für Besuch sind, komme ich ein anderes Mal wieder.«

»Ein anderes Mal«, sagt Madame Conte leise, verträumt, und lächelt spöttisch, als wäre Elfies Vorschlag sehr dumm. »Das wird nicht nötig sein. Jetzt sind Sie hier, und, nein, ich brauche nichts.« Sie ringt nach Atem, versucht, sich ein Stück weiter aufzusetzen, doch dann rutscht sie wieder tiefer und legt den Kopf seufzend aufs Kissen zurück.

»Es muss heute wohl so gehen. Verzeihen Sie mir, wenn ich an die Decke spreche anstatt zu Ihnen, aber so ist es am wenigsten anstrengend.« Ihre Hand wandert auf der Bettdecke herum wie ein rastloses Tierchen auf der Suche nach einem Ausgang. Die knochigen Finger greifen den Stoff, kneifen ihn, streichen ihn wieder glatt, während sie weiterspricht.

»Wo waren wir, *ma chère*, was habe ich Ihnen gestern erzählt? Mein armes Gedächtnis ist nicht mehr das beste.« Sie schielt zu Elfie herüber, und die muss lächeln. Die alte Dame mag krank und schwach sein, vor allem uralt – doch ihr Verstand ist scharf und wach wie ihr eigener, das weiß sie längst – und Madame weiß es ebenso. Elfie nimmt ihr das Kokettieren nicht übel, sondern spielt das Spiel bereitwillig mit.

»Der Bruder von Herrn Ziemkiewicz hatte Sie beide bei Ihrem Treffen überrascht«, sagt sie, »und Sie deuteten an, dass es Schwierigkeiten deswegen gab.«

»*Mais oui!*«, sagt Madame Conte, und für einen Moment halten ihre Hände in der Wanderung inne. In ihr Gesicht kommt Leben. »Schwierigkeiten ist gar kein Ausdruck, *ma petite*. Letztlich war es François, der uns vor einem schlimmen Ausgang bewahrte. Natürlich hatte er nur das Geschäft im Kopf, mein Schicksal war ihm sicher gleichgültig, wenn auch nicht das seines Bruders – die beiden hatten ein enges Verhältnis, soweit ich das beurteilen konnte. Sie hatten Jahre als Lehrlinge in Paris hinter sich und diesen gemeinsamen Weg gewählt, der zunächst steinig schien und dann – so schnell, scheinbar so leicht – breiter und komfortabler wurde. Als Hoflieferanten gerieten sie innerhalb weniger Monate in eine Position, für die sich andere Unternehmen jahrelang abmühten.« Sie seufzt. »Heute sehe ich vieles klarer. Ich weiß, was für die Brüder auf dem Spiel stand, und ich kann es François nicht übel nehmen, dass er versuchte, seine Existenz, seinen Laden und auch den Bruder zu schützen.« Ihre Lider flattern, und ihre Hände beginnen wieder über die Decke zu wandern. »Ich war ja nicht besser als er. Auch ich habe, am Ende, nicht genug an uns geglaubt, wissen Sie?«

Elfie sieht sie an. »Was meinen Sie damit?«

Madame Contes Hände zittern noch mehr.

»Ich war nicht stark genug, um standzuhalten«, sagt sie heiser, »ich gab nach – den Umständen, den Widrigkeiten, die mir nach ein paar taumelnden Wochen immer deutlicher wurden. Und der Widerstand von François tat ein Übriges. Er kam zu mir, war sehr wütend, sehr bestimmt. Er verlangte von mir, seinen Bruder in Ruhe zu lassen, ihm die Chance zu geben, ein Mädchen zu finden, das zu ihm passte, mit dem er eine Familie gründen könnte.« Sie atmet scharf aus. »Dabei hatte er ja keinen Schimmer, wie nah Ladislaus und ich alldem für einen Moment gewesen waren.«

Elfie sieht erschrocken auf.

»Sie meinen …?«

Madame Contes Blick wandert zum Fenster, und Elfies Augen folgen ihm. Durch die halb zugezogenen Vorhänge erkennt sie jetzt draußen ein Stück blauen Himmel. Die Baumkronen auf der anderen Straßenseite sind still, offenbar hat sich der unwirtliche, Regen bringende Wind der letzten Tage ein wenig gelegt. Ob endlich doch dieses Spätsommerhoch kommt, auf das sie alle warten?

»Ein verrückter Zufall, mehr nicht«, sagt Madame Conte leise und hebt mühsam die knochigen Schultern im Nachthemd. »Ich war über vierzig, und doch passierte mir das Undenkbare. Eine alleinstehende Witwe, schwanger von einem jugendlichen Tunichtgut. Was für eine Schmonzette, was für eine *calamité, ne'est-ce pas?*«

»Was geschah dann?«, fragt Elfie betroffen.

»Ich war verzweifelt«, sagt Madame Conte und zuckt erneut mit den Schultern. »Ich nehme an, auch heute sitzen die Frauen in der Falle, wenn so etwas geschieht, habe ich recht? Doch damals war alles noch auswegloser … Himmel, ich konnte doch nicht zu irgend so einem Engelmacher gehen, um dort in einem Hinterzimmer zu verbluten? Das war nichts für mich, ich musste an meine Söhne denken. Aber ich konnte auch den armen Jungen nicht ins Unglück stürzen. Er war noch ein halbes Kind, er wusste nichts, gar nichts vom Leben, und so anziehend ich ihn fand, so wenig konnte ich mir vorstellen, mit ihm ein Kind zu haben. Es ist eine ungeheure Verantwortung, ein Kind aufzuziehen, und nicht alle Liebespaare sind dafür gemacht, sie gemeinsam zu tragen.«

»Aber was haben Sie nur getan?«, fragt Elfie.

»Ich hatte Glück«, sagt Madame, doch ihre Stimme klingt gequält, als müsse sie sich selbst von einer Lüge überzeugen. »Nach zwei Wochen der höchsten Verwirrung und Sorge habe ich das Kind verloren. Mine stand mir bei, die gute alte Mine, die letzte Seele auf Erden, die mir immer verbunden bleibt. Sie wachte die ganze Nacht an meinem Bett, sie wechselte die Laken, und sie hörte auf mich, als ich ihr befahl, keinen Arzt zu holen, auch wenn sie Angst hatte, ich würde verbluten. Doch lieber wollte ich sterben, als zu guter Letzt einen Skandal zu verursachen, nachdem sich das Schicksal noch einmal gnädig zeigte. Ich war offenbar schon zu alt, um ein Kind auszutragen, mein Körper stieß es ab, und der Kelch ging an mir vorüber.«

Elfie fröstelt trotz der Wärme im Schlafzimmer. Madame Contes Worte sind hart, doch sie spürt, dass die Härte nur eine Mauer ist, die die alte Dame zum Schutz gegen den Schmerz aufgerichtet hat. Mit solchen Schutzmauern kennt sich Elfie aus, sie baut täglich und unermüdlich daran herum, legt mühsam Stein auf Stein und weiß dennoch, dass sie immer wieder zusammenfallen werden.

Madame Conte sieht Elfie mit gerunzelten Brauen von der Seite an. »Sie fragen sich, ob ich wirklich so herzlos bin, wie ich klinge, *Mademoiselle*, oder? Ach, ich weiß es ja selbst nicht. Manchmal, in schwachen Momenten, denke ich noch an dieses Kind. Und ich frage mich, welche Haarfarbe es gehabt hätte und ob es vielleicht ein Mädchen gewesen wäre.« Madame fährt sich beinahe wütend über die feuchten Augen und schnaubt. »Vielleicht wäre alles anders gewesen, wenn ich eine Tochter gehabt hätte. Aber das ist nichts weiter als die Sentimentalität einer alten Frau, meine Liebe – bitte verzeihen Sie mir.«

»Haben Sie ihm – Herrn Ziemkiewicz – denn gar nichts davon erzählt?«

Madame Conte schüttelt den Kopf und kneift die blutleeren Lippen zusammen.

»Nach der Sache mit dem Kind verlor ich endgültig den Glauben an uns«, sagt sie mit erstickter Stimme. »Es war zu viel – der Druck seines grimmigen Bruders, die Schwangerschaft, die ganze Angst –, es öffnete mir die Augen. So konnten wir nicht weitermachen, es war nicht für uns bestimmt, dieses Leben miteinander. Wissen Sie, die Menschen sind Toren! Sie gehen mit ihrem Schicksal so sorglos um, als hätten sie mehrere Leben in petto. Dabei sind wir doch alle die Herrinnen unserer Existenz, es ist an uns, sie zu erschaffen, und auch, sie zu halten, zu *er*halten. Aber unser Begehren ist flüchtig, und unsere Seelen sind eitel.

Das, was Ladislaus und mich verband, war letztlich nicht viel, war fast nichts außer dem Hunger nach Leben, der Suche nach Abenteuer. Nach Liebe? Ich weiß es nicht, ich habe nie ganz verstanden, was dieses Wort bedeutet. Es entzieht sich mir, als wäre es auch nicht für mich bestimmt gewesen, genauso wenig wie dieses Kind, wie dieser Mann. Was ist die Liebe, *ma petite?*«

Elfie zuckt hilflos mit den Schultern. Madame Conte lächelt versonnen.

»Sehen Sie? Niemand weiß es. Ich kannte die Liebe zu meinen Söhnen, die wurde mir in den Schoß gelegt – wie einfach war es, meine Kinder zu lieben, nachdem ich sie geboren hatte, denn egal, was sie taten, wie sie sich aufführten – die Liebe hörte nie auf. Es gab Sorgen, es gab Kummer, aber niemals ein Ende der Liebe zu ihnen – nicht einmal heute, obwohl beide nicht mehr am Leben sind.« Sie hustet, und Elfie wartet geduldig, drängt ihre Hilfe jedoch nicht auf, bis Madame wieder zu Atem kommt. »Mein Ältester starb erst vor einigen Jahren, aber Lucas, mein Kleiner, fiel im Krieg, schon neunzehnfünfzehn. Es ist schrecklich, die eigenen Kinder zu überleben, als Einzige übrig zu bleiben – das wünsche ich niemandem. Nur Mine ist mir noch geblieben.« Sie schweigt, und Elfie wartet unbehaglich. Madame Conte zuckt mit den Achseln, sie fährt sich verstohlen über das Gesicht und sieht dann wieder Elfie an. »Aber was ist mit der Liebe zwischen Erwachsenen? Wie konnte ich einen fremden jungen Mann lieben, den ich kaum kannte, bei dem mich nichts hielt als die alten Geschichten aus meiner Heimatstadt und das körperliche

Band, das wir hastig geknüpft hatten – verborgen vor der Welt in der kleinen Küche? Nichts, gar nichts wusste ich! Und ich weiß auch nicht, ob er stark geblieben wäre, ob er um mich gekämpft, womöglich um meine Hand angehalten hätte. Die Hand einer älteren Witwe mit beinahe erwachsenen Kindern, während er selbst gerade erst seine Unabhängigkeit erlangt hatte? Das wäre töricht gewesen, nicht wahr? Doch ich kann es nicht wissen, ob er dem Druck seiner Familie getrotzt hätte, vielleicht tue ich ihm Unrecht. Ich nahm ihm die Entscheidung ab.«

Madame Conte schweigt einen Moment, sie wirkt erschöpft und erregt zugleich. Auf ihren eingefallenen, wächsernen Wangen blühen wieder rote Fieberkreise auf. »Ich werde Ihnen den Rest gleich erzählen«, sagt sie. »Aber zunächst will ich Ihnen ein kleines Rätsel aufgeben.«

»Ein Rätsel?«

»Der Wäscheschrank dort«, Madame nickt zu einem weiß lackierten Möbel, auf dem ein Waschgeschirr steht.

Gehorsam geht Elfie zum Schrank.

»Öffnen Sie die Türen«, befiehlt die alte Frau vom Bett aus, und Elfie greift nach dem Knauf. Im Inneren liegen fein säuberlich gefaltete weiße Wäschestücke, ein schwacher Duft nach Seife steigt auf.

»Sehen Sie sich das Monogramm auf den Handtüchern an.«

Elfie nimmt eins heraus und betrachtet die gestickten Initialen. Es sind dieselben, die auch auf den Tischservietten sind, fällt ihr auf. Doch da stutzt sie, und ihr Blick wandert zu Madame Conte.

»*M. S.?* Warum nicht *M. C.?*«

Madame lächelt, trotz ihrer Müdigkeit und offensichtlichen Anstrengung strahlt sie über das ganze Gesicht, und ein fast kindlicher Zug, wie von einem Mädchen, legt sich über ihre Miene. Oder wie der eines Kobolds, denkt Elfie.

»Conte ist mein Mädchenname«, sagt sie. »Ich nahm ihn wieder an, viele Jahre nachdem mein Mann gestorben war. Doch sein Tod war nicht der Grund! Es hatte mit Albert nichts zu tun, dass ich seinen Namen nicht länger tragen wollte. Es lag daran, was mit diesem Namen gemacht wurde, als die Brüder Ziemkiewicz die Chocolaterie eröffneten. Wofür sie ihn verwendeten.«

»Sie hießen früher Marie Sawade?«, fragt Elfie verblüfft und starrt auf das Monogramm in ihren Händen. Hellblaues Garn auf weißem Leinen, das *M* mit selbstbewusstem Schwung, das *S* verschnörkelt wie eine kleine Schlange.

Wieder lächelt Madame, doch diesmal traurig. »Marie *de Savadé*«, sagt sie, »wir waren schließlich Franzosen, mein Mann und ich. Aber das schien Ladislaus als Name für seine Berliner Pralinenmanufaktur wohl zu fremdartig, und so dachte er sich diese deutsche Variante aus. Ich weiß noch, wie er mich fragte, mich um Erlaubnis bat, meinen Namen dafür zu leihen, und ich, im Taumel meiner Vernarrtheit in ihn, stimmte leichtfertig zu. Ich sagte Ihnen ja, er war ein Hitzkopf, er lebte nur im Moment und dachte nicht an die Konsequenzen. Wir hingen so aneinander, diese kurze Zeit war ein einziger Taumel, ein einziger Glücksrausch, und da gingen die Pferde mit ihm durch.«

Sie zuckt die Achseln und lächelt wieder wie dieses junge Mädchen. »Er bat mich, nein, er flehte mich an, dass er seinen Laden, sein Ein und Alles, nach mir benennen dürfe. Ich schwöre Ihnen, dass er sogar Tränen in den Augen hatte, als ich endlich zustimmte. *Mon Dieu*, ich war geschmeichelt, ich war ihm verfallen, wissen Sie? Also sagte ich *Ja!* Und erst später, als sie unten längst das Ladenschild angeschraubt hatten, wurde mir klar, dass diese Entscheidung weitreichender war, als ich geahnt hatte. Denn nun trug die beliebte Chocolaterie ja wirklich *meinen* Namen, ein wenig anders, das schon, ähnlich der geänderten Haarfarbe auf den Pralinenschachteln, doch für scharfe Geister erkennbar. Aber es gab kein Zurück.«

Sie schüttelt leicht den Kopf, als könne sie es selbst nicht glauben, was sie erzählt. Dann schnalzt sie mit der Zunge.

»Wie Ladislaus diese Namensgebung seinem Bruder schmackhaft gemacht hat, weiß ich bis heute nicht – womöglich hat er ihn gar nicht gefragt. Es war wenige Wochen, bevor François hinter unser Geheimnis kam, und als der endlich zwei und zwei zusammenzählte, war es zu spät. Überall hingen schon die Plakate, die für die Pralinen von Sawade warben, am Kaiserhof kannte man den Namen und all die erlauchten, betuchten Kunden, die ein und aus gingen und sich ihre Köstlichkeiten aus Nougat und Marzipan abholten, hatten ihn sich bereits gemerkt.«

Madame Conte lässt ihren Kopf erschöpft aufs Kissen zurücksinken, doch wieder spielt das Lächeln um ihre Mundwinkel.

»Dieser Schuft hat meinen Namen gestohlen«, sagt sie leise, doch Elfie hört Stolz in ihren Worten.

»Dann sind *Sie* also die entfernte Tante«, murmelt sie.

»Pardon?«

»Ach, nichts.«

Einen Moment ist es still im Zimmer, still bis auf die pfeifenden Atemzüge Madame Contes.

»Irgendwann erwachte ich einfach, wie aus einem Traum«, sagt sie endlich, als Elfie schon denkt, sie sei eingeschlafen. »Die Dinge lagen wieder in scharfer Klarheit vor mir. Das Kind, das ich verloren, all die Ängste, die ich ausgestanden hatte. Die Einsamkeit, als ich begriff, dass ich mit ihm nicht wirklich reden konnte, dass ich nicht zu ihm kommen konnte mit all meinen Nöten – all das wurde zu einem Mühlstein, der mich herabzog auf den Grund der Wirklichkeit. Es war zu viel, der Preis zu hoch – mein ganzes Leben auf den Kopf gestellt von einem jugendlichen Heißsporn? Der mich vielleicht würde fallen lassen, sobald es ihm gefiel? Denn ich würde altern, und er, der am Ende nur seinen Erfolg im Kopf hatte, wäre nicht geblieben, hätte sein Leben ohne einen Klotz am Bein weitergelebt. Was hatte ich mir nur gedacht, wie hatte ich mir das vorgestellt? Am Ende würde doch alles auf meine Kosten gehen. Die Kosten einer Frau sind immer höher als die eines Mannes, so jedenfalls war es zu meiner Zeit, und ich fürchte, es ist dabei geblieben. Wir Frauen sollten das nicht vergessen.«

Die Luft im Zimmer steht still, scheint es Elfie. Madame Conte greift sich müde an die Schläfe. »Ich schrieb ihm also einen Brief, denn ich fürchtete, er würde sich nicht zufriedengeben, wenn ich nicht deutlich genug würde, daher behauptete ich kurzerhand, ich liebte einen anderen und unser Verhältnis müsse beendet werden. Er ließ das nicht gelten, er schickte mehrere Briefe zurück, die ich nicht las – Mine musste sie im Herd verbrennen. Einmal klingelte er abends Sturm – doch ich hatte Mine ja eingeweiht und sie gebeten, nicht zu öffnen. Es war richtig so, für uns alle, auch wenn er das in seiner jugendlichen Verliebtheit zunächst nicht sah. Ich zwang mich zu diesem Schritt, ich nahm genug Kraft für uns beide zusammen, und nach einer Weile fühlte ich mich besser. Und irgendwann gab Ladislaus auf.« Sie hebt die Achseln eine Winzigkeit und lässt sie wieder fallen. »Er grüßte mich nicht mehr, wenn wir uns Unter den Linden aus Zufall begegneten. Ich war für ihn von einem Tag auf den anderen unsichtbar geworden. Und ich gebe zu, auch wenn ich das provoziert hatte, umso mehr schmerzte es – aber ich ertrug es. Auch François schnitt mich, er hatte sein Ziel erreicht. In den Augen der Brüder Ziemkiewicz war ich ab sofort eine Persona non grata.« Sie hustet, ringt nach Luft. »Doch das Geschäft florierte unter meinem Namen. Die Schachteln für die weißen Trüffeleier wurden ausgewechselt, bald zierte das Bild des Brandenburger Tors die Deckel, und mein Bild war ausgelöscht. Meinen Namen allerdings, den konnten und wollten sie nicht einfach mehr tilgen, und so las ich ihn täglich auf meinen Spaziergängen über der Tür der Chocolaterie. Ich habe ihn bis zuletzt dort gelesen, zuerst voller Trauer, in den letzten Jahren dann nur noch mit Wehmut. Und vielleicht«, sie lächelt matt, »auch mit ein wenig Stolz. Denn eitel sind wir ja alle, oder?«

»Aber hätten Sie nicht einfach fortziehen können?«, fragt Elfie.

»Mein Zuhause aufgeben?« Madame Conte flattert unwillig mit den Lidern. »Weshalb hätte ich das tun sollen? Schließlich war ich zuerst hier gewesen.« Sie winkt mit einer schlaffen Hand ab. »*Non!* Es liegt nicht in meinem Charakter, einfach aufzugeben. Ich lebte gern hier auf dieser schönen Allee, bis heute. Und immerhin, trotz allem, was war, trotz all der schweren Gefühle und der Traurigkeit – die Brüder haben mich auf diese Weise unsterblich gemacht. Und unsterblich zu sein – wünscht sich das nicht jeder von uns?«

Sie lehnt sich zurück, sinkt tiefer in die Kissen und schließt die Augen. Ihre Lippen bewegen sich kaum, sie flüstert mehr zu sich als zu Elfie. »Eines weiß ich – Ladislaus ist nach alldem allein geblieben. Er hat nicht geheiratet, hatte keine Kinder. Alles, was er hatte, war sein Geschäft, war Sawade.«

Eine feine Tränenspur bahnt sich ihren Weg über die zerknitterte Wange der alten Dame und verschwindet in ihrem gerüschten Kragen.

Elfie erhebt sich.

»Ich werde jetzt gehen, Madame«, sagt sie, »und Sie sollten ein wenig schlafen und sich ausruhen. Ich sehe später wieder nach Ihnen, spätestens morgen.«

Mühsam öffnet Madame Conte die Augen, sie leuchten wie immer verstörend blau in ihrem mageren, alten Gesicht.

»Mademoiselle Wagner«, flüstert sie, als habe sie fast alle Kraft aufgebraucht, »vergessen Sie es nicht! Die Liebe – sie hat so viele Gesichter, *ma chère*. Und ich weiß zwar nicht, was für eine Art Liebe das zwischen Ladislaus Ziemkiewicz und Marie de Savadé war, ob es überhaupt etwas mehr war als ein Strohfeuer, aber ich bin trotz allem froh, dass ich sie erleben durfte. Auch wenn die Jahre danach bitter waren, auch wenn ich an manchen Tagen betete, ihm nicht im Treppenhaus zu begegnen, und ihn und seinen Bruder mehr als einmal verflucht habe – es war doch eine ganz und gar großartige Geschichte. Wir alle sind Teil einer Geschichte, wir spielen darin um unser Leben. Wir spielen immer die Hauptrolle, jeder von uns in seinem ganz eigenen Theaterstück, doch für die anderen, für die sind wir nur Nebendarsteller. Für die anderen treten wir auf und wieder ab, und schon sind wir vergessen.«

Sie bricht ab, schließt wieder die Augen.

»Madame«, sagt Elfie, »Sie kann niemand mehr vergessen. Ihr Name steht noch immer dort unten über der Tür der Lindenallee. Manchmal, Sie dürfen nicht lachen, habe ich geglaubt, ich sei Frau Sawade, aber natürlich ist das Unsinn. Sie sind es. Und Sie werden es bleiben.«

Einen Moment wartet sie und horcht auf die flachen Atemzüge, bis sie glaubt, Madame Conte sei eingeschlafen. Sie dreht sich um und will hinausgehen, da hört sie noch einmal ihre Stimme.

»Elfie?«

Sie dreht sich beim Klang ihres Vornamens überrascht um.

»Ja, Madame?«

»Sorgen Sie dafür, dass auch Sie einmal die Hauptrolle spielen. Nur einmal, wenigstens ein einziges Mal im Leben sollten wir glänzen und leuchten. Was für einen Sinn hat das Ganze hier sonst?«

29.

7. August 1936,
Donnerstag, zwölf Uhr

Einmal Einspänner, Herr Pazunke«, sagt der Kellner in der dunklen Jacke und stellt die Kaffeetasse mit dicker Sahnehaube obenauf klirrend aufs Tischchen. »Wie immer mit doppeltem Mokka und extra viel Puderzucker!«

»Danke, Fred«, sagt Erwin und nickt dem Kellner zu. Er drückt ihm zwei Groschen Trinkgeld in die Hand. »Und später bringste mir noch 'n Stück Kirschstreusel, ja?«

»Wird gemacht«, sagt Fred und tippt sich mit zwei Fingern an die gescheitelten Pomadelocken in der Stirn. Dann tritt er zum Nebentisch, an dem zwei ältere Damen in falschen Seidenkleidern sitzen und Schokoladentorte essen. Erwin ist sicher, dass der Mann sich die Haare färbt – Fred Neumann, der hier schon seit Jahren kellnert, ist ein älteres Semester wie er selbst. Doch Erwins Glatze erinnert sich schon nicht mehr daran, einst von Haaren bewachsen gewesen zu sein.

Ächzend kratzt er sich unter der Mütze und streckt die Beine in den Uniformhosen aus. Das lange Stehen im Kronprinzenpalais machen seine alten Knochen nicht mehr lange mit. Wenn er nächstes Jahr in Pension geht, kann er sich endlich den ganzen Tag ausruhen. Dann wird er länger als das halbe Stündchen, dass er sich jeden Tag in der Mittagspause gönnt, auf der Terrasse des Kranzler sitzen und die Stunden vorbeiziehen lassen wie die lackierten Automobile mit offenem Dach, die vor seiner Nase über die Linden brummen. Er wird ein wenig Geld haben, als Beamter des Staates muss er keine Not leiden. Jedenfalls wird es reichen für den einen oder anderen Kaffee samt Streuselkuchen. Doch wie wird er seine Tage füllen? Keine Familie, keine Frau … damit hat es nicht geklappt in Erwins Leben, weshalb auch immer. Und dann kein Dienst mehr im Namen der Kunst, kein Achtgeben auf die Bilder ringsum, kein Plausch mit einem Besucher auf den Fluren des Museums. Nur noch leere Tage, einer nach dem anderen, die sich aneinanderreihen wie Perlen auf einer Schnur, bis zum Ende.

Erwin taucht seinen Schnauzer tief in die Sahnehaube und schlürft den heißen Mokka. Einspänner rührt man nicht um, man trinkt sie wie einst die Kutscher auf ihren Wagen, einhändig, während man in der anderen Hand die Zügel hält. Oder wie er, Erwin, jetzt seine *Juno,* die dicke runde Zigarette, die er so liebt. Er blinzelt hinauf, an der gestreiften Markise des Kranzler vorbei in den Augusthimmel, der noch verhangen ist – aber man sieht das Blau durch die Wolken hindurchblitzen. Vielleicht bekommen sie ja doch noch ein paar Sommertage, es würde seinen Knochen guttun.

Klingelnde Fahrräder rauschen vorüber, dazwischen mal ein Omnibus – *Berlin raucht Juno* prangt quer über dem Oberdeck. Erwin schmunzelt und zieht an seinem

Glimmstängel. *Berlin bleibt doch Berlin*, summt er leise und nimmt den nächsten Schluck Kaffee. Himmel und Menschen sind hier unterwegs um die Zeit, beinahe ist es in diesem Sommer noch einmal wie früher, wie damals, als Berlin der Nabel der Welt war und die Lindenallee ihr schimmernder Gürtel aus Licht. Alles traf sich hier, alles strömte in die berühmten Varietés und Theater, flanierte unter den prächtigen Bäumen entlang, sang, tanzte, aß und trank, als gäbe es nichts Wichtigeres zu tun, als das Leben zu feiern.

Heute sind die Theater verschwunden, die meisten geschlossen, einige in Läden verwandelt – Hutmode, Fotogeschäft, Confiserie, Reisebüro. Nicht mal der Leierkastenmann spielt noch seinen ewigen *Jungfernkranz*, und das Gedudel fehlt Erwin schmerzlich. Die Linden sind keine Vergnügungsmeile mehr, sondern nur noch eine Einkaufsstraße mit ein paar Cafés. Doch die alten Laternen mit ihren schönen Glaszylindern stehen noch, und daneben diese spillerigen neuen Lindenbäumchen, deren Anblick die Berliner so empört – immerhin bringen sie ein wenig Grün ins Bild. Und der Duft ist noch immer derselbe – es riecht nach Staub, Kaffee, Benzin und den süßlichen Lindenblüten.

»Verzeihen Sie«, sagt eine Stimme, und Erwin blickt auf. Vor ihm steht eine junge Frau in Hütchen und Kostüm, in der Hand eine Leica. »Würden Sie ein Foto machen?«

»Sehr wohl, die Dame!«, sagt Erwin und steht auf. Sie deutet auf ein Tischchen ein Stück weiter auf der Terrasse, wo ihr Mann in hellem Anzug und ihr Sohn sitzen, das Kind in Knickerbockers und kurzer Joppe.

»Setzense sich mal«, sagt Erwin, und die junge Frau lässt sich neben ihrem Mann nieder, der legt ein wenig linkisch den Arm um sie. Erwin blickt durch die Linse, doch da springt die Frau wieder auf.

»Warten Sie«, sagt sie und deutet auf den Kranzler-Schriftzug, »bitte auch mit dem Namen des Cafés, wenn das geht?«

»Jeht.« Erwin schmunzelt, und sie setzt sich und lächelt erleichtert. Er peilt die kleine Dreiergruppe am Tisch durch die Linse an – das Ehepaar mit gekünsteltem Lächeln, der halbwüchsige Sohn etwas am Rand und mürrisch hinter seiner heißen Schokolade – und drückt ab. Dann reicht er die Kamera an die Frau zurück.

»Das ist sehr freundlich«, sagt sie, und auch ihr Mann nickt ihm zu und beugt sich über den Tisch. »Wir sind aus Leipzig«, sagte er, »und alle dort kennen das Kranzler in Berlin. Also möchten wir unseren Freunden gern zeigen, dass wir im berühmtesten Café des Reichs Kaffee getrunken haben.«

Erwin nickt und will schon zu seinem Tisch zurückkehren, da sagt die Frau: »Sie arbeiten hier in der Nähe?« Zögernd deutet sie auf seine Uniformmütze.

»Weiter oben Richtung Schloss, im Kronprinzenpalais«, sagt Erwin, »seit fast vierzig Jahren.«

»Oh«, ihre bemalten Lippen runden sich, »wie interessant. Ein Ort, an dem die Schönheiten der Welt zusammengetragen wurden. Ich habe gerade zu meinem Mann und meinem Sohn gesagt, dass diese Allee sicher viele Geschichten birgt. Wer hier alles schon gewesen ist, einfach unglaublich! Und Sie kennen sie sicher alle, oder?«

»Dit is wahr«, sagt Erwin und kratzt sich bescheiden unter der Mütze, »ick habe sie alle jesehen. Die Dietrich ging hier ein und aus. Claire Waldoff hat nur zwei Türen weiter in der *Passage* ihre berühmtesten Lieder jesungen. Und dann natürlich Charlie Chaplin …«

»Sie sind zu beneiden!«, haucht die junge Frau und legt ihre Hand auf den Arm ihres Mannes. »Und wer kommt heute noch hierher?«

»Wissense«, sagt Erwin bedauernd, »die Theater und Varietés sind fast alle jeschlossen. War eine andere Zeit damals, eine andere Moral. Aber nichts is für die Ewigkeit, oder wat meinen Sie?«

»Sie haben sicher recht.« Die Begeisterung in ihrer Miene flackert und sinkt in sich zusammen wie ein erlöschendes Feuer. Dann lächelt sie tapfer. »Jedenfalls vielen Dank für die schöne Erinnerung«, sagt sie und deutet auf die Kamera. »Wir gehen später noch ins Stadion. Man muss ja was erleben, oder? *Jeder einmal in Berlin!*«

»Ick wünsche viel Vergnügen.« Erwin verbeugt sich und kehrt an seinen Tisch zurück, wo ein Teller mit Streuselkuchen auf ihn wartet. Er setzt sich ächzend und trinkt einen Schluck, doch der Mokka ist kalt. Lustlos senkt er die Gabel in den weichen Kuchen. Da hört er eine kleine Melodie – ein Botenjunge auf einem Fahrrad gondelt vorbei und pfeift schief, aber unverkennbar das Lied vom *Jungfernkranz*. Erwin schmunzelt in sich hinein, als er an den Alten und seinen frechen Affen denkt. Dann winkt er Fred heran.

»Einen Pharisäer«, verlangt er.

Fred sieht ihn erstaunt an. »Sicher, Erwin? Bist du nicht im Dienst?«

Erwin zuckt mit den Schultern. »Eine Ausnahme«, sagt er. »Nächstes Jahr um die Zeit bin ick in Pension, wer kann mir denn noch wat?«

»Nächstes Jahr um die Zeit sind wir vielleicht tot«, sagt Fred unbekümmert, sieht hinauf in den immer heller werdenden Himmel über dem Kranzler und grinst. »Na dann, Erwin, auf dein Wohl!« Und er eilt zurück ins Café, um das Gewünschte zu holen.

Zu beneiden, denkt Erwin und winkt der Familie, die gerade aufbricht. Wie wahr! Er sieht zufrieden einem Spatz zu, der sich frech über seinen Kuchen hermacht, und pflückt ein Lindenblatt vom Tisch, das der Wind hergeweht hat.

30.

7. August 1936,
Donnerstag, vier Uhr

Das Rauschen der Platanen lullt Elfie ein, macht ihre Brust weit und ihre Gedanken klar. Über den grünen Blätterkronen hängt ein blauer Himmel, hoch ist er an diesem Nachmittag und wolkenlos. Der sachte, kühle Wind fährt über die Bäume und die Hecken. Er streichelt das kurze Gras und die Astern in den Vasen, umspielt die eisernen Grabkreuze, die Marmorstelen und Pilaster, die Gitter aus Gusseisen und die hohen Denkmäler auf den Gräbern der gefallenen Kriegshelden und berühmtesten Kinder Berlins, deren sterbliche Überreste hier im Herzen der Stadt liegen. Die Eunickes, die Schadows, Schinkel und Hegel sind hier bestattet, daneben finden auch die kleinen Bürger der Stadt Platz.

Elfie sieht zur Kapelle hinüber, wo der Pfarrer Willis Sarg gesegnet und sie ein Kirchenlied gesungen haben, *So nimm denn meine Hände*. Elfie weiß nicht, ob Willi an Gott geglaubt und darauf gewartet hat, dass dieser Gott ihn ins Paradies führt. Es ist seltsam, sich so viele Jahre täglich zu sehen, aber nicht einmal solche Dinge voneinander zu wissen – ob einer an Gott glaubt, ob einer hofft, nach dem Tod weiterzuleben. Selbst wenn sie an den Gott der Großmutter nicht glauben konnte, der mit Angst und Schrecken regiert, der droht, die Welt mit Schwefel und Flammen zu überziehen, wenn ihm die Menschen nicht folgen, kann es ja sein, dass andere es tun. Großmama hat dieses Schreckbild benutzt, um Elfie gefügig zu machen, sie hat ihr von den Höllenhunden erzählt, den ungetauften Kindern, die furchtbare Qualen zu leiden haben, und vom Teufel, der es mit solch verstockten Mädchen wie Elfie nur allzu leicht hätte. Doch all das hat bei ihr das Gegenteil dessen bewirkt, was Großmama erreichen wollte. Elfie hat ihren Glauben einfach abgehakt, und dabei ist sie bis heute geblieben. Manches, denkt sie und betrachtet ein Grabkreuz mit einem leidenden Jesus, wäre vielleicht einfacher in einer Welt, in der Gott existiert.

»Erde zu Erde, Asche zur Asche, Staub zum Staube«, sagt der Pfarrer mit leiser, aber weittragender Stimme in die Stille des Friedhofgartens hinein. Die Trauergäste stehen in einem Halbkreis um das Grab, und die schwarz befrackten Sargträger lassen Willis Holzkiste an Gurten und Seilen hinab. Noch ist der Deckel mit dem Blumenkranz zu sehen. Kleine weiße Rosen, dazwischen Kamillenblüten und ein paar rosa Nelken. Elfie hat ihn bei der Gärtnerin bestellt und heute Mittag abgeholt, bevor sie und Trude sich auf den Weg zum Friedhof gemacht haben. Keine Astern, sie haben so etwas Düsteres, Schweres, findet Elfie, und nichts an Willi war jemals düster und schwer. Er war die Fröhlichkeit in Person, selbstzufrieden und freundlich, und Elfie scheint es, als nehme er die Wärme der Allee, die Musik und das Schöne mit sich hinunter in diese dunkle

Grube. Nach und nach verschwindet der Sarg, nur noch die Kamille winkt freundlich über den Rand, dann ist auch sie verschwunden und mit einem dumpfen, leisen Geräusch setzt die Holzkiste unten auf, und die Träger holen die Seile ein und treten zur Seite.

Jetzt kann Elfie die Tränen nicht mehr zurückhalten, der Laut hat etwas so Endgültiges, so Herzzerreißendes, dass sie leise aufschluchzt. Aus den Augenwinkeln sieht sie, dass auch einige der anderen Gäste feuchte Augen haben. Trude steht neben ihr und drückt ihre Hand, und Elfie umklammert dankbar die Finger der Kollegin und hält sich an ihr fest. Sie sieht hoch zum Himmel, ihr Blick verliert sich im Blau, während sie um Fassung ringt. Hat sie nicht neulich noch gedacht, sie könne an Willis Grab bestimmt nicht weinen? Und jetzt fließt ihr das Herz aus den Augen, und dafür schämt sie sich ein wenig, denn so nah stand sie ihm doch gar nicht. Beinahe ist es so, als sei etwas in ihr übergelaufen wie eine zu reichlich befüllte Vase.

Wieder sieht sie hinauf in die Helle. Ein einsamer Bussard fliegt hoch oben, er breitet die majestätischen Flügel aus und lässt sich vom Wind tragen, nichts an seinem gemächlichen Flug deutet darauf hin, dass er bald zur Erde zurückkehren muss. Und doch weiß Elfie, dass der große Greifvogel auf der Jagd ist und nur darauf wartet, dass sich unten eine Maus zeigt, auf die er sich im rasenden Fall stürzen kann. Die Kiefernnadeln der hohen schmalen Bäume, die auf dem Friedhof wachsen, duften stark und würzig, und eine schüchterne Sonne tupft ihr Licht auf die Gräber und lässt ein gusseisernes Kreuz aufblinken.

Da treten vier Männer vor, die Elfie nicht kennt. Sie alle tragen wie einst Willi schwarze Melonen auf dem Kopf und schwarze Nadelstreifenanzüge mit langen Frackschößen, und sie formieren sich am Grab zu einem kleinen Chor. Der älteste von ihnen, der einen gewaltigen Rauschebart hat, wartet auf ein Zeichen des Pfarrers, der ein Kreuz über der offenen Grube schlägt und den Männern dann zunickt. Da holt der Bärtige aus seiner Westentasche eine Stimmgabel, schlägt sie an seinem eigenen Kopf an und lauscht einen Moment dem leisen Ton, summt dann ein paar Noten, und die Männer fangen an, vierstimmig zu singen. *»Wir sind nur Gast auf Erden und wandern ohne Ruh«*, so beginnt das Lied, getragen von einer sanften Melodie.

Elfie lauscht und vergisst zu weinen. Die Musik ist schön, langsam, ohne Dramatik – ein Lied wie Nachhausekommen. Die Töne fließen über die Gräber und Hecken, die Wiese und Grabmale, schrauben sich langsam hinauf ins Blau und legen sich wie Balsam auf Elfies aufgewühltes Gemüt. Die vier Sänger scheinen Freunde von Willi gewesen zu sein, Musiker wie er, die ihm einen letzten Gruß erweisen. Sie verstehen ihr Handwerk, und alle hören gebannt zu. *»Die Wege sind verlassen, und oft sind wir allein«*, singen sie jetzt, und etwas in Elfie zieht sich zusammen, *»in diesen grauen Gassen will niemand bei uns sein.«* Sie blickt auf und schaut zufällig in das Gesicht von Franz Marcus, der ein paar Meter weiter steht. Als sie seine Miene sieht, erschrickt sie. Er wirkt wie versteinert, das Gesicht grau und fahl. Er starrt die Sänger an, seine Lippen sind aufeinandergepresst, als sie die letzte Strophe singen:

»Und sind wir einmal müde, so stell ein Licht uns aus, o Gott, in deiner Güte, dann finden wir nach Haus.«

Der Gesang bricht ab, dann sind wieder nur das Rauschen der Bäume und das Zwitschern der Vögel zu hören, die sich nicht um die Toten und Geister hier draußen scheren, sondern fröhlich zwischen den Blumen und Büschen herumfliegen. Eine Biene brummt an Elfies Nase vorbei, und sie riecht plötzlich den Blumenduft ganz stark, während sie immer noch Herrn Marcus beobachtet. Er scheint zu schwanken, und sie lässt Trudes Hand los und macht zwei schnelle Schritte zu ihm hinüber, fasst ihn am Arm und drückt ihn durch den zerknitterten Anzugstoff hindurch. Ein paar der Trauergäste sehen verblüfft in ihre Richtung, doch Elfie bemüht sich, ein ungerührtes Gesicht zu machen, hält Herrn Marcus einfach weiter fest und hofft, dass sich niemand daran stört.

Der Pfarrer räuspert sich. »Vielen Dank«, sagt er zu den Männern, »das war sehr … gottgefällig.« Doch Elfie sieht, dass sein Blick nervös hin und her geht, als wolle er die Anwesenden in ihrer Reaktion auf dieses Lied hin prüfen. Als befürchte er, dass plötzlich jemand aus der Runde hervorspringen und ihn anschreien könnte. Und da spürt Elfie, wie Franz Marcus dicht neben ihr zittert, und bekommt selbst einen Schreck. Was war das für ein Lied, denkt sie, was hatte das zu bedeuten? Sind das Worte aus der Bibel, oder kommen sie woanders her? Und haben sie wirklich, wie es ihr auf einmal scheint, eine versteckte Bedeutung, die unter den unschuldig wirkenden Versen schlummert? Wo sind diese grauen Gassen, in denen man einsam und verlassen herumstolpert? Elfie kennt sie gut, natürlich, es sind die Gassen aus ihren unruhigen Träumen in der Morgendämmerung. Doch was haben sie mit den Straßen ihrer Gegenwart zu tun?

Die vier Männer mit Melone deuten eine knappe Verbeugung an und reihen sich wieder unter die Trauernden ein. Ein sanftes Gemurmel hat sich erhoben, und der Pfarrer, der jetzt wieder beruhigt scheint, wischt sich die Stirn mit dem Ärmel seines Talars ab und räuspert sich.

»Wir beten das Vaterunser«, sagt er und breitet die Arme aus.

Elfie spricht die Worte des Gebets, das sie aus ihrer Kindheit kennt, automatisch mit, doch Herr Marcus neben ihr schweigt. Da bricht auch sie ab, weil es ihr sonst so vorkommen würde, als ließe sie ihn im Stich, und die letzten Verse ziehen an ihnen vorüber und verhallen in der Spätsommerluft. Einer nach dem anderen tritt ans Grab, greift mit der Hand in den bereitstehenden Kübel mit Erde und wirft ein paar Brocken hinab. Elfie sieht Ilse, das Kassenfräulein von der Bank, in einem dunkelgrauen Kostüm, ihr folgt der Wurstmaxe, der Unter den Linden mit seinem Kessel herumläuft und heiße Wiener verkauft und mit der dunklen Jacke ganz fremd wirkt, anders als in der gewohnten Schürze mit den breiten Streifen. Anschließend kommt ein älterer Herr mit Glatze in dunkelblauer Uniform, der seine Mütze in den Händen dreht.

Dann tritt Trude ans Grab. Die Kollegin lässt ein paar Erdbrocken hineinfallen und wischt sich eine Träne von der Wange. Sie wirft beim Zurückkommen einen scheuen

Blick zu Elfie und Franz Marcus herüber, und Elfie meint, eine feine Röte auf ihren Wangen zu erkennen. Der alte Teppichverkäufer aus der Friedrichstraße ist der Nächste, er murmelt an der Grube etwas in einer Sprache, die Elfie nicht versteht, und zieht seinen weiten Mantel enger um sich, als friere er. Noch mehr Nachbarn treten vor, Elfie kennt die meisten vom Sehen. Viele Verkäuferinnen aus den verschiedenen Läden der Linden, ein paar Varietémädchen, eine alte Schauspielerin mit einer gewaltigen schwarzen Federboa und zwei Familien mit Kindern. Ein kleiner Junge tritt so nah ans Grab, dass seine Mutter ihn gerade noch am Kragen zu fassen bekommt, und wirft etwas Kleines hinunter. Elfie hört, wie die Mutter ihn überrascht anzischt.

»Wat machste denn, Junge?«

»Wollte nur 'n Bonbon reinwerfen, er hat doch sonst keene da unten.«

»Willi braucht keine Bonbons mehr, du Dummerjahn!«

»Woher willste dit wissen?«

Die Mutter sieht sich verlegen um und zieht ihre kleine Bande wieder fort vom Grab. Elfie zwinkert dem Jungen zu und denkt an die kleine Schachtel mit Orangenstäbchen in ihrer Tasche, die sie über der Schulter trägt. Sie versteht genau, was in dem Kopf des Kleinen vor sich geht.

Das bröselige, dumpfe Geräusch, wenn die Erde auf den Sarg trifft, ist ihr genauso unangenehm wie der Laut zuvor, als der Sarg unten aufkam. Doch als sie an der Reihe ist, tut sie es den anderen gleich. Sie wirft einen letzten Blick hinunter, und der Anblick der zarten Blumen, die schon halb mit Erde bedeckt sind, gibt ihr Trost – Willi wird nicht ganz allein dort unten ruhen. Eine ungewohnte, zaghafte Zuversicht umfängt sie – er hatte ein gutes, langes Leben. Ohne Reichtum, doch auch ohne Not. Vielleicht war er manchmal einsam, aber er hatte seinen Affen, seine Berufsgenossen, die ihm heute ein Ständchen gesungen haben, die Nachbarn. Die vielen Kinder wie dieser kleine Steppke von eben, die gelaufen kamen, sobald seine Kurbel sich drehte, und die er mit Drops versorgte, während sie begeistert Beifall klatschten und sein Äffchen mit Nüssen fütterten, die er dafür bereithielt. Er wird nicht vergessen werden, noch lange nicht. Ist das nicht ein Trost?

Nach und nach zerstreuen sich die Gäste. Da räuspert sich Elfie. In ihren Ohren saust es plötzlich, und ihre Knie sind weich, weil sie vor so vielen Menschen sprechen muss, doch sie will unbedingt, dass man ihr zuhört.

»Warten Sie mal«, ruft sie, immer noch Herrn Marcus untergehakt, und die Leute bleiben stehen und sehen sie an. Elfie spürt, wie ihr die Hitze ins Gesicht steigt, aber sie zwingt sich weiterzusprechen.

»Wir haben ja keine richtige Trauerfeier«, sagt sie, so laut sie kann, in die Runde, »aber heute Abend gibt es in der Hamady-Bar eine Party.« Einen Moment gerät sie ins Stocken. »Und Herr El Hamady, der heute Nachmittag nicht kommen konnte, lässt ausrichten, dass alle, die ein Glas auf Willi trinken möchten, herzlich willkommen sind.«

Die Leute sehen sich an.

»Bin dabei«, sagt der Wurstmaxe, und mehrere andere nicken. »Dann bis heute Abend«, sagen sie zueinander und wenden sich abermals zum Gehen. Der Friedhof leert sich, und zurück bleiben nur der Pfarrer, der sich auf den Weg in die Kapelle macht, und zwei Totengräber, die ihre Schaufeln aufnehmen, um das Grab zuzuschütten.

Unter den rauschenden Platanen stehen nur noch Elfie und Herr Marcus, und zwei Meter weiter wartet Trude auf sie. Arm in Arm gehen sie auf die Kollegin zu, und Trude fasst Herrn Marcus auf der anderen Seite unter, sie nehmen ihn in die Mitte, als seien sie eine selbstverständliche Dreieinigkeit. Langsam laufen sie über den knirschenden Weg in Richtung Ausgang, wo ein schmiedeeisernes Tor offen steht.

»Ein schöner Ort«, sagt Trude und nickt mit dem Kinn zurück. »Es fühlt sich an, als sei man in einem Park oder Garten und nicht auf einem Friedhof, oder?«

Elfie nickt. Doch sie spürt, dass Herr Marcus an ihrem Arm sich wieder anspannt.

»Die Dinge täuschen uns«, sagt er leise. »Sie sind nicht, was sie scheinen.«

Trude hält inne. »Was meinst du?«

Elfie bemerkt das vertrauliche Du, aber sie sagt nichts. Etwas ist zwischen ihrer Angestellten und dem Buchhändler vorgefallen, das spürt sie, auch wenn es sie nichts angeht.

Franz Marcus zuckt die Schultern und lässt die beiden Frauen los. Beinahe ängstlich sieht er sie an. »In diesen Zeiten hat alles einen doppelten Boden«, sagt er, »alles muss auf Echtheit geprüft werden. Die Dinge und die Menschen.«

Elfie weiß genau, was er meint. Sie alle tragen Masken und nicht ihre wirklichen Gesichter – so wie sie. Sie ist derart mit ihrer verschmolzen, dass sie manchmal selbst nicht mehr weiß, wie die wahre Elfie aussieht. Doch ihr kommt in den Sinn, dass es sich lohnt, die Maske einmal zu lüften. Franz, Trude und sie – es ist eine kleine, intime Gemeinschaft, die sie heute bilden, und Elfie spürt, dass die Nähe der zwei Menschen ihr keine Angst macht.

»Dieses Lied«, sagt sie plötzlich, und die beiden anderen sehen sie fragend an, »es hatte eine versteckte Bedeutung, oder? Geht es darum, dass wir Menschen heute unseren Weg nicht finden? Und dass niemand zu denen hält, die in Angst leben müssen?«

Herr Marcus nickt langsam. »Sie haben feine Ohren, Fräulein Wagner.«

»So etwas hört man nicht mit den Ohren«, sagt sie. Er lacht, doch es klingt traurig.

»Wie recht Sie haben«, sagt er, »aber wenn ich es mir erlauben darf, würde ich behaupten, Sie hätten eben auch ein feines Herz.«

Da zieht sich alles in Elfie zusammen. »Sagen Sie das nicht«, murmelt sie, »sagen Sie das lieber Trude.« Sie nickt zu ihrer Kollegin, die neben ihnen beiden steht und verwundert von einem zum anderen sieht. »Trude wollte Ihnen helfen«, sagt Elfie beschämt, »Sie hat vorgeschlagen, dass wir alle zusammenlegen und Ihnen aus der Patsche helfen – Sie wissen schon, mit dem Laden. Aber ich habe mich nicht getraut mitzumachen.«

Herr Marcus sieht Trude an, deren Wangen jetzt flammend rot sind. »Das war sehr mutig«, sagt er leise, und Trude beißt sich auf die Lippen und nickt kaum merklich. Da nimmt Herr Marcus ihre Hand und küsst den Handrücken. Elfie wundert sich, doch sie freut sich, dass der ältere Buchhändler und Trude sich mögen.

Herr Marcus wendet sich wieder an sie, wobei er Trudes Hand nicht loslässt. »Niemand kann es Ihnen verdenken, dass Sie Vorsicht walten lassen«, sagt er. »Wer bringt sich schon gern selbst in Gefahr? Es war außerdem freundlich von Ihnen, sich vorhin zu mir zu stellen, dafür bin ich Ihnen dankbar.« Er fährt sich verlegen durchs Haar. »Zu Liebermann kam letztes Jahr fast keiner«, sagt er leise, »schon damals gab es zu viel Angst. Wir anderen standen an seinem Grab wie Verfemte – nur die letzten Weggefährten, ich, Käthe Kollwitz und ein paar Versprengte.« Er räuspert sich und schüttelt den Kopf, als wolle er die Erinnerung vertreiben. »Aber wisst ihr«, sagt er, lauter jetzt, »ihr müsst euch keine Sorgen um mich machen. Ich komme schon zurecht. Und vielleicht wendet sich noch alles zum Guten.«

Trude sieht ihn neugierig an, Hoffnung im Blick. »Dieser Mann von gestern Abend«, sagt sie, und wieder bemerkt Elfie, dass es zwischen Trude und Herrn Marcus etwas gibt, von dem sie nichts weiß, »hat er damit zu tun? Wird er dir helfen?«

Herr Marcus nickt und versucht zu lächeln. Doch Elfie sieht, dass es erzwungen ist. Da ist sie wieder, die Maske, denkt sie. Franz Marcus hat sich seine längst schon wieder über das wahre Gesicht gezogen. Was hat er zu verbergen?

»Möglicherweise«, sagt er und nickt Trude zu, die erleichtert wirkt und sich noch enger an ihn schmiegt. »Aber jetzt lassen wir es gut sein. Heute ist Willis Ehrentag.«

Da schlägt sich Elfie plötzlich an die Stirn.

»Die Schokolade!«

Die beiden anderen sehen sie verständnislos an. Elfie kramt in ihrer Tasche und zieht die Orangenstäbchen heraus.

»Willis Lieblinge«, sagt sie und öffnet die Schachtel, sie hält sie den anderen hin. Herr Marcus und Trude greifen zu, dann auch Elfie, und alle drei beißen in die Süßigkeiten. Einträchtig lutschend gehen sie durch das Friedhofstor auf die Straße. Mit einem klirrenden Ton fällt es hinter ihnen ins Schloss.

»Ich habe noch etwas zu erledigen«, sagt Herr Marcus und lässt Trudes Arm los, »ihr solltet beide ohne mich zum Geschäft zurückgehen.« Sein Blick flackert plötzlich, als er das sagt, und Elfie spürt, wie etwas Kaltes über ihre Brust zieht. Dieser abrupte Abschied wirkt merkwürdig, findet sie, und wieder fragt sie sich, weshalb Herr Marcus lügt.

»Sehen wir dich später in der Hamady-Bar?«, fragt Trude, die nichts zu bemerken scheint. Sie hat ein wenig Schokolade im Mundwinkel und sieht rührend jung aus.

»Ich versuche es«, sagt Herr Marcus, wobei er immer noch fahrig wirkt. Sein Gesicht ist wieder so bleich wie zuvor am Grab. Er deutet eine Verbeugung an und wirft einen letzten Blick auf Trude. Elfie beobachtet ihn und erschrickt bei dem Ausdruck in seinen Augen, doch Trude scheint abgelenkt von einem Hündchen, das von seiner

Besitzerin die Chausseestraße entlanggezogen wird. Als sie aufsieht, hat Herr Marcus seine Miene glatt gezogen.

»Ich freue mich schon«, sagt Trude fröhlich und hebt die Hand zu einem Winken. »Auf Wiedersehen, Franz.«

»Leb wohl«, sagt er, auf einmal heiser, wirft auch Elfie einen kurzen, ernsten Blick zu. Sie fragt sich, ob er ihr wortlos etwas sagen will. Dann dreht er sich um und geht fort. Seine Schultern hängen tief, seine Schritte sind unsicher, als traue er dem Boden unter ihnen nicht. Dann scheint es, er wolle stehen bleiben und sich umsehen, tut es jedoch nicht und läuft weiter. Schließlich biegt er um eine Ecke und ist nicht mehr zu sehen.

Elfie sieht Trude prüfend an. Hat nur sie gehört, wie seltsam, wie schwer dieses letzte Wort des Abschieds geklungen hat?

31.

7. August 1936,
Donnerstagabend, neun Uhr

Die Rhythmen der Swing-Musik perlen durch die schummrig erleuchtete Bar, dazwischen zerreißen wilde Trompetentöne die samtigen Klänge und werden eingefangen vom weichen Lied des Saxophons. Die Sängerin scheint eins mit dem Mikrophon, sie umschmeichelt es, hält den Ständer wie einen Tanzpartner in ihren Händen und bewegt sich selbstvergessen zu jeder Note, während die Männer ringsum mit ihren Instrumenten nur für sie spielen.

Elfie steht am Fuße der kleinen Bühne in der Nähe der Bar, in der Hand ein Glas mit Schaumwein. Es ist nicht ihr erstes, und sie fühlt sich ähnlich wie neulich Abend, als sie bei Madame Conte war – oder soll sie jetzt, da sie die Geschichte kennt, lieber an sie als Madame de Savadé denken? – und zu tief ins Portweinglas gesehen hatte. Sie wundert sich über sich selbst, denn eigentlich meidet sie überfüllte Orte, wo sie die fremden Leiber und die Mauern von allen Seiten zu bedrängen scheinen. Doch das dämmrige Licht umhüllt sie zärtlich, sie fühlt sich warm und geborgen in der Musik und diesem neuen Gefühl von Leichtigkeit. Wenn sich etwas so gut anfühlt, denkt sie und nippt wieder am spritzigen Getränk, sollte man nicht zu viel darüber nachdenken.

Sie hat vorhin, nachdem sie zwischen Ladenschluss und Aufbruch kurz zu Hause war, um sich umzuziehen, noch einmal bei Madame Conte an der Tür geklopft, doch drinnen war alles still, und niemand öffnete ihr. Einen Moment lang hat sie erwogen zu klingeln, wollte aber nicht riskieren, Madame aufzuwecken. Sie hat sich vorgenommen, gleich morgen früh wieder nach ihr und Mine zu sehen und ihr eine Dose mit stärkendem Tee zu bringen, den sie nach der Beerdigung im Gemischtwarenladen gekauft hat.

Jetzt lässt sie den Blick über die vielen Gäste im Raum gleiten. Trude, die in der Nähe steht und mit Lola plaudert, fängt ihn auf und prostet ihr zu. Elfie betrachtet sie. Die Kollegin sieht bezaubernd aus in einem knielangen, engen Charleston-Kleid, die weichen braunen Locken offen, so dass sie bis über ihre Schultern herabhängen. Elfie hat sich ebenfalls Mühe gegeben, hat ihre blonden Haare mit einem schwarzen Reif aus der Stirn geschoben und trägt ein geblümtes Seidenkleid, das sie bisher nur zweimal anhatte, weil ihr die Gelegenheit fehlte. Sie hat nicht noch einmal in den Spiegel gesehen, aus Angst, dann den Mut zu verlieren und doch zu Hause zu bleiben. Stattdessen ist sie auf die Straße gestürzt und in Laufschritt verfallen, bis sie bei der Hamady-Bar ankam.

»Elfie?«, fragt jemand hinter ihr, und sie dreht sich langsam um, weil sie die Stimme erkannt hat und nicht den Eindruck erwecken will, sie habe es eilig.

»Fein, dass Sie da sind«, sagt Issa El Hamady und berührt sie am Arm. Diesmal zuckt Elfie nicht zurück, sie spürt die Wärme seiner Finger durch den dünnen Stoff hindurch und schließt eine Sekunde die Augen.

»Ganz schön was los«, sagt sie dann und deutet auf die vielen Leute, die sich über die Tanzfläche schieben, sich zur Musik bewegen oder an der Bar stehen und etwas trinken. Auch alle Tische sind besetzt, aufregend gekleidete Damen sitzen dort mit ihren Begleitern, sie tragen Handschuhe und klatschen, wenn ein Stück zu Ende ist. Die Herren haben in der Wärme des Raumes die Jacketts aufgeknöpft und bestellen ein Glas nach dem anderen, mitunter ganze Flaschen, die zwei Kellner ihnen, hin und her flitzend, bringen.

Issa lächelt und lässt ihren Arm los. Elfie bemerkt es mit einem kleinen Bedauern. »Die Werbung hat gewirkt«, sagt er, »um ehrlich zu sein, ich bin erleichtert. Noch so ein Abend mit leerer Bude, und ich hätte wirklich angefangen zu zweifeln, wie lange das hier noch weitergeht.«

»Aber das müssen Sie nun nicht«, sagt Elfie schnell, die wenig Lust hat, heute Abend über Geschäfte zu sprechen und schon gar nicht über schlecht laufende. »Und die Musik ist gut.«

Issa nickt und sieht zu der Band hinüber, die ein langsameres Lied angestimmt hat. »Die Musiker verstehen ihr Handwerk«, sagt er, »und es gab keine Beschwerden bisher. Der Swing ist wieder da, und sogar die«, er zeigt auf zwei Männer in Uniform mit Hakenkreuzbinde am Arm, die auf der Tanzfläche ihre Frauen herumschwenken, »scheinen es zu genießen.«

»Ich freue mich für Sie«, sagt Elfie und wundert sich über den dumpfen Zweifel, der bei dem Anblick der Uniformierten in ihr aufsteigt.

Issa sieht sie an, als errate er ihre Skepsis.

»Darf ich bitten?«, fragt er, und ehe sie sich eine Antwort überlegen kann, hat er sie um die Taille gefasst und ein Stück zu sich herangezogen. Er nimmt ihr das Glas ab und stellt es auf die Bar, dann greift er nach ihrer Hand und führt sie vorsichtig zur Musik. Elfie macht verdutzt ein paar Schritte und spürt Issas Hand an ihrem Schulterblatt. Sie achtet auf einen kleinen Abstand zwischen ihnen, und er macht keinen Versuch, sie noch enger an sich zu ziehen. Sie drehen sich, stoßen an andere Tanzpaare, lächeln sich an. Gerade, als es Elfie beginnt Spaß zu machen und sie sicherer wird, ist das Lied zu Ende und ein noch langsameres beginnt. Die Stimme der Sängerin wird samtiger, dunkler, sie gurrt ins Mikrophon, und ringsum schmiegen sich die Paare enger aneinander, zwei Mädchen neben ihnen beginnen sich zu küssen. Elfie wird warm in Issas Armen.

»Sie sind eine gute Tänzerin«, sagt er und mustert sie vorsichtig. Er zieht sie nun doch eine Winzigkeit näher heran, und sie lässt es zu, schmiegt sich in ihre Zweisamkeit und lässt sich von Issas Armen und der Musik wiegen.

»Sie schwindeln«, sagt sie leise an seiner Schulter, »aber das ist nett von Ihnen. Ich habe wenig Übung. Sie dagegen haben wohl ziemlich viel Erfahrung?«

Er fährt sich über sein schwarzes Bärtchen, hebt hilflos die Achseln. »Bei Ihnen weiß man nie, ob es ein Kompliment oder ein Tadel ist, Elfie«, sagt er und lächelt unsicher.

»Suchen Sie es sich aus«, sagt Elfie, erstaunt über die Leichtfertigkeit in ihrer Stimme. Sie spürt ihr Herz klopfen – oder ist es seins? Vorsichtig legt sie die Wange an seine Schulter und fühlt, wie er sein Gesicht an ihr Haar drückt. Kaum bewegen sich noch ihre Füße, sie beide stehen auf der Stelle, wiegen und drehen sich hin und her. Eingehüllt in die Klänge der Musik, in die sehnsüchtige, schmelzende Stimme der Sängerin, in ihren Atem, der im Takt des Tanzes auf und nieder geht. Eine große Ruhe kommt über Elfie, eine Schwere, die nichts Bedrohliches hat, nichts Düsteres, sondern nur Geborgenheit kennt. Und noch etwas spürt Elfie – einen Sog, der sie enger an Issa drängt, dichter an seine warme Haut, an den Puls, der ihm am Hals klopft.

»Elfie«, flüstert Issa, doch sie schüttelt hastig den Kopf. Er soll nichts sagen, soll den Zauber dieses Augenblicks nicht zerstören. Aber es ist zu spät. Der Zweifel ist sofort da, und Elfie hebt den Kopf, als erwache sie aus einem Traum. Und gerade da kommt einer der Kellner, tippt Issa von hinten auf die Schulter und raunt ihm etwas ins Ohr, und Issas Miene verfinstert sich. Er lockert den Griff um ihre Taille, und sie spürt, wie die Enttäuschung kalt und schwarz auf ihre Schulter fliegt und sich dort niederlässt.

»Da sind ein paar Gäste, um die ich mich kümmern muss«, sagt er und sieht ein wenig unwillig in Richtung einer kleinen Gruppe um einen der Tische am anderen Ende des Raums. Ein Mann winkt begeistert mit beiden

Händen und macht mit Gesten deutlich, dass Issa mit ihnen etwas trinken soll.

»Gehen Sie nur«, sagt Elfie. »Ich laufe Ihnen nicht weg.«

»Versprechen Sie das?«, fragt Issa mit schiefem Lächeln, und bevor sie nicken kann, ist er fort.

Trude, die darauf gewartet zu haben scheint, dass sie ungestört mit Elfie reden kann, pirscht sich heran, in der Hand ein Glas, an dem roter Lippenstift klebt.

»Sie und Herr El Hamady verstehen sich ja prächtig«, neckt sie Elfie, und die brummt etwas Unverständliches. Es ist ihr nicht recht, dass sie von der Kollegin beobachtet wurde.

»Was haben Sie denn nur?«, fragt Trude und trinkt einen großen Schluck. »Sie haben genau wie wir alle ein wenig Zerstreuung und Vergnügen verdient, finden Sie nicht? Und Herr El Hamady ist sehr charmant!«

Elfie würde ihr gern erklären, dass ihr jede Art von Vergnügen unheimlich ist. Mit Pflicht kennt sie sich aus, mit Arbeit und Verbindlichkeit – doch Vergnügen? Freude? Hinter diesen Worten lauert etwas, vor dem sie sich fürchtet. Jetzt muss sie wieder an Madame Conte denken und daran, was die alte Dame ihr von ihrer Liebesgeschichte erzählt hat. Eine seltsame Sehnsucht haben diese Geschichten in Elfie ausgelöst, eine Unruhe, die sie nicht in Worte fassen kann, die aber seitdem tief in ihr sitzt wie ein Pochen. Was, wenn sie alles verpasst, was das Leben zu bieten hat? Was, wenn die Mauer aus Pflicht und Arbeit ihr den Weg verstellt hat in das, was das Leben wirklich ausmacht? Sie will auch nicht vergessen werden, wenn das alles hier für sie zu Ende geht, und wenn sie alt ist, möchte sie etwas zu erzählen haben.

Portwein, Schaumwein, was auch immer, denkt Elfie, all das scheint ihre Gedanken zu lockern, als hingen diese plötzlich an losen Schrauben in ihrem Kopf. Sie lächelt Trude verlegen an und wippt mit dem Fuß zur Musik. Der Rhythmus hat sich wieder beschleunigt, die Bläser der Gruppe schwitzen mit aufgeblasenen Wangen hinter ihren Instrumenten, das Schlagwerk dröhnt, und die Stimme der Sängerin ist eher ein Kichern und glockiges Klingeln als nur Gesang. Bisher hat sie in englischer Sprache gesungen, doch in dieses Lied hat sich ein deutscher Vers geschummelt, den sie mit amerikanischem Akzent charmant und augenzwinkernd ins Mikro haucht: »*Bei mir bist du schön!*«

Die Gäste ringsum lachen und klatschen, und am lautesten, sieht Elfie, klatscht der eine Mann in Nazi-Uniform und wirft der schwarzen Sängerin sogar eine Kusshand über die Köpfe auf der Tanzfläche zu.

»Haben Sie Franz gesehen, Fräulein Wagner?«, fragt Trude, und Elfie reißt sich von der Musik los und dreht sich zu ihr. Sie schüttelt den Kopf, und Trudes Gesicht wird lang.

»Ich hatte es so verstanden, dass er noch kommen wollte«, sagt sie, »es sind ja einige von heute Nachmittag da.« Sie deutet auf Ilse, die ihr Kostüm gegen einen schwingenden Rock eingetauscht hat und etwas weniger mäuschenhaft aussieht als sonst, und auf den Wurstmaxe, auch jetzt ohne Schürze und in derselben schwarzen Hose, die er schon heute bei der Beerdigung trug, aber ohne Jacke und mit aufgekrempelten Hemdsärmeln. Er wirbelt zur Musik durch den Raum. »Wir wollten doch auf Willi anstoßen.«

»Trude«, sagt Elfie behutsam, »ist da etwas zwischen Ihnen beiden passiert?«

Trude blinkert mit den Lidern. »Vielleicht«, sagt sie ausweichend, »ich weiß es noch nicht. Es hätte etwas passieren können. Ich habe ihn gestern Abend in seinem Laden besucht, aber wir wurden gestört.« Sie sieht wohl Elfies fragendes Gesicht und fügt schnell hinzu: »Dieser Mann, mit dem Franz irgendwelche Geschäfte macht. Es war wichtig. Oder weshalb sonst hat er mich so mir nichts, dir nichts vor die Tür gesetzt, gerade als es anfing, schön zu werden?« Jetzt sieht sie gequält aus. »Sie halten mich bestimmt für eine dumme Gans. Ich weiß ja, dass wir ein seltsames Paar abgeben, aber ich kann ihn nun mal gut leiden.« Trotzig sieht sie Elfie an, als erwarte sie Widerspruch.

»Herr Marcus ist schon ewig in Sie verliebt, das ist Ihnen klar, oder?«, fragt Elfie.

Trude runzelt die Augenbrauen. »Das wissen Sie?«

»Jeder hier weiß es«, sagt Elfie.

Trude macht ein Geräusch, eine Mischung aus Lachen und Stöhnen.

»Ich bin also das Gespött der ganzen Nachbarschaft«, sagt sie und rollt mit den Augen, »die Lachnummer Unter den Linden.«

»Ach, kommen Sie, Trude«, sagt Elfie, »wir alle mögen Sie gern, und niemand würde über Sie lachen. Die meisten«, sie sieht aus den Augenwinkeln zu den Uniformierten hinüber, »schätzen auch Herrn Marcus. Nur diese seltsamen Zeiten, die machen die ganze Sache nicht einfacher.«

Trude hebt die Schultern, lässt sie wieder fallen und trinkt ihr Glas aus. »Wo steckt er nur?«, fragt sie und sieht sich nervös um, »ich möchte so gern mit ihm reden. Nicht, dass er eine Dummheit macht, er schien vorhin so abwesend. Ich weiß, dass er darüber nachdenkt, das Land zu verlassen. Vielleicht schon bald!«

Elfie betrachtet sie verstohlen. Das kleine Frösteln, das sie seit der Beerdigung spürt, wenn sie an Herrn Marcus denkt, verstärkt sich. Sein Blick, als er sich verabschiedete … sein müder Schritt, als ginge er nicht zu irgendeiner Erledigung, sondern zum Richtplatz – all das gefällt ihr nicht. Doch sie will nichts zu Trude sagen. Wozu die Kollegin unnötig aufregen?

»Wenn er es heute nicht mehr in die Bar schafft«, sagt sie daher so leichthin wie möglich, »dann können Sie ihn auf jeden Fall morgen wiedersehen und ihn selbst fragen.«

Jetzt wirkt Trude tatsächlich ein wenig erleichtert, wie ein Kind, dem man das Ungeheuer unter dem Bett ausgeredet hat, und nickt. »Ich drehe noch eine Runde draußen«, sagt sie, »vielleicht wartet er ja vor der Tür und traut sich nicht rein?«

»Ich begleite Sie, ich brauche frische Luft«, sagt Elfie, und sie drängen sich durch die Menge. An der Tür steht ein Boy, der ihnen die Tür aufhält, und beide Frauen treten auf die Straße. Die Laternen brennen, und vor ihrem Licht fällt der Regen wie silberne Schnüre zur Erde. Ein paar Nachtschwärmer mit Pelerinen torkeln vorüber, dann brummt ein Automobil vorbei durch die Pfützen. Im Regen sieht alles fremd und anders aus.

Von Herrn Marcus keine Spur.

»Ich gehe wieder rein«, sagt Trude nach ein paar Atemzügen, und die Enttäuschung steht ihr ins Gesicht geschrieben. Elfie beschließt, die Kollegin einen Moment allein zu lassen, damit sie sich fassen kann. Sie tritt einen Schritt beiseite, hebt das Gesicht in die dunkle Nässe und atmet die kühle Luft der Augustnacht ein. Für eine Sekunde riecht es nach Herbst, nach Feuer und verbrennendem Laub. Die Lichter der Lampen verschwimmen vor dem schwarzen, nassen Himmel, und der Mond hängt dort oben, als sei er nur ein besonders großer Lampion.

Sie hört, wie die Tür in ihrem Rücken aufgestoßen wird. Einmal atmet sie tief ein, als bereite sie sich auf einen Sprung in tiefes Wasser vor. In der Dunkelheit hört sie Schritte, die sich nähern, und für einen Moment hofft sie … ja, was eigentlich? Genau weiß sie es nicht. Die Worte der alten Madame Conte fallen ihr ein. *Einmal im Leben die Hauptrolle spielen, ein einziges Mal nur glänzen und leuchten.* Sie schließt die Augen und denkt an den Tanz mit Issa, an seinen Duft und ihre zarten Berührungen. Doch da laufen der Wurstmaxe und Ilse Hand in Hand an ihr vorbei, kichernd biegen sie um die Straßenecke und werden von der Schwärze verschluckt, als die Tür der Bar zuschlägt.

Elfie spürt wieder die nagende Enttäuschung, die sich ihr in den Nacken setzt, als ihr klar wird, dass Issa nicht herausgekommen ist, um sie zu suchen. Er trinkt dort drinnen mit seinen Geschäftsfreunden. Vielleicht hält er nach ihr Ausschau, vielleicht wartet er ebenso auf sie wie sie auf ihn? Doch das ist alles ganz falsch, es passt nicht zu ihr, sich so unvorsichtig auf etwas einzulassen, von dem sie genau weiß, dass sie es nicht kann – nicht wirklich. Es ist kein Zufall, dass sie bis heute allein lebt, der Grund ist nicht Trägheit, nicht die fehlende Gelegenheit. Niemand weiß so gut wie sie, wie schnell die schwarzen Schatten über ihr zusammenschlagen können und wie groß, ja übermächtig ihre Angst dann wird. Sie ist nicht dafür gemacht, dass ihr jemand etwas bedeutet, nicht so. Es würde am Ende nur viele Scherben bedeuten und nichts sonst.

Plötzlich begreift sie nicht mehr, was in sie gefahren ist. Will sie wirklich das strenge Gefüge ihres Lebens, ihre mühsam konstruierte Sicherheit ins Wanken bringen? Ist sie nicht darauf angewiesen, diese innere Ordnung zu erhalten? Nein, denkt sie und kickt mit dem Fuß nach einem Steinchen, in diesem Punkt hat die alte Madame einmal *nicht* recht. Nicht für jede kann, ja muss es das Feuer, die Glut des großen Auftritts geben. Für manche muss eine kleine Rolle am Rand reichen. Es ist für Elfie ohnehin schon ein Wunder, wie weit sie es gebracht hat, wie sicher sie auf diesen wackligen Bühnenbrettern des Lebens steht nach allem, was hinter ihr liegt. Sie hat den Laden, die Schokolade, die zarten Freundschaften und ihr kleines Leben, das weiter vor sich hin fließen soll, ohne schäumende Stromschnellen um gefährliche Felsen. Ist das etwa nichts?

Die Sehnsucht, die in den vergangenen Tagen sanft in ihr aufgeflammt ist, fällt in sich zusammen, versiegt leise, als habe der sanft fallende Regen sie gelöscht. Elfie fühlt einen leisen Stich, doch sie lässt sich nicht beirren. Es kann für sie nicht das geben, was andere Menschen erleben. Diese Art Nähe hält sie nicht aus, nicht einmal die des charmanten Mannes dort drinnen, dessen Rasierwasserduft sie noch an ihren Händen riecht. Das dunkle Tier drängt sich an ihre Füße, es begleitet sie nun wieder wie ein treuer Hund, während sie eilig die nächtliche Straße entlanggeht. Und es fühlt sich seltsam vertraut an, trotz allem um vieles vertrauter als die Berührung Issa El Hamadys beim Tanz.

32.

7. August 1936,
Donnerstagabend, zwanzig vor zehn

Der Mond, der über dem Bahnhofsgebäude steht, ist ein heller Halbkreis. Eine Fledermaus flattert über das steinerne Portal, ihre Silhouette verliert sich in der Nacht. Franz greift den ledernen Griff seines einzigen Koffers fester. Er wirft einen letzten Blick zurück.

Dort liegt sein Berlin. Die Lichter in den Hotels am Askanischen Platz, die noch nicht gelöscht sind, leuchten gelb und heimelig, voller Wärme, als wollten sie ihm auf seinem Weg die Ehre erweisen. Vorhin ist er durch die beinahe menschenleere Allee Unter den Linden gelaufen, zum letzten Mal – so hat er immer wieder gedacht. Die Dämmerung war tiefer Dunkelheit gewichen, die Straßenbäume raschelten leise, und wie ein wuchtiger schwarzer Schatten lag die Staatsbibliothek vor ihm. Ein Hort der Wissenschaft, der Bücher und der Weisheit dieser Welt, die ihm, Franz, alles bedeuten. Auf der anderen Seite der Straße erhob sich die *Kommode,* die ehemalige Königliche Bibliothek, die heute die juristische Fakultät der Universität beherbergt. Dort studierte vor über hundert Jahren schon Heinrich Heine, den Franz so bewundert. Ein *entlaufener Jude* sei er, hat Heine von sich selbst gemeint.

Und während Franz an der Schloss-Konditorei vorbeilief, an Cyliar Konfitüren und dem Geschäft für Herrenartikel von Richard & Borkmann, dachte er, dass auch er gern seinem aufgezwungenen Ich entlaufen würde und endlich zu dem werden, der er sein will – Franz Marcus, ein jüdisch-deutscher Buchhändler Unter den Linden. Eine gelungene Mischung aus all dem Guten, das die Stadt seit Jahrhunderten zu bieten hat. Beinahe wäre er umgekehrt. Doch die Erinnerung an die Flammen, die hier drei Jahre zuvor in einen anderen nächtlichen Himmel schlugen und all die unsterblichen Geschichten Heinrich Heines und vieler anderer zu Asche verbrannten, brachte ihn dazu, weiter zum Bahnhof zu gehen.

Eine Ratte huscht über die Schienen der Straßenbahnen, die hier am Askanischen Platz tagsüber alle paar Minuten hektisch bimmelnd ihre Bahn ziehen, und irgendwo zerbricht Glas. Menschen lachen, Räder holpern über das Pflaster. All das sind die Geräusche, die Franz seit seiner Kindheit kennt, der Klangteppich des nächtlichen Berlins, seiner Stadt. Die er verlassen wird.

Wie werden die Geräusche in London sein?, überlegt er und sieht hinauf zu der schlafenden Statue, die auf dem Portikus des Anhalter Bahnhofs sitzt, seit er denken kann. Wie wird es dort in den Straßen duften, wenn man zu nächtlicher Stunde hindurchgeht? Auch nach Lindenblüten, nach Benzin und Ruß? Oder riecht England anders – nasser, dumpfer, nach dunklem Ale aus den Pubs, nach den Hortensien, die dort, so sagt man, verschwenderisch in den Gärten blühen?

Franz tritt in die Halle. Die Uhr zeigt Viertel vor zehn – der Spätzug fährt in fünfzehn Minuten, und er wird Franz mit sich nehmen. Im Koffer ist fast nichts, nur Wechselkleidung, ein einziges Buch – Heinrich Heines *Briefe aus Berlin*, eine Originalausgabe, die Franz von seinem Vater geerbt hat und niemals zurücklassen wird, und ein Stück Seife. Nichts, was ein Geschäftsreisender, der für drei Tage nach London fährt, um dort eine wichtige Transaktion in einer Galerie zu begleiten, als unnötigen Ballast empfinden würde. Er oder die Männer vom Zoll, falls sie den Koffer öffnen sollten. Sie würden darin außerdem einen nagelneuen Pass finden mit einem Foto von Franz sowie zwei Empfehlungsschreiben. Eines unterzeichnet von dem Kunstsammler Benedikt Doberan, Doktor der Kunstgeschichte, und eines vom Präsidenten der Kunstakademie selbst, worin steht, dass der Besitzer des Passes, ein gewisser Richard Henkel, ein Kenner zeitgenössischer Kunst, dringend in London erwartet werde. Dazu liegt dort ein Affidavit, ausgestellt von der *Royal Society of Arts* mit Stempel und Siegel. All diese Dokumente sind Fälschungen, bis auf den Brief von Doktor Doberan. Meisterhafte Fälschungen, denn es macht sich bezahlt, wenn einem ein Insider, dem die begabtesten Fälscher des Landes aus der Hand fressen, einen Gefallen schuldet. Für den Liebermann hat Doktor Doberan sich um alles gekümmert. Noch bevor der Handel perfekt war – so sicher war er sich, dass er das Bild bekommen würde. Ein bisschen Geld hat er Franz außerdem gegeben, nicht viel, aber genug, um sich für den Anfang in England über Wasser zu halten. Danach wird er weitersehen.

Das Geld werden sie hoffentlich nicht aufspüren, das Franz in seine Anzugtaschen eingenäht hat. Er hat zwar das Gefühl, dass es bei jeder Bewegung verräterisch unter dem dünnen Baumwollstoff raschelt, doch das ist wahrscheinlich nur die Nervosität – jedenfalls gibt es keinen Grund, anzunehmen, dass die Zollbeamten bei einem deutschen Kunstwissenschaftler auf einer Geschäftsreise eine Leibesvisitation durchführen. Vermutlich sind sie gerade in diesen Tagen, da ausländische Touristen durch Deutschland reisen und das Land die freie Luft Olympias atmet, weniger aufmerksam und lassen einen wie ihn ohne Federlesens durch. Eine kleine Fliege, die mit etwas Glück am Spinnennetz vorbeifliegt.

Franz geht wie ein Schlafwandler durch die Halle des Bahnhofs, die trotz der späten Stunde belebt ist. Er hört hie und da Gesprächsfetzen, überall geht es um den Sport – die Eröffnung des Fünfkampfs heute und dann, fieberhaft erwartet, das Viertelfinale morgen, die deutsche Nationalelf gegen Norwegen. Einige wollen, wie er, den Spätzug erwischen, der über Holland fährt. Von dort geht es mit der Nachtfähre nach Harwich hinüber und dann weiter mit dem *Boat Train* in die englische Hauptstadt. Franz hat sich das alles eingeprägt, damit er auf Fragen antworten kann, ohne zu überlegen. Er ist auf alle praktischen Dinge vorbereitet, so gut es geht. Auf misstrauische Polizisten und Grenzer, auf etwaige Unterbrechungen der Reise, selbst auf englisches Wetter – im Koffer liegen auch eine

Regenpelerine und ein Knirps. Nur darauf, seiner guten alten Stadt den Rücken zu kehren, seinen geliebten Laden im Stich zu lassen, Trude nicht wiederzusehen – darauf konnte er sich nicht vorbereiten, und selbst wenn er mehr Zeit gehabt hätte, wäre es unmöglich gewesen. Es frisst ihn innerlich auf, wenn er daran denkt, welch ungeheuerliche Tat er begehen wird, welchen Entschluss er da getroffen hat, der womöglich nie mehr umkehrbar sein wird.

Wieder fragt er sich, ob er wahnsinnig geworden ist, alles einfach so zurückzulassen? Hätte er nicht doch den Laden gewinnbringend verkaufen sollen, das Lager ausräumen, all die vielen Bücher zu Geld machen? Das Geld sparen, einen Englisch-Kursus besuchen, sich umhören, ob in England jemand einen wie ihn einstellen würde? Wenn nicht als Buchhändler, dann in irgendeinem Betrieb, vielleicht wieder als Buchbinder wie damals, als er ein junger Mann war? Er hätte seine Dinge ordnen können, Trude alles erklären, sich von ihr verabschieden, immerhin das. Sie hätten Pläne machen können. Beim Gedanken an ihr Lächeln, an ihre wippenden Zöpfe und ihre Hand in seiner zieht sich alles in ihm zusammen, und kurz ist er in Versuchung, umzukehren und in die Hamady-Bar zu eilen.

Doch er weiß, dass es Hirngespinste sind. Es wäre töricht gewesen, aufzufallen, mit Ausreiseplänen zu prahlen und die Aufmerksamkeit auf sich zu ziehen. Die Nazis hätten ihn bis auf die Knochen geschröpft, hätten ihm alles genommen und ihn am Ende doch nicht gehen lassen – wer weiß? Nein, er tut das Richtige! Es ist seine einzige Chance. Aber es schmerzt, es schmerzt fürchterlich.

Was wird aus all den Geschichten?, denkt er und bleibt einen Moment stehen, sieht nicht die anderen Reisenden mit Koffern, die an ihm vorbeigehen und ihn nicht weiter beachten. Er fühlt sich auf einmal wie ein Verräter. Er, der Geschichtenverkäufer der Linden, lässt alle im Stich, die Geschichten und die Menschen. Die Wörter werden weiter zwischen den Buchdeckeln in seinem Laden weben und wispern, doch er kann ihnen nicht mehr zuhören. Wird nicht mehr, wenn ein Lesehungriger hereinkommt, nach dem einen, passenden Buch greifen und es ihm geben, weil er weiß, dass die Geschichte darin das Leben dieses Menschen ein winziges Stück verändern, verbessern wird. Welche Wörter werden ihm die Bücher in dem neuen Land nun zuflüstern, und wird er sie verstehen? Wird er seine Sprache verlieren, aber eine andere gewinnen, eine bessere womöglich? Franz seufzt und wischt sich über die Augen. Er hat sie ja alle dabei, alle Geschichten seines Lebens sind in seinem Kopf und begleiten ihn auf dieser Reise ins Ungewisse. Es ist ein schwacher Trost, aber er spürt, dass er sich daran festhalten muss. Und dass er nun, endlich, seine eigene Geschichte schreiben muss. Die von Franz Marcus, einem jüdischen Buchhändler aus Berlin, der in einem neuen Land sein Glück sucht. Wenn man nur schon am Anfang, wenn man ein Buch aufschlägt und die Finger über die ersten Wörter gleiten lässt, wüsste, ob die Erzählung gut ausgeht! Er wünschte, er könnte sofort bis zur letzten Seite blättern und sich vergewissern, dass ihm ein gutes Ende bevorsteht, stattdessen muss er jetzt langsam Wort für Wort entziffern, für den Rest seines Lebens.

Wieder sieht er zur Uhr, und plötzlich ist er dankbar, dass er spät dran ist, dass ihm nichts anderes mehr übrig bleibt, als zum Bahnsteig zu eilen, eine hell erleuchtete Insel inmitten der Dunkelheit. Die Fahrkarte fest in der Hand zu halten, sie dem Schaffner an der Sperre hastig vorzuzeigen und dann mit einem Satz auf die Plattform des D-Zugs zu springen. Er findet einen freien Platz in einem leeren Abteil und lässt sich schwer atmend auf den Sitz fallen. Wieder, nach so vielen Jahren als Nichtraucher, hat er das überwältigende Bedürfnis nach einer Zigarette. War das wirklich erst gestern, dass er eine mit El Hamady bei der Litfaßsäule geraucht hat, kurz bevor Trude ihn herbeiwinkte, oder ist das vor einem ganzen Leben gewesen? Da ertönt schon der Pfiff vom Bahnsteig, die Türen werden zugeschlagen, und der Zug setzt sich ruckelnd und schnaufend, dann etwas schneller werdend, in Bewegung. Unendlich langsam rollt er aus dem Bahnhof, und Franz presst seine Stirn ans schmutzige Fenster, an dem außen die Regentropfen entlangrinnen, spürt die Kälte des Glases an seiner Haut und umklammert mit beiden Händen den Koffergriff, so dass die Fingerknöchel ganz weiß werden.

Laternen glimmen vor den Fenstern des Zuges und erleuchten schwach die Plakate mit Werbung für Shampoo und *Scho-Ka-Kola*. Sie ziehen an ihm vorbei, der Bahnsteigschaffner in Uniform hält die Hand an die Schirmmütze, ein paar schmutzig weiße Tauben streiten sich um ein weggeworfenes Stück Brot. Alles so vertraut, so heimatlich, so durch und durch Berlin. Fast schon am Bahnsteigende steht eine Frau im blauen Kleid, sie hält ein schlafendes Kleinkind auf dem Arm und winkt, und Franz spürt, wie eine kalte Hand nach seinem Herzen greift und zudrückt. Nicht ihm winkt sie, dennoch hat er das Gefühl, dass der Abschied auch ihm gilt. Ohne zu blinzeln, obwohl ihm die Augen tränen, behält er die Unbekannte im Blick. Er kämpft gegen den Lidreflex, reißt die Augen auf und hält die Gestalt fest, wie sie dort am Gleis steht, kleiner und kleiner wird – bis der Zug in die Kurve fährt und das blaue Kleid von einem Gewirr aus Eisenträgern und Masten verschluckt wird.

33.

8. August 1936,
Freitagmorgen, kurz vor neun

Trude schluchzt, die Hände vors Gesicht geschlagen, und Elfie hält den kleinen Affen im Arm und streichelt sein weiches Fell. Sie sieht hilflos hinunter auf Trudes Scheitel. Der Brief ist hinabgesegelt, die Tinte darauf verwischt – ob von Trudes Tränen oder von denen des Briefschreibers, weiß Elfie nicht.

»Einfach so fort«, weint Trude und hebt das verquollene, nasse Gesicht zu Elfie empor. »Wieso hat er sich nicht wenigstens verabschiedet?«

»Und Sie sind ganz sicher?«, fragt Elfie noch einmal, obwohl sie die Antwort längst kennt. »Der Laden stand offen?«

Trude nickt. »Die Tür war nicht verschlossen«, sagt sie und versucht, mit einem durchnässten Baumwolltaschentuch die fließenden Tränen aufzufangen, »sie war geöffnet wie immer am Morgen, jeder konnte einfach in den Laden hineinspazieren. Sogar die Bücherkiste mit den Angeboten stand draußen. Und an der Schaufensterscheibe hing ein Schild.«

»Was für ein Schild?«, will Elfie wissen und hält Zinnobers Pfote fest, weil er zu ungestüm mit ihren Haaren spielt, woraufhin der kleine Affe anfängt ihre Finger zu küssen.

Trude schüttelt den Kopf, als könne sie das alles nicht glauben. »*Bitte bedient Euch,* stand darauf. *Meine Bücher brauchen ein neues Zuhause!*«

»Mehr nicht?«

»Doch! Darunter hat Franz geschrieben: *Euer Geschichtenverkäufer Unter den Linden.*« Trude weint noch einmal laut auf, schnieft und gibt den Kampf mit dem Taschentuch auf. Sie hebt ihre Schürze und schnäuzt sich hinein.

Dann sieht sie Elfie an, als erhoffe sie sich von ihr eine Erklärung. Doch auch sie hat keine.

»Und der Affe?«, fragt Elfie stattdessen und sieht zu, wie Zinnober mit einem Satz neben die Registrierkasse springt und beginnt, ein rot-weiß gestreiftes Bonbon auszuwickeln.

»Er saß drinnen, als ich hereinkam«, sagt Trude. »In den Pfoten hielt er diesen Brief«, sie deutet auf das aufgeweichte, gefaltete Stück Papier am Boden. Elfie bückt sich und hebt es auf. Es trägt keine Aufschrift, als sie es aufklappt, steht innen ein kurzer Text. Fragend blickt sie Trude an, und die nickt und wischt sich die letzten Tränen mit dem Handrücken aus den Augenwinkeln.

»*Liebste Trude*«, liest Elfie laut und ignoriert das erneute Aufschluchzen, »*ich muss fort, und Du weißt, weshalb. Ich kann Dir nicht mehr sagen, als dass ich hoffe, woanders in Sicherheit zu sein. Der Preis war hoch, höher, als Du Dir vorstellen kannst, und am schwersten wiegt, dass ich mein*

Versprechen an Dich brechen musste – noch einmal mit Dir zu tanzen wie an unserem einzigen Abend.
Immer, Dein Franz

P. S. Ich überlasse Dir Zinnober, er gehört nach Berlin und nicht in ein fremdes Land.
P. P. S. Ich gebe Dir ein neues Versprechen, und dieses werde ich halten – sobald ich kann, schreibe ich Dir!«

Trude holt Luft, so tief, als sei sie aus einem bodenlosen Wasser aufgestiegen und komme nun endlich wieder an Sauerstoff.

»Glauben Sie, dass er mir wirklich schreiben wird?«, fragt sie.

»Natürlich«, sagt Elfie, obwohl sie nicht sicher ist. Nervös knetet sie ihre Hände, und Zinnober, der wohl denkt, das sei ein Spiel, versucht, ihre Finger zu fangen. Wer weiß, wohin Herr Marcus verschwunden ist, denkt Elfie, und in welchen Verhältnissen er nun leben muss. Wer weiß, ob es klug ist, von dort nach Berlin zu schreiben, den Ort preiszugeben, an dem er Zuflucht gesucht hat. Und vielleicht ist es für ihn auf Dauer zu schmerzhaft, an früher zu denken, vielleicht wird er das alles aus seinem Gedächtnis löschen und weit entfernt von ihnen ganz von vorn anfangen? Aber sie sagt nichts.

Trude sieht jetzt entschlossen aus, als habe Elfies kurze Antwort sie getröstet. Sie wischt sich mit dem Handrücken wütend die letzten Tränen fort. »Ich verstehe ja, dass er fortmusste. Vielleicht war ich zu naiv, habe auf ein kleines Wunder gehofft, dabei weiß ich doch, wie die Dinge stehen. Was habe ich denn erwartet – dass er hierbleibt, in der Gefahr, in der er schwebt – nur um mit mir Walzer zu tanzen?« Sie schnaubt und schlägt mit der flachen Hand auf den Tisch. »Hätte er sich mir nur anvertraut«, sagt sie dann leiser, »warum hat er es mir nicht gesagt?«

»Es ist ihm zu schwergefallen«, sagt Elfie. »Wer erträgt schon einen solchen Abschied?«

»Ich denke, er wollte uns nicht ins Vertrauen ziehen«, sagt Trude nachdenklich, »und er hatte recht. Was weiß er schon über uns? Wie hätte er darauf bauen können, dass wir nichts verraten – selbst nur aus Versehen?« Sie überlegt. »Ich muss herausfinden, wohin er verschwunden ist«, sagt sie dann, »vielleicht weiß sein Freund, der alte Herr Karimi in der Charlottenstraße, etwas. Die beiden standen sich nahe. Es ist das Mindeste, was ich tun kann – mich nach ihm erkundigen und ihm, wenn möglich, etwas Geld schicken, wo auch immer er jetzt ist.«

Als hätte Zinnober jedes Wort verstanden, richtet er sich auf und keckert laut, es klingt wie Zustimmung. Die Frauen sehen sich an und lächeln, Trude mit noch zitternden Mundwinkeln.

»Der Affe muss hier raus, bevor die Kunden kommen«, sagt Elfie, »ich bringe ihn nach hinten.« Sie greift sich das Tierchen und trägt es ins Hinterzimmer. Am Spülbecken lässt sie ihm etwas Wasser in ein Schälchen und holt einen Apfel aus ihrer Tasche, den sie ihm hinhält.

»Frühstück, Zinnober«, sagt sie und sieht einen Moment

zu, wie er in den Apfel beißt und ihr dann fröhlich alle Zähne zeigt. Da hört sie das Glöckchen bimmeln und eilt nach vorn, um rasch noch etwaige Affenhaare vom Tresen zu wischen und Trude nach hinten zu schicken, damit sie sich das Gesicht waschen kann.

Doch vorn im Verkaufsraum steht nur Mine, das Dienstmädchen, einen Henkelkorb am Arm. Sind denn heute alle verrückt?, denkt Elfie, denn auch die ältere Frau mit dem schiefen Häubchen auf dem Kopf hat rote, verweinte Augen. Dann versteht sie, was das zu bedeuten hat. Es ist wie ein Schlag in den Magen, und sie verschränkt die Arme vor der Brust, weil sie auf einmal fröstelt. Am liebsten würde sie gar nicht hören, was das Dienstmädchen zu sagen hat, doch natürlich muss sie das.

»Was ist passiert?«, fragt sie.

»Madame Conte«, sagt Mine und sinkt auf einen Stuhl, den Trude ihr rasch hingestellt hat, »sie ist heute Nacht gestorben.«

Elfies Herz zieht sich zusammen, obwohl sie es längst gewusst hat. Einfach so geht es also zu Ende, denkt sie. Einfach so ist keine Zeit mehr, für nichts – keine Fragen, keine Gespräche, keinen Trost.

»Unser Beileid«, sagt Trude, die ihren eigenen Kummer bei dieser traurigen Nachricht offenbar für den Moment überwunden hat. »Das ist ja schrecklich, Fräulein …«

»Kalinke«, sagt Mine, »Wilhelmine Kalinke.« Sie fährt sich über die Stirn und lächelt müde. »Zum ersten Mal seit so vielen Jahren habe ich den Namen ausgesprochen«, sagt sie. »Ich war immer nur Mine, ein Mädchen, das alt wurde und doch ein Mädchen blieb. Keine Person, kein richtiger Mensch, nur ein Dienstmädchen. Und dann stirbt Madame, und einfach so wird man wieder etwas, von dem man geglaubt hat, es sei längst vergangen. Ich weiß gar nicht, ob ich es noch kann.«

»Aber was ist denn überhaupt passiert?«, fragt Elfie.

Mine sieht zu ihr auf. »Sie wissen doch, wie krank Madame war«, sagt sie. »Und heute Nacht ging alles ganz schnell. Sie bekam hohes Fieber, sie atmete nur noch flach, und ich spürte, dass es zu Ende ging. Eine Sepsis, sagte mir der Doktor heute, doch was hilft es, das jetzt noch zu wissen? Ich saß an ihrem Bett, bis zum Schluss, hielt ihre Hand, und kurz öffnete sie noch einmal die Augen. *Mine,* sagte sie, *im Sekretär. Das oberste Fach.* Dann schlief sie ein, und irgendwann merkte ich, dass sie nicht mehr atmete. Sie war gegangen.«

Mine zwinkert eine Träne aus dem Auge, die ihr die lange Nase entlangrollt, und fängt sie rasch mit der Zunge auf. »Und wissen Sie, was da im Fach lag? Madames Testament! Es war unverschlossen, ohne Siegel und Umschlag, nur ein handschriftlicher Bogen. Ich kenne mich zwar nicht mit diesen Dingen aus, aber ich habe versucht, es zu lesen. Wenn ich mich nicht täusche, steht darin, dass sie alles mir vermacht hat, da sie sonst keine Erben hat.« Sie sieht ungläubig aus, schüttelt leicht den Kopf. »Alles! Mir, der ollen Kalinke! Geld, Wertpapiere, etwas Gold. Und auch die ganzen Möbel, ja sogar den Blüthner! Madame war recht vermögend«, fügt sie leise hinzu, »und wissen Sie was? Jetzt bin ich es auch.«

Sie wirkt ungläubig, als sie das sagt, und Elfie denkt, dass Fräulein Kalinke noch gar nicht verstanden hat, dass ihre Herrin wirklich gestorben ist. Dass sie fort ist und nicht mehr wiederkommen wird. Ein Tag des Abschieds ist es, eine Zeit des Verlusts. Spree-Willi, Franz Marcus, das Blumenmädchen, nun auch noch die alte Dame – Elfie kommt sich auf einmal sehr verlassen vor. Draußen ballt sich etwas zusammen – der Sommer, der ohnehin zu kühl und nass ist, wird sich bald endgültig verabschieden. Dann kommt der Herbst, darauf der Winter, und nur hier, in der kleinen Chocolaterie, scheint es noch sicher und warm zu sein. Aber wie lange noch? Und was, wenn das nur ein Trugbild ist? Wenn die wenigen Vertrauten, die Menschen, die Elfie trotz allem am nächsten sind, einer nach dem anderen fortgehen?

Sie versucht, sich zu fassen. »Wie gut, dass Madame Sie bedacht hat«, sagt Elfie behutsam zu Fräulein Kalinke. »Sie haben es sich verdient. Madame Conte konnte schließlich das ganze Leben lang auf Sie zählen.« Sie lächelt. »Oder sollte ich lieber sagen, Madame de Savadé?«

»Was?«, fragt Trude überrascht, und das Dienstmädchen sieht Elfie unter Tränen an und lächelt schwach zurück.

»Es ist gut, dass sie ihr Geheimnis jemandem erzählt hat«, sagt sie, »dann muss ich es nicht tun. Sie können damit anfangen, was Sie möchten, Fräulein Wagner. Ich glaube, Madame würde sich freuen, wenn ihre Geschichte nicht in Vergessenheit gerät.«

»Wenn das so ist«, sagt Elfie, »dann werde ich nachher zumindest Trude einweihen. Aber das hat noch Zeit. Und

Sie, Fräulein Kalinke, haben jetzt sicher eine Menge zu erledigen?«

»O ja!«, sagt Mine und nickt. Sie steht auf und schüttelt sich, als sei sie ein Hund, der in den Regen geraten ist. »Der Pfarrer ist oben, mit dem Bestatter. Ich muss gleich wieder zu ihnen und alles besprechen. Aber ich wollte Ihnen noch schnell das hier bringen.«

Sie zieht aus dem Korb eine kleine Schachtel. Sie ist blassrosa und von vielen Jahren vergilbt, doch als Elfie sie in die Hand nimmt, sieht sie sofort das fein gezeichnete Bild auf dem Deckel. Eine strahlende Frau mit dunklem Haar und blitzblauen Augen, die Elfie mit Madame de Savadés fröhlich-scharfem Blick ansieht. Elfie meint sogar, das hintergründige Lächeln wiederzuerkennen.

»Ich nehme an, Sie wissen, was das ist«, sagt Mine und wendet sich zum Gehen. »Sie können sie gern behalten, schließlich war das einst das stolzeste Produkt Ihres Ladens.«

Das Glöckchen bimmelt, als die alte Frau mit dem leeren Henkelkorb am Arm auf die Straße tritt, und Elfie und Trude sind wieder allein.

»Dann hat Madame Ihnen also ihr Geheimnis anvertraut?«, fragt Trude.

Elfie nickt. »Ich erzähle es Ihnen später, es ist eine längere Geschichte.« Und doch ist sie nicht sicher, ob sie Trude ganz ins Vertrauen ziehen möchte. Solange sie es nicht tut, gehört die Geschichte der alten Dame ihr, ihr allein, und es ist ein tröstliches Gefühl, als habe Madame Conte auch ihr etwas geschenkt und nicht nur ihrem Dienstmädchen.

Auf einmal findet sie, dass dieser Augenblick nicht einfach so vorüberziehen sollte. Sie sieht sich im Laden um. Pralinenschachteln an den Wänden wie feines Mauerwerk – runde, eckige, ovale, verzierte, mit Schleifen, mit Bändern, mit Seide und Samt. Das Wappen des Hoflieferanten, Goldschrift und Schärpen. Die drapierten Tabletts voll Konfekt, mit schokoladeüberzogenen Trüffeln und champagnergefüllten weißen Pralinen. Sie greift nach einem kleinen Silbertablett, und legt mit der Zange vier besonders schöne Pralinen darauf – mit Bitterschokolade umhülltes Marzipan, ein Stück Butterkrokant, dunkle Mousse in weißer Schokolade und eine Nougatpraline mit einer Mandel darauf.

»Kommen Sie«, sagt sie zu Trude und nimmt ihren Arm, »wir gucken ein bisschen raus auf die Allee, ehe der Ansturm beginnt.«

Trude mustert sie kurz, sie wirkt überrascht, folgt ihr dann jedoch durch den kleinen Raum.

»Sie wirken heute ganz verändert, Fräulein Wagner«, sagt sie, und ihre geröteten Augen blicken sie prüfend an.

Elfie zuckt mit den Achseln. »Vielleicht«, sagt sie, und sie spürt es auch, aber sie kann es weder Trude noch sich selbst erklären. Es ist, als erreiche die Dunkelheit, die sonst immer mit ihren schwarzen Fingern nach ihr greift, sie trotz der schlechten Nachrichten heute nicht. Als greife sie ins Leere, und Elfie bliebe unbehelligt – für einen Moment verschont.

»Ich glaube, es wird ein schöner Tag«, sagt sie, »trotz allem. Ist das nicht verrückt?«

»Ich glaube, Sie haben recht«, sagt Trude mit einem zweifelnden Blick nach draußen. Sie treten ans Fenster des kleinen Ladens und schauen auf die Allee. Ein hellblauer Himmel spannt sich draußen über die blassgrünen Lindenkronen, die Wolken der letzten Tage haben sich verzogen und keine Spur hinterlassen. Es ist ein heller Sommermorgen. Die Bäume sind noch zart, doch sie werden wachsen, und die Sonne spielt mit ihren flirrenden Blättchen.

Andächtig essen Elfie und Trude die Pralinen, und keine von ihnen spricht aus, zu wessen Ehren sie sie verzehren – als würden sie stumm ein Glas auf die Menschen erheben, die fort sind. Und noch etwas schwingt mit, etwas Namenloses, das Elfie nur schwer fassen kann. Es ist, als seien sie und Trude Verschwörerinnen, als täten sie beide in diesem Moment in stiller Eintracht etwas Verbotenes – ein stummer Protest. Zum ersten Mal seit Langem spürt Elfie, wie sie frei durchatmen kann, während draußen auf den Linden der Tag erwacht.

34.

Am liebsten hat er uns bei Regen gemalt oder im Schnee. Als wären die Sonnentage Unter den Linden zu schön, um wirklich zu sein, und erst wenn sich die Schneeflocken in unsere kahlen Baumkronen setzten und die Fahrbahnen links und rechts in ein matschiges Graubraun verwandelten, könne man das wahre Gesicht der Allee erkennen.

Dabei erinnern wir uns so gern an diese Tage, da die Sonne über Berlin lachte und die Menschen zu uns heraustrieb – all die Damen mit den bunten Sonnenschirmen, die Kinder mit ihren Reifenkreiseln und Matrosenanzügen, die eleganten Herren mit Spazierstock und Melone. Der Eismann schob seinen Wagen an uns vorbei, unentwegt mit der Glocke bimmelnd, und ein Hauch von Kaffee zog aus den weltberühmten Cafés ringsum und mischte sich mit unserem Duft. Wir ließen dann die kleinen Blättchen in der Sonne spielen, reckten unsere Zweige in den tiefblauen Himmel und zwinkerten den Spaziergängern zu. Ab und an preschte ein Reiter mitten hindurch, mit blitzenden Sporen und Tressen, und mindestens einmal am Tag war es sogar der Kaiser selbst, der vorüberzog und in die winkende Menge grüßte. Er hätte es wohl gern gehabt, dass die Allee die seine wäre, nur dafür gemacht, dass er hindurchfahren und winken konnte, immerzu, Tag für Tag, Jahr für Jahr. Wie auf einer schönen Spieldose aus Porzellan, die man immer wieder aufziehen konnte, wie es einem beliebte.

Aber Liebermann, der malte uns nicht gern bei Sonnenschein. Und es ist ja so, dass niemand uns besser gekannt hat als er. So viele Jahre lang erwachte er jeden Morgen, trat im Schlafrock ans Fenster und sah hinunter auf den Pariser Platz. Wenn er Besuch bekam, sagte er stets, er wohne gleich links, wenn man in die Stadt hineinkommt. Das erste Haus neben dem Brandenburger Tor, da, wo die Allee beginnt oder eben endet – gibt es eine bessere Adresse, eine, die noch mehr zu Berlin gehört, ja, Berlin ist? Und doch hat die Stadt, deren berühmter und verdienter Sohn er war, ihn am Ende verraten und verkauft.

Wenn der Regen kam, veränderten sich die Farben. Aus Lindgrün und Sonnengelb wurde Grünblau und Schattengrau. Das Pflaster spiegelte die Wolken, als sei die Allee ein Fluss geworden, der unter uns hindurchrauschte, und aus unseren Zweigen troff der Regen zur Erde und tränkte den sandigen Boden, den schon der Große Kurfürst so beklagte. Die schwarzen Karosserien der Wagen, die vorbeifuhren, glitzerten nicht mehr, sondern glänzten wie dunkles Öl, und von den Reifen spritzte das Wasser die Passanten nass, die sich in Galoschen und mit dunklen Schirmen wie verschreckte Schildkröten an die Straßenränder zurückzogen. Unsere Kronen ächzten in der Nässe, schaukelten im Wind hin und her, und unsere herz-

förmigen Blätter richteten sich mit den Spitzen zur Erde. Die Welt verdüsterte sich.

Und doch malte Liebermann an den Himmel ein Licht für uns, das, hinter dem Gewölk zwar verborgen, an den Rändern hindurchbrechen wollte. Ein Gleißen, ein Flackern, ein heller Schein. Er ließ uns nicht in der Dunkelheit eines Regentags stehen, er gab uns ein Versprechen mit seinem Bild. Ein Ehrenwort – dass auf Regen stets das Licht folgt. Und dass wir, die Linden, einst wieder in vollem Glanz wären, selbst wenn dunkle Tage kämen. Und so stehen wir hier auf unserer Allee, im Sommer und im Winter, bei Schnee, Regen, Sonnenschein, im Smog, im Dunst, im Nebel und bei Nacht, wenn die Laternen glimmen. Wir wachen über die Straße, und sie, die Allee Unter den Linden, wacht auch über uns.

EPILOG

London, Dezember 1940

Die Glocken von Shoreditch klingen weithin über die roten und grauen Dächer der High Street, und Franz schlägt seinen abgewetzten Mantelkragen hoch und schiebt die frierenden Hände tief in die Taschen. Mit eingezogenem Kopf geht er weiter. Zwei Schulknaben in Wolljacken und mit abgestoßenen Stiefeln laufen vor ihm auf dem Gehweg, sie drängeln, stoßen sich gegenseitig in die Seiten und kichern. Einer singt lauthals und heiser in derbstem Cockney einen alten Reim: »›*When will you pay me?*‹, *say the bells of Old Bailey.*«

»›*When I grow rich*‹, *say the bells of Shoreditch*«, antwortet der Schulkamerad, und wieder lachen beide und rennen weiter.

Franz muss lächeln. Niemand hier in Shoreditch oder im ganzen East End wird wahrscheinlich in nächster Zeit reich, am allerwenigsten er selbst. Wie jeden Tag ist er unterwegs zum Old Spitalfields Market, wo er und die anderen Flüchtlinge, die seit einigen Jahren diese graue Gegend nördlich der Docks bevölkern, in der Suppenküche der Quäker eine warme Mahlzeit bekommen. Der Krieg ist nach London gekommen, und nur noch wenige Kinder wie diese beiden laufen durch die Straßen. Tausende, Zehntausende sind aufs Land geschickt worden, um sie vor den deutschen Bomben zu schützen, die die Stadt tagsüber, aber vor allem nachts heimsuchen. London ist in diesem Dezember beinahe unheimlich still.

Eine dünne Frostschicht liegt auf den Ziegeldächern und den groben Pflastersteinen der Gassen, und die Luft ist weiß und feuchtkalt, sie webt eisige Netze in den Nasenlöchern und zwischen den klammen Fingern der Vorübereilenden. Es wird bald dämmern, und Franz muss sich beeilen – die Verdunklung kommt im Winter schon früh. Der Gesang der Kinder verliert sich, als sie in eine Seitenstraße abbiegen, und auch Franz ist fast am Ziel. Vor ihm tauchen die Markthallen mit dem Eingangsgebäude aus roten Mauern und weißen Giebeln auf, dahinter erheben sich die geschwungenen Dächer aus viktorianischem Stahl. Schon will Franz zum Spital Square hinüberlaufen, als etwas in einer angrenzenden Gasse seinen Blick einfängt. Er bleibt stehen und sieht die düstere kleine Straße hinunter, sucht nach dem Straßenschild, doch es ist keines zu finden. Trotzdem geht er zwei Schritte hinein und bleibt wieder stehen – einer der kleinen Shops im Erdgeschoss der Häuserreihe ist erleuchtet, und ein neues Blechschild hängt über dem Eingang und schaukelt sacht im Winterwind.

Meyerbeer Books, liest Franz. Etwas regt sich in ihm, eine Erinnerung an seinen Laden, den er in Berlin zurückgelassen hat. Es ist wie ein Traum, den er einmal geträumt hat, mehr nicht. Doch auch hier steht eine Kiste mit Büchern auf der Straße, für drei Pence das Stück.

Gedankenverloren geht er hin, nimmt ein, zwei Bücher hoch, liest die englischen Titel, legt sie zurück. Dann fällt sein Blick auf ein drittes. Er kennt es, erinnert sich genau an die Farbe des Einbands, blassrosa mit einer Tuschezeichnung des expressionistischen Zeichners Max Schwimmer. Es ist eine deutsche Ausgabe – *Deutschland. Ein Wintermärchen*, steht darauf.

Franz nimmt es hoch. Vorsichtig streicht er über die Klappe, blättert es auf, liest die ersten Verse. Er kennt jedes Wort auswendig. Entschlossen hebt er den Blick, das Buch an sich gepresst, und späht in das warme, gelbe Licht hinein, das hinter den verschmutzten Fenstern leuchtet. In seiner Manteltasche klimpert es – ein paar Pence, die er gespart hat, weil er nicht den Bus genommen hat, sondern zu Fuß gegangen ist. Er umklammert das Geld, holt es hervor und betrachtet wieder das schmale Büchlein in seiner Hand. Dann tritt er durch die geöffnete Tür in den kleinen Bookshop. Wärme schlägt ihm entgegen, überall stapeln sich Bücher in Türmen und Haufen – man hat das Geschäft wohl gerade erst eröffnet. Die Verkäuferin, eine ältere Dame mit einem silbrigen Haarknoten, sagt etwas zu ihm. Noch immer muss er genau hinhören, die Leute im East End verschlucken beim Sprechen ganze Silben. Doch die Frau lächelt ihn an und wiederholt ihre Worte.

»*Welcome at Meyerbeer's, dear.*« Ihre Brillengläser funkeln. »*Do you need a book?*«

»*Always*«, sagt er mühsam, gibt ihr die drei Pence und sieht zu, wie sie das Büchlein in Packpapier einschlägt, ehe sie es ihm zurückreicht.

Franz denkt an Berlin. Er erinnert sich an die Linden im Schnee, die vor seinem Buchladen flüsterten und rauschten, an Trudes Lächeln und an die vielen Bücher, die in den Regalen schlummerten und auf ihre Leser warteten. In der Hand hält er das kleine Buch von Heinrich Heine, und er fühlt sich trotz des leeren Magens und der frostigen Kälte, die draußen auf ihn wartet, auf einmal wie ein Schatzsucher, der im trockenen Sand und mit rauer, durstiger Kehle auf eine Kiste voll Gold gestoßen ist.

NACHWORT

Als mich eine Freundin vor einem Jahr fragte, woran ich gerade schriebe, sagte ich, an einem Roman über die Pralinenmanufaktur Sawade.

Das war nur die halbe Wahrheit. Aber das habe ich selbst erst erkannt, als der Roman fast beendet war.

Die Figuren, Schauplätze und Themen dieses Romans schlichen sich im unpassendsten Moment an, als ich eigentlich gar keine Zeit für etwas Neues hatte. Sie zupften an mir, klopften beharrlich an die Tür und waren so hartnäckig, dass ich irgendwann nachgab. Wenn ein Roman so unbedingt geschrieben werden will, dann sollte man sich nicht stur stellen, sondern die Tür öffnen, und das tat ich. Ich stellte alles andere hintan, fuhr nach Reinickendorf, wo heute noch die bekannten Sawade-Pralinen hergestellt werden, ließ mich durch das Werk führen, aß eine Unmenge Konfekt (die Cola-Brausetrüffel) und las alles, was es über die Geschichte des Ladens zu finden gibt. Es ist nicht viel, doch immerhin erfuhr ich, dass es sich um die älteste Pralinenmanufaktur Berlins handelt – seit 1880 werden dort Pralinen hergestellt, und bis heute wird vieles in Handarbeit produziert. Und ich begann mich zu fragen, was dieses Geschäft mit seiner bewegten Geschichte – eine Geschichte voller Brüche, Scheitern, Erfolg, Mut und kreativem Neuanfang – für die Menschen in Berlin bedeutet haben mochte.

Die erste Firmenadresse war Unter den Linden 19, eine Straße, die heute jeder kennt und die doch die wenigsten Berliner*innen oft betreten. Unzählige Geschichten ranken sich um diese Allee, die berühmtesten Gebäude Berlins stehen entlang der Linden – das Brandenburger Tor dort, wo sie beginnt, das Hotel Adlon, die Humboldt-Universität, das wiederaufgebaute Schloss und viele andere. Und dennoch scheint es, wenn man die Allee hinauf- und hinunterläuft, als sei sie aus der Stadt gefallen. Wer wohnt schon Unter den Linden? Welcher Berliner geht dort einkaufen, welche Berlinerin hat hier ihren alltäglichen Mittelpunkt? Die Linden sind uns Berlinern vertraut und fremd zugleich.

Das war aber nicht immer so. Vor hundert Jahren war diese Straße eine lebendige Gegend, eine Gegend voller Vielfalt, voller florierender Geschäfte, Restaurants und Menschen verschiedenster Herkunft. Mit dem typischen Trotz der Berliner hatten sich die Anwohner damals behauptet, hatten den Sturz der Monarchie miterlebt und beschlossen, dass sie nicht weichen, sondern ihren Anspruch auf die einst kaiserliche Allee erheben würden, die nun eine Allee der Bürger*innen werden sollte. Und ein paar Jahre lang begegneten sich hier Künstler*innen wie Käthe Kollwitz und Max Liebermann auf ihren täglichen Spaziergängen und in den Kaffeehäusern, wo das Schöne als etwas gefeiert wurde, was uns Menschen über den Alltag hinaushebt und das Leben wertvoll macht – die Kunst, die Musik, der Genuss und die Literatur.

Doch die Straße Unter den Linden ist auch wie wohl keine andere zum Sinnbild für die schmerzhaften Brüche der Geschichte geworden. Sie war Schauplatz der Bücherverbrennung und der Fackelmärsche des Nationalsozialismus. Am Brandenburger Tor errichtete das DDR-Regime eine Sperrzone, die täglich an die grausame Teilung des Landes erinnerte. Das Tor wurde zum Symbol der friedlichen Revolution, nachdem Ronald Reagan 1987 gefordert hatte: *Mr. Gorbachev, open this gate*. Und bis heute prägen kontroverse Debatten die Allee Unter den Linden – wie die über die Sprengung des Palastes der Republik, den Wiederaufbau des Schlosses und zuletzt über den Umgang mit kolonialer Vergangenheit in Bezug auf das Humbold-Forum. Ob 1880 oder 2022 – die Frage, wem »Die Linden« gehören und wer die Deutungshoheit über unsere Geschichte hat, bleibt aktuell wie nie.

Aber ich schrieb ja nur einen Roman über Pralinen – dachte ich. Doch immer mehr wurde mir bewusst, worum es eigentlich ging. Die Bedeutung eines kleinen Pralinenladens, der sich über die Jahrhunderte hinweg in dieser schwierigen, störrischen Stadt behauptete, wurde zu etwas Größerem. Brauchen wir nicht alle eine Zuflucht, einen Ort, an dem die Schönheit regiert, der Genuss über alles triumphiert, wenigstens für den Augenblick? Für meine Figuren ist die Sehnsucht nach diesem Größeren, das sie über ihre Sorgen hinaushebt, wenn auch nur für einen Moment, existenziell. Und ich bin sicher, dass es die Kunst ist, die Musik, die Liebe zu guten Geschichten, die uns immer wieder die Kraft geben können, weiterzumachen. Ich wünsche uns allen diesen einen Ort, an den wir zurückkehren können, wenn wir eine Zuflucht brauchen, eine Rettung – wie diesen kleinen Pralinenladen, in dem die Figuren meines Romans sich ihre Menschlichkeit in unmenschlichen Zeiten erhalten.

Anne Stern, im Sommer 2022

DANK

Bei der Entstehung dieses Romans konnte ich auf die Hilfe und die Unterstützung vieler Menschen vertrauen, wofür ich mich bei allen, die mir zugehört, mich ermutigt und inspiriert haben, herzlich danken möchte.

Ganz besonders gilt mein Dank meiner wundervollen Agentin Julia Eichhorn, die mich nicht nur auf die Existenz der Pralinen von Sawade aufmerksam gemacht hat, sondern seitdem unzählige Spaziergänge und Gespräche mit mir bestritten hat, bei denen es sich um Schokolade, Kolonialismus, sprechende Linden und vieles mehr drehte. Sie ist unverzichtbar für die Entstehung und Veröffentlichung dieses Romans gewesen, und ich danke ihr von Herzen.

Außerdem möchte ich mich sehr herzlich bei Juliane Otte bedanken, die mich als Pressesprecherin von Sawade mit offenen Armen empfangen, mich durch das Pralinenwerk geführt und mir alles an Forschungsmaterial bereitgestellt hat, das in der Firma noch existiert. Ihre Begeisterung für meine Romanidee hat mich nur noch mehr beflügelt.

Außerdem danke ich von Herzen dem Aufbau Verlag, allen voran Stefanie Werk und Reinhard Rohn bei Aufbau Taschenbuch, für ihre Begeisterung und ihr Vertrauen. Ich bin sehr froh, dass ich in diesem von mir sehr bewunderten Berliner Verlagshaus ein weiteres Zuhause für meine Bücher gefunden habe. Stefanie Werk danke ich außerdem noch einmal besonders für ihre Einfühlung in den Text, ihre wertvollen Hinweise und die hervorragende Redaktion. Durch sie bin ich meiner Hauptfigur Elfie noch ein Stück nähergekommen.

Meiner Mutter Dorothea gebührt ein großes Dankeschön dafür, dass sie das Manuskript gelesen und wie immer mit wichtigen, behutsamen Anmerkungen versehen hat.

Schließlich bedanke ich mich am allermeisten bei meiner Familie – meinem Mann und meinen drei Kindern. Ihr seid mein Pralinenladen, wo ich immer eine Zuflucht und mein Zuhause habe.

LESEPROBE

STEFANIE H. MARTIN
Die Liebenden von Bloomsbury
VIRGINIA
UND DIE NEUE ZEIT
Roman
atb

1. Kapitel

London, 31. Dezember 1903

Es war seit Tagen nicht richtig hell geworden. Die Wolken hingen so tief über den Häusern, dass Virginia manchmal dachte, sie müsse sie greifen können, wenn sie sich aus dem Fenster in ihrem Zimmer lehnte. Die kleine Lampe auf ihrem Schreibpult brannte unablässig. Sie war seit fast einer Woche nicht mehr draußen gewesen, hatte sich mit einer abgegriffenen Aischylos-Ausgabe ihres Bruders in ihr Zimmer verkrochen und übersetzte die leuchtenden, bilderreichen Verse des griechischen Dichters, um der Düsternis, die sich wieder einmal über das Haus der Familie Stephen gesenkt hatte, zu entgehen. Es gelang ihr jedoch nur halb, denn immer wieder störten Besucher, die ihren Vater ein letztes Mal sehen wollten, ihre konzentrierte Einsamkeit und erinnerten sie daran, was ihre eigentliche Aufgabe als Tochter des sterbenden Leslie Stephen wäre: ihm in seinen letzten Stunden so gut wie möglich beizustehen. Aber dem Tod schon wieder so nahe zu sein, ertrug sie nicht.

So war der Ausflug, den Vanessa für heute Nachmittag vorgeschlagen hatte, eine willkommene Abwechslung. Ihre Schwester hatte nicht einmal gesagt, wo sie hinwolle, aber es war Virginia gleich. Allein die Tatsache, ein paar Stunden ganz allein mit ihr verbringen zu können, ließ den Tag ein wenig heller erscheinen.

Vanessa hatte eine Droschke rufen lassen. »Bringen Sie uns nach Bloomsbury, bitte!«, rief sie zu dem Droschkenfahrer hinauf, der sie mürrisch anstarrte. Zum Glück war es eine geschlossene Kabine, so dass sie gegen den einsetzenden eisigen Regen geschützt waren.

»Bloomsbury?«, fragte Virginia und bestieg die Kutsche hinter Vanessa. »Warum Bloomsbury?«

»Ich möchte mir die Gegend genauer ansehen. Die Häuser dort sollen sehr günstig sein.«

Darum ging es also. Seit die Ärzte festgestellt hatten, dass im Bauch des Vaters ein Geschwür wuchs und der Tod unausweichlich war, sprach Vanessa davon, das große Elternhaus am Hyde Park Gate verkaufen zu wollen. Virginia indes verbat sich, ihre Gedanken in die Zukunft zu richten, als hieße das, dem Tod die Tür zu öffnen und dazu einzuladen, den letzten Rest vertrauten Lebens zu stehlen.

Die Droschke hielt unmittelbar vor dem Gebäude der Slade School of Fine Art, der Fakultät der Künste des University College London. Inzwischen hatte der Regen nachgelassen, hier und da schien sogar ein Sonnenstrahl die Wolkendecke durchdringen zu wollen.

Einige junge Frauen in ihrem Alter gingen gerade unter lautem Gelächter auf das Gebäude der Slade zu, unter dem Arm großformatige Mappen und tragbare Staffeleien. Kurz darauf gesellten sich zwei Männer zu dem Grüppchen, leger gekleidet und mit ähnlichen Mappen. Sie begrüßten einander zwanglos und verschwanden gemeinsam durch das Haupttor im Inneren der Kunstschule. Von Vanessa wusste Virginia, dass an der Slade Frauen und Männer gemeinsam studieren durften, die einzige Einrichtung in ganz England, wo dies möglich war.

»Wenn es an der Slade geht, warum dann nicht auch anderswo? Vielleicht nicht unbedingt in Cambridge, aber wenigstens hier in London!«, sagte Virginia, während sie zu den trotz der frühen Nachmittagsstunde hell erleuchteten Fenstern des Gebäudes hinaufsah.

»Warum eigentlich nicht auch in Cambridge?«, fragte Vanessa.

Virginia schürzte die Lippen. »Es gibt dort bereits Girton und Newnham«, sagte sie. Das waren beides reine Frauen-Colleges, an denen Frauen zwar studieren konnten, jedoch noch keine akademischen Titel verliehen bekamen. »Aber dennoch, ich finde, es sollte kein Unterschied gemacht werden zwischen Frauen und Männern, sofern sie die Eignung zu einem Studium besitzen.«

Vanessa lachte freudlos. »Sag das nicht zu laut, sonst erklärt man dich noch für verrückt.«

»Verrückt kann man werden, wenn man lernen will und es nicht darf. Und immer allein im Zimmer sitzt mit den Büchern«, sagte Virginia. »Bei euch Künstlern ist es besser. Du darfst immerhin an der Royal Academy lernen.« Vanessa hatte ein Stipendium für ein Kunststudium erhalten, was bei Virginia Bewunderung, aber auch Neid hervorrief.

»Ich weiß schon gar nicht mehr, wann ich das letzte Mal dort war«, sagte Vanessa. »Unentwegt muss ich mich mit den Haushaltsbüchern herumschlagen, während du Zeit für deine Bücher hast.«

Gern hätte Virginia widersprochen und ihr vorgehalten, dass Vanessa ihre Ausbildung bald würde fortsetzen können, während sie selbst niemals die Chance auf ein Studium bekäme, so wie sie auch nie eine Schule besucht hatte. Dieses Privileg war immer nur den Brüdern vorbehalten gewesen. Aber die Schwester sah erschöpft aus, und Virginia wollte nicht mit ihr darüber streiten, wer von ihnen das härtere Los zu tragen hatte.

Vanessa hatte nach dem Tod ihrer Halbschwester Stella mit nur achtzehn Jahren – trotz einer ausgeprägten Zahlenschwäche – die Führung der Haushaltsbücher übernehmen müssen, wie auch alle anderen häuslichen Pflichten, deren Stella sich nach dem Tod der Mutter angenommen hatte – und das waren zahlreiche. Der Haushalt der Stephens war groß, und das vielköpfige Personal musste angeleitet, die Gäste bewirtet und natürlich die aufwendige Pflege des Vaters organisiert werden. Dazu kamen die verhassten Bälle, zu denen der älteste Stiefbruder George sie und auch Virginia immer wieder ausführte, um sie den Gepflogenheiten entsprechend in die Gesellschaft einzuführen. Immerhin diese Termine waren seit der schweren Erkrankung des Vaters seltener geworden.

Sie machten kehrt und wanderten Richtung Tottenham Court Road. Zu dieser Stunde herrschte in diesem Teil Bloomsburys eine hektische Betriebsamkeit. Droschken und Pferdekarren rumpelten über das Pflaster, Dienstboten drängelten sich durch die Menge der zahlreichen Passanten, als hinge ihr Leben von der Erledigung ihrer Aufträge ab, und ab und zu knatterte ein Automobil mitten durch eine der unzähligen Pfützen.

Virginia betrachtete die mehrstöckigen Gebäude des Viertels, die so viel einfacher und ärmlicher aussahen als die

Stadtvillen in Kensington. »Und warum muss es ausgerechnet Bloomsbury sein? Ich finde, das wirkt hier alles entsetzlich schäbig!«

»Mir gefällt es«, entgegnete Vanessa und ließ den Blick über einen schmalen zweistöckigen Ziegelsteinbau gleiten, der sich zwischen den beiden Nachbarhäusern zusammenzukauern schien. Im untersten Fenster hing ein Schild: *Zu vermieten*.

»Das hier wäre vermutlich zu klein«, sagte sie, zückte aber dennoch ihr Notizbuch, um sich die Adresse zu notieren.

»Wir könnten doch auch in Kensington bleiben«, fand Virginia. »Es hat viel mehr Charme. Außerdem kennen wir hier *niemanden*.«

»Eben«, sagte Vanessa nur.

Sie wandten sich Richtung Süden und kamen zum Bedford Square. »Ich glaube …«, Virginia wies unauffällig in Richtung einer Gruppe junger Männer, die rauchend an einer Straßenecke standen und sie verstohlen musterten, »… mir gefallen die Leute hier nicht.«

»Du bist so ein Snob.« Vanessa bedachte sie mit einem Kopfschütteln. »Hier leben viele Künstler. Es ist vielleicht nicht so *à la mode* wie Kensington, dafür aber ist es …« Sie ließ den Rest des Satzes bedeutungsschwanger in der feuchtkalten Luft hängen.

»Dafür ist es – was?«

Vanessa sog die kalte Luft ein. »Man kann hier freier atmen, findest du nicht?«

Virginia tat probehalber ebenfalls einen tiefen Atemzug. »Nein.« Sie zeigte auf ein offen stehendes Fenster direkt über sich. »Es riecht nach ranzigem Öl.«

Zum ersten Mal seit langer Zeit lachte Vanessa. »Du bist bockig.«

»Ziegenböcke sind so.«

Die Schwestern nannten einander oft bei ihren Spitznamen aus der Kindheit. Virginia war die Ziege oder der Ziegenbock und Vanessa der Delfin.

Sie versetzte Virginia einen Stoß in die Seite und hakte sich bei ihr ein.

»Komm, Böcklein, sei nicht so mürrisch!«

Sie wies auf ein dreistöckiges Haus mit hohen Fenstern und weißen Verzierungen unter dem Dachfirst.

»Sieh mal, das ist doch hübsch. Steht ebenfalls zur Vermietung.« Sie kritzelte schon wieder in ihrem Notizbuch herum und zog dann Virginia mit sich, ohne deren Antwort abzuwarten.

»George wird niemals nach Bloomsbury ziehen«, sagte Virginia und entzog Vanessa ihren Arm. »Du kannst dir die Mühe sparen, diese Leute zu kontaktieren.« Sie wies auf Vanessas Notizbuch.

»Nein. Natürlich wird er das nicht«, entgegnete Vanessa und lächelte.

Virginia blieb abrupt stehen. »Soll das etwa heißen …?«

Vanessa warf einen raschen Blick über die Schulter, als fürchtete sie, der älteste Stiefbruder könnte plötzlich aus dem Nichts auftauchen und ihr Gespräch belauschen. »Ich will nicht mehr mit George unter einem Dach leben. Auch mit Gerald nicht, aber vor allem nicht mit George.« Sie sah Virginia vielsagend an.

Die wich ihrem Blick aus. »Mir ist kalt«, sagte sie. »Gehen wir weiter.«

Sie kamen zum Gordon Square, der ganz in der Nähe der Slade lag, wo sie ihren Ausflug begonnen hatten. Ein großzügiger Platz mit dreistöckigen Wohnhäusern, die rings um einen kleinen Park angeordnet waren. Hier ging es etwas beschaulicher zu als in den überfüllten Straßen. Auch die Häuser wirkten freundlicher als die, die sie bisher gesehen hatten. Sie umrundeten den Platz, fanden jedoch nirgends einen Hinweis, dass eines der Häuser zur Vermietung oder zum Verkauf stünde.

»Hier könnte ich es mir vorstellen zu leben«, gab Virginia widerstrebend zu. »Ein Haus nur für dich, mich, Adrian und Thoby. Ohne Duckworth-Brüder.« Sie lächelte. »Das klingt … überlegenswert.«

»Das klingt paradiesisch.« Der Widerschein des aufklarenden Himmels ließ Vanessas Augen für einen Moment aufleuchten.

Kurz glaubte Virginia, eine unsichtbare Tür habe sich geöffnet und ein warmer Wind, wie eine Meeresbrise, wehe durch die Straße. Eine Sinnestäuschung gewiss, aber sie war plötzlich voller Eifer. »Und du bekommst ein Atelier und ich eine eigene Schreibstube«, sagte sie. »Ich werde Romane schreiben, und du malst Bilder, die in Ausstellungen gezeigt werden, und wir müssen niemandem den Tee servieren und keine geistlosen Gespräche mehr führen.«

»Siehst du!«, sagte Vanessa. »Genau das meine ich. In Kensington wäre all das nicht möglich.«

»Nein. Wahrscheinlich nicht.« Virginia sog ein weiteres Mal die Luft ein, aber diesmal mischte sich eine Spur von Urin in den Geruch von feuchtem Stein und Regen. Sie rümpfte die Nase.

Gerade wollte sie hinzufügen, dass es vielleicht doch nicht *unbedingt* Bloomsbury sein müsse, da sagte Vanessa: »Wir behalten die Lage im Blick«, notierte sich *Gordon Square* mit einem dicken Ausrufezeichen versehen in ihrem Notizbuch und ließ es in ihre Manteltasche gleiten. »Aber noch ist Vater nicht tot«, setzte sie hinzu und hob den Arm, um eine nahende Droschke heranzuwinken.

»Das klingt, als könntest du es kaum erwarten, dass er endlich stirbt.«

Nur Vanessas leicht hochgezogene linke Braue verriet Virginia, dass ihre Schwester den Kommentar überhaupt gehört hatte.

London, Hyde Park Gate, 23. Februar 1904

»Heilige Maria Mutter Gottes, möge der Herr seiner Seele gnädig sein und ihn aufnehmen in seiner unendlichen Güte.«

Es war eine wohlbekannte Stimme, die die Stille im Haus am Hyde Park Gate durchschnitt. Nur Sekunden später wurden die Schiebetüren zum Salon aufgezogen, und Cousine Rosamond schob sich herein, voll ausstaffiert mit Trauerschleier, Kreppkragen und Krinoline, dicht gefolgt von ihrer Schwester Dorothea in schlichtem, hochgeschlossenem Schwarz, mit streng zurückgekämmtem Haar und schwarzer Haube.

»Das wird er, meine Liebe, das wird er!«, deklamierte Dorothea, während ihr Blick vom prasselnden Kaminfeuer zum bereits aufgetischten Teegebäck huschte. Erst dann wandte sie sich Virginia und deren beiden Brüdern Adrian und Thoby zu, die sich am Kaminfeuer zusammendrängten, als könnten sie auf diese Weise dem zu erwartenden Beileidsschauer der Cousinen trotzen. Nur George, der in einem Sessel abseits in der Dämmerung saß, erhob sich, um die Nichten des Verstorbenen zu begrüßen. Vanessa hatte mit dem Läuten der Türglocke fluchtartig den Salon verlassen, um sich vor dem unablässigen Strom von Nachbarn und Verwandten in Sicherheit zu bringen, der das Haus am Hyde Park Gate 22 seit Leslie Stephens Ableben am gestrigen Vormittag flutete.

»Dorothea, Rosamond, danke, dass ihr gekommen seid«, sagte George und verneigte sich. Rosamond segelte jedoch gleich mit ausgebreiteten Armen auf Virginia zu.

»Mein armes Vögelchen!«, rief sie. »Schon wieder ein solch schwerer Verlust! Erst eure Mutter, dann Stella und nun noch …« Ihre Worte gingen in heftiges Schluchzen über.

Virginia, eingezwängt zwischen Rosamonds Brust und der Sessellehne, schloss die Augen und hielt die Luft an, um den Geruch von Mottenkugeln, der aus dem Trauerkleid der Cousine drang, nicht einatmen zu müssen. Zum Glück dauerte die Umarmung nur wenige Sekunden, dann schob sich Dorotheas rotwangiges Gesicht neben das ihrer Schwester.

»Ich hoffe, er hat seine Letzte Ölung erhalten?«

Streng blickte sie auf Virginia herab, als hätte es in ihrer Verantwortung gelegen, den agnostischen Vater in seinen letzten Stunden noch auf den rechten Weg zurückzubringen. Leslie Stephens Abkehr von der Kirche war ein seit Langem viel besprochenes Thema bei den streng religiösen Cousinen, und so lange Virginia denken konnte, waren sie eifrig darum bemüht gewesen, sie, Vanessa, Thoby und Adrian das gebotene Maß an Gottesfurcht zu lehren. Gelungen war es ihnen nicht.

»Ich nehme an, ihr wollt ihn noch ein letztes Mal sehen?«, fragte George.

Rosamond schlug die Hand vor den Mund, und Dorothea zückte ein Taschentuch, um ihre Augenwinkel zu betupfen. Beide nickten. Unter lautem Seufzen und Klagen ließen sie sich von George und Thoby aus dem Raum führen.

Schweigend blieb Virginia mit ihrem zwei Jahre jüngeren Bruder Adrian im Salon zurück. Dieser starrte reglos in die Flammen und schien das ganze Treiben kaum wahrzunehmen.

»Sie haben nur auf diesen Tag gewartet, um sich mit ihren grotesken Trauerkleidern hier breitmachen zu können«, unterbrach Virginia irgendwann das Schweigen. »Wie widerliche Käfer, die über einen Kadaver herfallen.«

Adrians Blick flackerte kurz zu ihr herüber, jedoch ohne ein Zeichen der Zustimmung.

»Ihre Nahrung ist die Trauer. Und die Kleider haben sie bestimmt schon bei Queen Victorias Begräbnis getragen.«

»Dann würden sie jetzt nicht mehr passen«, gab Adrian zu bedenken. Es waren die ersten Worte, die er seit Stunden gesprochen hatte.

»Stimmt. Wir füttern sie zu gut. Hast du gesehen, wie unverfroren Dorothea das Gebäck angestarrt hat?«

»Virginia!« George war unbemerkt zurückgekommen und hinter sie getreten, auf diese typische George-Art, bei der sich ihr die Nackenhaare aufstellten.

»Die Beerdigung ist erst morgen«, begehrte Virginia auf. »Warum müssen sie heute schon kommen?«

»Weil es sich so gehört. Und jetzt geh und such deine Schwester, es ist Zeit für den Tee. Tante Minna müsste jeden Moment eintreffen.«

Tante Minna war die fast achtzigjährige Tante von George und Gerald, Schwester ihres verstorbenen leiblichen Vaters, die nur wenige Häuser weiter allein mit ihrem Papagei und ihrem italienischen Diener lebte. Das gemeinsame Teetrinken mit ihr war eine der Streben des Korsetts der Wohlanständigkeit, das Virginia und Vanessa als die letzten verbliebenen weiblichen Mitglieder im Stephen-Haushalt zu tragen hatten.

Virginia fand Vanessa in ihrem Zimmer vor der Staffelei. Schatten lagen unter ihren Augen, ihre Schultern waren in tiefer Konzentration nach vorn gebeugt, der Kopf leicht geneigt, als suchte sie auf der Leinwand nach einem Schlupfloch, das es ihr erlauben könnte, in eine Welt ohne Trauerfeiern, Beileidsbriefe und Verwandtenbesuche zu entschwinden. Sie schien Virginias Eintreten gar nicht bemerkt zu haben, denn sie zuckte zusammen, als Virginia sie ansprach.

»Tante Minna kommt gleich.« Virginia betrachtete die Leinwand, auf der ihre Schwester zu zeichnen begonnen hatte. Nur wenige Linien, skizzenhaft angedeutet, waren auf dem Bild zu sehen. »Woran arbeitest du?«

»Wenn ich das wüsste.«

»Du weißt nicht, was es werden soll, wenn du ein Bild anfängst?«

»Normalerweise schon.«

»Warum hier nicht?«

Vanessa sah Virginia an, als wollte sie sagen: Ist das nicht offensichtlich? »Ich habe gestern begonnen, daran zu arbeiten«, sagte sie. »Gleich nachdem Vater …« Sie schloss die Augen, und Virginia glaubte schon, sie wolle nun doch ein paar Tränen wegblinzeln, aber dann sagte ihre Schwester mit einem tiefen Seufzer der Erleichterung: »Es ist vorbei. Endlich vorbei.«

Vanessa hatte sich im Hintergrund gehalten, während ihr Vater auf dem Bett mit dem Tod rang, ihre Miene unbeteiligt. Sie hatte sofort den Raum verlassen, als sie sicher sein konnte, dass es endgültig der letzte Atemzug gewesen war. Der eigentümlichen Stille, die danach eingetreten war, hatte Virginia ohne Vanessa standhalten müssen.

»Vanessa! Virginia!« George. Seine Ungeduld ließ das Haus erbeben.

»Oder doch nicht ganz vorbei«, sagte Vanessa und rollte mit den Augen. Sie straffte die Schultern und ging zur Tür. »Lass uns brav sein und ihnen unsere schönsten Trauergesichter zeigen.«

»Geh schon vor«, sagte Virginia. »Ich schaue, ob die Kerze in Vaters Zimmer noch brennt.«

»Sie brennt ganz sicher«, gab Vanessa zurück. »Und wenn nicht …« Sie hob die Schultern, um anzudeuten, wie unwichtig es war, ob im Zimmer eines Verstorbenen eine Kerze brannte oder nicht.

Mit ihren Worten lagerte sich eine weitere Schicht Sprachlosigkeit auf die unsichtbare Wand, die sich zwischen Virginia und ihrer Schwester aufbaute. Immer hatten sie über alles miteinander reden können, ihre Gefühle waren im Gleichklang gewesen. All die Jahre seit Stellas Tod war Vanessa ihre engste Freundin, Vertraute und sogar mütterliche Trösterin gewesen, doch auf einmal schien die Schwester sich von ihr zu entfernen – und Virginia blieb mit all ihrer Trauer und den ungesagten Worten allein zurück.